洛伊德小姐 上

Carpe Diem

唐隱 著

無力愛人的煎熬就是地獄。

——杜思妥也夫斯基

序章

我預感到，這將是一件具有特殊價值的諮詢案例，有必要從一開始就詳細地記錄下來，以便日後回顧和研究。

諮詢對象是一個中國人。

我的意思是：他並不是我經常打交道的那類在美國文化環境下長大的ABC，而是一個道道地地的中國人。

但是，當他第一次走進我的諮詢室，在開始交談的最初幾分鐘裡，我完全沒有意識到這一點，因為他的外表、舉止、風度，尤其是他所說的英語，都堪稱西方教養下的典範，而他接下來的自我介紹，更令我對他產生了超出一般來訪者的特殊興趣。

他毫不諱言地說，自己在就診表格上填寫的姓名和職業都是假的，他不希望暴露自己的真實身分，除了來自中國上海這一點。

我表示理解，許多來訪者都會有所顧慮，不過為了提升治療效率，我還是建議他對我盡量開誠佈公，作為一個專業的心理諮詢師，保護好來訪者的隱私是我的職責所在，是基本的職業操守。

他點點頭，但立即引開了話題：「我還是先談談我遇到的問題吧。」

我洗耳恭聽。

他說：「我好像是有了語言障礙症。」

第一次出現問題是在半年前，他正在酒店裡準備一次重要的會議演講。突然，他發現自己看不懂電腦螢幕上的演講稿了，這篇稿件是他自己一個字、一個字地敲出來的，幾乎能夠倒背如流。可是就在那個可怕的時刻，滿屏字母對他失去了意義，他就像在看一種自己從不認識的語言。

他本能地翻看其他文件，還有電腦網頁上的內容。都一樣，沒有一個字認得出來。他又打開電視，主持人抑揚頓挫的播講也變成了沒有任何意義的噪音。

整個過程持續了大約幾分鐘，但他感覺彷彿有一個世紀般漫長。

「很絕望。」他說，「當時我真的以為，我完了。」

更可怕的是，自那以後這種情況又發生過好幾次，儘管最長不超過一小時，卻也足夠令他困擾。

我思考了一下，說：「你所說的這種語言，是英語。」

「當然。」

「英語是你的母語嗎？」

「不是，我的母語是中文。」

「這種現象是僅僅發生在英語上，還是中文也有？」

「僅僅是英語。」

大腦語言中樞的損害是造成語言障礙最常見的原因，但這種生理上的疾病不會區分語種，所以很顯然，我的病人遇到的是心理上的麻煩，而且他自己也認識到了。

直覺和經驗告訴我，這個案例大有可為，尤其是顯而易見的文化特徵，令我的興趣越發濃厚。於是，我改用寬慰的語氣說：「如果母語沒有問題，我建議你保持輕鬆的心態，就當從沒有學過英語這門外語。儘管語言障礙會造成生活的不便，卻不等於是災難。心理上的過分恐懼，反而會造成情況的惡化。你說對嗎？」

他微微皺起眉頭，如我所料地感到了被輕視。對於高智商且掌控欲強的來訪者，我會在必要時採用這種略微冒犯的方式使其暫時放下戒心，不再和我「兜圈子」。

果然，他回答：「我恐懼，是因為我不知道問題的癥結在哪裡，我來就是為了找出它。」

那麼，就讓我們來找一找問題的癥結。

——摘自大衛·希金斯的心理諮詢檔案

第一章

戴希在她二十六歲生日那天，第一次遇到李威連。

那是二〇〇八年耶誕節前，戴希去美國史丹佛大學攻讀心理學專業三年後第一次回國，她在上海市中心一家名叫「雙妹1919」的懷舊咖啡館，等候男朋友孟飛揚來為自己慶生。

可是直到那天深夜，戴希離開「雙妹1919」時，孟飛揚也沒有來。

在戴希苦苦等待的幾個小時裡，孟飛揚與她的直線距離並不超過五百公尺。就在「雙妹1919」的後門對面，隔著一條窄窄的弄堂，有一座老上海的花園洋房，名叫「逸園」。孟飛揚陪同自己所在伊藤株式會社的日本老闆——有川康介前往「逸園」。

美國西岸聯合化工有限公司大中華區的精英年會正在「逸園」中熱烈舉辦。有川康介被西岸化工的塑膠產品部總監張乃馳請進二樓辦公室，孟飛揚料想他們的會晤不會很快結束，便獨自下樓走走。老洋房的底樓大廳特別高闊，淡香的空氣清爽流動，擠滿了參加年會的來賓，卻沒有絲毫氣悶的感覺。牆壁、地面和天花一色雪白，纖塵不染，幾乎予人以聖潔之感。晚會的燈光極為考究，錯落交織的淡金色光暈將現場渲染得如同一場溫暖的綺夢。

對一家從事商業活動的公司來講，這個空間絕對至美而無用。正如孟飛揚從「逸園」的院門走到主樓建築時，需要穿過的那一片相當於半個足球場大的草坪，坦然橫陳在上海寸土寸金的市中心區，彷彿只為維護草坪中央一棵掉光了葉子、在寒風中瑟瑟發抖的丁香樹。如此奢侈，實在讓人驚歎。

「咦？你怎麼站在這兒？從這個角度什麼都看不見啊。」

孟飛揚一驚，意識到身旁有人在向自己問話。他扭過頭去，一張妝容精緻的面孔落入視線，無邊框的眼鏡上反光灼灼，薄薄紅唇從兩頭翹起，弧度恰到好處。

「我……呃，前面都站滿了。」其實孟飛揚是特意找了個不引人注目的角落藏身，他心事重重，本沒有湊熱鬧的興致。

紅唇的小舟輕輕一蕩，她向孟飛揚招招手：「來，跟我來。」

女人帶著孟飛揚在人群中穿梭，七拐八彎，好一陣眼花繚亂，才突然站下：「這裡看得很清楚……你是第一次參加西岸化工的年會吧？」

「是。你呢？」

她轉過臉來說：「Maggie，西岸化工大中華區的人事總監。」

「幸會，我叫孟飛揚，伊藤株式會社的。」孟飛揚有些尷尬，Maggie女士身上的香水味很濃烈，讓他止不住地想打噴嚏。

Maggie又開口了，帶著廣東口音的普通話：「你覺得怎麼樣？」

「你指什麼？」

「他的演講啊，我們的李威連總裁——William Lee。」

到這時孟飛揚才注意到，前方不遠處的柔金色光環中，一個男人正在用英語侃侃而談。

「哦，應該很不錯吧。」

「應該很不錯？」她瞇起眼睛重複，語調在末尾不經意地上揚，極富禮儀的反問和香氣一起拋過來，孟飛揚連忙抬手揉了揉鼻子：「我學的是日語，英語很一般，看看文件、寫寫郵件還行，聽這樣的演講就不太行了。不過我看大家都聽得津津有味，所以應該很不錯。」

Maggie盯著孟飛揚，露齒而笑：「你失去了一個多麼好的機會。William的演說向來為人稱道，尤其是他的英語演講，不僅充滿真知灼見，語言也精緻優美，是非常難得聽到的高雅文辭。你看，今天的來賓以中國人為主，但很多都是專程來聽他的英文演講。」

她的語調中充滿難掩的驕傲，她的容貌原本精巧有餘，卻不夠生動，這時也在真情洋溢中煥發出可愛的感染力。

孟飛揚沒有搭腔，拚命誇耀老闆的下屬他見過很多，有假意吹捧的，也有盲目崇拜的，Maggie的溢美之詞即便出於真心，尚不足為奇，但她成功地引起了孟飛揚對那位演講中的總裁的興趣。

認真觀察後的第一印象差點兒讓孟飛揚脫口發問：「你們的總裁是老外嗎？」李威連總裁有一張輪廓分明、膚色潔淨的面孔，很容易讓人誤會為烏眸黑髮的白種人，尤其是高昂的眉宇和清朗的雙頰，是中國男人的相貌中極其罕見的。這張臉的線條在剛硬中蘊含柔和，正是這種東方式的溫文感讓孟飛揚及時糾正了錯覺。

李威連的微笑從容不迫，演講時情緒飽滿而熱忱適度，體現了強大的掌控力，也洩露了他的實際年齡——雖然外表看去還不到四十歲，但如此自信自持需要豐富的閱歷和經驗，他應該已屆中年。笑容沖淡了他面貌中天生的冷峻，但也完全可以想像他嚴肅時會如何令人敬畏，不過現場氣氛很好，來賓們不時歡笑鼓掌，可以猜出李總裁的妙語如珠。

李威連總裁的魅力相當顯著，又與孟飛揚見識過的其他商界精英很不同。他的笑容平淡，不虛偽、不討好、不自滿，也沒有誇張的激昂。處於被矚目的中心，他絲毫沒有失去平衡感，這使他顯得卓爾不群，也暴露出個性中的清高。

「你以前沒見過William嗎？」

孟飛揚猛醒到，身邊的西岸化工人事總監Maggie一直在觀察自己。

「是，今天是第一次。」孟飛揚承認。紅唇小舟彷彿駛入漩渦，微笑停滯在臉上。孟飛揚連忙加了一句：「李總裁的聲名在化工貿易圈子裡如雷貫耳，我雖然一直沒機會見到真人，傳說也聽了不少。」

這番發自真心的客套並沒有讓Maggie滿意，職業化的笑容已經稀薄得遮不住滿臉狐疑：「精英年會邀請的都是西岸化工大中華區最重要的合作夥伴和客戶，你怎麼會沒見過William呢？」

西岸化工位列全球三大化工企業之一，是極具實力和規模的跨國企業。早在上世紀八十年代，西岸化工美國總部就決定進入中國市場，在深圳建立辦事處和分公司。近三十年來，西岸化工在中國境內先後成立了二十多家獨資和合資企業，大中華區的總部則選址上海，下轄中國公司在金山的老化工基地建有大片合作廠區，又在淮海路的核心商圈租用了最頂級商務樓裡的好幾層樓面辦公。有趣的是，西岸化工大中華區總部的辦公地點並未設在任何一座現代商務樓中，而是租用了這棟位於原法租界內的舊上海老洋房——「逸園」。

如果說李威連總裁就是今夜「逸園」真正的主人，絲毫也不誇張。

所以，Maggie的語氣讓孟飛揚深感自己犯了錯，可究竟是錯在未經邀請擅自闖入呢？還是錯在到了人家的地盤上卻不識真神？

「你剛才說伊藤株式會社……今晚的客人名單裡似乎沒有這家公司？還是我記錯了？」

「我是陪我的老闆有川康介先生來的，他並沒受邀參加年會，只是與貴司的張乃馳總監有約，今晚過來談些事情。他們十分鐘前進了二樓辦公室，我就下樓來隨便走走。」不等Maggie答話，他往二樓的方向指了指，「老闆們估計快談完了。對不起，失陪。」

「唉，馬上要在花園裡放煙火，先去看煙火吧。」

孟飛揚對背後飄來的話音置之不理，急匆匆走向乳白色大理石的旋轉樓梯。剛跨上幾級臺階，大廳裡傳來劈里啪啦的鼓掌聲，李威連改用字正腔圓的普通話招呼眾人去花園觀賞煙火表演。孟飛揚停住腳步，探頭向樓梯下望了望，正瞧見Maggie滿臉熱忱地望向前方，如同小女孩般直白的崇拜之色好似緋靡的火焰，點燃了她的雙頰。

順著她的目光，孟飛揚看見李威連獨自站在金色的燈光中央。來賓開始往門口散去，李威連並未領頭前行，而是沉默地佇立在眾人背後，像是守候，又像是送別。孟飛揚居高臨下，只覺大廳被驟然分成兩個部分，一部分是熙熙攘攘騷動的人群，另一部分則是完全隔絕在光環中的沉靜身影，宛然一位身披金縷的孤漠君王。

孟飛揚轉身向上走去。其實華宴、君王和女粉絲均與他無關，他只期待有川老闆趕緊談完。寒潮來襲，今晚異常寒冷，看起來馬上就要下雪，孟飛揚真不願意讓戴希再等下去了……

大理石樓梯上鋪著深灰色的羊毛地毯，質地高貴得讓人不忍心踐踏。孟飛揚記得剛才張乃馳領著有川進了自己的辦公室，應該就是正對樓梯的這間吧。

乳白色的房門緊閉著，孟飛揚在門前猶豫，突然聽見一聲含糊不清的呼嚎從屋內傳來，好像瀕臨絕境的野獸發出的哀鳴。他嚇了一跳，趕緊跨步湊到門前，再想仔細聽聽，樓下響起了爵士風格的鋼琴曲，和著賓客們的談笑，緊閉的房門裡又變得寂寂無聲了。孟飛揚的鬢角有點冒汗，舉起手剛要敲門，門開了。

「唔，是飛揚啊？有事嗎？」

開門的正是西岸化工的塑膠產品部門總監張乃馳，他笑容可掬地向孟飛揚問話，還親切地眨了眨眼睛。張乃馳主持的塑膠產品部和伊藤株式會社的生意往來比較多，並且他和有川康介本人似乎也有些私交，因此孟飛揚曾見過他好幾次。在孟飛揚的印象中，張乃馳是「力圖讓所有人喜歡」的那種人，心思細膩，很能照顧他人的感受，與人相處時從不吝嗇溢美之詞。就連他那張和港星張國榮酷似的臉也令人，尤其是女人平添幾分好感。可惜他雖有一副好相貌，氣質卻太過陰柔，有點兒「娘娘腔」，以至於張乃馳是同性戀的流言蜚語傳得沸沸揚揚。

「張總，我來看看你和有川君談完了嗎？李總的講話剛剛結束──」

張乃馳打斷孟飛揚的話：「是啊，是啊，談完了，正好談完。呵呵，花園裡馬上要放煙火了吧？」他輕捷地從孟飛揚的旁邊閃身出屋，一邊還興致勃勃地招呼：「走，一起去看看。老洋房花園裡的煙火，可是難得一見的哦。」

孟飛揚朝屋內看去，有川康介肥胖的背影埋陷在皮沙發裡，一動不動。他隨口答應：「馬上就去，您先請。」隨即邁步進了辦公室。有川面朝辦公桌而坐，背衝著門口，孟飛揚在他身後叫了兩聲，沒有應答，只好轉到前方。

孟飛揚看見了一張瀕死之人才有的臉。通紅的雙眼嵌在慘白的面龐上，汗珠從光禿的額頭不停淌下，原來肥厚的面頰全部鬆垮下來，好像整張面皮虛掛在臉上，隨時都要脫落似的。孟飛揚大吃一驚，連忙躬身輕喚：「有川君，有川君！」

一連叫了好幾聲，有川康介才費力地抬起眼皮，看了看孟飛揚。「唔？你怎麼還在這裡？」他的聲音虛無縹緲，彷彿來自另一個空間。

「我……」不是你要我來陪你的嘛！孟飛揚問：「有川君，你和張總談得怎麼樣？他肯幫忙嗎？」

有川康介突然雙手抱頭，從喉嚨擠出一聲嗚咽，好似承受著鋸齒挫骨般的痛楚：「完了，全完了！他……這一切全都是他……」

「什麼全完了？」孟飛揚的手心汗濕了，緊張地連連追問，「有川君，您說什麼？什麼他？」

有川康介終於抬起頭來：「你走吧，快走吧。快離開這裡。」

「可是……有川君，您沒事吧？需要我送您回去嗎？」

「我沒事，沒事。」有川康介扭動嘴唇，露出猙獰的笑容，「張總答應了送我回酒店。」

孟飛揚遲疑了一下：「那……好吧。」向外走了兩步，又轉回去，從口袋裡掏出封特快專遞：「差點兒忘了，這是日本來的特快專遞，今天中午剛送到公司的，我就給您帶過來了。」

有川康介直勾勾地瞪著孟飛揚，好像不明白他在說什麼。孟飛揚等了一會兒，有川康介才將特快專遞接過去，手抖得幾乎托不住封套，虛弱地嘟囔了一句：「走吧……」

花園裡的煙火表演已經開始，二樓左側大露臺邊的落地長窗上映出五彩斑斕的圖景，伴隨著轟鳴和尖嘯，彷彿只要推開窗戶就能見到炮火紛飛的戰場。孟飛揚走上露臺，有川康介的樣子令他很擔心，他打算稍等會兒再去看看，確認沒事以後再離開。

孟飛揚就職的伊藤株式會社是一家以化工產品為主的日本貿易公司，公司老闆有川康介是個中國通，二十多年前就開始和中國做生意。孟飛揚三年前跳槽到伊藤，有川老闆對他頗為器重，很快就把他提拔到了華東業務負責人的位置上。孟飛揚幹得兢兢業業，業績十分出色，有川康介信賴之下，更是逐漸把中國絕大部分的業務都交給孟飛揚打理。

可就在臨近今年年底的時候，伊藤的一樁大業務出了問題。一個星期前，有川康介從日本趕赴北京，似要為此項大單親身一搏。不過在孟飛揚看來，這個年逾六旬的日本人顯得力不從心：始終灰白的臉色，時常前言不搭後語，稍微多走幾步路就氣喘吁吁，手腳顫抖不停，還不時咳得前仰後合，搞得孟飛揚跟在旁邊緊張兮兮，老是擔心他會突然體力不支倒下。

這筆供給中國最大的石油化工企業——中華石化的生意一直是有川康介獨自處理的，直到大批貨物在智利的瓦爾帕萊索港口上船發運，孟飛揚才得到有川的通知，當時他就感到費解甚至隱隱不快。但後來這筆交易出現問題的時候，孟飛揚還是按照有川的指示竭盡全力地操辦補救，以至於連女朋友戴希出國留學三年後第一次回上海，都只能在機場接到她後又立即出差，去北京與中華石化總部接洽，以及和相關銀行打通關節，可惜全都勞而無功。

因為西岸化工和中華石化的關係相當深入，今天有川康介突然提出要找西岸化工的張乃馳總監幫忙，還讓孟飛揚陪他來一試。萬萬沒想到，談話結束後有川康介會是這麼個可怕的模樣。

從二樓的露臺往下看，大草坪上已經站滿了翹首觀賞的賓客，不知何時下起的大雪漫天飄舞，一束束煙火升入半空，在白色雪霧中瞬間綻放，隨即又落英繽紛，硝煙彌久不散，給半白的夜色增添了一股硫磺火氣。人群中歡聲笑語此起彼伏，好一陣才安靜下來。

孟飛揚想給戴希打個電話，掏出手機一瞧，沒有信號。正在懊惱，露臺之下飄來輕言細語，不可阻擋地鑽入耳窩。

「William，你現在就要走嗎？年會還沒結束呢。」

「我的任務已經完成了，後面的程序由你們來執行。」

「可是William，來賓們都希望和你多聊聊……」

「你們知道該如何處理。精英年會這個說法不就是你提出的嗎，Maggie？」

「……William，我請示過你的。」

「是啊，可笑的提法。不過看來效果不錯，來賓們很喜歡被稱為精英。Maggie，幹得不錯，所以還是由你繼續招待他們吧——可愛的精英們。」

「……Richard今晚一直在和日本人談話，你知道是什麼事嗎？」

「塑膠產品部的事情由Richard全權負責，既然你這樣好奇，可以直接去問他。」

「可你……再等一會兒走吧，雪下得好大。」

「我現在必須走。」

「William，你又要去那個地方嗎？就是從邊門過去的——」

「你在監視我？」

「不！我只是偶然看見……讓司機開車送你去吧？步行會冷的。」

「沒關係。」

最後的這句話沉著地關閉了隱秘之門，整晚在「逸園」裡感受到的不自在達到了頂峰——此地不宜再留，孟飛揚決定馬上離開。

院落裡，最後幾束煙火嘯叫著升上夜空，在白色的雪霧中砰然炸開，又徐徐湮滅。戶內燈光驟滅，有人在喊：「煙火結束了，大家去前廳吧，最後一個節目是Richard親自為大家演奏鋼琴曲！」孟飛揚瞥了眼手錶，已經過了十點，他看看漆黑一片的室內，微微覺得詫異，即使滅了大燈創造氣氛，剛才自己離開張乃馳的辦公室時，記得並沒有關門，怎麼沒有燈光從那裡透出來？

難道有川康介已經離開了？

一樓大廳裡面點起星星亮亮的燭火，賓客們三三兩兩從室外返回，孟飛揚借著從樓下傳來的微光前行，很快又摸到了張乃馳的辦公室外。

他舉手一推，房門就開了。裡面一樣黑暗，只有窗上透進雪夜特有的灰色。孟飛揚竭力朝內張望，辦公桌前的皮椅上已經看不見人影，看來確實離開了……他鬆了口氣，剛一轉眼卻發現靠近右側門的牆邊橫躺著一個人！

孟飛揚的心狂跳起來，那分明就是有川，肥胖的身軀和在一片漆黑中銀閃閃的西裝都是孟飛揚再熟悉不過的。

孟飛揚本能地伸手到牆上，摸到開關接連按了好幾下，燈沒有亮。他咽了口唾沫，低低喊了幾聲：「有川君！有川君！」耳邊只有樓下傳來的鼓掌聲，好像表演要開始了。孟飛揚往前跨了一步，腳下「咯嚓」聲響，一只破損的酒瓶從他的腳旁滾到門前。他驚懼地縮回腳，依稀看到地毯上長出深淺不一的瘢痕……孟飛揚突然意識到了什麼，深吸口氣，快步跑向欄杆，衝著樓下的大廳高喊一聲：「出事了，快開燈！」

樓下大廳裡，身穿全套黑色燕尾服的張乃馳正端坐到鋼琴前，微笑著掀起琴蓋。頭頂上猛然響起的喊叫聲嚇了所有人一大跳。大家齊齊望向二樓，還沒看清楚撲在欄杆上揮舞著雙手的孟飛揚，鋼琴前又是一聲撕心裂肺的狂叫，人們再次齊刷刷地把驚恐的目光投到前方，熒熒的燭火跳動在張乃馳的臉上，這張英俊的面孔扭曲得完全變了形。張乃馳像見了鬼似的直盯著掀起的琴蓋。站在最前排的人們發現，黑白相間的琴鍵上似乎有什麼東西在閃著可怖的光芒。

片刻令人窒息的寂靜之後，琴凳轟然倒地。張乃馳全身顫抖，倒退著發出嘶喊：「是他！就是他！他想害死我！一定是他！」

十點剛過，「雙妹1919」裡的客人就已經走光了，整間店堂裡只剩下戴希孤零零的一個人。其他桌上的蠟燭熄滅以後，本就昏暗的空間更顯得陰森。

戴希第N次撥了孟飛揚的手機號，錄音回復從最初的「您所撥打的用戶暫時無法接聽」變成「您所撥打的用戶已關機」。戴希攥牢手機，聽到自己的牙齒在打顫，真的不想再等下去了。可窗外連一絲光亮都見不到，她將臉緊靠在冰涼的窗玻璃上，密集的雪花編成大網，寂寂無聲地等待著獵物投懷——這時候出去絕對叫不到計程車。

戴希後悔極了，今天根本就不該來等孟飛揚——他究竟在幹什麼？為什麼還不來！

孟飛揚中午才從北京出差回來，晚上又要陪日本老闆參加合作方的年會，本來他想等晚上忙完後就去戴希的住處，可是她非要過來等他。於是孟飛揚才想了這麼個地點，就因為「雙妹1919」離舉辦年會的西岸化工的總部不遠。

「雙妹1919」是上海一處頗有名氣的懷舊主題咖啡館，創辦十年來始終是時尚雜誌上津津樂道的懷舊符號。咖啡館的生意很好，戴希三小時前剛到的時候，就只有垂紗落地的窗下還剩一張空桌。

孟飛揚發來短信，說日本老闆情況不佳，自己一時無法脫身，讓戴希先吃些東西。戴希雖然百般不情願，也只好在那張唯一的空桌坐下。她環顧四周，光線黯淡的戶內滿座，只有一名黑衣服的店員在其間忙碌，根本無暇看她一眼。漆黑的護牆板從天花板一直延伸至地面，滿滿地裝飾著殖民時期上海的標誌物品：唱片封套、報紙影印件、黑白炭精畫上的女明星看起來比老照片裡更加眉目生動。

正對著戴希的這面牆上是一連三幅的月份牌，她百無聊賴地唸起那個年代的商品廣告：陰丹士林布、美麗牌香菸、雙妹雪花膏。雙妹雪花膏——畫面上兩個搔首弄姿臉蛋緋紅的民國女人容貌和服飾都一模一樣，所以「雙妹1919」的雙妹就是指這個嘍？

戴希覺得飢寒交迫，還是先吃點東西吧……可桌上居然找不到菜單！她不滿地抬起頭，剛想招呼店員，卻發現桌前站了個身穿旗袍的女人。

深赭色旗袍豎領上是一張中年婦女的臉孔，她居高臨下地打量著戴希，像在審視一隻誤闖家院的小野貓：「這張桌子有預訂，你不能坐。」

「哦，我……不知道，對不起。」戴希侷促地弓起身，又坐下，「可是剛才一直沒人對我說啊，而且旁邊都沒空位了。」

「那你也不能坐這個座位。」中年女人的語氣生硬極了。戴希朝窗外瞥了一眼，玻璃底色更黑了，還隱隱地泛起白光，是不是已經開始下雪了？戴希感到心情煩躁，突然就賭起氣來：「你是誰？人家店裡的人都沒說什麼，你憑什麼不讓我坐？我就要坐……」

「小姐，這個座位確實有預訂。這位是我們的老闆娘。」滿臉慌亂的店員出現了，聲音壓得低低的。中年女人把雙手往胸前一攏，頤指氣使地申斥：「你是幹什麼的？還要我來管這種事，跟你說過多少遍了，今晚這個座位必須空出來！」

戴希有點兒坐不住了，恰好旁邊一桌客人起身離店，玻璃門開合之間風捲冰花，整間屋子都被寒氣掃蕩了一遍。「下雪了啊！」驚歎聲零落入耳，戴希站起來：「我換那桌吧，給我菜單。」

「小姐，晚餐已經結束了。」

戴希瞪著老闆娘比冰霜還冷的臉，又一屁股坐了回去：「我要咖啡，咖啡你們總有吧？除非你告訴我現在就關門！」

「唔？我這裡十一點關門。」老闆娘的臉上板出乖張的神色，愈加顯得老氣橫秋，「不過小姐，今天晚上降溫，外面已經開始飄雪花了。你看看人家都在買單，咖啡嘛我勸你就不要喝了，早點走，省得晚了叫不到車。」

早走？可我要等人啊，而且還不知道要等到什麼時候！這一刻戴希簡直恨透了孟飛揚，於是故作姿態地昂起頭：「我就在這裡喝咖啡，晚了有人來接我。」在桌子底下踢了踢穿著高筒皮靴的雙腿，戴希又加了一句：「他就在後面那條街上的『逸園』開會呢，否則我也不在這兒等！」

「你說『逸園』？」

「嗯？」戴希不解地瞅瞅老闆娘忽然變白的臉色。

「『逸園』？……原來是這樣，很好。」老闆娘嘟囔著扭身就走，又從牙縫裡擠出句話來，

「那你就坐這個座位吧，算是給你留的。」

戴希一頭霧水，倒也不好再挪動了。

「小姐，您的咖啡。」

店員放下咖啡杯，戴希啜了一小口，竟是難得一品的上好咖啡，醇香的味道剛剛在齒頰間漫開，端杯的手卻情不自禁地顫抖起來。

難以言說的不安令戴希的心微微發緊，她從包裡掏出手機，有些慌張地撥了孟飛揚的號碼。

「嘟，嘟，嘟……」一連撥了幾次都是無人接聽。

漫長的三個小時就這樣過去了，戴希從高朋滿座等到一室淒涼。

她一直在故作鎮定地小口啜飲著咖啡，可是再小口這杯咖啡也終於喝光了。她想再要一杯，揚手招呼時，黑衣店員蹤影全無，回應她的只有舊式留聲機裡的老唱片循環往復，單調的歌聲讓她全身發涼，大半個世紀前的青春和愛情已如煙而逝，再難追回……

「小姐，這張檯子有預訂，能不能請你換一張？」

怒火騰地衝上頭頂，就算戴希平時脾氣很好，也幾乎嚷起來：「有預訂有預訂，不是你們老闆娘自己讓我坐的嘛！這裡馬上就要關門了，哪個預訂的還會來？除非是鬼吧！」

更多的抱怨被生生咽了回去，戴希張口結舌地看著面前站著的女人，寶藍色旗袍上一張端秀的臉，黯淡光線柔化了歲月的痕跡，使年齡感不再那麼觸目。她看著戴希的眼神有些驚訝也有些不解：「小姐，你這是？這張座確實有人訂了，他馬上就會過來，所以……」

「所以才讓她在這裡等！阿姐，你就別操心了，我全都安排好了！」深赭色的旗袍如鬼魅悄現，一剎那戴希有點兒頭暈目眩，在她面前並排著兩張相同的臉孔，以及全無二致的身材，卻散發著迥然相異的氣息：一個溫順、一個乖戾。

哦，雙妹……戴希把目光轉向對面牆上的月份牌，原來是這樣！

「文忻，你說的什麼呀？怎麼叫安排好了？」

「阿姐？你又糊塗了？還不是老一套？這個小姑娘老早就來這裡，等到現在了！」

「不，不可能的。他說好今天專程來看我們……」

「不相信，那好。」深赭色旗袍的女人衝戴希陰慘慘地一笑，「小姐，你是在等『逸園』裡的人吧？」

「我，是啊……可是這和你們有什麼關係？」戴希徹底糊塗了。

「有，當然有！他總是這樣，隨便約一個人到這裡來，我們兩姊妹就得做老媽子，伺候吃伺候喝——」

「住口！」一個男人的聲音。頃刻間，雙胞胎姊妹斂息凝神，一起向那人轉過身去。他的頭髮和黑色大衣上都黏了一層雪花，如同白雪勾勒的影子般誕生於墨黑的店堂深處。他徑直走到戴希面前，面無表情地朝戴希點了點頭：「小姐，請問你在等『逸園』裡的什麼人？我剛從那裡過來，也許可以幫忙？」

「我……」戴希思考乏力，因為她能肯定這個男人不是從店門進入的，此情此景怪異到了讓她只想趕緊脫身，便坦白地說，「我在等我的男朋友，他叫孟飛揚，是去那裡參加西岸化工公司的年會。」

雙胞胎姊妹在旁邊發出輕輕的吁氣聲，此起彼伏。那個男人卻皺起眉頭：「孟飛揚？年會的邀請函都由我親自簽名，我不記得邀請過這麼一個人。」

「不可能！」戴希急得臉通紅，抓起手機，「我這就給他打電話。」

手機適逢其時地鈴聲大作，是陌生的電話號碼。戴希猶豫著接起來：「喂？啊，飛揚！你到底在哪裡？在幹什麼？你……」

「小希，小希！你別著急，你先聽我說，我還在『逸園』，這裡手機信號很差，我用的是固定電話。小希，告訴你出大事了，有川康介死了！」

戴希覺得，自己已完全置身於恐怖片的場景中了。

店堂裡又響起另一種手機鈴聲，那個男人走到一邊，聲音壓得很低接電話。

雙胞胎姊妹愣愣地站在原地，面面相覷沒了主意。很快男人講完了電話，重新走到戴希桌前，彬彬有禮地說：「原來孟飛揚是陪同伊藤株式會社的有川康介去的『逸園』，他們兩人都不在年會邀請的名單上，剛才是我誤會了，對不起。」

他朝戴希的手機微微抬了抬下顎：「是孟飛揚打來的電話？他的老闆出事了，剛剛被發現死在我們塑膠部門總監的辦公室裡面。」

戴希垂下腦袋：「嗯，他剛才跟我說了。」

男人點點頭：「已經報了警，今天晚上估計你們見不了面了。」他的語氣變得很溫和，「趕緊回家吧，快十一點了。」

戴希挽起皮包，誰都不看就朝門口走。

「等等，」男人快步來到她身邊，「你不是開車來的吧？」戴希搖搖頭。「讓我的司機送你回去吧，外面雪下得非常大。」

他推開磨砂玻璃門，風捲著雪花飛撲到戴希臉上，她伸出左手，幾片雪花落在掌心，真的好大，卻又那麼輕盈，瞬間就化成數點清波，微涼而已。身後，男人在用低沉而命令的口吻說話：「文忻、文悅，你們把店關了，早點休息吧，再見。」

正對店門的街沿上，不知道什麼時候趴了隻毛茸茸的白色大獸。

從它的形狀和高高豎立在前端的標牌能夠看出，這是輛黑色的賓士車，只是從上到下覆了一層雪。

男人拉開了右後側的車門，戴希略一遲疑，就坐了進去。他緊跟著坐到戴希的右側，「砰」地關上車門，向前排的司機說：「周峰，先把我送到『逸園』，然後你送這位小姐回家，再回來接我。」

車子緩緩啟動，男人微側過頭來：「『逸園』和『雙妹』只隔著一條街，但兩邊都是單行道，開車的話就要繞一圈，等我在『逸園』下車以後，你告訴司機地址就行了。」他向戴希伸過右手：「這是我的名片。」

戴希接過來，潤滑如玉的紙張上微凸的字體，帶給指腹凝練有致的感覺：美國西岸聯合化工有限公司大中華區總裁——李威連。

警笛的鳴叫劃破雪夜的寂靜，接連有幾輛閃著黃燈的摩托車超過他們，李威連低聲說：「上海警方的辦事效率倒是提升了不少。」突然一個急剎車。

「怎麼？」

周姓司機平靜地回答：「前面封路了。」

透過前方的車窗，可以看見好幾輛警車堵住了去路，閃爍的警燈下，有幾個員警正在拉起路障，飄飛的雪花讓他們看起來活像舞臺上的剪影。

短暫的寧靜後，李威連問：「你來過『逸園』嗎？」

戴希猛然意識到他是在和自己說話，「我……沒有。」

「怎麼沒有？聽你的口音是本地人吧？」

「我家離得比較遠，很少來這個區域，也不懂這些老房子。」

「那你現在倒是可以好好看看它——『逸園』，很美的巴洛克式樣建築，並不多見。」

戴希往前探了探頭，看見綿綿厚厚的大雪中一棟乳白色的龐大建築，高高矗立在圍牆的上方，每個窗口都大放著光明，在深沉的暗夜中猶如燈塔般壯麗輝煌。

「上海很久沒有下這麼大的雪了，今夜倒有些像好多年以前。」李威連推門下車，又繞到另一側，敲了敲戴希身旁的車窗，「請問你的姓名？只是以防萬一，也許警方會要我出示不在場證明。」

「我叫戴希。」

「好的，戴小姐，我盡量不麻煩你，再見。」他踏著有力的步伐，緩慢而堅決地走向橙黃色的警戒線。

雪還一直下著，高架道路的入口都封閉了。周司機開得很小心，用了一個小時才把戴希送到家。一踏進家門，戴希就把小小兩居室裡的燈全部打開了。她蜷縮著身子在沙發上坐了好久，今夜的寒冷深入骨髓，超過了她經歷過的所有冬季。

不知過了多久，戴希突然從半夢半醒中驚覺過來，奔過去一把拉開門：「飛揚！」

孟飛揚轉過身：「小希，你還沒睡？我……就是過來看看。」

「我在等你。」

她把門敞開得更大些，孟飛揚蒼白的臉好像紅了紅，隨即跨進屋來。房門在他身後合攏，他們緊緊擁抱，期待了這麼久之後，暖意終於開始在他們的身體間傳遞。孟飛揚在戴希耳邊輕輕說著：「小希，對不起，對不起……」

「又不是你的錯。」戴希把臉貼在他那依舊冰凍的肩頭。從美國回來以後，她還是頭一次感受到他的懷抱，原來一切並沒有改變，只是他們無暇體會罷了。

「如今的員警還挺人性化的，問了一遍話以後就讓我們先回家了。否則真不知道要等到什麼時候。」

孟飛揚輕輕放開戴希，扯下羽絨服的拉鍊，探手從西裝口袋裡摸出個深藍色的絲絨小盒子：「小希，祝你生日快樂。」又瞥了眼牆上的掛鐘，「唉……都是昨天了。」

盒子裡裝著施華洛世奇的水晶化妝盒，戴希打開玲瓏剔透的鏡盒，衝著鏡子裡的自己笑笑，幾小時前精心準備的髮型和妝容都已黯然失色，她的二十六歲生日就這樣過去了。

第二章

清晨七點半，孟飛揚摁掉鈴聲，眼睛慢慢適應臥室中的幽暗，模模糊糊地看到枕邊堆著黑乎乎的一團，那是戴希的長髮。

「唔……你走啦？」她迷迷糊糊地哼著，氣息裡帶出甜睡的馨香。

孟飛揚借助想像而非視覺捕捉到她那因為酣眠而紅撲撲的臉蛋，不能自已地迷醉在這幅畫面裡，三年的離別之痛就這樣煙消雲散，他的寶貝又回來了。

雖然總共才睡了三四個小時，出門時凜冽的寒氣迎面激來，孟飛揚有些昏沉的腦袋立刻就清醒了。儘管昨夜的雪下得很大，地上依舊沒能形成白色的積雪，融化後的雪水流得遍地都是，又被行人踩踏得污穢不堪，從人行道到綠化帶，到處都是黑乎乎的腳印。太陽有氣無力地照著，風不如昨夜那般刺骨，刮在臉上還挺疼的。

在這個老式的住宅社區裡，幾十棟六層公房像士兵列隊般整齊劃一，所有房子難分彼此的灰色外牆無疑是醜陋的，而它們的實用性和醜陋恰恰成正比。最初是附近那所名牌大學為教職員工專門興建的住宅社區，後來學校在稍遠的近郊建了氣派的新校園，又補貼教職員工在新校園旁購買嶄新的商品房。就這樣原先的住戶陸續搬走了，空出來的房子儘管面積不大，但交通便利，成為剛開始在職場打拚的「新上海人」的搶手貨。

戴希的父母都是大學教授，在新校區旁買了三室兩廳的敞亮新居後，就把這套兩居室的舊屋給了戴希獨住。她和孟飛揚都很喜歡這裡的氛圍：社區裡沒有精心設計的綠化景觀，但生長了幾十年的樹木形成真正的綠蔭，春天有小鳥做窩、夏季有蟬蟲鳴唱；樓道裡沒有光可鑑人的大理石牆面，卻一日三次不變地飄散出飯菜的味道，充盈著真實生活的煙火氣。

戴希去美國留學前的那幾個月，孟飛揚每天下班後都會過來，他倆相擁在小小的陽臺上，常常從夕陽晚照一直待到繁星墜落，夏夜的風吹不乾身上的浮汗，濕濕地黏在皮膚上，好像每個細胞都捨不得分開。他們看著白髮蒼蒼的老人手牽手在樓下蹣跚而過，年輕夫婦帶著幼童嬉戲，狗兒撒歡地跑來跑去，晚歸的鴿子在頭頂盤旋，聽著鴿哨聲遠遠響起又落下……過去的三年中，這些時光凝固在孟飛揚的頭腦裡，直到昨夜今晨才被戴希真實的嫵媚所取代，靜默的畫面再度鮮活起來。

孟飛揚在戴希家的陽臺下抽完了一根菸，手指凍得僵直。他本可以繼續消磨時光在樓上那間黑暗小屋的溫柔鄉裡，但是有一個人死在他的面前，這迫使孟飛揚依依不捨地走出羅曼蒂克，現實生活總是喜憂參半的。

孟飛揚把雙手插入衣兜，慢悠悠地拖著步子朝地鐵站的方向移動，不時被步履匆忙的上班族超越。剛剛接待過愛情和死亡的造訪，孟飛揚發現，準時上班變得不那麼重要了。他的腳步有些虛浮，因為缺乏睡眠，也因為短暫地失去了人生的重心。

半個小時以後，孟飛揚來到了伊藤株式會社的樓下。這是一棟三十多層的辦公樓，玻璃幕牆的款式略顯老舊，整體還算氣派，伊藤株式會社總共才十人不到，就在十六層租了一個百多平米的辦公室。

孟飛揚走出電梯，一眼就看見伊藤株式會社的玻璃門半開著，前臺沒人，高亢的話音從裡間傳出來。

「好，太好了！哎呀，這可是幫了我們的大忙了呀。我馬上報告有川老闆，這次必須要好好謝謝……啊，要的，要的，怎麼能不謝呢……好，好，你先忙，再見。」

掛斷電話，禿頂的主人柯正昀意氣風發地扭過臉來：「飛揚！好消息！」

「老柯，什麼事這麼興奮？」

「還不是那批低密度聚乙烯粒子，總算搞定了！」

孟飛揚站到柯正昀的隔板前：「搞定了？銀行終於同意匯款了？」

「那倒不是。不過剛才海關的小曾打電話來，說他們昨晚加班把這批貨驗完了，今天走一下流程，最晚下班前就會把報告提交給中華石化。這樣銀行方面就再沒有理由拒付了！」

「哦。」孟飛揚點點頭。

柯正昀如釋重負似的歎了口氣：「唉！一千萬美金的大單子啊，真是好事多磨，沒想到一直拖到今天。飛揚，這段時間我們在銀行那裡碰了多少釘子啊，哈哈，看來還是西岸化工在海關說得上話，昨天有川老闆去找他們算是找對了，果然立竿見影！」

柯正昀是從國有貿易公司退休後又出來打工的，在伊藤株式會社擔任辦公室主任兼財務。平常業務員們在外跑單，有川康介通常要隔幾個月才來一次，孟飛揚也是四處出差，就只有老柯和前臺小姐雷打不動地留守這間辦公室。柯正昀以上海男人特有的細心照顧著公司的一切雜務，事事料理得井井有條，為人也如同他身上從冬到夏一絲不苟的西服襯衫和領帶：老套、圓滑、謹小慎微。在孟飛揚印象中，老柯還是頭一次這樣眉飛色舞。

「……飛揚，有什麼問題嗎？」柯正昀總算發現孟飛揚的神色有些異樣。

「老柯，昨天是我向有川老闆建議，他才給海關的左處長打了電話，請他們幫忙快點清關——和西岸化工沒關係。」

「噢，是嘛？」老柯笑笑，「也對，還是飛揚你的腦筋好啊。反正無論如何，有川老闆這回可以鬆口氣，我們也可以好好過個新年了。昨天我看他的樣子，好像生了重病似的，這批貨金額那麼大，他先墊款肯定也使出吃奶的勁了，難怪那麼緊張……」

「老柯，」孟飛揚朝老柯湊過去，壓低聲音說，「有川康介死了，就在昨天晚上，西岸化工的年會現場！」

將發未發的驚呼堵在嗓子裡，柯正昀半張開嘴，下巴像中風病人似的懸空著。

孟飛揚繼續低聲說：「還是我第一個發現的。事情滿蹊蹺的，當場就報了110，說不定今天員警還要來公司調查呢。好在幾個業務員出差的出差、休假的休假，都不在公司，就先不讓他們知道吧。我只跟你說一聲，咱們得商量商量接下來該怎麼辦。」

柯正昀的面色有些泛白，點點頭，從抽屜裡摸出包上海牌香菸來，又滿臉茫然地扔到桌上：

「他……是突發疾病？」

「不是。」孟飛揚皺起眉頭，昨夜那幕恐怖的場景再次浮現眼前，「看上去……他像是觸電死的。」

「觸電？這怎麼可能？」

「就是觸電，他的手伸在一個老式保險絲盒裡，當時整棟房子都短路了……」孟飛揚終於下了決心，有些費力地說，「老柯，我覺得有川康介是自殺的！」

「自——殺！」柯正昀用拖長了的上海口音唸出這兩個字，聽上去尖利刺耳。

孟飛揚情不自禁地歎了口氣，他不願意詳細描述昨晚的一切，只說：「確切的死因還是等警方的結論，我不想隨便亂說。反正，誰也不會無緣無故地把濕手伸到保險絲盒裡去吧？唉，快到年底了，居然出了這種倒楣事！」

「老柯！飛揚，你今天來得真早啊！」

是前臺小姐齊靚兒嬌滴滴的聲音。緊接著，一張圓臉出現在兩個男人面前，血色豐盈的臉蛋上那對大眼睛直對著孟飛揚閃閃爍爍：「早知道你今天來公司，我就不帶飯了。快到新年了，飛揚君該請吃飯嘍。」

孟飛揚好像咳嗽似的說：「好，一定請，一定請。」轉手推開小辦公室的門，將呆若木雞的老柯推進去。

小辦公室的一側放著老闆桌和皮椅，背後是朝街的明亮大玻璃窗，長條會議桌擺在中間。這裡既是有川康介的私人辦公室，也兼作大家的會議室。

孟飛揚關上小辦公室的門，又將玻璃隔段上的百葉簾放下。回過身，老柯已經呆坐在會議桌邊。孟飛揚也倚靠到桌旁，皺了皺眉：「老柯，我們現在該怎麼辦呢？」

「啊？飛揚，你問我嗎？」老柯弓起肩膀，腦袋整個縮進肩窩裡，和早上的亢奮模樣簡直判若兩人，「我想，我想……」他突然抬起頭，好像在嚷：「那個單子怎麼辦？！低密度聚乙烯的單子怎麼辦？！」

「老柯，你真覺得這筆單子能成？」孟飛揚的反問和他的臉色一樣陰沉。

柯正昀直瞪他：「飛揚？你什麼意思？怎麼不能成？這不已經快成了嗎？海關把貨都查完了，中華石化要提貨就必須付款，再拖幾天到年底，銀行就要停止處理了。所以我想這兩天一定會收到貨款的。」

他也不管孟飛揚明顯敷衍的表情，繼續說下去：「真不懂有川康介到底有什麼想不開的？只要再多等幾天，這麼大筆業務就做成了，多少困難都熬過來了，怎麼會……怎麼會……」

孟飛揚看著他苦笑：「老柯，先不管這個單子成不成，首先我們是不是該通知日本方面？」

柯正昀聽懂了孟飛揚的意思。伊藤株式會社是有川康介私人開辦的貿易公司，總部設在日本東京，除了康介本人之外，公司的主要管理者就是他的長子有川信一。孟飛揚去日本出差時和信一見過面。這次有川康介在中國猝死，於情於理都應該立即通知他的家人，況且公司後續的安排也需要信一來接手。

「飛揚，還是你打電話吧，你的日語最好。」

孟飛揚走到老闆桌前，看了看桌上的日曆鐘——9:45，這個鐘永遠調的是東京時間，比上海早一個小時。

孟飛揚深吸一口氣，撥通了伊藤株式會社東京辦公室的電話。振鈴、音樂、錄音，一遍又一遍……奇怪，怎麼沒有總機接電話？他又看了眼日曆鐘，早就過了上班時間啊。孟飛揚直接撥了總經理辦公室的分機，依舊無人接聽。

「怎麼回事？」柯正昀緊張得禿頂前端的頭皮全發青了。

「老柯，你有有川信一的手機號嗎？」

「我沒有……不過，靚兒那裡應該有！」老柯騰地跳起身衝了出去，一轉眼又衝了回來，把寫著號碼的紙條放在孟飛揚面前。孟飛揚幾乎能夠看到齊靚兒那滿腹狐疑的樣子，他顧不上別的，立刻撥了出去。

這次才振兩回鈴，對方就接起來了：「莫西莫西？」

「是有川君嗎？我是上海公司的孟飛揚。」孟飛揚急急地說。

好一陣沉默。「噢，是孟君，有什麼事嗎？」語氣出人意料的冷淡，孟飛揚甚至從中聽出了惱怒和粗魯，可他記憶中的信一是個相當有禮貌的年輕人啊。

孟飛揚盡量把語氣放得平緩：「有川君，對不起，有件不幸的事情要告訴你。有川康介先生昨天晚上在上海猝然過世了。」

「什麼？他死了？！」對方猛地提高聲音，似乎非常激動。孟飛揚正打算應付一連串又急又痛的追問，卻從話筒那端流淌過來長時間的沉默，重如鉛液，孟飛揚聽到自己的心臟在壓迫下怦怦跳動。

「他是怎麼死的？」

「呃，這個……我感覺是自殺，不過不好說，要等警方的正式結論……」

「什麼？這不是警方的結論只是你的個人看法？你感覺是自殺？難道你認為怎樣就可以隨便胡說嗎？！這樣的言論未免太不負責任了！」

「我……」孟飛揚把話筒拿開些，那頭滔滔不絕的日語好像開閘放水似的，孟飛揚頭皮發麻，一時無法構造出完整的日語句子來。不過顯然對方也無意聽他解釋，只是高聲叫嚷自己要說的話：「你告訴警方，讓他們正式和我溝通，你說的話我難以置信！家父為什麼會突然死亡？！太令人意外了！我警告你，休想拿家父的死做什麼文章！不要再給我打電話，從現在開始我只和中國官方接觸！」

「啪噠！」電話掛斷，孟飛揚銜著話筒直發愣。

「怎麼啦？」老柯在一旁悄聲發問。

孟飛揚無言以對，只能把話筒擱回底座。寬大的辦公桌上，一個深棕色的木質相框裡嵌著有川父子的合影，二人均是全身黑色西裝，衣冠楚楚，笑容驚人相似。

「到底怎麼啦？」老柯又問了一遍，屋裡再無第三者，他把聲音壓得那麼低，倒像怕被照片上的人聽見似的。孟飛揚還沒開口，桌上的電話忽然鈴聲大作。

「喂？」孟飛揚一把抓起電話，「誰找我？不見，我沒空！」

他看看老柯蒼白的臉：「是靚兒，說外面有人找我，大概是來談業務的。唉，現在哪裡顧得上這些！」

老柯吐了口氣：「哦，我還以為是信一……」

「孟、孟經理！」小辦公室的門上響起兩記怯怯的叩門聲，孟飛揚和老柯一起瞪著悄然開啟的門縫，齊靚兒漲紅的圓臉上有種很像哭的表情：「這位警官先生找你。」

孟飛揚站起身，門開得更大了，一個陌生的年輕男子把齊靚兒擋到後面：「是孟飛揚嗎？你好，我叫童曉，是上海市公安局刑偵總隊的。」

他伸過右手，掌心裡捏了張貼著照片的證件。孟飛揚推了推老柯：「老柯，麻煩你先出去。」

等孟飛揚關上門再轉回身時，姓童的警官已經氣定神閒地坐在了會議桌邊，還饒有興致地四下打量了一圈，這才衝孟飛揚點點頭：「我是市局刑偵總隊第五支隊的，專門負責涉及外國人的案件。」陽光從他的背後照來，映出還十分年輕的面龐。孟飛揚判斷，他最多也就是三十出頭，應該和自己差不多年紀，穿的是便裝，神態也顯得很放鬆。

童警官繼續周到地解釋來意：「外國人在中國死亡，只要是死亡地點在醫療機構之外、屬於非正常死亡的，原則上都需要我們參與確認死因。涉及外事嘛，總要慎重的。」

「當然。」孟飛揚坐到童曉的對面，「那麼童警官，有川康介先生的死因確定了嗎？」

童曉從身上斜挎的皮包裡掏出一個塑膠資料夾，煞有介事地翻了幾頁：「還沒最終確定，否則我也用不著來這裡了。」他戳了戳資料夾裡寫滿字的紙：「昨天晚上是你第一個發現有川康介的屍體的，你當時就對派出所的員警說有川是自殺？」

孟飛揚咽了口唾沫：「直覺的反應而已，員警問我怎麼想，我就坦白說了。」

「嗯。」童曉很認真地點了點頭，分不清是表示讚賞還是同意，臉上依舊掛著微笑，「我看了這份紀錄，但上面寫得比較簡略……能不能請你再說一遍你的想法？」

「我的想法？」

「就是你關於有川是自殺的直覺，為什麼這麼肯定？你的依據是什麼？」

孟飛揚遲疑了一下：「我的直覺不一定準確，你們反正要得出結論的，我怎麼想的無關緊要吧？」

童曉注視著孟飛揚沒說話，目光並不犀利，卻顯得好奇而友善。

孟飛揚連忙凝神敘述起來：「我剛發現有川倒在地上時，開了好幾次燈都開不亮。後來才知道當時整棟房子都斷電了，有川是把被酒澆濕的手伸到保險絲盒子裡去的，造成了短路。他這樣做，除了自殺我真的找不到別的解釋。」

「嗯，他不僅澆濕了手，身上也澆透了酒。真可惜，那些可都是二十年以上的陳年威士忌啊。不過……」童曉又戳了戳資料夾，「當晚的宴會上只供應葡萄酒和香檳，沒有威士忌。」

「應該是西岸化工的張乃馳總監的藏酒吧？我看到他的辦公室裡有個小酒吧，放滿了各種威士忌。可是昨晚有川死後，那裡變得一片狼藉，所有的酒瓶都砸碎了，酒流了一地。」

「是啊，今天早上我去現場時，還能聞到一股濃烈的酒氣，呵呵，確實都是些好酒呢。」

孟飛揚附和：「想必都是張總的珍愛收藏吧，他可真夠觸霉頭的。」

「對，對，昨晚上除了有川康介，就數這位張總最倒楣了。」童警官的語氣裡多少有點幸災樂禍的味道，似乎對張乃馳這類以外貌見長的同性，男人都會有種出自本能的輕視，「不過咱們待會兒再談張乃馳，現在還是繼續說有川。那麼說你就是因為有川把濕手伸入保險絲盒，被電擊致死得出他的自殺結論？」

孟飛揚皺起眉頭，一邊思索一邊回答：「我最後一次見到活著的有川老闆，他是一個人待在張乃馳的辦公室裡。之後所有人都去花園裡看煙火，等煙火放完我再去找有川，他就已經死了。況且他的死法，先要在屋子裡找到那個老式保險絲盒子，然後砸開酒瓶把全身澆上酒，最後還把濕手伸到保險絲盒裡面，應該是執意尋死才會如此吧——」他突然想起什麼來，把目光對準童曉，「對了童警官，你知道那個屋子裡怎麼會有老式保險絲盒子嗎？我從昨晚起就想不通，雖說『逸園』是一所老洋房，可我看見裡面全都重新裝修過了的。」

童曉一本正經地點了點頭：「西岸化工租下『逸園』作辦公室時，的確對整棟房子做了全面裝修，尤其是電路系統，畢竟現代化辦公室對用電的要求非常高。不過據說『逸園』本來的電路系統就很不錯，而西岸化工的李威連總裁又崇尚老派風格，喜歡搞什麼整舊如舊，所以才在二樓的幾間辦公室裡都保留了老式的陶瓷保險絲盒，就是因為款式特別雅致。呵呵，你說一個保險絲盒子能有多雅致，還給當成古董了。」

孟飛揚恍然大悟：「難怪，這樣就為有川自殺提供了技術條件啊。」

童曉意味深長地說：「不能僅憑技術條件來下結論，通常認定自殺的話，還需要找到充分的心理條件。」

「我明白你的意思。」孟飛揚說，「童警官是想問我，有川是否有自殺的動機，對嗎？說實在的，這還真不好說。我從昨晚想到現在，並沒有找出有川必須要捨棄生命的理由。」

「他最近有什麼異常表現嗎？」

「……異常倒是有一些。一方面，這次他來中國後，似乎健康狀況很差，具體是否生病我不清楚，也沒聽他談起過；另一方面，就是我們公司最近的一筆大生意出了點問題，有川對此十分擔憂，他到中國來就是親自處理這件事。哦，他昨晚上去找西岸化工的張乃馳，也是想請張總幫忙。怎麼？張總沒有告訴你們他和有川的談話內容？」

「大致說了說，不過昨晚上張乃馳受驚不小，沒能談得很詳細。所以還得請你盡量把這樁生意的情況解釋一下，警方會保護你們合法的商業機密，這一點你儘管放心。」

商業機密？本來還真算得上是個重量級的商業機密，但是現在，至少對有川康介來說已經什麼都不是了……

孟飛揚按捺下嘲諷的衝動，讓自己看上去盡可能的鄭重嚴肅，表現出專業人員的素養：「簡單來說，這筆生意就是我們公司為中華石化從國外進口一批高品質的低密度聚乙烯。」

「低密度聚乙烯是？」

「一種比較常用的塑膠原材料，主要用來生產高強度大幅面的塑料薄膜。中華石化這個訂單的最終使用者是農業部，你知道今年的冬天特別寒冷，這批低密度聚乙烯粒子就是農業部委託中華石化進口的，用來生產覆蓋農作物暖棚上的塑膠薄膜。」

「原來是這麼回事。可是，」童曉指了指窗外，「冬天已經開始一個多月了，北方都來過好幾次寒潮，你們的貨來得及交付給農業部嗎？」

「應付北方的寒潮肯定是晚了，做北方大棚的塑膠粒子幾個月前就該到貨了。我們的這批貨針對的是長江中下游地區，比北方要遲將近一個月降溫，這兩天才來了第一次寒潮，恰好我們的貨物也到岸了，海關這兩天正在加速清關，加工成塑膠薄膜只需要幾天時間，再花一兩天發往周邊農村，理論上說時間剛剛好。」

「哦，這筆生意不小吧？」

「是的，總金額不便透露，但確實是筆大生意，而且利潤豐厚。」

「因為是部委的單子，所以利潤特別好嗎？」

「那倒不是，主要是因為這批低密度聚乙烯粒子的單子比較特殊。其實每年冬季，中國長江以北的農村都需要大量的塑膠暖棚保護農作物過冬，相比之下，北方的冬季乾冷，而長江中下游的冬季陰濕，農作物的品種也比較精細，因此這個區域暖棚上的塑膠薄膜品質要求非常高。符合要求的國產塑膠粒子產量有限，碰到像今年冬天這種特殊情況，就需要從國外進口。進口產品的價格比國產的要高出一大截，利潤空間相應的也就比較大。」

童曉一個勁地點頭，緊接著又連連搖頭：「既然是這麼好的生意，那所謂的麻煩又是什麼呢？」

「問題出在了付款環節。按照國際貿易的慣例，貨物在發貨地港口裝運以後，由船運公司出具提單，我們將提單交給我方銀行，再由它們轉給買方銀行，買方銀行審核單據後付款，整個過程就是這樣。可是，這批貨的提單幾個星期前就送到買方銀行了，但他們卻總是百般挑剔我們提供的單據，為了一些無關緊要的字面問題就拒付，甚至連標點符號都不放過。我們來來回回改了好多次單據，銀行就是以『單據與合同有不符點』為由，死活通不過，結果一直拖到今天，貨都到外高橋碼頭了，我們還沒收到貨款呢！」

「這個……國際貿易我不太懂了。」童曉伸手抓了抓頭髮，他那用造型慕斯精心撐起的時髦髮型這下子慘遭蹂躪，「你是不是在暗示銀行方面故意刁難，存心不給你們及時付款？」

孟飛揚平靜地回答：「我可沒這麼說。不過貨物到達目的港，買方都未支付貨款的情況，在國際貿易的案例中也算屈指可數了。銀行沒有理由刁難，他們都是聽買方，也就是中華石化的指示。當然，要說中華石化故意拖延付款也很牽強，嚴冬就在眼前，農業部急等著這批貨用在塑膠暖棚上，萬一耽誤了時間，導致大批農作物遭寒潮受損，這個責任誰來承擔啊！」

「但是你剛才提到貨物已進入清關程序，是不是中華石化就一定會付款呢？」

「不付款就不能提貨，這是最後的底線了。況且貨都運到了，寒潮也馬上要來，我想中華石化絕對會立馬付款提貨的。」

「那問題不就解決了？」

「準確地說是勝利在望——只要錢沒到帳，就不能鬆最後一口氣。」

童曉似乎在思考什麼，沉默片刻又問：「那麼，有川康介找張乃馳幫什麼忙呢？」

「西岸化工和中華石化的關係非常深，有川老闆想請張乃馳去和中華石化負責這個單子的人說說好話，讓他們盡快通知銀行付款。其實我個人覺得這樣做有點多此一舉，因為前天貨物就到港了，只要海關驗貨合格，中華石化總歸要付款提貨。就算要找張總幫忙，也該早點找，拖到現在才找沒意義。」

「你跟有川說了嗎？」

「說了，但他還是堅持要找張乃馳。誰想到竟發生了後面的事情。」

孟飛揚頓了頓，又加了一句：「無論昨晚他和張乃馳談得如何，都不影響大局。這筆單子雖然過程波折，也算快熬到頭了，所以我覺得，有川康介的死和這筆單子並沒有關係，他不至於連最後兩天都等不了吧。」

「嗯，瞭解，瞭解。」童曉如釋重負般地拍拍資料夾，目光在有川父子的合影上一掠而過，又回到孟飛揚的臉上，「我問話比較直接哦，伊藤株式會社這個代表處的規模不算大，中華石化怎麼會把這麼重要的大單交給你們？」

孟飛揚微笑了，童曉警官肯定不像他聲稱的那樣對國際貿易外行，他的問題針對性很強，無一不具備鮮明的意圖。不過孟飛揚還是耐心解釋：「貿易公司的規模和業務額不一定直接相關。有些公司一年做一大堆的小單，加起來的金額也未必比人家一單的金額大，利潤就更不成正比了。伊藤株式會社從八十年代起就在日本和中國之間做貿易，雖然規模不大，做的卻都是比較高端的生意，始終保持較高的利潤率。最近這些年，市場上競爭越來越激烈，中日貿易難度增大，公司的業務確實有些萎縮。但光憑幾十年來積累下來的客戶資源，也可以活得不錯了。所以我們現在並不追求規模，而是盯著幾個長期大客戶做，其中就包括中華石化。生意也不局限在中日貿易範圍內，這次的低密度聚乙烯粒子就是從南美進口的。」

「聽起來孟經理對伊藤的業務瞭若指掌啊，有川一出事，壓力都到你的身上了。」

又是一次明顯的試探，孟飛揚統統當作好意收下：「還好，伊藤在日本有總公司，由有川康介的兒子信一坐鎮。再說將近年底，公司就這一單業務懸而未決，其他也沒什麼大事。」

「有川的兒子叫信一？就是那個人嗎？」童曉把下巴朝相框抬了抬。

「是的，他們長得很像吧？」

「嗯，你有他的聯繫方式嗎？我們還要負責上報出入境管理局，再由他們聯繫日本領事館，通知死者家屬。」——原來這就是所謂的官方途徑。童曉拉過挎包，從裡面找出一支自來水筆和一本皺巴巴的記事本，詢問到現在他居然一個字都沒有記錄。

孟飛揚把寫著有川信一手機號的字條遞過去：「這就是他的手機號碼。很抱歉我不懂這裡面的規矩，已經給信一去過電話了。」

「沒事，你那是私人管道，也應該通知的。」

孟飛揚本想對他講講信一的反應，看著童曉滿不在乎的樣子，又打消了這個念頭。童曉把字條塞進資料夾，又把資料夾、筆和記事本一股腦扔進挎包，心滿意足地拉上拉鍊：「這就差不多啦。」

孟飛揚跟著他鬆了口氣：「童警官，看樣子刑偵工作比我想像的要輕鬆嘛。」話剛一出口他就後悔了，衝動是魔鬼，真想搧自己一個耳光。

童曉倒是毫不在意：「呵呵，幹我們這行的就要有張有弛，否則用不了多久就該精神崩潰了。哎喲！張乃馳，差點兒忘了他了。」

「張總昨天究竟出了什麼事？」孟飛揚很高興能夠轉換話題。

「他嘛，孟經理，他可是非常感激你啊。要不是你發現有川死了，從二樓吼了那一嗓子，張乃馳倒的楣可就不光是幾瓶老酒那麼簡單了。」童曉滿臉的忍俊不禁。

「什麼意思？」

「哈哈！昨晚你在樓上叫喚時，他正好要表演鋼琴獨奏，哪裡想到鋼琴的琴鍵上撒滿了碎玻璃碴，當時現場為了營造氣氛，只點了蠟燭，光線非常黯淡，他根本沒有發現異常。聽到你從二樓的那一聲吼，他才注意看了看琴鍵，及時避免了十指被扎透的慘劇。」

孟飛揚目瞪口呆：「真的？！……哪來的碎玻璃碴？」

童曉點了點自己的額頭：「你試試推理嘛，其實滿簡單的。」

孟飛揚把眼睛越瞪越大，一直撐到了眼眶邊緣：「難道是——那些酒瓶的碎片？！」

「回答正確！另外，這些酒瓶的碎片上還沾滿了鮮血。」說到這裡，童警官簡直有點得意揚揚了。

孟飛揚越發詫異：「鮮血？這也太恐怖了吧，誰的血？」

「根據化驗結果，都是有川康介的血。」

「啊！」沒想到事情遠比孟飛揚的所見所知詭異太多！他對於有川康介之死原先所持的半厭惡半感傷的情緒徹底消失了，取而代之的是強烈的好奇心。

認真地思忖了一小會兒，孟飛揚興致勃勃地問：「難道有川砸碎酒瓶後還捧著沾滿自己血的碎片下樓，把碎片撒在琴鍵上，然後再回到張乃馳的辦公室裡摸電門？」

「這算是一種相對合理的推斷。當然還存在另一種可能，就是有人在有川死後，將他砸碎的酒瓶碎片收集起來，放到樓下的琴鍵上。不過正如你剛才所說，當時全部參加年會的人員都在花園裡，而放煙火的響聲又遮過了其他的聲響，所以到目前為止，還沒有任何人說目擊到或者聽到什麼。」

「這……真是太匪夷所思了。」孟飛揚連連搖頭，「莫非是張乃馳拒絕幫忙，有川懷恨在心想報復？可是……也不至於啊。」

童曉盯住孟飛揚：「當時大家都聽到張乃馳叫了一句：『他想害死我！』你不是也聽到

了？」孟飛揚頭一次感覺到對方目光中那種清晰的理性，從整個上午的散漫舉止中凸顯出來，顯得特別鮮明有力。他情不自禁地回應：「我聽見了，現在聯繫起來看，張乃馳確實認為是有川要加害他。」

「張乃馳的說法和你的一致。但這裡面還有一個疑點：就算讓碎酒瓶碴把手刺破，也不至於有生命危險。張乃馳昨晚表現出的恐懼太過激了，似乎另有隱情。」

孟飛揚沉默了，看來童警官所面對的謎團還挺複雜的。

童曉從椅子上站起來，把挎包斜揹好，正對窗外投入的陽光眯了眯眼睛：「涉外案子中最困難的是揣摩當事人的心理，民族特性不同嘛。日本人尤其令我頭疼，所以今後我大概還要麻煩你。」

「沒問題，公民的責任嘛。」孟飛揚陪著童曉往外走，辦公室裡依舊沒有其他人，只有齊靚兒和柯正昀的兩道目光死死地黏在他們身上。

來到電梯口，童曉朝孟飛揚伸出右手：「非常感謝你的時間。這是我的名片，如果想起什麼來，隨時可以聯繫我。」孟飛揚接過名片，兩人用力地握手，電梯門打開，童曉跨了進去。

電梯門徐徐合攏時他倆目光相錯，都看出彼此眼中的藩籬在悄然鬆動。到底是三十歲左右的年輕人，三言兩語就能覺察到脾性相投，對孟飛揚來說，童曉正是那種可以邀在週末一起打籃球、玩遊戲和帶上女朋友吃飯的人，讀書的時候這類人似乎隨手就能抓到，上班之後卻變得越來越少。時間不夠哇，常常有人這麼抱怨，孟飛揚突然想到，其實不夠的是空間。人生保持著動態平衡的狀態，要獲取那些就必然會喪失這些……

「飛揚，那個員警來幹什麼？」

柯正昀縮著脖子站在走廊裡，好像一個上午變矮了不少。

「老柯，咱們一起吃午飯去。邊吃邊聊。」

他們在隔街的一家臺式餐廳找到了座位。從昨晚到今晨真是消耗巨大，孟飛揚覺得自己的胃都餓空了，一口氣點了四個熱菜三個涼菜，壓根不去理會柯正昀莫名驚詫的表情。點飲料的時候孟飛揚猶豫了一下：「老柯，喝點啤酒怎麼樣？」

柯正昀苦著臉：「太涼了胃不舒服。」

「哦，也是。」孟飛揚端詳著柯正昀的臉，「老柯，你的肝最近怎麼樣？臉色不好看。」

「一般，一般。」

孟飛揚招呼服務小姐：「來壺龍井，哦，再來兩杯咖啡，一條七星。」

狠狠地吸了幾口菸之後，孟飛揚覺得身心舒暢了許多。他簡單地把和童警官的談話對柯正昀複述了一遍。柯正昀始終沉默地抽著菸，菜上來了他一口沒動。孟飛揚講完，趕緊埋頭吃個半飽，這才長出口氣，又點起一根菸：「老柯，關於有川康介的死你有什麼想法？」

柯正昀捏著香菸的手抖得厲害：「我……不知道。」

孟飛揚安撫地說：「老柯，你也不用太擔心。不管有川康介的死因是什麼，對我們來說最多就是公司未來走向的問題。這個嘛就交給我，等官方正式通知有川信一以後，我會找他好好聊聊。老子沒了，兒子可以繼續幹嘛，伊藤株式會社在中國也能生存下去。就算退一萬步說，信一要把代表處關了，咱們這些業務員都能找到地方去。至於老柯你，今年有六十五了吧？如果公司真的關門，我勸你就別幹了，回家養老得了，還是身體要緊。」

柯正昀沒有答話，仍然一味抽菸，煙霧繚繞在黑黃的面龐四周。

孟飛揚揮了揮面前的煙：「老柯，最好菸也少抽點。」他想活絡下氣氛，就開玩笑地說：「你每月就那麼點零花，乾脆把菸也戒了吧。」

柯正昀對孟飛揚的笑話毫無反應，卻啞著喉嚨問：「飛揚，你說公司真的沒希望了？」

孟飛揚一愣：「啊？我沒這麼說啊。咱們的業務不是一直挺正常的嗎？低密度聚乙烯粒子的單子還能大賺一筆——」

「那有川為什麼一定要尋死呢？」柯正昀激動地打斷孟飛揚。

「這我怎麼知道！唉，小日本的腦筋愛出問題，再說有川康介這人的名聲一向不大光彩，那些道聽塗說什麼的我今天都沒告訴童警官，可是誰知道其中有沒有關聯呢。老柯，咱不去管那些閒事，免得惹一身騷。」

「不好，不好！」柯正昀拚命搖頭，「我有種大難臨頭的感覺，大難臨頭……」他一把抱住頭，痛苦地扭動著脖子。孟飛揚倒給他嚇了一跳：「老柯，你太緊張了，別這樣，自己嚇自己要出人命的。」

「我不是自己嚇自己！」

「那是？」

柯正昀哆哆嗦嗦地抬起頭，眼圈發紅：「今天上午你和員警談話的時候，我一直在撥海關小曾的電話，想問問他流程的進展。可是他一次都沒接，每回都是直接掛斷。我很擔心……」

「咳！」孟飛揚被菸嗆了一口，「人家不是說了今天要走流程嘛，你又打電話幹什麼，他一定是在忙。」

「不會的，不會的。我們打了幾年交道，我很清楚的！小曾過去從來不會這樣，肯定有問題，絕對有問題！」柯正昀幾乎叫起來，周圍桌上好幾個人朝他們看過來。孟飛揚把咖啡杯往老柯面前推了推：「老柯，喝咖啡。」柯正昀端起咖啡一飲而盡，黑色液體直接從嘴裡跑到臉上。

孟飛揚皺了皺眉：「老柯，你今天精神不好，乾脆下午回家休息吧。聚乙烯粒子的事情我來處理，我和海關的關係不比你差，曾航我也很熟的，怎麼樣？」

柯正昀不再開口，孟飛揚結完帳推著他往外走，他軟塌塌地在地上移動雙腳，舉步維艱。回公司的路上經過地鐵口，孟飛揚直截了當地問：「老柯，你要是在公司裡沒什麼重要事情，現在就搭地鐵回家吧？」柯正昀還在恍惚，孟飛揚記得柯正昀有一雙成年兒女，前段時間似乎還拜託過有川康介幫女兒找工作，就又隨口提出：「要不讓你的兒子或者女兒來接你？」

柯正昀猛然驚跳，瞪著雙發紅的眼睛直擺手：「不、不用了。我自己能回去。」往地鐵站口走了兩步，回頭苦笑：「小孟，你今天無論如何要給我一個消息啊。」

孟飛揚在附近找了家咖啡館，在吸菸區坐下後就開始吞雲吐霧。

每吸完半支菸，他就給海關的曾航打一個電話，老柯說得沒錯，電話始終處於無法接通的狀態，這是明確拒絕通話的意思，但孟飛揚不想放棄，就繼續撥下去。大概在下午五點一刻左右，孟飛揚的堅持不懈終於得到了回應。

「嘀！」他的手機上跳出一條即時資訊，「海關總署得到舉報你們的貨以次充好總署和中華石化已組成專案組今早突擊調查我和左處要被你們害死了再別給我打電話切記否則你也沒有好下場！！！！！！！」

孟飛揚抓手機的動作過猛，胳膊肘把咖啡杯打翻在地，他一口氣讀了幾遍這條全篇沒有標點符號，卻在尾部出現驚歎號集合的短信，腦袋裡嗡嗡地響成一片。咖啡店店員滿臉不悅地往他腳下伸來拖把，孟飛揚跳起身，手機上又是「嘀」的一聲，再看時已了然無痕，那條短信就像幻覺似的消失了。

但孟飛揚從心底裡認識到，這是極其可怕的現實。

第三章

位於上海市區中東部的「富麗新城」始建於上個世紀末，歷經前後五期將近二十年的開發，終於形成了由幾十棟超過三十層的高層住宅樓組成的超大規模居住區。「富麗新城」中的居民總數過萬，區內環境相當優美：綠化環繞、流水潺潺，學校、幼稚園、銀行、餐館、便利店和美容院一應俱全，住戶不出社區就可以滿足基本的生活需要，堪稱城中之城。

許多頭一次來到「富麗新城」的人都會對成排的水泥森林和整個住宅區的井然有序感到印象深刻，他們當然不會立刻察覺到，表面秩序正如明麗的陽光，在巨大的樓群中投下層層疊疊的陰影，令此地的藏污納垢更甚於市井喧譁的陋巷棚戶。因為只有在「富麗新城」這樣的地方，坐擁千萬財產的富豪才可能和群租於雙層鐵床上的農民工相安無事，同居一個屋簷之下又老死不相往來，生活在此地，沒有人知道自己的隔壁住的是誰，正在幹些什麼。

於是這天，就算是在大中午的時間，「富麗新城」三期某棟某層某室所有窗戶上的窗簾都拉得嚴嚴實實，自然也不會引起任何人的注意。

正在乾燥的冬季裡，化纖質地的窗簾迅速合攏時會爆出細微的靜電，拉窗簾的男人感到自己手背上的寒毛密密地豎起來。他摘下頭上一年四季都戴著的黑色棒球帽，擱到窗下的茶几上。幾縷光線從窗簾間的縫隙裡漏進來，恰好照在男人的頭頂，濃黑短髮因為靜電的關係微微擺動，其中好幾大塊斑禿特別鮮明，像是沼澤中引人失足的漩渦。男人伸出手又用力扯了扯窗簾，屋子裡終於漆黑一片了。

他對這裡非常熟悉，朝左邊跨出小半步，就穩穩地坐在一張扶手椅中。房間裡面幾乎伸手不見五指，他卻胸有成竹地往前探身，將面孔緩緩湊向黑暗的虛空，彷彿那裡潛伏著什麼引誘他的東西，無可名狀，又難以抗拒……

隨著極其輕微的「吧嗒」一聲，像風折殘柳的細響，若隱若現的光芒映在他的臉上，照不出半分表情，只是那雙眼睛中的貪欲之色，猶如古井微瀾，漸漸抑制不住來自最底處的暗流翻湧。

那是一張液晶顯示幕，螢幕裡呈現另一個晦暗房間的角落。陰影重重疊疊，光線自上而下，切割出細碎的光斑和色塊，無法辨識，唯有正中央的大塊白色一陣接一陣地激烈變換著清晰怵目的圖景。

兩個赤裸人體的局部扭出通常狀態下不可企及的古怪姿勢，在畫面裡起伏翻騰，卻沒有一點點聲音。肉體繃得幾近變形，在極度緊張中曝光過度，全部刷上白花花的浮點，仍然沒有一點點聲音。

男人吞咽著唾液，喉嚨裡咕嚕咕嚕地直響，頭在螢幕前不規則地擺動，操縱機器的手指不住顫抖，終於——他找到了期待已久的時機和角度，用盡全身的力氣按下了拍攝鍵！

從機器裡傳出的都是女人的聲音。

「今天開心嗎？」

「……」

「你看我是不是又老了啊？」

「……」

「你還喜歡我嗎？喜歡嗎？」

「我要走了。」

女人打了個冷顫，他用那麼動聽的聲音講出的話，每每都叫人心碎。

「再多待一會兒吧……」她無望地看了看床頭櫃上的鐘，他卻已經坐起身來。女人跳下床，從角落的衣架上取衣服給他。他接過去，又隨手擱到床上，展開胳膊把女人摟到懷中。

「你兒子對新學校習慣嗎？」

「好像還行。」女人略作遲疑，「建新這個小人，就會悶皮，我也不曉得他成天在想什麼。哎喲，他功課一塌糊塗的，能上現在的學校已經是燒高香了，輪不到他挑三揀四。」

他點了點頭，開始穿衣服。領帶、袖扣、皮帶、手錶……女人把這些閃著光澤的精緻物件一樣一樣遞給他，看著他把它們有條不紊地穿戴起來，人類想像力和審美的結晶猶如流星匯入銀河，片刻融入他自身的華彩。她喜憂參半地眼睜睜看他從親近變到冷峻，終於成為一個陌生人，然後遠離她而去。

她的才智有限，領略不了這變身過程中荒誕而又悲哀的意味，幸好如此——否則她該怎麼忍受同樣的變化在日復一日、年復一年裡。

「你休息吧，我走了。」

攝像機前的男人突然跳起身來，驚慌失措地向液晶屏中看了看，「喀嗒」一聲，他關上了攝像機開關，又飛快地把攝像機和支架、電線等等收起，扔進腳邊的矮櫃，仔細地鎖上櫃門。緊接著，他扭亮了牆上的壁燈，昏黃的燈光下小屋裡雜物橫陳，他在滿是灰塵的地面上迅速走動，鞋底拖出深深的腳印。靠近門邊的牆上掛著面小鏡子，他對著它匆匆整理好衣服，戴上帽子，開門出去。

大約十分鐘以後，一輛黑色賓士轎車緩緩開出「富麗新城」地下車庫的VIP區，沿著車道駛向社區西部的大門，很快就消失在滾滾車流中。

社區的西側有個兒童樂園，大中午的，卡通圖案的滑梯上沒有一個孩子在玩耍。圍繞樂園是一整片的矮黃楊，邊上豎著兩個乳白色的鞦韆架，左面的鞦韆上坐著個男孩子，他已經坐了很長時間，看來連中午飯都沒顧得上吃。

男孩有一張清秀的面孔，皮膚很白，嘴唇上沿淺淺的黑色絨毛表明他已進入青春期。厚厚的天藍色羽絨服緊裹著他的纖瘦身體，他紋絲不動地坐在冬日的暖陽之下，臉蛋上是少年人特有的孤獨表情，似乎在觀察和等待著什麼，又似乎目空一切。當黑色的賓士車從兒童樂園前面駛過時，男孩的眼皮稍微眨了眨，便垂下了頭。片刻之後他將頭重新抬起，賓士車的尾部恰好掠過青黃色的灌木叢外，看不見的輕煙飄過來，男孩揉了揉眼睛，縱身跳下鞦韆架。不遠處的高樓之上，剛才遮得嚴嚴實實的窗簾全部拉開了。

男孩飛快地跑過枯黃的草坪，一頭衝進門廳。電梯直上十六層，

他走到1603的門前，從口袋裡掏出鑰匙打開了門。

「是誰啊？」一個懶洋洋的女聲從裡間傳出來，跟著是趿拉拖鞋的聲音。男孩站在門口，只管死瞪著走過來的女人。她一邊走，一邊抬起雙臂束著捲曲的頭髮，頭頂堆著大蓬蓬的濃密鬈髮，好像伏著一隻小獅子狗。她還披著粉色的長睡衣，從領口到下襬全是茸茸的人造毛，這麼一來整個人都像隻獅子狗了。

看見男孩，女人也是一驚：「建新，你怎麼回來了？」

男孩沒有答話，卻冷冷地打量著自己的母親，身上散發出的寒氣對她非比尋常。

宋采娣朝前移了兩步，抬起手去探男孩的額頭：「哎喲，我的乖兒子，你是不是生病了呀？啊？」

「別碰我！」

「你怎麼……」宋采娣看看自己被兒子打落的手，一臉茫然。

「他又來過了！」

「他？」

男孩昂起頭，咬緊牙關逼視她，很滿足地看到母親在一瞬間裡已經面無人色。

「你……你瞎說什麼？」她還徒勞地想掩飾。

「我沒瞎說！我看見了，我全都看見了！」

高喊聲把她有氣無力的申辯全部堵回去：「你……看見了？！」

她在莫大的恐懼中倒退了一步，腳後跟踢到茶几的腳——「咚」！

宋采娣在沙發前搖晃了好幾下，重新站穩了，血色又回到雙頰上，連眼圈都紅通通的。

「好好的學不上，你偷偷回來幹什麼？快別瞎搞了，趕緊回學校去，要是讓你爸看見了，打死你！」她鐵板著臉說出這席話，虛張聲勢，拿出父母的地位來恐嚇兒子，盼望著他馬上落荒而逃。

她立刻就失望了。周建新的眼中聚起屈辱的淚光，聲嘶力竭地衝她嚷起來：「對！還有我爸！我爸也在！你們，你們兩個都在！你給他做奴隸！我爸當烏龜！」

「啪！」一記響亮的耳光結結實實地落到周建新的臉上，宋采娣指著兒子破口大罵：「臭小子，你不想活了啊！我們是你的媽、是你的爸！沒有我們哪有你！辛辛苦苦把你養這麼大，讓你吃好穿好，哪一樣虧待了你！上學上的都是貴族學校！你老娘是奴隸，你老爹是烏龜，好啊，那你算什麼！你說啊！」滿頭鬈髮遮住了大半張臉，她涕淚橫流地撲過來，揪著兒子的肩膀死命搖晃。

周建新奮力向後一推，宋采娣幾乎坐倒在地上。

淚珠滾滿了男孩的臉，他一字一句地說：「你給我聽清楚了，如果下次再讓我看見他到這裡來，我就殺了他！」

他轉身而去，用力關上家門，門內立刻傳來嚎啕大哭的聲音。周建新站在樓道裡注意傾聽著，淚痕未乾的臉上漸漸露出似笑非笑的古怪表情。

因為有川康介在精英年會上猝死，「逸園」暫時被封，西岸化工只得將大中華區的辦公場所轉移到位於淮海路上的辦公樓內。所謂大中華區本來就只有幾個最頂層的高管和他們的秘書，「逸園」為他們提供舒適的超大間獨立辦公室，和豪華的會議室，講究的就是氣派和品味。如今迫不得已只好降低標準，在淮海路的中國公司辦公區裡騰出一些獨立小間來，權作臨時之用。

今天午後的陽光特別好，剛剛經歷了寒流，好不容易見到晴空萬里，大家都不願待在室內，所以午飯時間過了很久，外出用餐散步的人們才陸續回到辦公樓裡。大中華區的人事總監朱明明本來在「逸園」有單獨的辦公室，今天也只好在自己的臨時隔間裡坐下，才拿出香奈兒的粉盒補妝，頭頂上就響起醇厚的男中音：「Maggie，Richard今天來上班了嗎？」

朱明明的手一抖，小鏡子裡出現了類似小丑的蒼白鼻翼，她沒有信心抬頭了：「他……呃，早來了！」

「在哪兒？」

朱明明氣喘吁吁地抹著粉，李威連就站在桌邊等她回答，目光和身影無形地壓迫過來。雖然他站著而她坐著，根本就不合適，但他那股溫柔的氣勢就是讓朱明明軟倒在椅子裡，動彈不得。

「William！」她總算拋下了粉撲，鼓足勇氣向他仰起臉，「Richard午飯前就到了，他要找你，我和Lisa都給你打過電話，可是你的手機一直關機……」

「是的，我去辦了些私事。」

「Richard在小會議室裡等你。」

「好。」

「William！」

「怎麼？」

朱明明跳起來，差點兒直撲到李威連的胸前。

「William，下回你要是再突然想起要去辦什麼……私事，我的意思是，原先日程裡沒有的安排，方便的話還請你跟Lisa或者我關照一聲，我們也好知道怎麼應付。今天是Richard找你問題不大，上週的內部會議也就算了。可是前些天亞太區的例會你也缺席，怎麼都找不到你，結果Philips問得我們很為難，Lisa只好說你忽然身體不舒服……」她上氣不接下氣地說著，緊挨在李威連的耳邊。

「你知道的，那些例會都是形式主義，Philips也就是做做樣子，你們隨便幫我推一推好了。」李威連和朱明明一樣地溫言細語，神情卻很輕鬆。

「我明白！可你提前說一聲的話，我們就先把託辭給想好了，總不能每次都說你不舒服，人家還以為你健康出問題了呢！」朱明明一下子憤懣起來。

李威連看了看她：「也許我就是健康出問題了呢？」他輕描淡寫地說，陽光剛好照在他的臉上，眼睛下的青色隱約可見，彷彿是從身體內部慢慢向外的腐蝕。

朱明明小聲驚叫：「William！」

「開個玩笑。」李威連懶洋洋地坐下來，「不過你說的也有道理，這樣吧……以後你就多想幾條備用的理由，再遇到像今天這種情況，你和Lisa就從中隨意抽取一條來使用，彼此經常互通，盡量減少重複。」

現在換成朱明明站在他的面前，哭笑不得地瞪著他。辦過「私事」之後李威連總會處於短暫的亢奮中，這種虛浮的愉悅情緒與他一貫的氣質並不相符，顯得脆弱而無稽。

「Maggie，我一向都很欣賞你的創新精神，你好好發揮吧。」

「哼。」朱明明用鼻子回答。

雖然他們可以像密友般心照不宣地討論他的隱私，把能說的說完之後，她還是必須回歸下屬的身分，忠實地奉行他的旨意，不論心中受著怎樣的煎熬。

「好吧，我去看看可憐的Richard。」李威連起身就走。

「William，要給你送杯咖啡嗎？」朱明明追在他後面問。

「不用了，謝謝。」

李威連頭也不回地轉過走廊，小會議室就在走廊盡頭。他伸手扭開門把，一步跨了進去。

「誰？！」呆坐窗前的張乃馳聞聲躍起，張惶失措地往後直躲，活像一隻突然暴露在燈光下的倉鼠。

「是我。」李威連把門帶上，皺了皺眉，「聽說你來上班，還以為你緩過勁了。怎麼還是這副樣子——如喪考妣！」

張乃馳愣愣地看著他：「我的考妣早就喪光了，你又不是不知道。」

這句話產生了奇妙的效果，李威連臉上的陰雲微微散開：「還沒有失去幽默感麼？很好，這說明你的心理狀態正在恢復中……坐吧。」

他自己拉過一張椅子坐下。

張乃馳長長地出了一口氣，也跌坐回椅子裡：「唉，恢復什麼！我這兩天夜夜噩夢，一閉上眼睛就是有川康介那張死人的臉，簡直、簡直太可怕了！」

「既然做了，就不要怕。」

「可、可我怕鬼……」

「鬼？」李威連往椅背上一靠，「人都不怕，還怕鬼。你怎麼越活越倒退了！」看著張乃馳頹喪憔悴的面容，他又不屑地說，「當然，有川這麼個死法確實慘烈了些，日本人自裁的決心倒是令人刮目相看……不過，這不正是你夢寐以求的嗎？」

剛剛顯露暖意的目光恢復陰冷，李威連往前探一探身，好像在審問犯人：「Richard，你是不是瞞著我做了些什麼？我是說——計畫之外的行動。」

張乃馳渾身一顫，躲避著李威連的目光：「我……沒有……我不……」

「不什麼！」李威連一旦發怒，他身邊的人都會立即寒毛直豎，因為他的憤怒是積蓄醞釀之後才如火山爆發的，他的怒火從不無緣無故，也必定有始有終。

「如果你沒有私下做什麼，有川康介怎麼會把矛頭指向你？我們的計畫非常隱蔽，按理說他就是到死也猜不出是誰在弄他。年會那天他明明是來向你求援的，你到底對他說了些什麼？竟然令他決意求死，還要用那麼惡毒的方式加害你？！」

「我……」張乃馳在皮椅裡快縮成一團了，「我、我怎麼知道他腦子裡——」

「他的腦子我不關心！我關心的是『逸園』！」李威連加快語速，「年會之夜發生如此駭人聽聞的慘劇，賓客受到驚嚇，西岸化工的形象被損害……這些也就算了！可是『逸園』的聲譽無端受損怎麼辦？該如何彌補？今後大中華區要恢復使用『逸園』辦公，又要花多少心思來消除人們的顧慮？而這就是你逞一時之快的後果！」

李威連的聲音並不高，卻在張乃馳的耳郭裡激起陣陣迴響，正當他輾轉無措時，耳朵裡又衝進來兩個字——「算了！」

張乃馳張口結舌地看著李威連，聽到他緊鎖眉頭又說了一遍：

「算了，弄了半天還是要我來善後。我告訴你，這種擦屁股的事情是最後一次，以後別再來找我！」

張乃馳不由自主地抬起手，抹了抹額頭上想像出來的汗珠。其實他對李威連並沒有表現出來的這麼敬畏，他太熟悉李威連的性格和行為模式，深知李威連富有強者的寬容心，尤其習慣在最緊要的關頭挺身而出。因此在某種程度上，示弱是張乃馳和李威連相處時的策略。

「Richard，你得到什麼消息了嗎？」發完一頓脾氣，李威連恢復了往常的冷靜神態。

「消息？」

「中華石化那邊應該知道有川康介出事了吧？」

張乃馳咽了口唾沫：「嗯，我正想告訴你——中華石化那邊來電說，海關出具了驗貨單，明確指出伊藤株式會社的貨物都是劣質品，與提單所述貨物規格不符。因此中華石化已經正式書面通知伊藤，決定對這批低密度聚乙烯粒子退貨，並提出進一步索賠的要求。」

「哦？」李威連的目光一凜，若有所思地重複，「海關查出來了，真及時……」

「是啊。」張乃馳期期艾艾地接口，「咱們原本不是商量好的嗎？等有川把貨送到浦東口岸後，由我給中華石化的關係打招呼，告訴那邊真相，讓他們及時做出正確的反應。可是，可是前天晚上有川康介突然來了那麼一下子，我、我就——」

「你就自亂陣腳，精神崩潰了！」李威連打斷張乃馳，又開始冒火了，「結果你把通知中華石化的事情徹底忘了，對不對？而萬一這次海關沒有查出問題，真的出具驗貨合格報告給中華石化，這個計畫就要橫生枝節了！」

張乃馳忍不住辯解：「我真的沒想到有川的反應會那麼激烈啊！再說，你也沒有預先告訴我會直接舉報給海關總署！鬧得中華石化那邊很不爽，給我來電時話說得很難聽……」

「哼，這局面還不都是你自己造成的？要怪就怪自己，不要總是一出問題就到處推卸責任！」

張乃馳被訓斥得面紅耳赤，相當不忿地低下頭。

「但是……我這裡絕不會有人舉報給海關總署的。」李威連沉吟著說，「奇怪，難道還有其他人知道這批貨的問題？可能嗎？」

張乃馳小聲嘟囔：「事到如今了何必再隱瞞呢？你想幹什麼，我都明白……」

「你說我想幹什麼？！」李威連厲聲反問，「你別忘了！這件事情從一開始就是你求我幫忙，整個計畫我們一起討論，過程中我們各司其職，我一直都在按計畫行事，而你呢？你還是多找找自己的問題吧！」

張乃馳張了張嘴，卻什麼都沒有說出來。

李威連沉默片刻，略微放緩語氣說：「你動腦子想想，就算我這裡有人要提醒海關小心這批貨，也一定是和上海海關打招呼，何必舉報給海關總署？這不是明擺著給上海海關難堪嗎？上海海關是西岸化工多少年的關係，誰會做這種損人不利己的事情？至於中華石化那邊，有川出事之後我就通知我的連絡人了，你我的關係咱們各自維護，這是早就定好的規矩，不能因為你的失誤就眼睜睜看著整個計畫受挫吧。不過海關總署的確是意外冒出來的，非常蹊蹺。難道是總署有意要查上海海關，隨便借個題目卻恰好碰上這批貨？但這種可能性太低了，難以置信，世上真有這麼巧合的事？」

李威連思忖著不再說話，從桌上的雪茄菸盒裡取出一支雪茄，剪開抽了起來。

張乃馳把頭又抬了起來，眼神飄忽不定：「William，中華石化那邊倒提醒了我，伊藤株式會社的貨是肯定不能用了，可是農業部要塑料棚要得非常急，現在中華石化雖然避免了被騙，但不能按期提供原材料的話，後果一樣很嚴重，甚至更要命！馬上又要來一次寒流，到時候再交不出塑膠粒子，不僅中華石化對農業部無法交代，農業部對中央都無法交代了。」

「嗯，」李威連吐出個大煙圈，眼睛看著前方，「你的想法是？」

張乃馳痙攣地握住椅子扶手，身體前傾，滿臉迫切：「我是想——我們西岸化工可以接手這筆生意，和中華石化立即簽一個替代合同，由我們在國際市場上購買符合規格的低密度聚乙烯粒子，盡快交付給中國農業部。」

李威連不慌不忙地又吐了個煙圈，很平淡地問：「價格呢？當時有川報的價相對最低，才能拿下訂單。我們來做絕對不可能做到這個價。」

「價格不成問題，我已經暗示過中華石化那邊，這次我們純粹是幫忙救急，價格上去一些也合理。再說現在中華石化已經火燒眉毛了，他們沒有時間和精力糾纏價格了。」張乃馳越說越興奮，原本發灰的臉色也明朗起來。

「嗯，聽上去還有點意思。不過，你所謂的價格上去一些，到底是多少呢？」李威連不緊不慢地問著。

張乃馳的眉梢微微一跳：「價格可以具體再談嘛，我這不是在和你商量？反正這次我有把握，你只要給我授權就行了。」

「Richard，你是大中華區的塑膠業務總監，做這個單子並不需要我的授權。既然你這麼有信心，就去做好了。我祝你成功。」李威連掐滅雪茄，穩穩地站起身就朝門口走去。張乃馳面無表情地望著他的背影，眉梢卻跳得更急了。

到了門邊，李威連又慢悠悠地轉回身，隨意地說：「哦，今晚我就飛美國度假了。你怎麼樣？聽你的口氣耶誕節和新年打算在上海過了？葆齡呢，也來上海陪你？」

「我，呃……雜事太多走不開，況且、況且警方說有可能再徵詢我，我還是留在上海吧。葆齡，我還沒來得及和她商量……」

「早點和她說。事情再多，節總還是要過的。何況有川康介完了，你更應該好好慶祝一番才是。」李威連微笑了一下，他的眼神很生動，笑容在他的嚴肅表情裡又增多了幾分親切，但即便如此，他表示關心的口吻還是居高臨下的。

張乃馳堅持不與李威連視線相交，又一次垂下了眼瞼。於是李威連的目光就在張乃馳的腦袋上方盤旋著，好像也在猶豫，究竟是該向對方身上播撒憐憫，還是輕蔑。

就這樣略微僵持了兩秒鐘，李威連才說：「Richard，我只提醒你一句話：先調查清楚目前國際市場上所有正品低密度聚乙烯粒子的價格、到貨日期和供貨量，再和中華石化提出的條件做一下比較，以免被動。好，那我就先走了。提前祝你新年快樂，替我向葆齡問好。再見！」

眼看著李威連瀟灑地從自己跟前走過，目不斜視地離開了辦公室，朱明明又期待又懊惱。偽裝得久了，有時自己也會糊塗，弄不清楚究竟哪一部分才是真實的自己。

「Maggie，今天看上去怎麼有些幽怨啊？」

朱明明當然知道，這個頗有磁性的聲音是屬於張乃馳的。他說話的語調很特別，軟綿綿輕飄飄，好像懸在半空中的浮雲，有氣無力地讓人心頭的無名火直竄，可是配上他那張俊秀的面孔、柔情的眼神，又似乎別具某種曖昧的撩撥意味，恰恰是令很多女人無法抗拒的特殊魅力。

朱明明「哼」了一聲，不睬他。

「其實我感覺你滿適合這樣的。」張乃馳繼續說著，又往前湊了湊，身上的Armani香水味一個勁朝朱明明的鼻子裡鑽，並不是帶著菸草和皮革感覺的傳統男香，而是兼具檀香和西柚味道的中性香氛，和他這個人一樣。

現在她不得不瞟了他一眼，不與張乃馳面對面的時候，幾乎所有女人都會嘲笑他缺乏男子氣、娘腔十足；可是一旦到了面前，卻又不得不承認，他還是很能讓人心情愉快的。朱明明忿忿地想，不像那個李威連，他的能力、威嚴和氣魄多麼叫人心馳神往，但每次與他面對面時，自己卻連一絲一毫女人在男人面前的優越感都體會不到。

「Richard，你再這麼說話，小心我告你騷擾。」朱明明輕笑著說。

張乃馳滿臉無辜：「我說的都是真心話，難道這也有罪？」

她的笑容越發嫵媚了：「看來你已經從前天晚上的事情裡恢復過來了，真不錯。William對你說了什麼就讓你寬心了？」

「唉！我剛剛好一點，你又提那些掃興的事情幹什麼？」張乃馳看了看窗外，才將近五點，天色就有些暗了，「晚上有空嗎？想請你吃飯。」

「這……」朱明明做出猶豫的表情，實際上她孤身一人從香港被派來上海，業餘時間基本上就是空白，張乃馳對此很清楚，於是又微笑著加了一句：「Maggie，就賞光陪陪我吧，我剛從重創中恢復，實在需要你這樣美麗女性的安慰啊。」

「好吧，看你可憐。」

張乃馳喜形於色：「太好了，說走就走。」

「還沒下班呢？」

「不管他，咱們先喝咖啡，然後再吃義大利餐。走！」

他們在名叫「馬可」的義大利餐廳坐下，靠窗的位置很寬敞，時髦的青年男女們成雙結對地從窗前經過。朱明明的心情又莫名地黯淡下來，餐廳裝修成後現代風格，到處是閃著寒光的金屬和鏡子，她不敢去看自己在鏡子裡的臉，生怕不經意中發現新的皺紋。

張乃馳似乎也在想心事，目光散漫地看著窗外，突然低低地叫了一聲：「咦？怎麼是他！」

朱明明順著張乃馳的目光望過去，一對年輕男女剛好從窗外經過，她努力地回想：「……這個男的，不是伊藤株式會社的嗎？」

「對，他叫孟飛揚，那天晚上陪有川康介一起來年會的。」

朱明明點點頭：「我記得，我還和他聊了幾句呢。哼，人長得還算帥，就是腦袋有些木。」

她翹起小指輕輕彈著咖啡杯，像是要把對木腦袋的不屑彈掉似的。

「我倒不覺得他腦袋木。要是沒有他，我就……」張乃馳自言自語，眼睛仍然死死盯著那兩個年輕的身影。從窗裡望出去，寒冬的暮色晦暗，孟飛揚穿了身黑色皮夾克，比年會那天晚上要精神許多，右手很自然地摟在戴希的腰間。

張乃馳喃喃：「伊藤出事了，不知道這個孟飛揚會怎麼樣？倒是沒想到，這小子的女朋友還挺不錯嘛。」

朱明明撇了撇嘴：「打扮得像個學生，穿衣服一點兒沒品味。」

張乃馳收回視線，出其不意地一把握住朱明明的手：「那當然了，誰能像你這麼有品味……」

朱明明本能地想把手抽離，可又捨不得破壞這難得的親暱氣氛，她能很清晰地感覺到周圍女人投來的嫉妒眼神，這大大地滿足了她的虛榮心——畢竟張乃馳是如此英俊的一個男人，穿著和舉止都溫文得體，引人注目。最讓朱明明心動的是，他用欣賞的目光溫存地撫過她的全身，她完全能看透他的做作，卻在這個將近歲末的寒冷傍晚，異常希望沉淪在他虛偽的情意之中，她實在是寂寞難耐了……

張乃馳又緊緊握了一下，才放開朱明明的手，歎息著說：「我倆也算得上同是天涯淪落人，真應該相互多多安慰。」

朱明明轉過頭看窗外，張乃馳的唇邊溢出一絲淺笑，對於接下去的談話內容，他現在完全有信心了。

「Maggie，有件事情想問問你。」侍者端上頭道義大利鄉下濃湯時，張乃馳不經意地說。

「什麼事？」

「就是大中華區三個業務部門調整的事。」

朱明明姿態優美地喝了口湯，拿餐巾按按嘴角，才說：「這是頭頭們定的事，我哪裡知道呀。你幹嘛不直接問William，還不都是他一手操控的嗎？」

「唉呀，我的好Maggie，你又不是不知道，William這個人原則性太強……」

「噢？那我就是不顧原則的？再說了，我一個小小的人事經理，這麼重要的決策怎麼會透露給我？」

張乃馳似笑非笑地說：「公司的人事變動逃不過你這個小小的人事經理，就看你肯不肯，有沒有誠意幫忙了？Maggie……」他懇求時的眼神是濕漉漉的，像乞食的小動物，叫人不忍心回絕。

朱明明歎了口氣：「Richard，你有什麼可擔心的呢？塑膠產品部這幾年的業績那麼好，William和你又是多少年的死黨，你這個總監的位置比誰都牢靠呢。」

「這麼說真的沒希望了……」張乃馳的俊臉扭曲了。

朱明明有些詫異：「Richard，化肥和農藥部是個苦差事，這幾年業務基本沒有增長；有機／無機化工部一直都是William親自兼任總監，業績當然是最突出的，你的塑膠產品部比上不足比下有餘，就知足吧！」

「可是明年William要分管亞太區更多的業務，所以要任命一個新的有機／無機化工部總監。Maggie，說句心裡話，就憑我這兩年在塑膠產品部的業績，我最適合這個位置！」

朱明明當然知道，有機／無機化工部比其他兩個業務部門要高一個級別，與亞太區的業務部門平級，所以張乃馳才會如此渴望這個總監的位置，但是……她的眼前浮現出關於這個人事任免的郵件，李威連在郵件裡明確指出：張乃馳負責的塑膠產品部業績雖然突出，但主要是得益於這幾年中國市場的大幅增長，張乃馳本人的管理能力有很大的局限性，缺少商業遠見和運籌能力，不適合有機／無機化工部這個西岸化工的命脈部門。

「Maggie，」張乃馳哭喪著臉，「求求你告訴我，到底定了誰當有機／無機化工部的總監？」

朱明明沒有立即回答，她走神了，今天下午李威連離開時的背影攝走她的魂魄，令她再難遏制自己的想像——熱烈、瘋狂、不知羞恥的想像。想像中的情景連她自己都不敢承認，卻又不得不滿懷怨憤地歸咎於他。對於所謂的「私事」，他居然堂而皇之地要求她做同盟，難道他看不見她在為他擔憂、為他著迷、為他嫉妒、為他癡狂！

——對我，你就沒有一點點憐憫之心嗎？！

朱明明突然抬起頭，惡狠狠地對張乃馳說：「告訴你就告訴你。都是William提議的，讓化肥和農藥部的Mark來做有機／無機化工部的總監！」

「砰」的一聲，張乃馳把刀叉扔進盤子，嘴唇發青。

朱明明意猶未盡，把頭湊到張乃馳的面前：「人家可是很公正的哦。他的理由是：化肥和農藥部在市場萎縮的情況下仍能取得目前的業績，說明Mark的策劃、管理和執行能力都非常強。而你嘛，對塑料產品部的市場推廣和產品應用更加熟悉，和終端使用者也建立了很好的關係，因此不同意將你調離塑膠產品部。」

張乃馳閉起眼睛，他不想讓朱明明看穿其中的內容。

第四章

北京的傍晚，室外溫度早已降到了零度以下。位於西三環路上的進出口公司最頂層的中華石化集團走廊裡，匆匆走來一個高大魁梧的中年人，他的右手拎著一個鼓鼓囊囊的公事包，左手臂彎裡搭著深灰色毛大衣，可能是戶內溫度太高，也可能是趕路太急，樓裡的燈火輝煌映得他的額頭鋥光閃亮，汗珠在鬢角邊聚集成堆。

來到第一會議室的門前，他抬起手敲了敲門。

「誰？」

「是我，鄭武定。」

門立即打開了，滿屋嗆人的煙霧一湧而出，鄭武定給熏得幾乎窒息。他拚命地瞪大眼睛，好不容易才看清重重迷霧中坐了一屋子的人。正對門口的牆上，「禁止吸菸」的紅色標示牌在煙氣籠罩中若隱若現。

「老鄭，快進來，都等著你呢。」

鄭武定趕緊跨前兩步，站到會議桌邊。招呼他的人坐在東首的主席位上，花白頭髮下一張皺紋密佈的臉，臉色青灰，顯得比平日蒼老不少。鄭武定畢恭畢敬地朝那人點頭：「丁總。」丁總疲倦地擺手，示意他坐下。

集團公司主管進出口的丁副總裁親自來主持今天的緊急會議，給了鄭武定一個明確的信號。他在留給自己的空位上坐下，立即感覺到四面八方投來的目光，其中最犀利的那雙來自正對面。鄭武定不慌不忙地把公事包在桌上擺好，這才抬起眼睛迎向對方——他的頂頭上司、進出口公司常務總經理高敏，她的臉上分明是欲置人於死地而後快的表情，這表情使得她那張肥胖寬闊的臉更加醜陋了。鄭武定垂下眼瞼，幾乎掩蓋不住心中充溢的興奮——他苦苦等待了很久的時刻就要到了。

丁總開口了，聲音有些喑啞：「老鄭，你把去上海海關的驗貨情況向大家說明一下吧。」

「好。」鄭武定答應著，翻開公事包，取出文件，「丁總，各位領導。」他特意省略了過去每次會議都必須先稱的「高總」，今天輪不到她了：「本月十五日，海關總署收到匿名舉報信，信中稱我司所訂購的一批從南美洲進口的正品低密度聚乙烯粒子存在以次充好的問題，賣方伊藤株式會社涉嫌商業欺詐。由於這批貨是我司受農業部委託從國外進口的高級原材料，將用於長江中下游的農作物防寒塑膠大棚上，戰略意義十分重大，因此海關總署立即通報了集團總公司。在總公司領導的指示下，由我代表中華石化和海關總署共同組成調查組，於本月十七日深夜飛抵上海，對已經到達外高橋口岸的這批貨物進行集中查驗，這裡就是驗貨的報告。」

他把手中的材料放在丁總面前：「據查，這批貨物除了表層的五六噸符合規格之外，其餘所有貨品都屬於市場上的廢品塑膠粒子！」

會議桌上並沒有譁然一片，在座的各位預先都得到了消息，因此只是緊張地注視著丁總，看他一頁一頁地翻閱鄭武定送上的文件，終於，他將報告往桌上狠狠地一拍：「高總！你自己看看吧！這是怎麼回事！」

高敏渾身一震，猶猶豫豫地伸手拿過文件，她想仔細讀一讀，可是滿紙的字都在亂跳，高敏咬牙抬起頭：「報告我看過了，伊藤株式會社竟然敢搞這樣的商業欺詐，我確實沒有想到。我承認，這是我工作中的嚴重失誤。好在貨款並沒有付出去，這件事對我司尚未構成實際的經濟損失。」

「嗯，」丁總沉吟著問，「貨款未付確實是不幸中的萬幸，這是你的指示嗎？高總？」

「這個……」高敏的臉上紅白交疊，在金絲邊配上玳瑁腳的眼鏡後面，陰狠的目光更加惡狠狠地盯向鄭武定，萬般不情願地擠出幾個字，「是鄭副總的個人行為。」

丁總再次轉向鄭武定：「是嗎，老鄭？這樣操作不符合國際貿易的規定啊，雖說事實證明你的做法為我司挽救了巨大的損失，不過你能解釋一下最初這麼做的動機嗎？」

鄭武定神情坦然地回答：「丁總，我之所以對這筆合同拖延付款，完全是出於對該合同與賣方的不信任。據我自己的調查，伊藤株式會社從來沒有進入過我司的供貨方名單，過去也沒有和我司有過任何業務往來，這次高總執意要與伊藤簽訂金額如此巨大的一筆合同，所訂貨物又非常重要，所以我始終有異議，事先也曾向高總提出過，但是她一意孤行——」

「鄭武定！」高敏氣得聲音直發顫，指著鄭武定的鼻子尖叫起來，「你不要胡說八道！你什麼時候向我提出過異議了？我又怎麼一意孤行了？！」

丁總皺起眉頭：「高總！先讓老鄭把話說完！」

高敏不作聲了，勉強扶了扶眼鏡，平日裡一直精心打理的髮型有些散亂。鄭武定掃了她一眼，效果比他想像的還要好，他繼續不緊不慢地說：「最初看到這個合同的時候，我就覺得很有問題，撇開伊藤株式會社的供應商資格不談，單就他們所承諾的明顯低於國際市場價的超低價格來看，如果他們沒有什麼非常手段或者管道的話，就只能虧本做這筆生意，顯然不合乎情理。」

丁總的眉頭皺得更緊了：「既然有這麼多疑點，你為什麼不向上級部門反映呢？」

鄭武定朝高敏點點頭：「我向上級反映過了，可是……」

這一次高敏沒有跳起來，但面孔死板，胸脯起伏不定。鄭武定繼續說：「所以我就在自己的職權範圍內，授意銀行盡量拖延付款時間，目的就是要等貨物到岸，驗貨合格以後再付款。結果沒想到，隨著貨物一起到的還有匿名舉報信！」

丁總沉重地點了點頭：「嗯，事實經過已經很清楚了，老鄭你做得好。不過，我們目前還面臨著一個更加嚴峻的問題，就是該如何向農業部交差！」

聽到這話，高敏好像突然清醒過來，挺直身子開口了：「丁總，關於這個我倒有些想法——」然而丁總擺擺手打斷了她：「高總，進口方面的事情你暫時就不要參與了，老鄭，我想聽聽你的建議。」

高敏的面孔變得慘白，愣愣地看了看丁總，又慢慢把目光轉向鄭武定，方才的色厲內荏中糅入了愈加複雜的新內容……鄭武定則全然無視她的存在，鎮定自若地從公事包裡又掏出一份文件：「丁總，我這裡還有另外一份文件，請您過目。」

丁總詫異地接過文件，前前後後翻了好幾遍。鄭武定覺得脖子後面全濕透了。終於，丁總再次抬起頭，轉向鄭武定的臉上沒有絲毫表情：「老鄭，你怎麼會想到簽這麼一份備用合同？」

「我知道這批低密度聚乙烯粒子對農業部的重要性，必須要有一個備份方案才行。」

丁總輕輕一敲文件：「你剛才說了，伊藤承諾的價格極低，甚至低於國際市場價，所以引起了你的懷疑。但是我看見這份備用合同上，西岸化工竟然也承諾了相同的價格！你又怎麼能夠信賴他們呢？！」

一句話猶如巨石拋入湖心，強抑太久的震驚和困惑齊齊爆發出來，竊竊私語在會議室裡響成了一片，所有的人都開始交頭接耳，就連高敏也驚叫出聲：「西岸化工？！」怎麼可能？這太讓她難以置信了……

鄭武定清了清嗓子：「剛才我說了，如果伊藤沒有什麼非常手段或者管道的話，他們所承諾的價格的確就是虧本做生意。但是丁總，西岸化工的背景和實力與伊藤有天壤之別，他們如果真想做這個價格的話，完全有可能做下來。況且，就算虧本賺吆喝，純粹為了爭取客戶、爭取這個單子，西岸化工也虧得起！」

「絕對不可能！」高敏從椅子上跳起來，「我問過西岸化工，是他們說做不了——」

鄭武定毫不客氣地打斷了高敏：「高總，據我所知這批低密度聚乙烯粒子的採購根本沒有走正常的招標流程，選定伊藤株式會社簽合同，自始至終由您一手操辦。你說向西岸化工詢過價，聯絡人是誰？答覆是什麼？我怎麼沒見到相關紀錄？不知道在座的各位領導，有誰看到過？」

高敏呆住了，直到此刻她才隱約意識到，這次危機遠比想像的要複雜得多，也可怕得多。她用前所未有的恐懼目光打量著對面的鄭武定、這個一直在她的壓制下鬱鬱不得志的人，這個一直被她看成頭腦簡單的退伍軍人、大兵哥，是什麼力量使他突然變得這樣思路清晰、進退自如？而最令她從心底深處升起寒意的，是鄭武定提到的「西岸化工」——這四個字像一座大山朝高敏的頭頂壓來，裹挾著陰謀的森嚴氣息，她站不住了，潰然倒向座椅。

「好吧，」丁總接著說，「情勢所迫，看來我們別無選擇，必須啟動這份備用合同了。不過我還有個憂慮，離農業部要求我們的交貨期只有兩天了，西岸化工怎麼可能在這麼短的時間內把貨物運到口岸？」

「貨物已經到岸了，就在寧波北侖港。只要我們確認合同成立，就可以立刻驗貨。」鄭武定的回答再次在會議室裡掀起軒然大波，連丁總都瞪大了眼睛：「都到岸了？你確定？！」

「是的。就在來開會的路上，我和西岸化工的李威連總裁通過電話，他已經派人趕往北侖港，就在那裡等待我們去驗貨。」

「可是，西岸化工怎麼能預料到伊藤的合同一定會出事？他們這樣做，承擔了太大的風險啊！」

鄭武定淡淡地說：「這就是商業上的魄力吧。備用合同是李威連親自簽署的，我想他早就做了最周密的計畫，對這批貨物準備了幾種處置方式。不過現在對我們來講，按期收貨才是最重要的，至於西岸化工內部如何操作我們並不關心。另外特別有利的是，西岸化工的進口貨物基本上是免檢的，可以大大地節省清關時間。」

「太好了！」丁總重重地一拍桌子，「討論到此結束。我宣布這份合同立即生效。老鄭，你現在就帶人趕赴北侖港，督促當地海關辦理進口流程。清關後就馬上付款提貨，組織物流。時間再耽擱不起了。」

「是！」鄭武定響亮地答應。丁總站起身，拍了拍他的肩膀：「快去吧。隨時與我保持聯繫，我們等你的好消息！」

帶著滿懷的釋然，也帶著滿腹的疑慮，與會人員各自離場而去。

一室的煙霧漸漸散盡，全部打開的燈光就顯得過於明亮了，從高敏遮蔽在金絲眼鏡後面的呆滯目光看出去，周圍的一切都是那麼刺眼、猙獰，又暗藏殺機。

「戴希，你的男朋友今天晚上似乎不太高興？」希金斯教授在魚缸裡撒了點魚食，笑咪咪地問。

「還好吧？他的英語不太好，所以搭不上太多話。」

戴希站在教授身邊，替他端著裝魚食的小瓷碟。David Higgins，史丹佛大學心理學系的資深教授酷愛養魚，在美國的家中有個堪比水族館的超級大魚缸，一年四季循環保溫，飼養了上千條品種各異的熱帶魚。這次希金斯教授受邀來上海的大學做訪問學者，剛一安頓好，就迫不及待地造訪了本地最大的花鳥市場，又在家裡搞起個魚缸，規模雖然遠遠比不上美國的那個，好歹能聊解其趣。

「嗯，也許是這個原因吧。戴希，看起來他真的很在意你。」教授的目光緊追著魚群裡一條透明的天青色魚，「假如我是他，在心緒煩亂的情況下，是不會勉強自己去參加一次並非那麼有趣的晚宴的。」

戴希噘了噘嘴：「他的公司前兩天出了點事，我就是想拉他出來走走，散散心。」

「可你注意到了嗎？吃飯的時候他一直在走神，戴希啊，你的目的完全沒有達到。」

「也許吧，不去管他了……」戴希把剩下的一點兒魚食都倒進魚缸，指著那條天青色的魚問：「教授，你還管牠叫『柯林頓』嗎？」

「是啊！哈哈，你怎麼知道？」

「你的魚不都是以著名的心理學病例為名的嗎？『柯林頓』在美國就是你最鍾愛的，所以我想，到了中國你也一定會先命名一條『柯林頓』。不過教授，今後你要多熟悉熟悉中國人的名字了。」

希金斯教授哈哈大笑：「對，對，希望我的魚缸裡很快就能增添一些有趣的中國名字。實際上，戴希，我已經有了中國人的病例。」

「真的嗎？」戴希的眼睛好奇地發亮。

希金斯在沙發上坐下，神色卻變得黯然：「一個很有意義的病例，我非常重視他。但遺憾的是，就在我決定來中國前不久，他突然終止了定期的面談，像是對心理治療產生了抗拒。」

「這倒真是可惜，」戴希也有點兒失望，「病人一旦對心理治療失去信任感，就很難達到理想的效果。教授你知道這種變化的原因嗎？」

希金斯教授搖了搖頭：「不好說。他是個極其有決斷力和自制力的人，這樣的人往往會在潛意識裡拒絕一切他所認為的外來操控。在心理治療的初始階段，治療師就要花費很大的力氣讓他放鬆防禦，但是隨著治療的深入，當越來越多令人痛苦的內在體驗被挖掘出來後，病人必須要給予治療師極大的信賴，否則便無法面對繼續治療所帶來的強烈情感衝擊。顯然，我沒有使他建立起這種信賴，他潛意識中的阻力異常強大，並且拒絕給我進一步分析和弱化這些阻力的機會。」

教授和藹地看著戴希：「對於這樣的病例來說，一個比我更加敏感、溫柔的治療師才能提供和諧舒適的氛圍。學術權威遠不如體貼的朋友對他更有意義，戴希，一個像你這樣的心理醫生會比我更適合他。」

戴希垂下眼瞼，正如這些天常有的情形，她的心中升起些許悵惘，混合著內疚和失落，就像聽到一首觸動心弦的樂曲落下時，隨之而來的極淡又極濃的感傷。

「那麼說你決定了？」教授意味深長地問。

「是的，教授。」

「今天看到你和他一起來，我就知道你已經做出了決定。」希金斯教授的目光十分親切，「戴希，我真的很遺憾，你是我見過的最有天賦的心理學學生。」

戴希沒有回答。她瞭解自己的這位導師、當代最權威的心理學家之一，在他的面前不必隱匿內心，虛飾的言辭也只是徒勞，因為他曾經深入過太多的心靈，在這個最奧妙最神奇的領域裡，他有著異乎常人的敏銳和洞察力。

「你的父母也知道你要放棄攻讀心理學博士了？」

「我在回國前就對他們談起過，這次回來後又討論了一次。他們說，讓我自己做決定。」

希金斯教授誇張地揚起眉毛：「噢？我還以為他們會勸說你改變主意呢。畢竟，戴教授是中國最早一批在海外從事過研究的心理學專家，他肯定希望你能繼承這個事業。」

戴希還是不回答，卻微微側過臉，向教授綻開甜潤的笑容。

「好吧，好吧。」教授無可奈何地拍了拍沙發扶手，「但他首先是你的父親。女兒的幸福才是一個父親最看重的……男朋友也知道你的決定了？」

「還……不完全吧。」戴希托著下巴想了想，才說，「我沒有直接對他說，但估計他是知道的，他是最瞭解我的人。」

「戴希——」希金斯教授拉長了聲調，「羅傑斯是如何闡述親密關係的？良好的密切關係需要持久的內在感情的交流，即使這種交流有破壞這種關係的危險。你雖然從美國回到男友的身邊，但並不等於內在感情的交流。為什麼不和他溝通你對事業的選擇？」

教授故意板起臉，衝戴希搖了搖食指，繼續說：「讓我來猜猜，你不對他說放棄學業的事情，是為了不給他壓力，不讓他覺得你是為了愛情付出，更不想讓他因此產生虧欠你的感覺，甚至感到自卑。我說得對嗎？戴希。」

戴希尷尬地微紅了臉：「教授，不是這樣的！我不想繼續學業只是因為我對成為一個心理學家失去了信心。這個決定本來就和飛揚無關，因此我才不想讓他有無謂的負擔。」

希金斯教授注視著戴希的眼睛，目光雖然平淡溫和卻有著真正的洞察力，語氣比剛才還要親切：「戴希，建立強大的自我，與自己保持和諧，這些理論你都學習得很好，但要實踐起來卻並不容易。與所愛的人進行充分溝通，這是接受自我的必經之路，也是你與他共同成長的最有力的手段。請接受我的建議，和你的男朋友好好談談你的想法，與他討論你對未來的計畫，這對你和他都是有益的。」

書房外的客廳裡，教授的華人妻子Jane和孟飛揚並肩坐在長沙發上。長沙發的對面不是電視機，而是落地的大玻璃窗。窗外的陽臺足足有五米多長，沿著屋子的外牆拐了個彎，外牆上的爬山虎都已經枯萎了，但可以想像出嚴冬過後，幽深的綠色織毯滿壁懸掛，入目即是生命的悠遠歌詠。從陽臺上憑欄眺望，是上海北部相對蕭疏的市景，高低不等的現代樓宇間嵌著成片成片的棚戶屋頂，彷彿城市的百年滄桑被刻意定格在這個區域，一條纖細的河水從其中蜿蜒而過，帶走數不盡的愛恨纏綿，只留下歲月無情，這景致，光看一眼就可以叫人老去。

「飛揚，你想出去看看嗎？不過外面有些冷。」Jane柔聲詢問，她的聲音比一般的女聲低沉些，顯得醇厚溫潤、非常動聽。孟飛揚趕緊回答：「不必了。我只是有些好奇，你們為什麼租住在這個老式公寓裡，而不是選擇涉外的高檔社區？這裡周圍的環境對於外國人來說，不太方便吧。」

「可我並不是外國人啊。」Jane微笑著回答，雍容自然的氣質很好地襯托出她的美，那是中年女性的成熟之美，使孟飛揚感覺很舒服，他的話比剛才吃飯時多了，問題也接連冒了出來：「Jane，你是哪裡人？」

「我出生在上海。」Jane的語調裡不知怎麼的有了種惆悵，她抬起左手拂了拂鬢邊的髮梢，舉動皆是渾然天成的優雅姿態，「在去美國之前，我一直是個真正的上海人。」

孟飛揚覺得她的語句有些奇怪，但沒有追問。沉默片刻，Jane悵然一笑，轉而向孟飛揚提問：「你呢？我好像聽戴希提過，你和她一樣，也是在上海出生的。但我聽你說話，又似乎有些北方口音。」

「我是出生在上海。我的父親是上海人，母親是北方人。我小時候跟著父母去了北方，讀高中時才回到上海，所以……口音有些雜。」

孟飛揚一口氣解釋完，自己也感到奇怪，平常他最不喜歡談這個話題，今天卻主動解釋得這麼詳細——大概，人總有傾訴的願望吧，只要能遇到合適的對象。

「回上海是為了讀書嗎？」

孟飛揚沉默了一下，才回答：「是因為——我的父母親都不在了，我成了孤兒。戴希的父母是我父母的中學同學，也是最好的朋友，他們就把我接到了上海。所以……」他突然停下來，書房裡傳來戴希和教授的談笑聲。

「所以你和戴希是青梅竹馬長大的，在現今的世界上，多麼不容易啊。」Jane接著把話說完，對孟飛揚露出溫柔和鼓勵的笑容。

「戴希不打算繼續攻讀心理學博士了——你知道嗎？」Jane問孟飛揚。

孟飛揚正有點兒失神，愣了愣才回答：「她沒對我說，不過我……大概猜到了。」

Jane忍俊不禁：「你們倆經常這樣猜來猜去嗎？」

「啊，也不是。」孟飛揚也笑了，「可能是……我們一起長大，彼此太瞭解了。很多事情彼此都有默契，因此不需要講得太多。」

「戴希去美國讀心理學，你們分開了將近三年吧？現在這種默契還在嗎？」Jane的語調很柔和，眼神平靜而清朗。孟飛揚記起戴希曾提到過，希金斯教授中國妻子的身世似乎很神秘，但今天在他看來，這種神秘一點兒不讓人反感，卻像埋藏在黑暗深處的一縷微光，溫暖而輕盈，又隱約包含著不堪回首的過往。

「我也說不清楚。」孟飛揚思考了一下，十分坦誠地回答，「去美國之前，戴希在我的眼裡就是個小丫頭。我最初見到她時，她戴著牙套和眼鏡的醜樣子給我留下了太深刻的印象，呵呵，好像一直改變不了。過去和她在一起，無論做什麼都是自然而然的。」

「現在呢？」

「自從她去了美國以後，我們之間的感覺是有些變化。」孟飛揚露出自嘲的微笑，「我在機場見到她時，忽然覺得很驚奇、很陌生，我的小醜丫頭變成了一個知性的大美女。後來我仔細回想，其實她本來就很漂亮，只是以前我從來沒有注意過。兩個人分開久了，自然會產生隔閡。可是對於我來說，情況又不完全如此。我是猛然間感到自慚形穢，所以才對戴希變得小心翼翼起來。」

Jane微笑著搖頭：「真坦白啊。你就不擔心我告訴她？」

孟飛揚的臉漲紅了：「請你千萬別告訴她。」

「好。」Jane輕輕地歎息，「可是為什麼要自慚形穢呢？你也這麼優秀。不過，你的心情讓我很感慨，好像……好像看見了自己的過去。」

她微昂起頭，注視著窗外的夜色，悠悠唸出：「那樣微妙的喜悅，那樣無端的羞愧，只有在我們年輕的時候，才會出現。」

孟飛揚一驚：「我好像聽戴希說過類似的話。」

「是嗎？那是我最喜歡的一位俄國作家在他的著作裡寫到的，原話是：『那樣美妙的夜晚，那樣的夜晚，只有在我們年輕的時候，才會出現。』……我已經不再年輕了，那樣的夜晚就只能在回憶中找尋。所以飛揚，要好好珍惜現在，珍惜每一個夜晚，珍惜她。」

孟飛揚情不自禁地點了點頭，遲疑了一下問：「Jane，可以告訴我你的中文姓名嗎？」

「為什麼想知道這個？」

「不為什麼……對不起，也許是我不該問。」雖然這麼說，孟飛揚並不感到窘迫，他等待著，短暫的沉默之後，Jane回答：「我姓林，叫林念真。」

「林念真？這名字很好聽，和你的英文名字一樣好聽。」孟飛揚發自肺腑地讚揚。

Jane的眼角又一次聚起密密的魚尾紋，她笑著，神情卻莫名憂傷。

「柯林頓」在希金斯教授的魚缸裡是如此出類拔萃，牠的色澤與其他魚都不相同，當所有魚兒都在瘋狂追啄魚食時，只有牠冷傲地游向魚缸的另一側。

「教授，你挑選的『柯林頓』魚和前總統先生很不像呢。一條作為政治家的魚怎麼能這樣孤僻呢？」戴希站在魚缸前問。

希金斯教授站在對面，攏起雙臂煞有介事地說：「作為政治家的魚當然不會，但是在我這裡，『柯林頓』是一條作為心理病人的魚。牠就是總統先生的內心世界——孤獨、空虛，時時刻刻處於焦慮之中。因此牠是一條具有深刻內心恐懼的魚，缺少強大健全的自我，只有通過性行為才能證明自身的存在。可惜啊，身為卵生魚類的牠只會體外授精，否則我們恐怕會看到一條二十四小時不停交配的魚了。」

戴希笑出了聲：「教授，其實我做你的研究生，最喜歡的就是聽你這樣說話。」

「那當然了。如果當一名心理學家，就是穿著白長袍給鴿子和老鼠做實驗，或者對著魚缸發表理論，確實是很輕鬆很愉快的。」希金斯教授說，「戴希，你依舊可以選擇成為這樣的心理學家。」

「一個不和人打交道的心理學家。」戴希搖了搖頭，「不，教授。我寧願放棄。」

希金斯教授不露痕跡地歎了口氣：「戴希，你的碩士學位還缺少一個課題實踐，恰好今後一年我會在上海，你就在這裡完成課題吧。」

戴希猶豫了一下，點點頭：「好的，教授。但是我想先找一份實習工作，我可以在工作的同時完成課題。」

「哪方面的工作？心理諮詢機構還是醫院的精神病科？據我所知中國在這些方面的工作機會並不多，也並不成熟。也許你可以諮詢一下戴教授。」

「不用了。」戴希鼓起勇氣，「教授，我想在企業裡找一份和人事相關的工作。假如今後不再從事心理學專業，這樣的實習機會對我的職業發展更有利。我想，我的研究課題可以著重在急速變化的社會環境和激烈的現代職場競爭對中國人心理所造成的影響方面。」

希金斯教授沉默了一會兒，才說：「好吧。戴希，我可以給你寫封推薦信，假如你想在美國大企業中尋找人力資源方面的位置，我的推薦信或許能幫到你。」

「太感謝你了，教授。」

希金斯教授點點頭，突然又露出標誌性的狡黠微笑：「作為交換條件，戴希，我還是請你考慮一下，把我剛才提到過的那個中國人的病例也作為你課題的一項內容，怎麼樣？」

「教授？你不是說他已經終止心理諮詢了嗎？」

「是啊，所以你將基於我收集到的文字材料做課題研究。」

「僅僅基於文字，我又能做什麼呢？」

「做我做不到的，文化層面的分析。」教授的語氣變得十分嚴肅，「戴希，你知道我的理論方向是支持文化決定論的精神分析學派，這也就意味著，在我的心理諮詢中，需要結合大量時代和文化的特徵，才能進行有效的精神分析。而那個中國人的病例，恰恰是在這一點上給我出了難題。我對於他的時代和文化背景瞭解得太少了，不要說挖掘潛意識，我連意識層面的東西都不能做出精準的判斷。我想，這也是他對我的諮詢感到失望的另一個重要理由吧。這個病例讓我產生了從未有過的挫敗感，所以就更不想放棄了。戴希，我希望你能以一個中國人的文化認識，基於現有的文字資料，對這個案例做一次全面的精神分析。我承認，這非常具有挑戰性，但也絕對值得一試。對嗎？」教授再一次狡黠地笑了，「戴希，如果不是只有你才能做的課題，我是不會交給你的。怎麼樣？可以接受嗎？」

戴希抿了抿嘴唇：「成交。」

戴希和孟飛揚告辭了，希金斯教授與林念真攜手走到陽臺上。今夜的風不太大，是氣溫驟降後短暫的回暖，漆黑的天空中星光寥落。

林念真靠在教授的肩上說：「戴希是為了孟飛揚，為了留在中國才決定放棄學業的……看來，你只能失去這個最有天賦的學生了。」

希金斯教授沉吟著：「戴希確實非常有天賦，她具備異乎尋常的敏感和同情心，沒有被社會功利所侵蝕的價值觀，還有紮實的邏輯能力，這些都是成為一名最優秀的心理學家的條件。但問題是，她太敏感了，真摯的情感使她在面對人類內心的黑暗面時常常手足無措，她的同情心甚至令她比病人還要迅速地產生移情。並不是說心理學家應該冷酷無情，但戴希的心理狀態顯然不夠強大，這不僅不利於她的工作，甚至對她自身都有風險。」

「你是不是有些危言聳聽了？我覺得戴希並沒有那麼脆弱。」

「不是脆弱，而是一種兩難的處境。作為一個心理諮詢師，如果你刻意將自己和病人在精神層面隔離開，那麼諮詢的效果將非常有限。但如果你全身心地投入進去，與對方建立深刻的精神聯繫，並從內心深處願意去理解對方，不管對方的心理層面有多麼逾越常理，那麼就會像深入疫區的志願者一樣，自己也要冒著被感染的危險，甚至在世人的眼中也成為怪誕和變態了。」

林念真笑出了聲：「親愛的，我可從來沒有覺得你變態過。」

「哈哈！那是因為我已久經考驗，就像你上次教我的那個中國詞彙——成了『老油條』了。不過當我剛剛開始幹這一行時，就對一個美麗的女病人產生了強烈的反移情，結果完全無法對她展開正常的心理治療。面對著她向我展示出的心靈創傷，我就像握著一柄鋒利的手術刀，卻不能冷靜、精準地切下去，因為對她的憐愛與疼惜，我的手抖得不行……咳！」希金斯從回憶的惆悵中清醒過來，用如釋重負的語氣說，「好在，我最終還是度過了那個難關。不僅獲得了寶貴的經驗，也重塑了對心理學事業的信念。」

「並且……成功地治癒了那個病人。」林念真輕輕地補充。

「是啊。所以我一直在想，也許戴希需要的，正是這樣一次考驗。跨過去，她才能真正地進入心理學的天地，自由自在、無所畏懼。」

「可是，她已經放棄了。」

「很遺憾。不過，誰知道呢？或許還有可能？」

「什麼可能？」

希金斯搖了搖頭，「不好說。況且，戴希現在要面對的還有她和男朋友的關係。戴希分明能識別出他們之間存在的心理隔閡，卻怯於做進一步的分析，她甚至比對方更傾向於逃避，寧願犧牲自己的感受去遷就對方。這也是她無法和飛揚開誠佈公地交談、探討他們未來的根本原因。」

「我想，這全是因為愛情吧。他們還那麼年輕，並且是真心相愛的。」

「愛得太怯懦了。不，作為一個研究人類心理的專業學生，戴希應該承擔起引導他們愛情的責任，她本可以選擇與孟飛揚共同成長，但現在她只會向他尋求保護和支持。但願孟飛揚真的能夠幫她遮風擋雨吧，不過，我對此表示懷疑。」

希金斯教授用飽含深情的目光看著林念真：「Jane，其實我比任何人都不希望戴希遭到心理上的重大打擊，因為她和你實在太像了。」

林念真更緊密地依偎在希金斯的懷中，好像沉入夢境般恍惚地說：「是的，看著她就像看到很多年以前的我，那個已經死去了的我……」

希金斯教授夫婦租住在一座建於一九二〇年的老公寓裡。沿著公寓C形的外牆往前走，穿過一座和它差不多年歲的橋，就直接走上了蘇州河窄窄的河岸。嚴冬的夜晚，這段路上幾乎沒有行人，河岸的另一側全是簡潔歐式的老建築，不高，卻很寬闊，每一扇緊閉的窗戶上都有細膩的雕飾欄杆，在黑暗中構成柔和的陰影。

孟飛揚摟著戴希一路走來，時常有亮著空載燈的計程車從身邊駛過，但他們都沒有叫車的意思。走了很久，他們都捨不得開口說話，車輛疾駛的聲音蓋住了他們的呼吸聲，但是眼前每一次呼出的白霧，卻像彼此的心聲般輕輕纏繞。

「那樣美妙的夜晚，那樣的夜晚，只有在我們年輕的時候，才會出現。」

孟飛揚的腦子裡，反反覆覆的就是這句話。戴希從美國回來以後，他始終處於巨大的壓力之下，甚至沒有機會和她像今夜這樣散步。現在，令他煩惱的種種似乎都消弭於無形，至少在此刻，他感到那一切都不再重要……

「飛揚，我不會再去美國了。」戴希突然停下腳步，攔在孟飛揚的前面。

孟飛揚一時不知該如何回答，戴希漆黑的眼睛眨也不眨，直直地注視著他：「你不高興嗎？」

「我當然高興。」孟飛揚連忙說，「但是小希，你不是從小就盼望成為一個心理學家嗎？像……佛洛伊德那樣的。」

「我是曾經這樣盼望過。」戴希轉過身，邊說邊穿過窄窄的街道，朝河岸邊走去，「可是，我沒有通過考試！」

孟飛揚想跟著過馬路，戴希卻命令似的對他喊：「不許過來！」

孟飛揚只好留在街的這一側，也大聲地衝她喊：「什麼考試？」

「是的，考試！」戴希又強調了一遍，「在給別人做心理分析之前，心理分析師自己要先接受心理分析。我接受了，可是沒有通過！」

「哦……」孟飛揚似懂非懂地點點頭，「可我還是不明白，小希，你為什麼通不過呢？心理分析應該沒有確定的標準吧？」

這一段的岸堤很低，一步就可以跨上去。戴希倒退著移向岸堤：「佛洛伊德說人的身上有生和死兩種能量。正是因為死亡能量的存在，使得人類傾向於傷害自身和他人，即使社會法則和道德都企圖約束這種能量，但仍然無法徹底消除它，甚至會因為壓制而反彈出更加可怕的力量。心理學家要幫助他人，就必須先很好地控制自己的死亡能量。可是我……」說到這裡，她突然跨上岸堤，中間凸起兩邊傾斜的岸堤非常狹窄，孟飛揚驚呆了，也嚇壞了。小街上的車輛好像一下子多起來，穿梭不絕地擋在他和戴希中間，只不過三四步的距離，卻像無法逾越的鴻溝。

面對河水，戴希旁若無人地高聲說著：「我害怕，當我看見心靈的無垠黑暗時，我會恐懼地發抖，但又會被強烈地吸引。就像現在，你知道我有多麼想投入面前的這條河？」

她的身體晃了晃，靴底的高跟往外側一滑，「小希！」孟飛揚大驚失色，向戴希猛衝過去。隨著一聲尖厲的剎車聲響，戴希跌落在孟飛揚的懷中，緊接著從背後傳來怒不可遏的痛罵：「尋死啊！神經病！」

孟飛揚充耳不聞，心還在震驚中一個勁顫慄，他瞪著懷裡的戴希，想問問她究竟要幹什麼。但他還沒有來得及開口，戴希已經抬起頭來，臉色煞白，眼睛卻睜得大大的，好像從來沒有這樣亮過。她輕輕開合著雙唇，孟飛揚卻聽不到聲音。

突然他明白了，戴希是在無聲地向他提問——「你愛我嗎？」

孟飛揚笑了：「死丫頭，我明白你為什麼當不了心理學家了。因為，你比天底下最瘋的瘋子還要瘋狂！」隨後，他將自己的雙唇牢牢地壓上戴希的雙唇，又使出全身的力氣抱緊她，再不讓她玩什麼把戲。

他不敢回答她的問題，生怕自己會在吐露心聲時忍不住落淚。那可就太遜了！在他們的背後，驚魂未定的司機還在破口大罵。直到此刻孟飛揚才意識到，就在剛剛過去的一瞬間，他和戴希離黑暗有多麼近。大概，這就是所謂的死亡能量吧……

我愛你嗎？感受著懷抱裡戴希溫暖的身軀，孟飛揚悄悄地自問，他真的不敢肯定。唯一能夠肯定的是，剛才當他飛奔過小街朝她撲過去時，整個世界都在他的眼前消失了。

「這個問題還是留給你自己來回答吧，」孟飛揚在心裡對戴希說，「我知道你能夠讀懂我的心，親愛的佛洛伊德小姐。」

第五章

第二天早晨，孟飛揚到公司的時間比平時晚。公司裡空空蕩蕩，自從童曉警官登門造訪以後，孟飛揚就放齊靚兒回家休假了，柯正昀也病倒在家，孟飛揚挨個通知業務員有川康介的死訊，並暫時都給他們放了假。孟飛揚暗示業務員們，有川一死，伊藤株式會社的這個代表處恐怕很快要面臨變動，現在是個空檔期，大家趁此機會好好休息，也可以開始物色新的去處。等新年過後，日本總部就會明確對辦事處的處理意見。業務員們並沒表現出特別的不安情緒，各自回家去等待孟飛揚的通知。

剛打發完這些人，中華石化的正式函件就遞到了公司，孟飛揚簽收了這份退貨兼要求賠償的公文。孟飛揚認認真真地讀了幾遍，就開始起草給有川信一的郵件。他把整個事件的經過詳細描述了一遍，又把中華石化的公函逐字逐句翻譯好，再附上掃描件一起發了出去。

郵件如石沉大海，沒有任何回音。

孟飛揚無計可施，只好每天照常上班，耐下心來等候事情的發展。不過今天早上，孟飛揚沒有直接來辦公室，而是先去了住處附近的幾家房產仲介，問了問自己居住的那套老公房的市場價，這是孟飛揚的父母親留給他的唯一財產。房子很舊很小，地段還不錯，居然也能賣到六七十萬，真是意外的驚喜，孟飛揚粗粗計算，加上自己這些年工作的幾十萬積蓄，足夠付一套過得去的新公寓的首付款，連裝修也夠了。

一套由自己獨立操辦的婚房，是孟飛揚目前所能給予戴希的，全部的愛的承諾。為了他們的愛情，既然戴希已經付出了她的那部分，其餘的一切就都由他來承擔吧。在孟飛揚的心中，這樣做既意味著責任，更意味著平等。

在寂靜的辦公室裡坐下，孟飛揚打開電腦，電子郵箱裡依舊空空如也。他馬上又點開瀏覽器，開始搜索新樓盤的資訊，盤算著自己先有點兒底，晚上再去和戴希商量。正在列印第一批篩選出來的房源時，門鈴響起。

玻璃門外站著一個高個子的年輕人，仍然是一身便裝、斜挎包和豎起的時髦短髮。孟飛揚打開門，笑著打招呼：「童警官，原來是你啊。」

童曉往門裡跨了一步，東張西望：「呦，這公司好清靜啊？怎麼就你一個人？」

「是啊，」孟飛揚也學起童曉那副滿不在乎的樣子，「老闆翹了辮子，薪資還不知道去哪兒領，當然是樹倒猢猻散了。」人類之間的感覺真是奇妙，有些人朝夕相處卻始終形同陌路，有些人只要見一兩次面就能成為知己。雖然孟飛揚和童曉還到不了知己的程度，但相互間頗有種和諧。

童曉隨便撿了張椅子，一屁股坐上去：「不對啊！你上次不是跟我說有筆大生意要成，不擔心公司的前途嗎？怎麼才過了幾天就大變樣了？」

孟飛揚沒法繼續故作輕鬆了，只好老實回答：「別提了，那樁生意砸了。」

「什麼意思？」

「有川康介從南美買來的貨全是廢品，以次充好，讓海關和中華石化查出來了。中華石化已經正式退貨並要求賠償，這次伊藤是吃不了兜著走了。」

童曉的臉色大變，怒氣沖沖地瞪著孟飛揚，厲聲質問：「這麼重要的資訊你為什麼不及時通報給我？上次我來時不是讓你隨時與我聯絡嗎？」

孟飛揚一愣：「這……我忘了，對不起。」他確實是完全忘了這事。

「唉！我看你長得挺精明的嘛，怎麼腦袋跟進了水似的！」童曉大聲抱怨著，又狠狠地瞪了孟飛揚一眼，才算解了氣，「就剩下你來應付中華石化？你搞得定嗎？」

「我搞不定，但是也不需要我來搞定。」孟飛揚放鬆下來，從辦公桌上取過一張紙，擺在童曉的面前，「這是我回覆中華石化的傳真。你看看，他們的合同是和伊藤株式會社總部直接簽署的，因此我這裡作為代表處只有協助操辦的功能，涉及合同等等法律上的事務，還請他們正式與日本總部接洽。」

童曉很仔細地看了傳真件：「嘿嘿，這麼看來你的腦袋還沒讓水浸透。」

孟飛揚笑了笑。

「不過呢，你剛才說的情況確實很重要。」童曉敲敲桌子，「有川康介的死亡原因確定了，我今天就是來告訴你這個的。」

稍停片刻，童曉警官才鄭重其事地宣布：「有川康介是死於自殺。」

「哦……這並不意外。」

童曉「哼」了一聲：「聯繫到你剛才所說的情況，有川康介的自殺算得上順理成章。不過你可別忘了，我是剛剛才聽到你說的，在我踏進這扇門之前，警方對他的商業欺詐行為並不知情。」

孟飛揚撓了撓頭：「我真的以為這些情況你們早都掌握了。」

「喂，公民同志，在你們不提供積極支援的情況下，我們如何做到全知全覺？我們是員警不是上帝！」

「是，是，下次一定注意。」

童曉寬大為懷地擺擺手：「算了，看在你馬上就要失業的分上，不和你計較了。嗯，你想不想知道，有川康介為什麼要自殺？」

「我想是作賊心虛吧，估計他認定欺詐中華石化的事情要敗露了，所以就——」

童曉不屑地打斷孟飛揚的話：「我已經說過了，此前警方並不知道生意欺詐，不，我們找到了促使他自殺的另外一個原因，非常有說服力的原因！」

「什麼原因？」

童曉端出一臉神秘兮兮的表情：「有川康介得了愛滋病，而且已經進入臨床前期，也就是說爆發了。」

「愛滋病！」孟飛揚果然被驚著了，「這怎麼……怎麼可能？！」

「是啊，他都這麼老了。」童曉也很感慨的樣子，「真夠聳人聽聞的——不過這可是驗血的結論，是科學喔。」

孟飛揚皺起眉頭回憶：「你這麼一說，還真有些像。他死之前那幾天，樣子確實異常，我一直在猜他是不是生了什麼病，沒想到竟然是……」他停下來，渾身一陣發冷。

童曉拍拍他的肩膀：「你怕啦？沒事，日常接觸不會傳染的。」

孟飛揚勉強笑了笑：「我還是覺得有些不可思議。」

「還有更不可思議的事呢，你猜有川康介是怎麼知道自己的病況的——就是你告訴他的！」

「我？！」

「年會那天晚上，你是不是給他帶去一份日本來的快件？」

「是，快件寄到公司，我就順便給他帶去了。」

童曉點點頭：「我們在有川的西裝褲兜裡發現了許多撕碎的紙片，通過技術拼接，還原出來一份日語的化驗報告。很顯然，你給有川帶去的是他的死亡通知書，他一見之下就精神崩潰了。」

孟飛揚好不容易合攏嘴，想了想又說：「我明白了，愛滋病爆發加上商業欺詐即將敗露，雙重打擊讓有川康介最終選擇了速死。」

「嗯，」童曉接過他的話頭，「我曾經對你說過，有川康介主動觸電而死的事實基本沒有疑問，要確定他自殺唯一缺少的是動機。當我們發現他得了愛滋病以後，這個動機也就找到了。當然，再加上商業欺詐這一環節，就更完美了。」

「完美？」孟飛揚不自覺地冷笑，「用這個詞來形容死亡，聽著倒滿酷的。」

童曉毫不在乎孟飛揚的嘲諷，反而得意揚揚起來：「還有啊，你現在該明白張乃馳那麼恐懼的原因了吧？哈哈，碎玻璃碴上沾滿了有川康介的血，如果張乃馳的手給扎破了，那就不是一般性接觸了，傳染上愛滋病的機率大增！難怪張乃馳嚇得魂都沒了。」

孟飛揚卻垂著眼皮不搭腔。

「你怎麼啦？有什麼問題嗎？」

孟飛揚注視著童曉，一字一句地說：「童警官，我是在張乃馳和有川康介結束談話以後，才把快件交給有川的。那時張乃馳一直在樓下參加晚會中，再沒和有川見過面，他怎麼會知道有川康介有愛滋病？」

「啊……」童曉呆住了。孟飛揚接著說：「還有，據我所知有川康介和張乃馳只不過是商業上的普通往來，有川康介打哪來這麼大的仇恨，臨死還非要拉張乃馳做墊背？」

辦公室重回寂靜，兩個人都不再說話。片刻之後，童曉歎了口氣：「你說的這兩個疑點的確值得深究。不過，有川康介已死，只要張乃馳不報案，這也就不是警方負責的範疇了。反正我的任務就是查清日本人的死因，其他的我管不著。」

「好吧。」孟飛揚聳了聳肩，表示理解。

「哦，還有個消息。有川信一今天晚上會到上海，將他父親的遺體運送回國。你要是有什麼公司方面的事情，可以趁機找他談談。他預訂了花園飯店的房間。」

孟飛揚微微一愣，隨即由衷地說：「知道了，謝謝你。」

「不客氣，人民警察為人民嘛，呵呵。」童曉又恢復了大大咧咧的模樣，一把扯過孟飛揚列印的樓盤資料，「打算買房啊？要結婚？」

「這屬於案情訊問嗎？我必須要回答嗎？」孟飛揚故意板起臉，可是童曉的眉眼全在那兒生動地亂跳：「你的女朋友叫戴希，對不對？」

「你怎麼知道？！」

「別緊張嘛。」童曉樂開了花，「是這樣，那個西岸化工的什麼李威連總裁，是唯一一個在有川康介死亡時間段內離開過『逸園』的人，他說他去了附近一家叫『雙妹1919』的咖啡館，還提供了幾個證人的名字，其中一位嘛，就是戴希小姐。李總裁說她是你的女朋友。」

「原來是這樣，她沒有和我提過……」

「沒事，反正有川康介的死已經確認了，不需要你女朋友再提供什麼證言。不過說實話，我真挺羨慕你的。女朋友、買房、結婚，這一切是多麼美好啊。」

孟飛揚瞪著童曉：「我沒有聽錯吧？國家公務員同志，對一個飯碗不保，又即將成為房奴的小白領說這樣的話，我會認為你不懷好意。」

童曉一拍桌子：「飯碗飯碗，都讓你給說餓了！走走，一起吃飯去。」

在小白領成堆的茶餐廳坐下，兩人各自點了一份套餐，都是孟飛揚掏的錢。

喝著套餐裡配的奶油南瓜湯，童曉推心置腹般地說：「我剛才說的都是真心話，我並不喜歡當刑警，我真正感興趣的工作是你幹的這個——國際貿易。」

「那你怎麼？」孟飛揚越來越摸不透對方的意圖了，但又覺得和他談話挺投機。

童曉放下湯匙：「入錯行了唄。其實，我老爸就是當員警的，蹲了一輩子派出所，所以我從小就很清楚當員警的甜酸苦辣，可誰知道陰差陽錯的，自己還是走了這條路。」

「派出所的員警和刑偵總隊負責外國人案件的警官，還是有區別的吧？」

「有些區別，主要是時代特徵不同了。但是……本質上仍然是一樣的。唉，有菸嗎？」

孟飛揚把菸扔過去，童曉點起一根菸，當他瞇起眼睛吐出煙霧時，孟飛揚頭一次在他的臉上看到思慮的靄靄陰影，那是沉澱在心底的東西在悄然浮起，正是憑藉這樣的瞬間，人們才可以透過千奇百怪的假面，於茫茫人海中發現和自己息息相關的另外一些人：愛人、朋友，或者……仇敵。

童曉猛吸了幾口菸後，說話了：「其實想通了，員警也就是一項職業而已。上班幹活，下班走人。可我爸偏不這麼想，他總認為，警察的責任特別重大，因為事關正義和真相。」

「那你是怎麼想的？」

「我同意我老爸的觀點。就是這樣想的話，又會給自己增添很多壓力，呵呵，兩難啊。」

「人活著就是有壓力的，」孟飛揚說，「……大氣壓嘛。」

童曉開朗地笑起來：「有道理。唉，說出來也許你不信，我老爸蹲了一輩子的派出所，『逸園』就在那個派出所的管轄範圍內。若干年前在『逸園』曾經發生過一樁死亡案件，當初就是我老爸負責的，老爺子到今天還耿耿於懷呢。沒想到這麼多年以後，我自己也和『逸園』裡的死人案扯上了關係。」

孟飛揚突然明白了，童曉為什麼會對有川康介之死這麼感興趣。

他遲疑了一下，才說：「我在年會那晚去了趟『逸園』，看起來是座很有氣派的老房子。我好像聽人說過，越是這樣精緻的建築，越會把建造者乃至居住者的氣息收納其中，最後房子自身也有了靈魂。對了，年會那晚『逸園』裡的手機信號就特別差，我女朋友怎麼都聯繫不上我，都快急死了，你說像不像靈異事件？」

童曉似笑非笑地望著他：「呵呵，沒想到你還是個神秘主義者……」他的話被一陣手機鈴聲打斷了，孟飛揚朝他擠了擠眼睛，拿起手機：「喂？我是孟飛揚。哦，張總你好。」

談話很快結束，掛斷電話，孟飛揚說：「猜猜，誰打來的？」

「張總……莫非是張乃馳？」

「回答正確。」

「他找你幹什麼？」

「也沒什麼特別的，只說想為年會那晚的事謝謝我，想約我一起吃個飯。」

童曉又開始眉飛色舞：「哦哦，你小心啊，張乃馳的名聲在外，別是在打你的什麼主意吧？」

孟飛揚卻一臉嚴肅：「要不然你代我去赴宴？他見到你一定很高興。」童曉好像沒聽見，埋頭在咖哩豬排飯上，吃得津津有味。

「過幾天再應付他吧，」孟飛揚沉吟著說，「等我先見過有川信一。」

「好，我同意！」童曉用紙巾抹了抹嘴，看看手錶，「我得走了，下午還有事。今天讓你請客了，下回我來請，怕你告我受賄。」

「那要吃頓大餐。」

「沒問題啦。作為交換，你必須把女朋友帶來，讓我飽飽眼福。女孩子喜歡聽鬼故事，到時候我講『逸園』的人命案子給她聽。哦，你剛才提的『逸園』手機信號差倒是和鬼怪無關，經證實這是『逸園』的特殊建築結構和材料造成的，經過適當改造可以解決這個問題，可是西岸化工的李威連總裁堅決不同意動到『逸園』原本的結構，所以這個問題就持續至今。呵呵，怎麼樣？人家有個性吧？」

孟飛揚伸開雙腿靠在椅子上，看著童曉散散漫漫地走出餐廳。陽光從側面照過來，使左半邊臉的溫度明顯高過右半邊。孟飛揚想起戴希的那些心理學課本裡，關於人類左右大腦各司其職的理論，邏輯在右邊，情感在左邊。他在心中給自己畫起肖像，左半邊的情感沸騰著，塗上紅色，右半邊的邏輯卻凍得僵硬，用藍色表示。想像中的這張嘴臉太像撲克牌裡的小丑了，問題是，善和惡的位置究竟在哪一邊呢？抑或是，它們都是對稱分佈在左右半球上，無法被情感或者邏輯獨佔……

右半邊的太陽穴發脹了，孟飛揚決定結束這番胡思亂想，本來下午還想去幾個樓盤實地考察，現在他改變了主意，打算去柯正昀家看看。

轎車駛進浙江省界以後，天氣就變了。隨著沿途景致越來越寥落、乏味，陽光也漸漸稀薄，整個天空都呈現出陰冷的青灰色，看上去死氣沉沉的。並沒有颳風，但空氣裡充斥著可疑的陰森味道，從每一個縫隙鑽進人的感官。一切都在預示，又一次大寒流正在迫近。

張乃馳坐在車裡，卻感到渾身燥熱。他掛斷了給孟飛揚的電話，一時有些不知所措，好像必須要做些什麼，但又沒有具體的想法。

「空調開得太熱了！」他捅捅前座，大聲叫著。司機無奈地歎了口氣，轉動起空調旋鈕。從上海出發到現在，張乃馳一會兒喊冷一會兒叫熱，司機知道，這位張總是個矯情的人，但誇張到今天這個地步，還是比較少見的。

張乃馳大口喘粗氣，卻忍著不去鬆領帶。外表是他最後的自信，哪怕死到臨頭也是要維護的。「還有多遠？」他看著窗外更加陰沉的天色嚷。

「快了，再過半小時就到。」

「哦。」張乃馳癱軟在座椅中，還有半小時……他閉上眼睛，耳邊立刻又響起高敏歇斯底里的尖叫聲。今天淩晨，他被這個女人的來電吵醒，她在手機那頭像瘋子似的足足喊叫了一個小時，污言穢語如同糞水般劈頭蓋臉澆來，以至於張乃馳在自己那間五星級酒店的豪華長包房裡，都能聞到她所噴出的陣陣臭氣。

等弄明白她所說的事情之後，張乃馳毫不猶豫地掛斷電話，並關了機。他跌跌撞撞地走進洗手間，站在大理石洗臉盆前乾嘔了好一陣子。整幅牆面的大鏡子反射著溫暖的燈光，張乃馳看見自己的臉上泛出塊塊青斑。即使如此，弓起的眉骨、深陷的眼窩和挺直的鼻梁，依舊構成一張令人垂涎的臉，特別是黑色眼眶中的絕望，賦予了他獨一無二的脆弱神情。

張乃馳終於嘔了出來，他的眼前全是高敏那肥碩的身軀，好像兩個大肉袋子的乳房垂搭著，晃來晃去，還有闊大雙唇間食物腐敗的酸味，每一次張乃馳都要強抑胃裡的翻騰才能吻下去、摸下去。然而，就是這樣一個又醜又老的女人，在盛怒中竟然也將他罵得一錢不值，張乃馳一邊吐著苦澀的膽汁，一邊自虐地想：「以皮肉來換取利益的男人，真還不如殺人犯有尊嚴。」

很可惜，他沒有當殺人犯的膽量，更沒有當殺人犯的素養。即使對有川康介，在逼得對方慘死的同時，張乃馳也幾乎嚇得魂飛魄散。

如果不是孟飛揚，如果不是李威連，他還真的無法預料自己今天的狀況。

李威連——這三個字突然讓張乃馳振作起來。高敏的話使他確信，自己的猜測都是正確的。李威連，再一次掌控了全域，以一貫的雷厲風行和冷酷決斷，他把事件中的每個環節都精確地計畫並實施了。他玩弄了每一個人，當然也包括作為同謀者的張乃馳。

恰恰想到這裡，張乃馳房間裡的直線電話響了。張乃馳跳過去抓起話機，這個電話只有極少數幾個人知道，他已經料到是誰打來的：「喂？是William嗎？」

「怎麼？沒睡還是已經醒了？」李威連的語氣中沒有絲毫意外，張乃馳不由自主地打了個寒顫，好像對方銳利的目光從電話線裡穿越而出，冰冷地落在他的身上。

「我……睡不著。你已經到洛杉磯了嗎？」

「剛剛下飛機。」李威連輕歎了一聲，似乎是有些疲倦，「是這樣，有件事要告訴你。我和中華石化外貿公司的鄭武定副總經理，也就是高敏的手下，簽了份低密度聚乙烯粒子的備用合同。我剛收到鄭副總的消息，中華石化已經確認啟動備用合同了，貨都在寧波北侖港，他們今天下午就去那裡驗貨，西岸化工就由你出面吧。一來你是塑膠產品部的總監，二來借此機會，我把鄭武定這個關係也移交給你，今後好打交道。合同文本和所有細節我都發到你的郵箱裡了，你出發之前好好讀讀吧。」

張乃馳沒有說話，牙齒格格打顫，只好用手遮住話筒。

稍停了停，李威連又說：「這一千萬美金算是你今年的最後一項業績……好，就這樣，再見。」

果然如此！張乃馳抱著腦袋乾笑起來：一千萬美金的大禮包，這份新年禮物可真重啊。還有一個彩頭李威連沒有明說，算是顧及了他的面子，那就是——張乃馳終於不用再維持和高敏的關係了。過去幾年裡，張乃馳就是靠這個從中華石化拿到了不少合同，當然也因此苦不堪言。今天，李威連幫他一併解決了。

這就是李威連，在把你當傀儡擺布戲弄的同時，從不忘記給予你最優厚的賞賜，於是你就在愛恨交織中更深地陷入他的羅網，心甘情願地成為他的奴僕……

「張總，前面就是港區了。」

張乃馳從冥想中驚醒，舉目望去，四點才過的天空已經陰沉得可怕，寒風正以可見的速度變得猛烈起來。前方一大片開闊地的後面，林立的黃色吊塔和灰色貨櫃看不到盡頭，鉛灰色的最遠端，是海面上揚起的狂風，捲裹著海水升到半空，再化成冰霜的巨幕徐徐落下。

張乃馳對著後視鏡理了理頭髮，西岸化工大中華區塑膠產品部總監就要粉墨登場了，但是在此之前，他還想給自己的妻子打一個電話。

「喂？葆齡嗎？你在哪裡？」

「乃馳，我在香港啊？怎麼了？」

「哦，我現在寧波北侖港呢，沒事，就是問你一聲，什麼時候來上海？」

「我還沒定，過兩天吧，過兩天就告訴你。」

「好的，拜拜。」

張乃馳掛斷電話，有種仰天大笑的衝動，又想放聲慟哭，但是車停下了，朝前看去，好幾輛車停作一堆。張乃馳下車，笑容可掬地向其中一個看似領頭的、身材魁梧的中年人走去。

北侖港碼頭東部有塊高地，從那裡正好可以俯瞰整個碼頭的遠景。

由於地勢高，這裡的風比別處更大，以掃蕩萬物的暴虐力量在光禿禿的高地上縱橫往復，唯一的一輛小車停在其中，使人不禁擔心它下一秒鐘就會被吹入大海。

駕駛座邊，薛葆齡緊握著手機，半晌才說：「他知道了。」她的容貌很端正，但又帶著些許憔悴的病容。

李威連目不轉睛地望著前方：「他早就知道了。」

天色漸黑，從這裡望下去，只能大概看見正在接洽的那幫人，看了一會兒，他突然轉過頭來：「你丈夫在那兒呢，要不要過去找他？」

薛葆齡全身顫抖了一下，別過臉去。

「你打算整個新年假期都躲著他嗎？」李威連追問。

薛葆齡搖了搖頭，縮起的肩膀讓她看上去更加孱弱了。

「走吧！到他的身邊去！」李威連厲聲喝道，薛葆齡嚇了一大跳，愣愣地看著他。

沉默片刻，李威連猛地按了按方向盤，低沉地說：「好吧，你不走，我走！」話音未落，他就已經推開車門，大步跨了出去。

「William！」薛葆齡無聲地喊了一句，就虛脫地伏倒在車窗前，只能眼睜睜地看著李威連拚命穩住被狂風吹得左右搖擺的身體，艱難地迎風向前。

海風狂嘯，海浪拍擊岸邊的巨響如悶雷在嚴冬中炸開，風中挾帶的海水撲上面孔，滿嘴都是鹹澀的味道。天黑得這麼快，只不過才走了幾步路，就辨不清前途了。李威連停下腳步，他感到自己的鼻腔肺葉都擁塞住了。他知道，那覆蓋天地的混濁叫做霾，他覺得自己無法呼吸，卻如何奮力都難以突破。只因為他的人生中，這霾已經遮蔽得太長太久了。

孟飛揚是第一次來柯正昀的家。按理應該先打個電話，但是柯正昀的手機關機。按著手機裡儲存的地址，孟飛揚很快就找到了他家樓下。社區規模不大，房子半新不舊，一看就不是近十年來興建的新式商品房，但又比上世紀六七十年代的老公房更精緻些。孟飛揚記起來，老柯曾經挺得意地提過：當初他所供職的國營貿易公司效益很好，出資建了一批樓房低價賣給員工，老柯那時候是財務科的副科長，優先買到樓層和房型俱佳的一套房子，總共才花了十幾萬。如今這個地段同樣的房子，市場價已經漲到一百多萬了。

「還是我有遠見啊！」孟飛揚還清楚地記得，老柯談起這個話題時那副感慨的樣子，「我這個年紀的人，忙忙碌碌一輩子，到頭來也就掙到這麼一套房子。如果當初錯失機會，今天要想再買套房，可就比登天還難了！」

「就是，老柯您可是百萬富翁啊！」當時，孟飛揚和老柯開玩笑。

柯正昀「呵呵」笑著不置可否，臉上露出幾分尷尬和幾分得意交織的複雜表情……

老柯家在三樓，沒有電梯，樓道裡打掃得很乾淨。孟飛揚剛走上二樓至三樓的階梯，突然從樓上迎面衝下一個人來，孟飛揚猝不及防，撞了個滿懷。

「呃……你是、是柯……」孟飛揚瞪著面前這個披頭散髮的女孩，腦子裡浮起模糊的印象，她好像是——柯正昀的女兒？叫什麼來著？

女孩直勾勾地盯著孟飛揚，面頰上貼滿了散亂的髮絲，還有兩道清晰的淚痕，和一個大大的青紫掌印，她似乎也認出了孟飛揚，露出詫異來。

「亞萍，你不許走，快給我回來！」

「呸！死老頭子你攔什麼攔，讓她滾！滾得越遠越好！」

「你們，你們給我滾出去！這是我的房子！」

「老頭子你敢打我啊？！出人命啦！」

孟飛揚震驚地抬起頭，三樓樓道裡一陣喧鬧，老柯蒼老的聲音夾雜在女人尖利的嘶喊中，幾乎讓他不敢相信自己的耳朵。他看看面前，柯亞萍站得筆直，雙唇緊抿，眼裡全是淚。孟飛揚撓了撓頭：「我、我是來看望老柯的，你們既然不方便，我就……就先走了。」

「不！你別走！」柯亞萍突然說話了，一把攥住孟飛揚的胳膊，「我哥哥和嫂子要把我打出門，你陪我上去，他們就不敢胡鬧了。」

「我？這……不合適吧。」孟飛揚頭皮發麻。

「求你了！我爸還在生病，他太可憐了。」柯亞萍繼續哀求著，眼淚淌在青一塊紫一塊的臉上，孟飛揚不忍心再拒絕了：「我陪你上去就行嗎？」

「嗯。」柯亞萍用力抹去眼淚，扭頭就往三樓走。孟飛揚趕緊跟上。

三樓緊鄰樓梯的一扇房門開著，孟飛揚一眼就看到，柯正昀和兩個男女正在門口互相推搡。老柯像要奮力突圍，而那一男一女罵罵咧咧地堵在門前，老柯人單勢孤，在兩人的連拉帶拽下已經搖搖欲墜了。

柯亞萍衝到門前，大聲叫：「哥！你要死啊，竟然打爸爸！」年輕男女聞聲一齊轉向柯亞萍，其中的小個子女人張牙舞爪地朝柯亞萍撲上去：「你怎麼還不滾？！回來幹什麼？！」

的什麼事啊！

「不許打人！」孟飛揚大喝一聲，擋在兩個女人中間，一邊從心底裡感到荒唐，這都是他媽

那女人被突然出現的陌生男人嚇了一大跳，往後退了一步：「你是誰？！」

「小孟，是你啊！」柯正昀從門裡頭朝外喊，「你們讓開，是我公司的同事來看我！」

柯正昀的兒子媳婦面面相覷，老柯直跺腳：「讓人家進來！你們還嫌臉丟得不夠啊！」孟飛揚覺出柯亞萍在扯自己的胳膊，連忙往旁邊讓了讓，柯亞萍騰身而出，聲色俱厲地說：「讓我們進去，要不然我就打110了！」

「110又怎麼樣？你以為我怕啊！我不……」那女人還要耍橫，身邊的男人黑著臉把她往後拖：「算了，別鬧了！回屋去吧！」兩人閃進客廳靠左側的房間，「砰！」的一聲把門甩上。

緊接著，孟飛揚又聽到好幾聲「砰！」，樓道裡一溜關上三四扇門。柯正昀舉手擦了擦額頭，苦笑著說：「小孟，讓你見笑了。請、請進吧……」他的身子一晃，柯亞萍搶前扶住他：「爸！你沒事吧！」

「沒事，我沒事。」柯正昀臉色蠟黃，面孔浮腫得厲害，柯亞萍扶著他在客廳的沙發上坐下，瞥了一眼不知所措的孟飛揚：「你……請坐吧。」

孟飛揚本想問問老柯的身體狀況，又不知該如何開口。他下意識地往四下看看，這是間夾在屋子中央的小客廳，光線十分昏暗，他們所坐的是一張老舊的木架沙發，茶几上、靠牆邊的飯桌和玻璃櫃上堆滿了亂七八糟的雜物，砸碎的碗碟滾了一地。

「對不起，家裡連熱水都沒有，沒法給你泡茶。」柯亞萍在孟飛揚身邊輕聲說。

「啊，不用，真的不用。」孟飛揚一口氣往下說，「老柯，我今天就是來看看你的身體怎麼樣了，是我糊塗，該事先和你聯繫一下的，其實沒什麼別的事。要不……我改天再來吧！」他就想起身告辭，柯正昀搖搖頭：「小孟，你跟我直說，日本那裡有消息了嗎？那批貨到底怎麼回事？」

孟飛揚只好實話實說：「老柯，中華石化已經正式提出退貨和索賠了，我把文件轉給日本，但是有川信一壓根不理我。不過還好，他明天到上海來收殮有川康介，我會去找他當面談。無論如何，要逼他給中國代表處一個說法。」

「他們巴望著我快點死呢……」從柯正昀含混不清的低語中，孟飛揚只隱約聽清這麼一句，他覺得更尷尬了。

廚房裡傳來一股焦糊的怪味。「呀，爸的藥！」柯亞萍輕呼一聲跑出客廳。孟飛揚鬆了口氣：「老柯，你就在家好好養病，公司裡一切有我。你呢，只要把我們辦事處的帳務整理出來，我找信一談的時候帶著，萬一他真要把辦事處關了，我們也好有所準備，反正他該給的錢絕不能讓他賴掉。」

孟飛揚原以為這幾句話會讓老柯稍微安心，哪想到對方身子猛地往沙發背上一仰，只見柯正昀大張開嘴，像條擱淺的魚似的拚命喘粗氣，原本焦黃的臉色正轉成死灰。孟飛揚嚇壞了，所幸柯亞萍聞聲又從廚房裡跑了出來，兩人一起扶起老柯，緊張兮兮地看著他。

「要不要送醫院？」孟飛揚小聲問。

「不用，我沒事……小孟，你先回去吧。」柯正昀艱難地說，「小孟，帳的事，我先……理一理再給你電話，行不行？」

「行，行，沒事！就算趕不及明天也沒問題，我再想辦法。」孟飛揚站起身，一個勁說著安慰的話，心裡卻越來越不是滋味。柯正昀點點頭，推了推女兒，示意她送孟飛揚出去。

柯亞萍沉默地陪著孟飛揚往外走，替他打開了門。

「我……走了。」孟飛揚正要跨出門的一剎那，又停住了，急急忙忙地對柯亞萍低聲說：「等老柯好一點，你再告訴他，有川康介的死因已經確定為自殺。警方認定的自殺動機是愛滋病發作導致輕生，雖說是個醜聞，但和我們和公司業務都扯不上關係，讓老柯放心。」

他的話音未落，客廳裡傳來一聲巨響，好像有什麼東西倒下來。

孟飛揚和柯亞萍齊齊回頭，連客廳另一側緊閉的房門也應聲而開，柯正昀的兒子探出頭來張望。

「爸！」柯亞萍尖叫著朝沙發旁的地板撲過去，老柯直挺挺地躺在那裡，活像一具屍體。

孟飛揚叫了120，和柯亞萍一起把柯正昀送進醫院。醫生進行了急救，傍晚時分柯正昀從昏迷中甦醒過來。他的確切病況還需要進一步的檢查確診，先安排在急診病房中觀察。忙碌了一個下午，孟飛揚和柯亞萍都已經疲憊不堪。

在大廳排隊付完費，孟飛揚走出醫院大門，站在一根燈柱下抽了根菸，看著被燈光照得發黃的手指，孟飛揚想，這樣下去總有一天我會變成個老菸鬼，滿嘴臭氣、一口黃牙，到時候戴希肯定要討厭我的。戴希……他覺得自己想極了她，真想立刻把她抱在懷裡，聞一聞她身上淡淡的香氣。但是他做不到，自從戴希從美國回來，好像總有什麼力量在阻撓著他們，孟飛揚不知道戴希是不是也有同樣的感覺，可為什麼現在每一次他在想念她的時候，都會感到心有點兒刺痛？

菸頭燒到了手指，孟飛揚把它扔進垃圾桶，去隔壁的便利店買了蛋糕、泡麵和牛奶，匆匆回到急診病房。推開虛掩的房門，柯正昀就躺在最靠門的病床上，柯亞萍坐在床邊的椅子上發呆。

「餓了吧？吃點東西？」孟飛揚走過去說。

柯亞萍抬起頭，恍恍惚惚地說：「我不餓……你吃吧。」

孟飛揚把牛奶和蛋糕遞過去：「還是吃點吧。他睡了？」

「嗯，睡著了。」柯亞萍接過蛋糕咬起來，艱難得好像在嚼橡皮，嚼了幾口，她突然抬起眼皮，「付了多少錢？」

「哦，五千多吧。」孟飛揚從口袋裡摸出收據。柯亞萍接過去，依舊看著孟飛揚：「我現在身邊沒錢，只好請你先幫忙墊著。以後我再……」

「沒事！急什麼，先看病要緊。」

「謝謝。」柯亞萍的聲音小得像蚊子叫，長頭髮本來在腦後紮著馬尾，折騰到現在，束髮的褐色皮圈兒鬆鬆垮垮地耷拉下來，一小半的頭髮都披散在肩上。

「要不，你先回家休息去吧。晚上有我在這兒盯著就行了。」孟飛揚建議。

柯亞萍一愣，隨即澀澀地笑了：「我現在回去，他們根本不會讓我進門的。」

孟飛揚撓了撓頭：「哦……」柯亞萍說：「爸爸現在沒事，咱們去院子裡走走，我有事兒跟你說。」

沿著急診大樓的牆邊慢慢向前走，孟飛揚等著柯亞萍開口，她卻只是沉默。孟飛揚稍稍落在她的身後，看著月光落在散亂的黑髮上，好像滿頭青絲俱已成霜，不覺暗暗心悸。恰在這時，柯亞萍回過頭，慢條斯理地開口了：「今天醫生說我爸的肝病雖然嚴重，但不至於造成突然的昏迷。其實我知道，我爸主要還是精神上受刺激了。」

孟飛揚點點頭，老柯的家事他不想評論。

他們正好走到門廳前，明亮的燈光下，柯亞萍突然乾笑起來，頹唐不堪的容貌上平添了幾分詭異：「就是你讓我爸受刺激了。」

「我？！」

「因為今天中午你告訴我爸，有川康介得了愛滋病。」柯亞萍微仰起頭，雙眼紅通通的。

孟飛揚張口結舌，柯亞萍看著他的樣子，繼續怪模怪樣地笑著：「我爸是在害怕，我也染上愛滋病。」

這回孟飛揚連「什麼」都問不出來了。柯亞萍卻顯得異常平靜：「你還記得嗎？今年年初的時候，有川康介來中國出差，我爸託他幫我找工作，我去了一趟你們公司。」

孟飛揚想起來了，就是那次見面讓他對柯亞萍留下了模糊的印象：一個舉止拘謹的普通女孩而已。愛滋病？有川康介？這到底是怎麼回事？！

「我是學日語專業的，本科畢業後找不到合適的工作，就讓爸爸託你們的日本老闆幫忙。那次我見過有川康介之後，他帶我去外地出了一週的差，讓我給他當翻譯。回來以後，他果然介紹我進了一家日企當行政，一直到今天我都在那裡上班。不過呢，有川康介後來還秘密來過幾次中國，每次都是由我陪同，你們公司裡都沒人知道。」

「真的？！」孟飛揚驚出滿頭的汗來，「有川康介來幹什麼的？」

火辣辣的怨毒從柯亞萍的眼睛裡流出：「我答應過有川康介替他保密，不過現在也無所謂了。哼，這個人真是自作孽不可活啊，他來幹什麼？他是專門來『嫖妓』的！」

「這個……其實我也聽到過一些流言蜚語。」孟飛揚忿忿地說，又不解地追問，「可是你？」

「因為每次我陪過有川康介以後，他都會給我一筆不小的報酬，比我幾個月的薪資都多。我爸好幾次想問我，我都沒告訴他實情，哪想到他誤會了……」柯亞萍的嗓子終於哽住，再說不下去了。

孟飛揚用全新的眼光打量著柯亞萍，她的外表看上去多麼平凡，平凡到讓人難以接受她此時所說的話語，卻又不得不信。

柯亞萍稍微平靜了一下，繼續說：「剛才你出去時，我找機會和我爸解釋了，讓他不要瞎擔心。有川康介需要我做的就是翻譯、安排食宿和充當聯絡人。他對女人沒興趣，他只喜歡——漂亮的男孩子。」

「啊？！」孟飛揚驚呼出聲。他覺得疲倦極了，還有點噁心，和柯亞萍一起在寒風中站了這麼久，讓他從頭冰到腳，心臟好像都凍僵了。

急診大樓門廳裡的掛鐘響了十下。

柯亞萍說：「你快回去吧，明天還要見有川信一……我跟你說這些，你對付他的時候好有些準備。」

「是，謝謝你。」除此，孟飛揚還能說什麼呢。

「好，再見。」

孟飛揚匆匆走了兩步，又轉回去，從錢包裡掏出一疊人民幣往柯亞萍的手裡塞：「你身邊沒現金吧，先拿著！明天我和有川信一見過面就來！」

柯亞萍還想推，孟飛揚逃也似的快步走出醫院大門。

十點，還不算太晚。但是今天晚上孟飛揚不想去戴希那裡了，他想她，比平常任何時候都想她，卻也比平常任何時候都怯於見到她。

回自己家的路上，孟飛揚給戴希發了條短信，簡單說了說老柯的病情，告訴她自己要陪夜，就關了手機。等計程車司機把他叫醒，已經到家門口了。

他的小破房子冷得像個冰窖，孟飛揚衝到洗手間裡去洗澡，這才發現牆上那個滿是灰塵的舊暖風機罷工了。還好熱水器正常，熱水充足，於是他帶著一頭冒煙的濕髮倒在床上睡著了。

第六章

童曉告訴孟飛揚，有川信一只會在上海停留一天，孟飛揚只有這一次機會，無論如何也要和對方見上面。

早上一醒來，孟飛揚就給花園飯店打電話，還特地使用了日語。

花園飯店是日本人在上海出差的首選賓館，服務人員的日語比英語熟練得多。總機的態度果然比較客氣，告訴他有川信一先生不在房間，並問是否要留言，孟飛揚謝絕了。他拿定主意直接去飯店堵他。

在飯店大堂一直等到下午兩點多，孟飛揚終於看見有川信一匆匆走進旋轉門。信一不僅長相和父親酷似，神態舉止也如出一轍，只不過更瘦高些，活脫就是個拉長版的有川康介。

等信一走到大堂裡面，孟飛揚趕緊迎上去：「有川君！」

有川信一微微一愣，隨即露出窘迫和嘲諷交織的表情：「孟君，你的消息很靈通啊。」

「很抱歉打攪您，有川君，有些事情想和您談，麻煩了。」

有川信一沉默地舉起手，指了指酒店咖啡廳的方向。信一說：「孟君，請你稍等片刻，我上樓去拿些資料。」見孟飛揚還在猶豫，他又露齒一笑，比昨天柯亞萍笑得還要怪異：「請安心等候，我馬上就回來，我知道你要和我談什麼。」

孟飛揚坐在咖啡廳裡，滿腦門子的晦氣直欲噴薄而出，卻又不得不拚命忍耐。還好等了沒多久，有川信一就來了，手裡提著個大大的公事包。

孟飛揚實在沒耐心了，等信一一坐下就單刀直入地發問：「有川君，對於令尊的突然辭世，我和公司同仁都深感意外和悲痛，不知道我發給您的電子郵件您看到了嗎？我想知道令尊去世之後，您作為伊藤株式會社的管理者對中華石化的這筆交易，以及上海代表處的未來打算如何安排，有川君，請您給我指示！」

有川信一微微瞇起眼睛，神情有些恍惚，片刻，才平淡地回答：「孟君，很抱歉給你們增添麻煩了。您說的這些我都知道了，但是目前我無法給您任何答覆，因為伊藤株式會社早在三個月前就已經提出破產申請，並且在一個月前由法院正式做出破產判決。這是相關的法律文件，請您過目。」他打開公事包，取出一疊日文文件放在桌上，然後端端正正地向孟飛揚屈身行禮：「非常抱歉。」

實在太出乎意料了！孟飛揚的腦袋嗡嗡作響，拿過文件的手直發抖，匆匆瀏覽一遍後，他放下文件，無語。

有川信一在對面歎了口氣：「孟君，現在你都明白了吧。和中華石化的那個合同，是家父冒用伊藤株式會社之名所簽的，是一個徹頭徹尾的個人欺詐行為。對此所造成的惡果，我深表歉意，但也無能為力。今天我只是作為一名自殺者的兒子，來盡為人子嗣的義務，而家父本人的違法行為，與我沒有絲毫關係。至於伊藤株式會社嘛，由於已進入破產清償的法律程序，與之相關的所有債務由東京地方法院負責處理。這裡是他們的聯繫方式，您可以記錄下來。」

孟飛揚緩緩抬起頭：「我真的無法相信，伊藤這幾年來的經營狀況不是一直挺不錯嗎？光我們這個代表處，每年也有幾千萬美金的合同額，怎麼說破產就破產了？」

「孟君，你應該瞭解日本持續二十年的經濟停滯。」有川信一又歎了口氣，「企業為了發展都要從銀行貸款，貸款的利息過高，久而久之就成了企業最大的負擔，大家似乎都在替銀行打工。掙錢不容易，好不容易賺取的利潤又都付了利息。伊藤這些年來就全靠中國的業務支撐著，可是家父從來不肯節約，依舊到處鋪張，你知道，他還有很多生意之外的開銷……總之，伊藤總部早就是個空殼子了。否則，他也不會孤注一擲，使出那樣下流的手段來騙錢。」

「可是中國代表處怎麼辦？」孟飛揚打斷信一的話。

「孟君，我理解你的心情，但是伊藤株式會社已經破產了，代表處就……」說到這裡，有川信一再度向孟飛揚深深地伏下腰，「真的幫不上任何忙，很抱歉，給您添麻煩了。」

「咳！」孟飛揚發狠地瞪著信一彎曲的脊背，好久，對方就保持著這麼個姿勢。孟飛揚忍無可忍，就要起身離開。有川信一突然直起腰，直勾勾地看著孟飛揚，問：「孟君，你知道家父患了愛滋病吧？我也是這次才知道的。不過，這個消息對我們全家來說並不意外。這麼多年來，我和我的母親、兄弟都生活在噩夢中。雖然伊藤破產了，但父親一死，對我們一家人來說也是一個解脫。所以孟君，希望您也能得到解脫吧。」

孟飛揚頭也不回地走了。

到了醫院，孟飛揚卻沒有找到柯正昀，病房裡空無一人，陽光灑在雪白的牆壁和床單上，土黃色的塑膠地板十分潔淨，空氣裡瀰漫著醫院的特殊味道。孟飛揚突然一陣發慌，老柯去哪兒了？不會出什麼事吧？！

他掉頭就往外跑，正好撞在柯亞萍的身上。

「啊呀！」兩人異口同聲地叫道。孟飛揚一把揪住柯亞萍：「老柯呢？他怎麼樣了？」

「我爸轉到普通病房去了，我是來補辦手續的。」

「哦！」孟飛揚長長地吁了口氣，柯亞萍看著他笑了：「你怎麼跟個沒頭蒼蠅似的，我爸老誇你年少老成、精明能幹，我可一點兒沒看出來。」

她的精神狀態比昨天好了不少，臉上的青紫也消退了，梳理整齊的馬尾辮翹在腦後，笑容很自然也很青春，還略帶俏皮，總算有點年輕女孩的味道了。

孟飛揚說：「那麼說老柯問題不大了？」

「嗯，我帶你過去。」柯亞萍邊走邊說，「醫生說還需要做進一步檢查和治療，但暫時沒有危險了。你來得正好，我想出去一會兒，大概一小時左右，行嗎？晚飯前我一定回來。」

「行啊。」孟飛揚滿口答應，「今晚你還在醫院過夜嗎？」

「是的，我爸不回去，我也不回去。」柯亞萍的神色立時又黯淡下去，從急診大樓到住院部要經過醫院大門，他們從絡繹不絕的人群中穿過，柯亞萍突然支吾起來：「你、你知道這附近有便宜點的浴場嗎？或者澡堂……」

孟飛揚看著柯亞萍突然變紅的臉，恍然大悟：「哦，你想找地方洗澡啊！」柯亞萍把頭又低了低：「不要講那麼大聲嘛。」

孟飛揚想了想，從褲兜裡掏出家鑰匙：「如果不嫌棄，你可以去我家。家裡很簡陋，但是坐地鐵來回很方便，單程二十分鐘。」

「好呀，真的太謝謝你了。」柯亞萍接過鑰匙，那雙細長的眼睛閃爍出奇異的光彩來，孟飛揚有些莫名的窘迫，他掉頭看看，住院部大樓就在面前了。

「你直接上去吧，爸爸等著你呢。」柯亞萍小聲說，「六樓靠左第二間，我會快去快回的。」再看時，孟飛揚只能在醫院門口熙攘的人流中捕捉到一抹紅影閃過。

柯正昀確實在急切地等待孟飛揚，他知道孟飛揚有話要對自己說，而自己也有更加驚人的事實要告訴對方。他不指望孟飛揚能夠諒解自己，但眼前這個難關，只有期待他和自己一起度過去了。

孟飛揚把和有川信一的見面經過描述了一遍：「老柯，我想來想去，伊藤總部破產未必是件壞事。信一不是說了嗎？希望我們也能夠解脫。咱們把辦事處一關，什麼詐欺中華石化，統統和我們沒關係了。」

他講完了，病房裡出奇地安靜。柯正昀靠在床頭，神情木然，臉色依舊很黃，孟飛揚等了一會兒，柯正昀才開口，毫無起伏的聲線、凝結不動的泛黃眼珠，都給他的講述塗上一層詭異的色彩，和無形的壓迫。

「小孟，我家裡的狀況你昨天親眼見到了，你知道我的兒子、媳婦為什麼要那樣對待我和亞萍嗎？」

孟飛揚搖搖頭，這些和伊藤破產有關係嗎？

「我的這個兒子，今年三十多了，從來沒有正經工作過。我老伴去世之前，特別寵愛他，養成了他好吃懶做的個性，一會兒說要賣保險，一會兒說要做股票，一會兒又說要做生意，把家裡這麼多年來的積蓄都折騰光了。後來他認識了一個外地來的洗頭妹，沒幾天就帶回家來住，讓我老伴給他們做佣人。我本來堅決不同意他倆結婚，他們就天天在家裡鬧，直到把我老伴鬧得病倒，沒多久就心肌梗塞死了。

「我老伴一過世，我本打算把他們趕出去，可是前一陣那個女人突然說自己懷孕了，我就不好再趕他們了，我兒子趁機逼我拿出戶口本，和女人領了結婚證。這還不算，兩個人又說有了孩子以後，就要買房子搬出去住。我是巴不得他們滾蛋，可我沒錢給他們買房，結果我兒子居然用家裡的房子做抵押去借高利貸，拿錢去付了一套他看中的新房的頭期款。」

說到這裡，柯正昀停下來喘息，孟飛揚忙遞了茶杯過去。他還是不太明白柯正昀為什麼要對自己說這些私事，心中的不祥之感卻如打翻的茶漬般越擴越大，越印越深……

柯正昀很快又說下去，依舊面無表情：「本來我還一無所知，直到放高利貸的人找上門來要我們還錢。我以前告訴過你，我家的房子市場價可以賣到一百多萬，可我兒子知道我絕對不肯賣了家裡的房子，所以他就去找地下錢莊，他……他只用五十萬就把我一輩子積攢下的這份家產抵押出去了！我簡直氣瘋了！當時就逼著那小子去把新房退掉，拿錢來還高利貸。他當然不情願，但是高利貸追得凶，他也怕了，最後還是去退了房。從那以後，他和那個外地女人就天天在家裡沒事找事，大吵大鬧，還要把亞萍趕出去。最可怕的是，高利貸幾個月來已經連本帶息滾到了一百多萬。我們還的那五十萬根本就不夠，所以我的房子還是保不住了……」

柯正昀的聲音終於顫抖起來，並且一顫就顫個不停，連帶整個身子都抖成一團，過了好一會兒，才稍微平靜下來。

孟飛揚坐在床邊，低聲嘟囔：「老柯，你不舒服就先別說這些了，何苦呢。」聽到現在，他差不多已經能猜出柯正昀究竟想說什麼了，心裡充斥著悲愴感，同時又有些麻木不仁，此刻什麼都不能讓孟飛揚意外了，他只覺得累，整個身體都像生了鏽似的。

柯正昀端詳著孟飛揚的臉龐，最近壓力太大，使這個年輕人也有些憔悴了。自己不爭氣啊，還要把他拖下水，可又有什麼辦法呢？即使不為了自己，還有可憐的亞萍啊……

「飛揚，為了保住房子，保住家，我不得已挪用了公司的帳款。」

終於說出這句話時，柯正昀和孟飛揚同時舒了口氣。萬鈞巨錘從頭頂落下也不過如此，他們還活著，並且還要繼續活下去。

伊藤株式會社在中國的代表處有一個人民幣帳戶，專門用來支付辦公室租金、人員薪資和其他運營雜費，這個帳戶一直由柯正昀管理，日本總部隔一段時間匯入固定款項，按年結算。因為已接近年底，帳戶裡的錢並不多，才二十多萬，柯正昀將這筆錢全部償付了高利貸，還是不夠。原來他把希望都寄託在了低密度聚乙烯的單子上，一旦生意成功，以柯正昀對有川康介的瞭解，深知他必會得意忘形隨手撒錢。到時候，柯正昀就會想法讓有川康介多匯些款到帳戶上，他盤算著先用這些錢把高利貸全部結清，再慢慢想辦法償還。薪資肯定要按時發放，獎金什麼的可以想些說辭拖一拖，房租和其他雜費也都能拖欠一段時間，但有川康介的突然自殺和伊藤總部宣告破產，把柯正昀的如意算盤徹底打碎了。

「……不過，現在這樣也好，原先拖欠的錢不用再付了，全算到伊藤破產上去吧。」隔了很長時間，孟飛揚才吞吞吐吐地說出這麼一句話。恰好柯亞萍踏進病房，頓時愣住了。全身都散發著剛剛洗完澡的淨爽，濕漉漉的頭髮披在肩頭，臉蛋緋紅、眉目清新，隨她進門的還有淡雅的香氣和悄然的喜悅，卻被孟飛揚尖刻的話語瞬間冰凍。

柯正昀苦笑著，現在不論怎樣挖苦他都必須承受，他疼愛地看了一眼女兒，才對孟飛揚說：「飛揚，話雖這麼說，可是事情哪有那麼簡單。我怕到時候有人會鬧著要查帳，我就完了！」

「老柯，現在到底還有哪些應付帳款？」

「主要是最後一個季度的房租。其他雜費數目不大，另外就是咱們辦事處所有人這個月的薪資和年終獎金。」

孟飛揚冷笑起來：「總公司都破產了，還有誰會指望拿到年終獎金？只能自認倒楣吧。最後一個月的薪資嘛，我試試去和大家說明情況，看看能不能搪塞過去。」

「真的能行？」

「只能試試了，盡量不要鬧出什麼起訴討薪這類事吧。」孟飛揚說著，心中再度憤懣難當，這不明擺著是讓代表處的全部同事替柯正昀買單嘛。雖然柯正昀父女值得同情，但並不能因此掩蓋整樁事情裡的齷齪和欺騙。

沉默了一會兒，孟飛揚又說：「房租什麼的，就只能當老賴了。而且是公司破產，業主多半會自認倒楣。但是老柯，你剩下的高利貸怎麼辦？還有你的醫藥費？」

柯正昀本來一直死死地盯著孟飛揚，好像在等待自己的生死判決。聽到孟飛揚問出這幾句話，老柯突然呻吟一聲，捧著臉嗚咽起來：「我該死啊，讓我死吧……讓我死吧……」

「爸！」柯亞萍撲過去，抱著父親也流下了眼淚。

「老柯，你別這樣。我……想想辦法，明天再來看你。」

在電梯口，柯亞萍追上他，塞給他一張紙條：「這是爸爸辦公室電腦的密碼，他說所有的帳務紀錄都在電腦裡面，請你……看看。」

他們都沒敢再看對方一眼，就趕緊分開了。

孟飛揚在公司裡待到很晚，帳務並不複雜，很快就弄清楚了。面對窗外華燈璀璨的市景，孟飛揚的腦子裡反反覆覆只有一個念頭：這些和我到底有他媽什麼關係？！本來自己作為伊藤的員工，總公司破產所要承擔的後果，充其量就是損失幾萬元的薪資和獎金，以及從現在開始起要尋找一份新工作。然而不知道自什麼時候開始，從有川康介到有川信一，從柯正昀到柯亞萍，他孟飛揚突然變得要為所有人的貪婪、卑鄙、失誤、自私或者懦弱來負責。他真的很想撒手不管，但是一想到柯正昀父女會就此無家可歸，他又感到於心不忍。

顛來倒去地想著，孟飛揚回到了家。剛打開門，就被滿屋的亮光晃到了眼睛。

「戴希！」孟飛揚又驚又喜，這個死丫頭跑到哪裡都愛把所有的燈打開，還好意思天天叫嚣什麼「低碳生活」。

電腦螢幕上閃著整篇的英語文檔，戴希就在對於孟飛揚如同天書的心理學鴻篇巨帙之下睡著了。屋裡太冷，她身上裹著條毛毯，從腦袋一直拔到腳下，孟飛揚覺著趴在自己面前的就是隻大個兒的毛絨玩具。

他把嘴湊到她的耳朵邊：「快把口水擦擦，殭屍來了！」

「啊！」戴希驚跳起來，被孟飛揚一把抱在懷裡，他又朝她的脖子上啃過去：「我是殭屍！吼吼！」

「滾蛋！吸血鬼才咬脖子呢！」

「嗯，那殭屍該咬哪兒？」

「逮哪兒咬哪兒！」

「啊嗚！」

戴希在孟飛揚懷裡拚命掙扎，碰翻了茶杯，她大叫起來：「我的簡歷！」兩人手忙腳亂地把戴希的履歷搶救下來，孟飛揚親了親履歷上的照片，才笑著問：「你每次跑到我這裡就吃我的，喝我的，用我的，還衝我嚷嚷。今天怎麼良心發現，當起田螺姑娘了？」

他一回家就發現屋子裡變得很整潔，心裡格外感動。這兩天心緒不佳，冷落了戴希，今天都沒給她通過電話，難怪她自己跑來了。

戴希沒有回答，孟飛揚覺得她的眼神有些奇怪，令人不安。欲言又止的隔閡再度使孟飛揚的心輕輕一顫，連忙拍拍手裡的履歷，扯開話題：「都包裝好了？海歸小豬打算賣幾毛錢一斤啊？」

戴希白了他一眼：「我的碩士學位還沒拿到，你說人家會給我多少薪資呢？」

她一本正經的樣子真是可愛極了，孟飛揚繼續逗她：「誰讓你趕上國際金融危機了呢，現在許多外企都停止招人了，就業市場競爭異常激烈，碩士畢業生也就三四千塊吧，你嘛……我估計最多三千。」

「這麼少啊……」戴希愁眉苦臉地瞪著電腦螢幕。

孟飛揚情不自禁地把她摟得更緊了，也看著電腦螢幕說：「鑑於我的佛洛伊德小姐還是位了不起的性學專家，大概某些娛樂行業的公司會願意多付些錢……」

「性學專家？！」戴希衝著孟飛揚橫眉豎目，「拜託，是心理學喔！」

「心理學嗎？可是據我所知，佛洛伊德的學說中好像哪兒哪兒都是sex啊……」

戴希笑得彎下了腰：「你就別不懂裝懂啦！佛洛伊德是說過，性是生命最重要的原動力，也是人類一切心理的基礎。但是就因為他太強調人的生物性，而忽略了人的文化性，所以現在都不怎麼流行了。只有你這個大色鬼，還總把心理學和性瞎畫等號……」她的眼睛閃爍得像夜空中的明星，孟飛揚覺得她好像是在看著自己，又好像是穿透了他的靈魂，他幾乎無法自持了，喃喃低語：「那也要怪你，一走就是三年，我的原動力都要耗盡了……」

「傻瓜，我再也不走了呀。」

等到洗澡的時候，孟飛揚才想起吹風機還沒來得及修。為了怕戴希著涼，他就一直摟著她，先匆匆替她沖洗乾淨，看她裹上毛巾跑進臥室，才趕緊收拾自己。屋子經過整理，沐浴液的瓶子沒有放在平常搆得著的地方，孟飛揚只好發著抖去拿。彎腰的時候，眼睛的餘光掃到一樣東西，他猛然一驚，那是一個褐色的束髮圈，就擱在淋浴間一側的窗臺上。

孟飛揚把束髮圈捏到手裡，心頭一瞬間空落落的——柯亞萍！

鑽進被子裡，孟飛揚和戴希面面相對，他猶豫著不知該不該伸手過去。

「飛揚，你的田螺姑娘不是我。」戴希的眼睛依舊睜得大大的，可是裡面有一層濕氣漸漸暈開。她的神情立即讓孟飛揚回憶起過去：還是高中生的戴希跑到他的宿舍，也是這樣看著他，眼淚汪汪地說：「這學期考試的第一名不是我。」

她仍然是那個他認識了好多年的小丫頭——孟飛揚朝戴希伸出手，她立即鑽入他的懷裡，面頰微微發燙，好像受驚的小鳥在他的掌心輕啄，讓他不知該如何安慰。

孟飛揚開口了，自己也沒料到說出的話是：「小希，對不起，我們暫時不能買房了。」

他說了很久，才把整個亂七八糟的事情說完了。戴希始終一聲不吭，孟飛揚有些心慌：「小希，你不高興了？」

「我沒有不高興啊。」她依偎在他的胸前，「我是在想，這下子咱倆就平等了：都沒有工作，都沒有存款，挺好的。」

平等了嗎？孟飛揚記得好像在哪裡看見過：愛情中是沒有平等的，不論金錢還是美貌，這些條件都不能最終決定愛情的天平，真正起作用的還是——愛。那個愛得更深一些的，才會處於相對卑微的位置。

不過現在他也搞不清楚，他們兩個究竟誰是那個更卑微的了。

湊巧得很，這天張乃馳在恒隆廣場遇上了孟飛揚。

作為這所上海頂級商場中好幾家奢侈品旗艦店的白金會員，張乃馳只要有時間都會來逛逛，也算是他人生中的一大享受。今年年底碰上有川康介的死和低密度聚乙烯合同緊急交付，張乃馳帶人在寧波北侖港一直盯到這批貨全部清關完成，才在耶誕節前夜回到上海。疲憊、緊張和種種彼此交織、難以言表的複雜情緒令他頗有心力交瘁之感，迫切需要放鬆，於是在這天下午抽空來到恒隆。

當時，他正坐在Tiffany的旗艦店裡，聽銷售小姐向他介紹聖誕打折活動中的一款經典商品——Tiffany Legacy系列的鉑金鑲鑽項鍊。

「華貴典雅的海藍寶石，周圍環繞圓形明亮式切割的鑽石，是Tiffany Legacy的最經典式樣，過去從來不打折的，這次是機會難得。」

長著一張冷豔面孔的銷售小姐好像在背書，張乃馳的目光不動聲色地凝注在她的臉上，偶爾才掃一眼黑色絲絨托盤上那件閃閃發光、璀璨奪目的珠寶。銷售小姐輕言細語將近一小時了，張乃馳依舊巋然不動，他故意折磨著這高傲女孩的耐心，他知道她自恃年輕貌美，憑此優勢掏盡男人的腰包而無往不勝。張乃馳暗自好笑，他太瞭解女人了，對這種故作矜持、實則見錢眼開的貨色早就失去了興趣。他抬起頭看看玻璃櫥窗，正想再找幾件珠寶出來耍弄她，不料卻一眼看到了在櫥窗對面東張西望的孟飛揚。

張乃馳大喜過望，連忙拋下一句：「就這款了，晚上九點送到我那裡！」跳起來就衝出了店門，動作矯健輕盈，絲毫也不拖泥帶水。銷售小姐盯著他的背影，冷若冰霜的俏臉上終於浮現出一絲笑意。

「孟飛揚，哈哈！是你啊！」張乃馳無比親熱地往孟飛揚的肩上狠狠一擊。

孟飛揚一愣，忙也笑著打招呼：「是張總啊，這麼巧。」

張乃馳笑容可掬地打量孟飛揚：整潔得體的羽絨服和牛仔褲，卻和這裡的環境格格不入。他的神態中散發著侷促和不安，張乃馳肯定他是頭一次踏進恒隆廣場。

這麼想著，張乃馳的笑容越發親切起來：「怎麼？今天有空出來逛街啦？」

孟飛揚倒坦率，攤了攤雙手：「伊藤破產了，我現在處於失業狀態，別的沒有就是有時間。」

「啊？伊藤破產了？！有川康介怎麼……」張乃馳臉色一變，似乎想表達同情，但眼中灼灼閃耀的狂喜卻暴露了他的真情實感。孟飛揚低下頭，雖然才見過幾面，張乃馳瞬息萬變的表情卻給他留下了深刻的印象，孟飛揚總覺得，這人幾乎無可挑剔的外貌下埋藏著極其動蕩的內心世界，很像戴希說過的那種——人格分裂。

果然，一轉眼張乃馳又奉上滿腔熱情：「哎呀，上回我打電話約你，你就說沒時間。今天湊巧了，怎麼樣？給我一個面子？」

「張總，您太客氣了……」

「來，來，喝杯咖啡而已。」

整間咖啡廳裡就只有他們兩個人，迷幻曲風的電子音樂和著咖啡的濃香輕輕縈繞，在這樣的氛圍中討論死亡和破產，帶給孟飛揚一種非現實的感覺。

「唉，這麼說伊藤還是沒能挺過難關啊。可惜，可惜。」張乃馳搖頭晃腦地感歎著，然而他那發自內心的喜悅比桌上的檯布還要直白，孟飛揚心念一動：「張總，其實你早就看出伊藤撐不下去了，對吧？」

「是啊！我老早就提醒過有川康介，叫他收縮戰線，不要光追求排場。」張乃馳簡直眉飛色舞起來，「中華石化這筆低密度聚乙烯的單子，最初找的是西岸化工。就因為我知道伊藤這兩年窟窿比較大，才把消息透露給有川康介的。他要是能把這筆單子做成，還是很有希望翻身的。唉，誰知道他貪心不足，合理的利潤他還賺不夠，居然想以次充好搞欺詐，你說說，這不是利令智昏嘛！」

孟飛揚的心跳一下子加速了，連忙點點頭，小心翼翼地說：「我當時就奇怪呢，中華石化從不和我們打交道，怎麼會一下子和有川老闆簽這麼大的單，原來是張總幫忙……這次有川老闆把事情辦砸了，沒有給張總添什麼麻煩吧？」

張乃馳矯揉造作地長歎一聲：「所以說好人做不得，怎麼沒有添麻煩？你們有川老闆是一了百了了，我還得給他收拾殘局。這不，連耶誕節都沒過好，剛從寧波北侖港把貨發給中華石化了，總算是按時交差，要不然中華石化哪裡會放過我！」

孟飛揚的心幾乎要跳到嗓子眼了，極力掩飾著自己的激動，繼續附和張乃馳：「那還真是讓張總為難了，要在這麼短的時間裡把貨備齊，估計除了西岸化工，沒有其他人能做得到。」

「誰說不是啊！我是早就……」張乃馳突然住了嘴，看著孟飛揚意味深長地笑起來，「咳，不提那些了。逝者已矣，願上帝接納他的靈魂，阿門！」說著，誇張地在胸口畫了個十字。

孟飛揚壓低聲音說：「據我所知，有川康介是個徹頭徹尾的無神論者，否則也不會那樣百無禁忌。」

張乃馳盯住孟飛揚：「你是說他的那些劣跡？」

「倒也不是。」孟飛揚迎著張乃馳的目光，也直視回去，「我是覺得張總你這樣幫他，他卻恩將仇報，居然企圖用沾染了愛滋病毒的血來害你，實在是太歹毒了！有這麼一個老闆，我都覺得丟臉！」

孟飛揚的話果然擊中了張乃馳的痛處，只見他的臉色驟變煞白，恐懼如同閃電，瞬間劃破偽裝，在看不見的傷處膿血帶著腥臭味向外直湧。「咳、咳……」張乃馳像被咖啡嗆著了似的，連咳好幾聲，才有氣無力地說：「要是、要是當時沒有你、你喊的那一聲，我恐怕就……唉！真謝謝你啊，飛揚。」

「我那也是湊巧了，張總您太客氣，總掛在嘴上。說實在的，我覺得這就是天意，要不然怎麼讓我在那個節骨眼兒上發現有川康介自殺呢？我還是相信，好人終歸有好報的。」

張乃馳軟綿綿地靠在圈椅裡，耷拉著腦袋許久沒有再說話。孟飛揚也沉默著，不願意破壞這個難得的契機——應該還能再挖出些什麼。

過了好一會兒，張乃馳才緩緩地呼出口氣：「唉，有些事情還是不要去想才好啊。」

「啊，對不起，張總，是我不該提那些。」

「和你沒關係，是我自己的執念。」張乃馳端起咖啡喝了一小口，神色稍微平復，他轉換了話題，「咱們不要再說有川康介啦，說說你吧，飛揚，對今後有什麼打算嗎？」

「我？」話題突然跳到自己身上，孟飛揚有些意外。

「是啊，你！」張乃馳重整旗鼓，依舊蒼白的臉上展露出笑意，「呵呵，別以為我不知道，你在伊藤可是支柱，這幾年中國的生意大部分都是你做成的，人才難得啊。怎麼樣，開始物色新去向了嗎？」

孟飛揚笑了笑：「工作肯定要找，不過也沒那麼急。」

「是嘛？飛揚啊，男人對自己的職業生涯應該有個好的規劃。恕我直言，伊藤那種地方本來就只能過渡，算不得長久之計。坦白說吧，你的精明勤懇給我留下了非常深刻的印象，咱們也不用兜圈子了，你需要一個更大更有實力的舞臺，而西岸化工呢，也需要你這樣有能力的貿易人才，我這是在向你發出邀請呢。有什麼條件就儘管提，怎麼樣？」

孟飛揚好似茅塞頓開：「張總，您這真是……讓我受寵若驚了。」

張乃馳等著下文，孟飛揚卻閉了嘴，張乃馳不由皺起眉頭：「飛揚，難道你對西岸化工不感興趣嗎？」

「張總，你別誤會。」孟飛揚連忙解釋，「西岸化工這麼有規模的跨國企業，當然是難得的發展平臺，但我畢竟是學日語的，英語比較勉強，可能不太適合西岸化工的環境。」

「這倒是。」張乃馳點了點頭，「英語差些在西岸化工確實是個劣勢，不過問題也不算太大。現在大中華區和中國公司的高級管理層基本上都是華人，如果主要負責中國業務的話，中文交流也足夠了。」

孟飛揚坦然回應：「張總，你的好意我非常感激，但對這次的新工作，我希望能更慎重些，考慮清楚所有利弊後再做決定。」

張乃馳顯出很失望的樣子，孟飛揚為人厚道，拂了人家的好意到底於心不安，遲疑了一下，又解釋說：「另外，我女朋友剛剛留學回國，好不容易有這個空閒，我想多陪陪她，她也在找工作，我打算等她先落實了工作以後，自己再找。」

「女朋友？原來是這樣……」他朝孟飛揚狡黠地一笑，「你今天跑到這裡來，就是為了她吧？」

被他一語說中，孟飛揚不好意思了：「是……我想給她買件禮物。」

「好啊，好啊！」張乃馳搓著手，「這樣吧，我再給你出個建議，關於禮物的。」

這下輪到孟飛揚滿懷期待了。自從把辛辛苦苦積攢了好幾年的存款交給老柯去還債以後，孟飛揚發現自己手上才剩下兩萬塊不到，算一算應該能支撐到找到新工作。但是與此同時，孟飛揚突然產生了一種極其強烈的願望，那就是要送戴希一件禮物：一件真正貴重的、讓任何人看到都會羨慕不已的禮物！必須如此，否則他就無法平息自己對戴希的歉疚。

在遇上張乃馳之前，他剛剛看了幾件商品，就被上面的標籤嚇出了一身冷汗，這才發現原來自己的現狀，只能用窮得叮噹響來形容。可人心就是如此奇妙，越是力所不及的事物，越是引人遐思，孟飛揚生平頭一次發現了奢侈品的美，那些珠寶、皮具、服裝無一不在他的眼前綻放出魅惑的光彩，如果可能，他簡直想把這裡的一切都買下來，送給戴希。因此，當明顯是箇中老手的張乃馳主動要提供建議時，孟飛揚求之不得了。

張乃馳輕輕捋了捋Armani的領帶，又捏了捏Zegna西裝袖口中露出的Givenchy白金袖扣，才慢條斯理地說：「你目前正在失業中，花太多錢給女朋友買禮物，未必會讓她開心，萬一過猶不及呢。所以我建議別買太昂貴的，比如珠寶什麼。我倒覺得，一條愛馬仕的絲巾剛剛好。」

「愛馬仕……」孟飛揚開始琢磨，剛才是不是見過這家店？張乃馳往前探了探身：「要不要我陪你去挑選？有我在，咱們可以享受貴賓服務。」

孟飛揚一驚：「哦，那多麻煩，不用了，真的不用了！」他看看手錶：「唉呀，我忘了一會兒還要見個朋友，不好意思，張總，我得先走了。」

「不給女朋友買禮物了？」

「下次吧……呵呵，張總，我真的得告辭了。」

張乃馳往椅背上一靠，揮了揮手：「好，再見……等等！」

孟飛揚只好又站住。

「你女朋友也在找工作？她是在哪裡留學的？想找哪一類工作？」

「美國，心理學專業，想找……人事方面的工作。」

張乃馳把名片推到孟飛揚跟前：「她的英語肯定不錯吧？把她的履歷發到我的郵箱，或許我可以幫忙。」

孟飛揚收起名片，又道了聲謝，才走出恒隆的大門。站在南京西路寬敞的人行道上，孟飛揚左右望了望，選擇了朝西的方向，走了一小段到路口，右拐又往前十來米，就站住了。行人不多，孟飛揚靠在一棵大樹下面，掏出手機開始輸入短信：「你有沒有把有川康介患病的情況告知張乃馳？」

只等了幾秒鐘，回覆來了：「張乃馳又不是死者家屬，況且愛滋病屬於隱私！」

孟飛揚趕緊又輸入：「我肯定張乃馳早就知道有川康介有愛滋病！」

這次回覆來得慢了些：「我查了出入境管理處的紀錄，有川康介今年三月入境時，曾經驗過一次愛滋病，當時結果是陰性。」

「這麼說他是今年三月後才得的病？」

回覆：「合理推斷。」

一陣冷風掠過，孟飛揚縮了縮脖子，繼續輸入：「還有，我發現中華石化的合同是張乃馳介紹給有川康介的！」

回覆：「那又怎樣？」

孟飛揚輸入：「西岸化工已經在北侖港向中華石化交貨了！以我的經驗，從海外採購這些貨物並運輸到港，至少需要兩個月！也就是說他們兩個月前就確定伊藤的合同會出問題！」

回覆：「未卜先知？」

孟飛揚狠狠地按鍵：「蓄謀已久！」

手機安靜了，過了大概半分鐘，「嘟」地跳出新的資訊：「今晚我請客，六點半徐家滙，肥牛海鮮火鍋如何？」

孟飛揚樂了：「感謝我提供案件線索？」

回覆：「務必攜女伴出席，恕不接待光棍。」

Tiffany旗艦店的銷售小姐正百無聊賴地隔著櫥窗看風景，突然發現之前的那個小夥子又出現了。他先是在店堂裡東張西望一番，總算瞄準了目標，一頭紮進Hermes馬車的橙色車輪下。

第七章

見到戴希之後，童曉不得不承認，自己有些嫉妒孟飛揚。黑色長髮和黑色緊身衫、火紅的絲巾和金紫邊框的眼鏡，所有這些元素相得益彰，使戴希看上去既純淨又浪漫。好在童曉很善於自我調節，立刻就把注意力集中到了肥牛和海鮮上，當然還是忍不住自怨自艾了幾句：「唉，這世道不公平啊，拿失業救濟的都有這麼好的女朋友，像我等豐神俊逸的人民警察，反而無人問津。」

孟飛揚使勁咽了口肥牛：「你等我咽下去再說行不行？差點兒把這麼好的肥牛吐了，對不起納稅人的錢。」

戴希很認真地提問：「豐神俊逸是形容馬的吧？」

童曉把眼睛一瞪：「小姐，請問你的專業是心理學還是文學？」

「和你有關係嗎？」戴希也毫不含糊地反瞪回去，「反正我不是學獸醫的。」

孟飛揚在旁邊樂得前仰後合，自從「年會」之夜後，他還是頭一次感到這樣輕鬆愉快。

童曉做出痛心疾首的表情：「當初在公安大學念書的時候，我就覺得那個什麼犯罪心理學專業的人特別神神叨叨，個個都像連環殺人犯。尤其是女同學，哎呀，簡直就是些女魔頭。孟飛揚，我以一名專業刑偵人員的身分警告你：珍惜生命，遠離心理學家。據我所知，心理學家基本上都是瘋子！」

孟飛揚溫柔地看著戴希：「這一點我早就知道了。」

「此人完了！」童曉哀歎一聲，無語望向天花板。

孟飛揚說：「我的安危就不用人民警察操心了。今天下午告訴你的情況，有價值嗎？」

童曉笑咪咪地反問：「什麼叫有價值？我們是在查案嗎？有川康介的自殺在刑偵總隊早就結案歸檔了。」

「哦，那算我瞎起勁，如果再有別的發現我就一律無視嘍。」

「別的發現？是什麼？快說說！」童曉的下巴差點掉進火鍋裡。

於是，孟飛揚把柯亞萍透露的有川康介專程來中國「嫖男妓」的事講了一遍。講完，童曉頻頻點頭：「有意思、有意思、有意思……」

「怎麼有意思？」

「愛滋病的傳染途徑我們都清楚，是吧？假如有川康介專程來中國，就是為了召男妓，那麼他很有可能就是在這個過程中染上愛滋病！另外，今年三月之前他還是健康的，所以他染上愛滋病的機會基本就可以鎖定在從三月到年底，那幾次秘密的中國之旅中。」

孟飛揚連連點頭：「有道理，這幾次旅行都是柯亞萍陪同的，說不定她能提供更多的線索。不過……」他遲疑著問：「有川康介怎麼得的愛滋病很重要嗎？」

童曉得意地擠了擠眼睛：「有川康介今年都六十多歲了，從他兒子的說法可以判斷，他的行為不軌由來已久，鬼混到這個歲數都能避免愛滋病，說明他肯定一向很小心，對不對？」

「對。」

「那為什麼他會在今年三月到年底的這段時間裡，突然就染上了愛滋病？這是第一個疑點。另外，你不是一口咬定張乃馳知道有川的病情嗎？從現象上看，他甚至比有川本人更早確知，這又怎麼解釋呢？這是第二個疑點。最後，就是有川康介臨死前的舉動，他想用自己含有病毒的血把張乃馳也置於死地，表示出對張乃馳的極大仇恨，這是第三個疑點。」

孟飛揚瞪大眼睛：「你是說……張乃馳和有川康介的病有關？！」

童曉微笑不語，挾起一隻大蝦送進口中。

「不，不對。」孟飛揚思索著說，「這個推論太令人難以置信了。我還是覺得有川康介這麼恨張乃馳，應該是因為低密度聚乙烯的單子，整件事情和張乃馳脫不了干係。本來我以為年會那晚，有川是去找張乃馳幫忙的，現在想來，他更有可能是去找張乃馳理論，或者去討說法的。而張乃馳的答覆顯然狠狠地打擊了有川康介，讓他意識到自己被算計了，徹底沒希望了，這才決意自殺，並且還要拉上張乃馳墊背。」

童曉不以為然地搖頭：「討什麼說法？就算張乃馳介紹了這筆生意給有川康介，他又沒有讓有川搞欺詐；就算他讓有川搞欺詐，有川康介可是個老狐狸，會不清楚這樣做的後果？憑什麼讓人家為他負責？我倒覺得，有川康介是因為自己公司破產才狗急跳牆，以次充好欺騙中華石化的。他原先企圖撈一把暴利來彌補公司的虧空，結果事情敗露了卻拉上介紹人陪葬？這也說不太通啊。並且……」他突然意味深長地看著孟飛揚：「孟飛揚，在這件事上你作了偽證！」

孟飛揚嚇了一大跳：「什麼？！我？偽證？」

童曉搖晃著食指：「公民同志，我第一次去你公司瞭解情況，你是怎麼說的？我們伊藤只做幾個長期合作夥伴的生意，中華石化就是其中之一……」

孟飛揚鬧了個大紅臉，低聲嘟囔：「那個嘛，只是虛榮心而已。」

「哈哈！」童曉無限快慰地點頭，「有這個把柄捏在我手裡，今後你小心著點。」他看了看沉默許久的戴希，嬉皮笑臉地說：「唉，繫愛馬仕的女魔頭，我和你男朋友發生意見分歧了，要不，你幫我們從犯罪心理學的角度分析分析？」

戴希掩著嘴打了個哈欠，她微微偏著頭，慢條斯理地說：「從心理學的角度來說嘛，復仇者和一般的犯罪者最大的不同在於犯罪的儀式感。」

孟飛揚插嘴：「哦，是不是說復仇者會唱著歌劇殺人？」

戴希不為所動：「歌劇可不是每個人都會唱的，但是在殺人時用某種具有特殊意義的音樂伴奏，倒是頗為常見的方式。」她指了指對面牆上掛的液晶電視，裡面正在播出金庸的武俠片。「就拿武俠片來說，我們經常可以看見背負血海深仇的主人公歷經千難萬險，終於練得了和仇人決一勝負的功力，於是他向仇人，有時候是仇人的後代下戰書：『來吧，讓我們到你殺害我父親、或者師傅、或者滅我全家的地方，我要用我父親、師傅留給我的這把劍、或者這套秘笈中的拳術等等，打敗你，殺死你，用你的鮮血來祭奠他們的亡魂』——」

孟飛揚又插嘴：「戴希，我還真不知道你這麼喜歡看武俠。」

戴希往他嘴裡塞了個墨魚丸：「這類情節固然狗血，但卻很符合復仇者的心理。也就是要在復仇的時候，再現被傷害的過程，甚而追求當初如何被害，此刻就如何報仇，用相類似的形式來取得以牙還牙的效果。這就是所謂的儀式感。」

童曉大聲鼓起掌來：「心理學家講得就是有道理嘛！如果僅僅是商業上的仇怨，有川康介完全可以採用別的方式來報復，但是他企圖使張乃馳和自己一樣染上愛滋病，根據心理學家的分析，這項復仇所指向的仇恨不是商業糾紛，而是與愛滋病相關！」

孟飛揚對他嗤之以鼻：「剛才還說要遠離心理學家，現在卻把人家的話當金科玉律，專業刑偵人員的覺悟到哪裡去了？」

「要不是覺悟高，我才不會管這些，有川康介和張乃馳的恩怨，關我屁事！」童曉發出一聲冷笑。

「說的也是。」孟飛揚好奇地問，「你到底為什麼對這事那麼感興趣？我記得你上次好像提過，和『逸園』這棟房子的歷史有關？」

「『逸園』的歷史？」這下連戴希也興致勃勃了。

童曉的神色卻頭一次變得凝重起來，沉吟著說：「確實和『逸園』有關，或者說我和我的父親，都與『逸園』結下了不解之緣。呵呵，這事兒說起來挺複雜，你們就當故事聽吧。」

「逸園」這棟老洋房頗有來歷，她建成於一九一九年，建造者是一名荷蘭籍猶太人，名叫惠斯勒。此君是當時千千萬萬來大上海淘金的外籍冒險家之一，剛到上海時就是個一文不名的洋癟三，靠著狡詐的手段、赤裸裸的貪婪和無所不為的勇氣，從鴉片販運中逐漸發跡，後來又從事賭馬和色情等各種黑道行當，終於在一九一〇年代初期成為了上海灘上炙手可熱的大富豪。有錢之後，他買下法租界裡的一塊地皮，委任當時上海最著名的建築行——寶源建築師事務所為自己蓋別墅，這就是「逸園」的由來。寶源的老闆兼首席建築設計師、留德博士、當時上海灘數一數二的建築大師——袁江甯先生親自設計了「逸園」。

因為惠斯勒喜歡鋪張富麗的效果，袁博士就採用了巴洛克式的建築風格，在外牆立面和屋簷上做了許多裝飾，建築外部線條圓潤，到處是精巧的雕刻，並且全部使用最好的乳白色大理石，令整個建築產生一種光潔剔透的感覺，還賦予了「逸園」與眾不同的女性氣質。尤其在日出和日落的時候，火紅的陽光照亮「逸園」圓形的頂部和屋脊，把上面的每幅雕塑都映得絢麗如畫，再配上潔白如玉的下半部，形成一種夢境般的柔美，被當時的文人詩意地形容為「上海脫下霞彩的外衣，輕柔地披在她的肩頭」，由此，「逸園」便成了滬上一景。

這座房子從一九一二年開始建造，一共花了七年時間才建成。

一九二〇年，惠斯勒帶著全家搬進來，可住了才不到一年，他本人就由於黑道火併在南京路上被當眾刺死，他的產業帝國一夕之間崩潰。惠斯勒的遺孀認為是「逸園」帶來的厄運，決意出賣「逸園」。袁江甯先生聽說後，便以很合算的價格將房子買了下來。

袁博士經營建築事務所多年，本身也很富有，況且「逸園」就像他自己的孩子一般，他斷斷捨不得她落入他人之手。

袁博士一家在「逸園」一直居住到一九四九年。那時候，資本家們紛紛外撤，袁江甯也準備舉家赴美定居，走時唯一放不下的就是「逸園」。這時候，袁博士的小兒子袁伯翰主動提出要留下來。袁伯翰從小接受西方教育，是上海「聖約翰大學」的高材生，後來又在美國哈佛大學獲得建築博士學位，他的思想比較進步，非常看好中國的前途，最後，袁江甯同意了兒子的決定。

就這樣從一九四九年起，袁伯翰成了「逸園」的主人。他的才華果然得到人民政府的重視，先後參與了新上海很多重大專案的建設設計工作。直到「文化大革命」降臨，袁伯翰和他的家庭均陷入了災難。袁伯翰本人被趕離了「逸園」，上山下鄉接受再教育。他的妻子不堪忍受凌辱，在「逸園」的門廳裡上吊自殺了。

袁伯翰唯一的兒子被打成雙腿殘疾，左眼失明，受盡折磨後在監獄裡鬱鬱而亡。「逸園」再度見證了一輪家破人亡的慘劇。

等到十年浩劫終於結束的時候，袁伯翰已近花甲之年。當這位舉目無親的孤老頭子然一身回到上海，發現「逸園」變成了一家印刷廠的廠房。整座房子都已破敗不堪，還有工人在裡面住宿，處處骯髒污穢；原本綠草如茵、花木繁盛的院子裡到處堆放著印刷機械和紙張，花草衰敝如同大型的垃圾場，曾經的雍容華貴再難尋覓。

袁伯翰無處棲身，他四處申告求助，經過多方協調，印刷廠總算同意騰出了主樓後的穿廊給他居住，袁伯翰才又回到「逸園」。過了一段時間，他的身邊出現了一個十來歲的女孩子，稱呼他爺爺。袁伯翰向大家解釋說這女孩叫袁佳，是他的親孫女。

據說就在「文革」前夕，袁伯翰的兒子曾和一名鄰居女孩相愛，本來兩人準備結婚，不料「文革」狂潮席捲而來，兒子被打成殘廢後死在監獄裡，當時那女孩已懷有身孕，只好在娘家偷偷生下孩子，自己卻也難產死了。

袁佳從小由外婆撫養長大，是外婆在臨死前找到了剛剛回滬的袁伯翰，把袁佳託付給了他。

從此，袁伯翰就和袁佳在「逸園」的一隅相依為命，終日與印刷機的轟鳴和油墨粉塵作伴。「文革」的餘孽還未清除乾淨，新生的曙光已在這個國家上空漸漸升起。當七十年代逐漸走向尾聲，袁佳即將升入高中時，中國開始改革開放了。袁伯翰的海外關係使他一下子變成了香餑餑，各種政策紛至沓來，袁伯翰對別的都不感興趣，他唯一執著的，就是要回「逸園」！

這個時期袁伯翰和袁佳的狀況也有了很大改善。和海外的聯繫恢復之後，袁伯翰在美國的親屬們通過各種途徑帶回來許多錢物，資助他們的生活。來自美國的現代家電，歸還的收藏品，各種各樣的進口食品，一件件佔滿了祖孫倆棲身的穿廊小屋，擁擠而溫馨。每週至少三天，袁伯翰出門去向各級政府機構申訴，要求印刷廠搬離「逸園」，要求政府把「逸園」還給他。

事情哪有那麼簡單！

沒完沒了的推諉和拖拉，使袁伯翰的訴求曠日持久而沒有進展，政府部門勒令印刷廠在別處找了宿舍，這樣就又騰出了兩個小房間。於是，袁佳有了自己的房間；袁伯翰在穿廊裡掛上字畫、擺上古董，按照過去自己書房的模樣佈置起來；荒蕪已久的花園裡也見縫插針地種上了月季、杜鵑和海棠花，與堆積如山的紙張書籍相映成趣……尤其是大草坪中央的那棵丁香樹，當年是袁伯翰的母親親手栽下的，歷經多年波折已然奄奄一息，也被袁伯翰和袁佳費盡心思地救活了。早春時節，滿樹的丁香花再度盛放，如同紫色的雲錦絕然出塵，淡雅的幽香凌空飄逸，恍若來自另一個世界。幾許春風滌蕩，花雨繽紛、花香飛散，凋零在遍地的書頁之上，像有一隻無形的手塗寫下生命的粲然與易逝。這番亦悲亦喜的景致，竟令得印刷廠那些從來不懂風花雪月的工人們都唏噓不已。

儘管依舊滿目瘡痍，「逸園」還是一點點展現出絕無僅有的高貴氣質，只是主體建築上潔白的大理石均蒙上黃疸，她那通體晶瑩宛如處子的至美，再也無法重現了。

除了袁伯翰老人四處奔走申訴之外，袁家在海外的親屬也多次趕赴中國，向各個政府部門反映情況，要求歸還「逸園」。終於，當一九八一年盛夏到來的時候，在上海市政府領導的直接干預下，正式將「逸園」全部歸還給了袁伯翰。印刷廠停止生產，工人們全部撤離，設備和各種物品一下子來不及搬走，還暫時堆放在「逸園」裡。夏夜微涼，袁佳扶爺爺在靜寂無聲的花園裡踟躕而行，清冷的月色照出一老一少的孤零身形。曾經的烈火烹油、曾經的優雅富貴、曾經的慘烈瘋狂、曾經的嘈雜粗鄙，都好似化作了牆角下的幢幢鬼影，戀戀不捨地在他們的身邊徘徊。

「有一天我們都將離去，」老人的身軀輕輕搖晃著，對孫女說，「佳佳，什麼都不會剩下。但是逸園會留下來，人生是一場夢，而逸園就是承載夢的提籃。我的好孫女兒，你要守住逸園，守住她，就是守住過往、守住人心中哪怕最卑微的信念——這也是我對你最大的期望。」

「逸園」的問題解決了，袁家親屬們便幾次三番規勸袁伯翰赴美定居，老人固執地拒絕了。當初他就是為了「逸園」留下的，現在同樣為了「逸園」，他更不能離開，他說自己最大的心願就是在「逸園」裡死去——沒想到一語成讖！

也就是在這一年的盛夏，袁佳參加了高考，成績優異的她不出意外地考入了復旦大學。大家都為這祖孫倆高興。九月初，袁伯翰親自陪伴孫女，拎著行李去位於上海東部的學校報到。從此，就剩下袁伯翰獨自一人居住在「逸園」中。袁伯翰年事已高，袁佳擔心自己走後他無人照料，去學校之前還特意請了位保姆來料理家務，就住在袁佳的房間裡。袁佳每個週日都會回家來看望爺爺，但並不過夜，吃完晚飯就坐電車趕回學校。

那年秋天的一個週日，印刷廠剛剛搬完所有的設備，整個「逸園」真的空空如也了。按照慣例，這天袁佳是要回家的。從復旦大學到西面的「逸園」，中間要換三次電車，路上大概需兩個小時，袁佳九點從學校出發，到家通常也接近中午十一點了。

每週日和孫女聚會是袁伯翰的大事，一大早他就吩咐保姆去菜市場買來不少菜，整個早晨保姆都在廚房間裡忙碌，準備豐盛的中餐和晚餐。據她說，在客廳裡的掛鐘剛剛敲過十點時，院子外有人敲門。保姆還以為是袁佳提前到家了，開門一看，卻是個陌生的男孩，瘦瘦高高的個子，長得十分端正帥氣，看上去還不到二十歲。男孩很有禮貌地詢問袁老先生是否在家，保姆還來不及回答，袁伯翰就面色陰沉地迎到門前，他顯然認識這男孩子，沉默著將對方領進了由穿廊改成的小書房。

保姆回到廚房接著做飯，穿廊裡不時傳來老少二人的談話聲，起初聲音不大，但漸漸地激烈起來，特別是袁伯翰，蒼老的嗓音中可以聽到明顯的憤怒，保姆覺得他是在申斥那個男孩，便注意地聽了聽，但一句話都聽不懂。後來她回憶說，這兩個人肯定在用一種她完全不瞭解的語言吵架！

穿廊裡的爭吵還在繼續，院外又響起傳呼電話的叫聲，讓保姆去接聽。那時候家庭電話還屬稀有，「逸園」原有的電話線都拆除了，袁伯翰安裝私人電話的申請遞上去大半年，始終石沉大海。保姆鼓起勇氣，走到書房門口請示袁伯翰，老人餘怒未消地衝外面嚷：「你去接電話吧！順便再去凱司令買四塊栗子蛋糕來。」

保姆趕緊出門，先去了弄堂口的傳呼電話站，可電話已經掛斷了。站裡的阿姨說，電話是袁佳打來的，等不及就留了個言：「學校有事出來晚了，中午前趕不到家，讓爺爺先吃中飯。」保姆說她初聽到這條留言還有些暗喜，因為家裡有人在吵架，她擔心袁佳回來撞見不好。於是，保姆又轉去淮海路上的凱司令買蛋糕，這是袁佳最喜歡吃的點心，每次回家袁伯翰都要為她準備。凱司令離「逸園」不算遠，但是步行來回也要半個多小時，保姆說自己回到「逸園」應該差不多十一點半，剛打開房門就聞到撲鼻的煤氣味。她衝進廚房，看見燉在爐子上的羅宋湯溢了一地，煤氣從熄了火的灶頭不停冒出，她嚇得幾乎跌倒，怎麼也回憶不起來自己臨走時是否關了火。她飛快地打開所有窗戶，又跑向穿廊。

穿廊的門關著，並沒有上鎖，她推門進去，只看見袁伯翰一個人仰面倒在沙發上，來訪的年輕人蹤跡全無。門窗緊閉的室內也是煤氣味嗆人，她大叫著去開門開窗，再回到沙發前看袁伯翰，老人的臉色鐵青，嘴角邊掛著口沫，對她的呼喊沒有絲毫反應。保姆驚慌失措地跑出院外，大聲喊起救命。很快從弄堂裡來了許多人，大家手忙腳亂地把袁伯翰抬到屋外的空地上，又有人去打傳呼電話叫救護車。救護車到了，醫生稍做檢查，就宣布了袁伯翰的死訊。正當大家亂作一團時，袁佳亭亭玉立的身影出現在了「逸園」門前……

派出所民警童明海開始調查袁伯翰的死因。他和袁伯翰祖孫並不陌生，袁伯翰從河南農村回滬，重新住進「逸園」，帶著小袁佳來報戶口，要求歸還整座「逸園」，所有這些事情都須經過童明海之手。常來常往的，工人階級出身的童明海和大資本家的後代袁伯翰結成了忘年交，他一直盡可能地關心和幫助著這位命運多舛的老人，也十分喜愛聰明漂亮的小袁佳。袁伯翰的突然死亡讓童明海非常震驚，尤其是整個過程中的多處疑點，令他深感不安。

根據醫生的診斷，袁伯翰死於心臟病突發和煤氣中毒的雙重打擊。每一件都不足以令他在短短半小時內猝死，但兩者結合卻達到了快速置人死地的效果。保姆嚇得魂飛魄散，完全說不清楚羅宋湯是怎麼回事。童明海無奈之下只能先將煤氣溢出定為意外，但他堅決認為，袁伯翰的心臟病發作不是意外，應該和那天早上貿然來訪、後又神秘消失的年輕人有關。

童明海首先要確認那個年輕人的身分。袁伯翰已死，保姆不認識他，周圍的鄰居中沒人目擊當天早上進入「逸園」的他。那時候犯罪畫像的技術還不普及，也沒有無處不在的監視攝影……童明海詢問了袁佳，根據保姆對來者的描述，他讓袁佳想想是否認識這麼一個人。袁佳立即矢口否認了，但痛苦猶疑的表情沒有逃過童明海的眼睛，他感覺——她應該認識他！

而且，袁佳說她當天早上並沒有給家裡打過傳呼電話，童明海查問袁佳同學時也證實了，袁佳那天是和平常一樣，九點剛過就離開了宿舍。但是，她沒有和平常一樣在十一點之前回到家，而是在十一點半過後才到，為什麼呢？她只是說電車比平常開得慢些，換車時又恰好誤了往常坐的那一班，就耽擱了。童明海無法相信袁佳的說辭。她為什麼要說謊呢？耽誤的那半個小時裡面，她去了哪裡？在幹什麼？傳呼電話站的阿姨肯定自己接到的是一個女聲的來電，還清楚記得電話裡面的聲音很年輕，又婉轉動聽。假如這個電話的確不是袁佳打的，難道會有人冒充她？目的又是什麼呢？

童明海正在傷腦筋，突然傳來消息：有人說認識那個拜訪「逸園」的年輕人，並且還親眼看見他在「逸園」的行為！證人名叫邱文悦，是附近華海中學的高三畢業生，華海中學也就是袁佳剛畢業的中學，邱文悦和袁佳同年級不同班，沒有考上大學，正在家裡複讀準備明年再考。

邱文悦被帶到派出所時，臉色蒼白、神情萎靡，恐懼得連話都說不太連貫。她斷斷續續地告訴童明海，自己的家就住在離「逸園」一條街的石庫門裡，從她家二樓的臥房北窗望出去，正好能看見「逸園」裡面。那天中午，她親眼看見那個年輕人進了「逸園」，和袁伯翰一起在客廳裡談話，後來袁伯翰似乎非常激動，在屋子揮舞著雙拳走來走去，突然間捂著胸口倒了下去。

邱文悦說看見那個年輕人把袁伯翰扶到沙發上躺下，然後走進廚房，端起羅宋湯鍋澆滅了煤氣灶上的火，隨後就關上房門離開了「逸園」。邱文悦說，自己當時又害怕又困惑，根本不明白發生了什麼，就傻乎乎地坐在窗口發呆。也不知道過了多久，她看見保姆回來，幾分鐘後弄堂裡就雞飛狗跳了。

童明海目瞪口呆，意外事故變成了謀殺案！剛記錄下證詞，邱文悅的媽媽就得到通知來派出所接女兒。童明海也依稀認得她，她是華海中學的英語老師，名叫尹惠茹。尹惠茹見到女兒後極為震驚，特別是當她聽到邱文悅指出的年輕人的名字時，頓時面無人色，整個人都搖搖欲墜。童明海對她如此激烈的反應很意外，這時尹惠茹才解釋說，原來那年輕人也是華海中學當年的高三畢業生，還是尹惠茹從初二到高三教了整整五年英語的學生！

童明海當即找來了那個男生，他很平靜地承認，自己當天確實去過「逸園」，也曾經和袁伯翰先生發生過一些爭執，但後來他看到袁老先生激動過度，身體不適，就扶他在沙發上躺下休息，自己便離開了。至於後面所發生的一切他都一無所知，對於邱文悅的話，他則斷然否認——完全是胡說八道！

童明海決定讓邱文悅和男生對質，還沒等他通知，尹惠茹帶著女兒再次來到派出所，但是這次，她們竟然是來翻供的！邱文悅哭得一把鼻涕一把淚地說，自己撒了謊，其實她只是恰好看見那男生進了「逸園」的門，所謂故意倒翻湯鍋熄火的情節，是她後來聽到弄堂裡人的議論，自己瞎編的。童明海簡直氣得七竅生煙，尹惠茹連聲抱歉，說自己也沒想到女兒會做出這樣荒唐的事來，但邱文悅的確說了謊，因為週日中午十二點之前，她都在學校裡的週末複讀班上課，有整個班級的同學可以作證，邱文悅從早上十點到十二點都和大家在一起，絕不可能從家裡的二樓臥室觀望「逸園」。至於邱文悦為什麼要陷害那個男生，尹惠茹說這只是自己女兒青春期衝動的無知表現，她暗戀那個男生已久，想以此來引起對方的注意罷了。

更可氣的是，邱文悦這裡剛剛翻完供，保姆也緊隨其後，跟著翻供了！她說她先前是受驚過度昏了頭，現在都記起來了，袁伯翰吩咐她去接傳呼電話之前，已經和那個男生結束了談話，所以那個男生是在她之前離開「逸園」的。她的這番話也從另一個角度證實了，邱文悦的第二次證詞才是真實的。

謀殺案再度變回意外事故，其中的波折起伏讓派出所的同志們洩了氣。童明海後來又做了一些調查，但都沒有什麼突破性的進展。時間慢慢流逝，發生在「逸園」的這起事件終於被人們淡忘。袁伯翰火化之後，海外的親屬來滬把他的骨灰帶去美國安葬，此後袁佳就一直住在學校宿舍，再也沒有回過家。「逸園」乏人照料，月季、杜鵑和海棠花都相繼枯死了，夜間只有老鼠和蟑螂出沒。唯有那棵丁香樹，頑強地獨活於一片荒頹之中，再沒有飽含同情、眷顧和深思的目光陪伴她，紫色繁花的煙雲便於無聲中綻放又在黯然裡凋謝。每一個深夜，「逸園」就如《孤星血淚》裡那個身披泛黃婚紗的醜老姑娘，在死亡氣息的緊密包裹下品味著命運的殘酷無常，自矜自賞、自悲自棄。

只有派出所的老民警童明海始終耿耿於懷，他一直留意著袁佳的動態，總覺得這姑娘的心中埋藏著秘密，期盼著有一天能夠親手將秘密揭開。

四年時間很快過去，袁佳從復旦大學英語系順利畢業，就在分配工作前夕，「逸園」又出事了。當時，歸還「文革」時沒收財產的政策進一步落實，上海市公安局收到來自海外袁氏家族的信函，要求正式明確「逸園」的歸屬。來信稱「逸園」應該由袁伯翰的兄妹和侄子侄女共計十五名法定繼承人共同繼承，其中不包括袁佳。根據信中所述，袁佳是袁伯翰親孫女的情況僅憑袁伯翰一人口述，他臨死前沒有留下任何憑據和遺囑，因此袁氏家族所有海外成員共同否認了袁佳的身分，也不承認她的繼承權。

童明海很清楚地記得那天他請袁佳來派出所，親口告訴她這件事時的情景。四年過去，袁佳出落得越發美麗，眉宇間淡淡的哀愁令她顯得那樣與眾不同。八十年代中期，新興的財富觀念已經深入人心，中國人開始了對物質的狂熱追求。喪失「逸園」的繼承權，就意味著天文數字的財產憑空消失，但袁佳既不激動也不悲傷，很安靜地聽完童明海的講話，道了聲謝就離開了。後來童明海聽說袁佳在一家研究所上了班，負責翻譯外語科技資料，三年後她向研究所辭職，去了深圳，就是從那裡她人間蒸發，再也難覓芳蹤。

袁氏家族得到「逸園」之後，因為無人能在滬管理，很快又把它賣了出去，之後幾易其手，現在「逸園」的主人究竟是誰，童明海也不得而知。二〇〇三年，西岸化工通過房產仲介和神秘屋主簽下長期租約，把它改造成了大中華區的辦公室。

童曉終於結束了長長的敘述，停下來看看聽傻了的孟飛揚和戴希：「唉，醒醒！還沒到睡覺時間！」

孟飛揚咽了口唾沫：「我的媽呀，好像在聽狄更斯的長篇小說。」

戴希欲言又止，童曉朝她壞笑：「女魔頭有話就說嘛。」

「那天早上去『逸園』的男生究竟是誰？」

童曉瞇縫起眼睛，一字一頓地回答：「李——威——連。」

「李威連！」孟飛揚和戴希齊聲驚叫起來。

童曉鄙夷地連連撇嘴：「淡定，淡定。」

孟飛揚揮著手高喊：「服務員，再來十瓶啤酒！」他本來不會喝酒，一瓶啤酒就倒，這幾年因為工作應酬硬練出了點酒量，但也很一般。這時候已經喝得紅了臉，比平常亢奮許多。

戴希的臉蛋也有些發紅，她往孟飛揚的肩頭靠了靠，蓄著兩汪清水般的眼睛卻盯住童曉：「說下去呀，後來呢？」

「什麼後來？」童曉兩手一攤，「沒啦！」

「呿！」

服務員端上十瓶啤酒，孟飛揚給自己和童曉倒滿，童曉一臉委屈地說：「後來你不是都知道了嗎？還要我說什麼？李威連此人在二十多年之後再度回到『逸園』，再次碰上『逸園』內的離奇命案，並且這一次他提供的不在場證人名單中，又出現了一位老熟人的名字——邱文悅，也就是『雙妹』咖啡館的姊妹花老闆娘之一！」他故意頓了頓，才不懷好意地盯著戴希說：「當然了，還有你——戴希的名字！」

戴希狠狠地瞪了他一眼：「算我倒了八輩子楣，好不好！」

「人家可是跨國公司總裁、年薪百萬美金的打工皇帝，和他掛上鉤，那是你的榮幸！」

戴希虎著臉不肯再理睬童曉，孟飛揚搖頭晃腦地感歎：「真是太不可思議了。我算明白你為什麼對『逸園』這麼感興趣了。唔……我還有些問題。」

「你說。」

「你爸後來調查清楚沒：李威連和袁家祖孫到底什麼關係？袁伯翰死的那天他去『逸園』究竟是幹什麼的？」

童曉的眼睛閃閃發光：「孟飛揚，我發現你挺有搞刑偵的敏感。」

「怎麼說？」

「呵呵，因為你的問題不是『李威連和袁伯翰到底什麼關係』，而是『李威連和袁家祖孫到底什麼關係』，這說明你看出了某些癥結。」

「我記得你提到，你爸問袁佳是不是認識來找袁伯翰的小夥子，袁佳否認了，但既然李威連和袁佳是華海中學的同年級學生，況且袁伯翰和李威連貌似很熟悉，袁佳怎麼可能完全想不到來者會是李威連呢？」

「說得好！」童曉朝桌上猛擊一掌，「這也正是我爸一直懷疑的地方，但更奇怪的是，我爸後來問過很多華海中學的師生，包括邱文悅和尹惠茹，他們又都證實說從來沒見過李威連和袁佳在一起過，從表面現象看，他們確實只能算是同屆校友，而互不相識。」

「這……不太可能吧？」孟飛揚問。

「是非常不可能！我爸告訴我，那時候華海中學每年級是四個班，一九八一年那屆的高三畢業班中，李威連在一班，和邱文悅同班，袁佳在四班，這兩個班的英語老師都是尹惠茹。另外，李威連和袁佳兩人，恰恰都是那屆畢業生中成績最優異的學生。李威連幾乎每次考試都是全年級第一名，袁佳也一直保持在前十名，他們兩個的英語都特別好，是華海中學重點培養的尖子生，也是尹惠茹引以為榮的教學成果，因此他們互相熟識是正常的，相互間毫無交往反而不正常。」

戴希托著下巴問：「一九八一年……會不會那年頭男女生都不講話的？」

「也沒那麼保守啦。」童曉說，「兩個優等生應該會在許多場合和活動中相遇，彼此也肯定有很多可以交流的話題。況且李威連在華海中學算是一代風雲人物，不僅成績優異、長相帥氣，體育也特別好，是學校籃球隊的隊長，校內校外崇拜他的女生成堆，邱文悅就是暗戀他的其中之一。而袁佳呢，雖然沒有李威連那麼活躍，但她溫柔美麗，富有大家閨秀的氣質，在華海中學也是眾多男生的夢中情人，這樣兩個人，居然在校園內毫無來往，你們說說看，是不是有些蹊蹺？」

孟飛揚沉默了好一會兒，才說：「這也很難講，畢竟是二十多年前的社會環境，也許我們是小人之心了。」

戴希問：「唉，李威連一定也考上復旦大學了吧？還是交大？他成績那麼好，英語又棒，放在今天說不定直接讓哈佛、牛津錄取了呢。」

這回變成童曉沉默了，他喝下半杯啤酒，才慢悠悠地說：「沒有，他沒有被任何一所大學錄取，那一年他放棄了高考。」

「放棄高考？為什麼？！」

「理由不詳。按照公開的說法，是李威連在香港的父母生意破產，沒有能力資助他繼續升學，所以他只能不上大學了。」

戴希瞪圓了眼睛：「不是吧，那個年代大學又不收學費！他可以申請助學金或者通過勤工儉學籌到生活費和雜費啊。在一九八一年的那種時期，為了錢這個理由放棄上大學，我才不信！」

「不相信又怎麼樣？」童曉冷冷地說，「人家自己咬定這個說法，華海中學好像和他也有默契，上上下下都異口同聲，不信也得信啊。最可笑的是，李威連還是以全校第一名的成績通過畢業考試，拿到了高中畢業證書，但卻成了華海中學那一屆前五十名優秀畢業生中唯一的高考落榜者。再後來啊，李威連七月中從華海中學畢業，經學校推薦到金山石化廠，從八月起就到廠裡當上了學徒工，此後一直在金山上班，住在工人宿舍裡，再沒回過上海市區。直到同年十一月的某一天上午，他突然出現在『逸園』。」

「哦……」戴希垂下眼瞼，把絲巾一角輕輕繞在手指間，孟飛揚明顯地喝過量，眼神渙散地看著電視，都不怎麼搭話了。戴希把他面前的啤酒杯拿走，換上一杯白開水。

童曉想了想，又說：「另一個問題我還沒回答呢，李威連去找袁伯翰幹嘛？據他自己說，他雖然不能上大學了，卻希望能繼續自學英語。他聽說袁伯翰老先生畢業於聖約翰，在美國留過學，就想請袁伯翰輔導自己。他去金山上班前曾經路遇袁老先生，向老先生提出了這個請求。這次特意從金山趕回上海，就是有些問題想向老先生請教。但不知怎麼，袁老先生那天心緒不佳，對他十分不耐煩，後來他發現老先生是身體有恙，認為自己來得不是時候，就告辭了。」說到這裡，童曉看了看戴希，微笑著問：「心理學家，這個說法你相信嗎？」

戴希咬了咬嘴唇：「其實我覺得，這件事情裡每一個人的說法都不那麼可信。表面上能說通，可是仔細深究，總會有情理上的疑惑。」

童曉正要開口，突然「嘩啦」一聲，孟飛揚拉開椅子，跌跌撞撞地朝門外跑去。

「飛揚！」戴希叫著跳起來，童曉忙說：「別急，他是喝醉了，你坐著，我去看看。」他衝過去攙住孟飛揚，往洗手間方向蹣跚而去。

戴希一個人呆呆地坐在桌前，滿桌杯盤狼藉，歡宴之後處處散發著曲終人散的悲涼。她擔心著孟飛揚，心頭更有種茫然若失的況味。

電視裡正在播出晚間新聞，播音員用百年不變的語調唸著：「上海海關××處處長左慶宏涉嫌嚴重違紀被雙規……」

電視畫面一切，換成了新天地新年倒數計時音樂會的彩排現場，漲紅了臉的粉絲衝著鏡頭尖叫偶像的名字，畫面重新回到播音員，她穿著迎新的桃紅色西服，口齒清晰、從容不迫地播報起下一條新聞，聲音中沒有喜樂，只有事實。

這就是我們的生活吧？歡樂、痛苦、成功、沉淪，就像她今晚聽到的故事一樣，多麼曲折跌宕，她還無從揣測故事中那些人物的心理，她只是直覺到，他們的心中肯定都隱匿著離奇可怕的真相，又飽含著無法言說的悲傷。

童曉幫著戴希一起把爛醉如泥的孟飛揚弄上計程車，戴希用自己冰涼的手撫摸著孟飛揚的額頭，希望能讓他舒服些。孟飛揚的面頰滾燙，像個孩子似的縮在戴希的胸前，使她感覺自己和他是那麼親密。

「小希……小希……」他在沉醉中呼喚著戴希，她靠攏他，情不自禁地回應：「我在這裡，在這裡……」

司機突然叫了起來：「哎喲，飄雪花了，這是今年冬天的第幾場雪了啊？」

戴希向車窗前方望去，接近午夜的天空果然已成白茫茫的一片。

她回憶起十來天前的那個晚上，在幾乎同樣冷冽、寂靜的雪夜裡，她望著李威連身穿黑色長大衣的背影，在漫天飛舞的雪花中走向「逸園」。其實那天她根本沒看清李威連的五官相貌，他留在戴希心中的，就是這樣一幅畫面，他義無反顧、堅定執著地朝「逸園」走去，宛如一個孤獨的戰士，要去迎接自己的宿命。

那到底是一種怎樣的宿命呢？

第八章

元旦假期還沒過，朱明明就開始為大中華區總部的辦公安排傷起腦筋來。等休假的高管們逐步返回工作，淮海路上中國公司辦公室中的獨立小間就明顯不夠用了，是否重新啟用「逸園」成了亟待解決的問題。

朱明明特地寫郵件請示了李威連，這種事情只有他能拍板，而且一旦他做出了決定，就沒人再會提出異議。尚在美國家中休假的李威連很快就答覆了，指示朱明明去邀請香港最著名的風水師黎巨敏來上海給「逸園」看風水，給出趨利避害的具體建議，至於是否返回「逸園」辦公，何時返回，如何安排，都要聽黎大師的。

朱明明讀到這封郵件時，差點兒把咖啡噴到筆記型電腦上。李威連是何許人也？他會相信周易風水之說？這個精明得可怕的傢伙，一定又在打什麼鬼主意了。她彷彿能看見他寫下這封郵件時，臉上的鎮定和眼裡的狡黠，他總是這樣，一次又一次把大家指使得團團亂轉，等到恍然大悟的那刻，一切已成定局，而且必然是他想要的。看到沒有？他連要請的風水大師都指名道姓了。黎巨敏在香港的確聲望卓著，據說跨國企業和富豪請他看風水都要等候排隊，就連當初香港匯豐銀行要在舊址蓋新樓，什麼時候搬離，什麼時候搬入，銀行門口的兩座銅獅子如何「請走」，又何時「請回」，還有董事局成員的所有辦公室方位和辦公傢俱擺放位置，都是黎大師一錘定音的。朱明明萬萬沒想到，李威連居然對這號人物都瞭若指掌，還說只要報出自己的姓名，對方一定會優先處理，專程趕往上海。

朱明明和風水大師的助理取得了聯繫，聽到李威連的名字，對方果然一口答應。元旦剛過，黎大師就帶著助理飛抵上海，次日上午朱明明陪著他們在「逸園」裡待了兩個多小時。黎大師是個大忙人，但做事嚴謹高效，所有的結論和應對的具體措施都由他的助理清清楚楚向朱明明交代了，還畫了草圖寫了紀要。

朱明明送他們上飛機回香港後，到辦公室時已經是下午四點多了。一進門她就感覺公司裡氣氛凝重，總裁秘書Lisa朝她直擠眼睛，李威連回來了。

她快步朝走廊盡頭的小會議室走去，「逸園」出事後，李威連的臨時辦公室就設置在這裡。來到門前，朱明明卻猶豫地停下腳步，總是在這種時刻，她能清晰地感受到內心深處湧起的怯意，這是由愛慕由敬畏由強烈的思念所組成的怯意，因為無處安放而忐忑著、刺痛著。

朱明明竭力平穩狂亂的心跳，輕輕推開虛掩的門，李威連就坐在朝西的落地大窗前。夕陽把大半間屋子都染成了金紅色，逆光下，她只能看見他側面的輪廓。李威連紋絲不動地坐著，即使沉默也帶著懾人的威嚴，但低垂的眉目裡又有種少見的落寞，使他顯得比平時要溫柔一些。

朱明明情不自禁地朝前走了兩步，李威連聞聲抬頭，他的目光立刻就使朱明明全身繃緊地站住了。

「為什麼不敲門？」

「門……沒關。」朱明明連氣都快喘不勻了。

李威連上下打量了一番朱明明，才冷冷地說：「你怎麼一點兒動靜都沒有，好像個鬼。」

朱明明不覺又惱又恨，生硬地回答：「這裡沒有鬼，『逸園』才有鬼呢！」

李威連把椅子轉了轉，這才正對著朱明明。朱明明的眼睛適應了屋裡的光線，他看上去果然有些疲憊，似乎……還有些傷感。

「風水看完了？」李威連問。

「看完了。」

「坐吧。」李威連對朱明明抬了抬手，還淡淡地微笑了一下：「風水大師怎麼說？」

朱明明坐下，把手裡捏著的幾張紙放到桌上：「喏，圖紙上都畫了。」

李威連對那幾張紙看都沒看一眼：「你清楚就行了。需要改造的地方多嗎？」

「挺多的……」朱明明遲疑地說，「Richard原來的那間辦公室肯定不能用了，要全部改造，樓下大廳的門要換個朝向，樓梯扶手也要挪動。」

「你有沒有告訴他，『逸園』屬於歷史保護建築，不能隨便動結構。」

「我說了，不過這些改動都不會影響到整體建築結構，應該沒問題。」

「嗯，那就行了。」

「不過，還有一件事……」朱明明突然吞吞吐吐起來。

李威連皺起眉頭：「什麼事？」

他向來最討厭下屬語焉不詳，朱明明不敢再遲疑了：「William，黎大師特別提到草坪中央的那棵丁香樹。他說……最好砍掉。」

李威連注視著朱明明，面無表情地問：「為什麼？」

朱明明指了指被李威連推到一邊的那幾張紙：「黎大師在上面寫了，這棵樹對本宅大凶，一定要砍去，否則宅主必有近禍。我是想，咱們中間你應該算『逸園』之主了，所以……」

李威連仍然沒有看圖紙，卻一動不動地盯著朱明明。她被他看得連大氣都不敢出，只好全身僵硬地坐著。

片刻，他移開目光，用略帶倦意的聲音說：「不，我不同意砍樹。」

「可是William，黎大師的話一向挺準的……」朱明明有點發急。

「是嗎？」他的語調十分平靜，「我們只是租用『逸園』，不能算是她真正的主人。這棵樹的吉凶與我們無關。」

「哦。」朱明明垂下頭。這是她早就預料到的結果，因為她知道李威連十分鍾愛草坪中的這棵丁香樹。很顯然，所謂風水不過是李威連用來消除命案對「逸園」造成的不利影響的工具，一旦與他的個人意志發生衝突，再神奇的風水大師也只能靠邊站。

李威連交叉起十指，用姿態表示決議已經做出，不需要再做探討。

他緩緩靠到椅背上：「你覺得這些工程大概需要多長時間？」

「抓緊些一個月夠了，但是馬上要過春節，找不到工人來施工。另外，黎大師的建議是，最好三個月以後再搬回去。」朱明明說著又緊張起來，既然風水大師的話就是糊弄外人的，不知這回李威連會怎麼打算。

「可以，我們就在這裡再擠一擠吧。」他回答得挺輕鬆。

朱明明大大地舒了口氣，她的神態落入李威連的眼中，他又一次不動聲色地微笑了：「這件事就交給你來負責，你馬上做預算，我批了之後就可以動工。同時，你再把這裡的位置好好調整一下，畢竟要擠三個月，盡量安排得好些。」

「可是……William，」朱明明面露難色，「這件事是不是該交給行政部？」

李威連斬釘截鐵地回答：「不行，行政部只管日常事務，這是臨時性的改建專案，我指定由你來負責。」

「那人事部的日常事務怎麼辦？你知道，我的助理休產假去了，各部門的新招聘計畫又剛剛報上來，我實在忙不過來啊……」

「那就給你自己再招一個助理嘛，有什麼難的？」李威連注視著朱明明說，目光深不可測。

「那……好吧。」朱明明站起身，「我先出去了。」

李威連點點頭，把視線轉向電腦。朱明明轉身離去，又聽到李威連在背後說：「我給你轉了份履歷，你看看合適不合適吧。」

等朱明明打開那份履歷時，突然產生了奇異的聯想，難道這麼多鋪陳手段，所指向的還有這樣一個隱含的目標？否則，李威連怎麼會操心起區區人事助理的人選來？

戴希，今天朱明明已經是第二次收到她的履歷了，第一次是張乃馳發過來的，這次則來自於李威連。

朱明明剛一離開辦公室，李威連就給司機周峰打了電話。二十分鐘之後，賓士車停在四季酒店門前。李威連登上扶手電梯來到三樓，從黑色的水晶門框走進咖啡廳，唯一有人的靠窗座位上，那個女人直直地朝他望過來。

李威連徑直走到她的對面：「什麼事，這麼急著找我？」

他坐下來，雖然傍晚的光線已經十分黯淡，仍然把她那張憔悴不堪的面容映得清清楚楚。疲倦很少能夠如此強烈地佔據李威連的身心：對面這個和自己同齡的女人，恐懼和慌亂在頃刻間就剝除了她所有的修飾，徹底暴露了她的衰老和虛弱。

李威連發現，這麼看著她，就彷彿也看見了自己在歲月面前的真實面目——他未曾刻意逃避，卻又不堪直視的真實面目。

「威連，我完了……你幫幫我，幫幫我。」她只說了一句話，就淚流滿面。

李威連長長地歎了口氣：「我看見新聞了，你清楚左慶宏被雙規的原因是什麼嗎？」

汪靜宜木然地搖頭：「問不出來，以前的熟人現在都避著我，一個都問不到……」說著，她又落下淚來。李威連瞇起眼睛審視著汪靜宜，實在無法把眼前這個哀哀無助的中年婦女，和記憶中那位高傲冷酷的美麗少女聯繫起來。曾經的絕望和創痛再度剜進心房，只不過已經沒有當初那樣銳利，而變成了遲鈍的重壓。

「假如是這樣，恐怕我也幫不了你。」李威連平淡地開口了，「你也知道，政府機關那種地方，我一向無能為力。」

李威連的話立刻對汪靜宜產生了作用，她怪異地瞥了李威連一眼，不哭了。沉默片刻，汪靜宜低聲說：「其實就是聖誕前不久出的事，那天老左回家來，突然告訴我他被人舉報了，說是一家日本貿易公司賣給中華石化的塑膠粒子出了問題。本來也算不上太大的事，最多承認工作失誤罷了。可誰知道海關總署揪著不放，還借題發揮，查起老左這麼多年來的工作紀錄，那兩天老左就吃不下、睡不著，老是說他有不祥的預感。結果，真的連元旦都沒熬過去，他就……」說到這裡，汪靜宜突然氣喘吁吁地問：「威連，你們不是和中華石化關係最硬嗎？老左這事怎麼就會從中華石化的貨上引起來呢？」

李威連猛地抬起頭，他一字一頓地說：「汪靜宜，你這話是有所指嗎？假如我沒有理解錯，你是在暗示我和左慶宏被雙規有關係？哼，你既然這麼想，現在又來找我幹什麼？」

汪靜宜沒有回答，但全身都顫抖起來。

李威連眼中的怒火越燒越烈，顯然在竭力克制自己，才能壓低聲音繼續說：「按照左慶宏這麼多年來的所作所為，他也早該出事了。如果說我在其中起了什麼作用，那就是延緩了他被清算的時間！對此我絲毫不感到自豪！好了，汪靜宜，你找我到底要做什麼？快說吧，我剛剛飛了十幾個小時，已經很累了！」

汪靜宜方才鼓起的氣焰被打擊殆盡，她明白，自己含沙射影的試探徹底失敗了，但也從另一個角度感到些許安慰：李威連明確表示了和此事無關，這讓她對他重拾信賴。汪靜宜又落下淚來：「老左的事就只能聽天由命了，可是我們家菲婭，我擔心她受不了爸爸出事的打擊啊。威連，我求求你，救救我的孩子，她是無辜的啊！威連，你幫我盡快把她辦出國吧，求你了！」

「你女兒？她今年多大了？上初二還是初三？」

「初三了，成績很優秀的！威連，你能不能給她在美國物色一所好高中，最好過完年就送她過去讀預科。原來是想上大學再送出去，現在等不及了。費用什麼的不成問題……」

李威連看著汪靜宜冷笑了：「那當然，你們在國外的那些帳戶，還不是我幫你們開的嗎？」

汪靜宜驚懼萬分地瞪大雙眼，李威連調轉目光，輕蔑地說：「放心吧，這些都做得很機密，只要左慶宏自己不說出去，就絕對不會有人知道……你女兒的事情，我可以幫忙。你把她的資料整理好，發郵件給我。護照和其他資料原件就用快遞送到我公司裡去。用普通的快遞就行，不要寫寄件者的真實姓名，也絕對不要親自送來。」

「我明白……」汪靜宜鬆了口氣，頹喪地低下頭。

李威連靠回到椅背上，這時的他完全失去了平常那種精力充沛的模樣，好像一下子老了好幾歲。兩人默默無聲地對坐著，整間典雅的咖啡廳裡，再無其他客人，只有一個繫著黑圍裙的侍者遠遠地站在門口，視線垂落在身前的地板上。

「靜宜，這就算是我為你辦的最後一件事吧。」隔了很久，李威連才緩緩地吐出一句話。他的語調是那樣惆悵，汪靜宜失神地抬起頭，他向她苦笑了一下：「每次見到你，我都會感覺自己又變老了。你簡直就是……我的時光加速器。」

汪靜宜的心中忐忑萬分，既如坐針氈，又生怕再次觸怒李威連。

尤其令她自己也無法接受的事實是：李威連竟然成為了她唯一的救命稻草，也是她現在唯一能夠信任的人。

世事無常，此時此刻汪靜宜深深地體會到了命運的反諷。好在，他看上去還不是那麼絕情，至少比當初的她要好得多……

「我想，我們今後還是不要再見面了吧。」李威連繼續說著，依舊沉浸在最深沉的思緒中，「等你女兒出國以後，假如你需要，我可以把你也辦出去。當然了，前提是你自己想去，左慶宏的事也不至於阻礙你。從此，我們也可以老死不相往來了。」

他往前探了探身，盯住汪靜宜的眼睛問：「靜宜，你說呢？」

冷汗再次浸透了汪靜宜的全身，她實在沒有勇氣迎向對方的目光，而他面部的線條則越來越硬，直到堅冷似鐵。

李威連又開口了，語氣卻徹頭徹尾地改變了：「既然就要各奔東西，你我是不是應該最後再聚一聚？好好地聚一聚？」他不等汪靜宜回答，就抬手朝上指了指：「這裡的三十五層，Premium Suite很不錯，就今晚怎麼樣？」

汪靜宜幾乎驚跳起來：「不、不、別這樣——」

「怕什麼？！」李威連打斷汪靜宜，用充滿深情的口吻說出略帶輕佻的話語，根本不容人反駁，「你這幾天負擔太重，一起去享受享受，趁大家都還沒有老到不堪入目，留下點美好回憶吧！」他向服務生揮了揮手，領班立刻朝這裡跑來。李威連取出證件和信用卡：「結帳。另外，我現在要入住三十五層的 Premium Suite，請你幫我把手續辦好。」

「是，請您稍等片刻。」

汪靜宜軟癱在座位上，有氣無力地說：「會讓人知道的……」

「不會的。」李威連滿臉笑容，整個人突然間又變得神采奕奕，「你先進房間休息，我回趟公司，還有些事情要辦，晚一點我再來。你嘛，就在套房裡的 SPA 放鬆吧。」

VIP 會員部的經理很快就捧來了超級豪華套房的門卡。李威連和汪靜宜一起走到電梯前，極盡溫柔地扶了扶她的腰，在她耳邊輕聲說了句：「晚飯就不和你一起吃了，我會讓他們送到房間，你好好地……等我來。」說完，他便風度翩翩地離開了。

汪靜宜不知道自己是如何踏進那套超級豪華客房的，侍者殷勤地向她介紹各項設施，她全然沒有聽見。終於房門關閉，屋裡只剩下她，整面玻璃窗外是浦西市區的燦爛夜景，閃耀的星河在她的腳下悠悠流淌，暖金色的燈光從背後鋪灑而下，汪靜宜看見自己映在窗上的影子，好像慘白的鬼魂在變幻無端的光影間徘徊，難覓藏身之處。

汪靜宜從包裡摸出手機：「喂，菲婭嗎？媽媽突然要出個差，今晚不能回家了。你好好做作業，睡覺時把門窗都關好，要仔細檢查。乖，媽媽明天早上就回來。」

打完電話，她覺得似乎恢復了點勇氣。為了女兒，汪靜宜想，為了女兒我是什麼都可以做的。她蹣跚著走進洗手間，對著鏡子本能地抿了抿嘴唇，觀察起自己臉上的細紋來，當初名聞四方的醫學院校花大美女雖然風華不再，氣質和韻味總還是比同齡人要強得多，否則他也不會……

汪靜宜突然驚呆了，原來自己不單單是為了女兒，原來自己對那個男人還有如此強烈的慾望！她一把捧住自己的臉，再也不敢朝鏡子望過去，裡面那個不知不覺賣弄著風騷的女人，才是最真實的她，也是呈現在李威連眼裡的她——剎那間汪靜宜感到無地自容。

醫學院附屬中學的教師辦公室是一排平房，孤零零地坐落於籃球場的南端。平房的後面就是農田，中間由籬笆和淺淺的河溝隔開，每年春天一到，河溝兩側的青草從河底延伸向河岸，籬笆上開滿黃色和粉色的小花，空氣中飄逸清香。夜晚時分，蛙聲陣陣傳來，星光在漣漪間閃爍，竹籬笆在辦公室的玻璃窗上畫出一小格一小格的菱形光圈。

醫學院大二年級的高材生汪靜宜，在附屬中學兼著學生輔導員的職責，因此她的身邊有一把教師辦公室的鑰匙。晚上的附屬中學裡空無一人，她獨自坐在辦公室的桌子上，面向農田的窗戶有一扇窗輕啟著。汪靜宜呼吸著春夜沁人的芬芳，心像輕風拂過的溪水般蕩漾，等待是如此甜蜜，把河溝中的蝌蚪們都喚醒了，牠們應和著她的心聲，在清澈的河水下歡快游動。

可是這個晚上，李威連卻來遲了。當他終於出現在焦躁不安的汪靜宜面前時，身上那件金山石化廠的藍色工作服變成了褐色，臉上青一塊紫一塊，額頭上還蹭破了皮。他告訴汪靜宜，自己騎車過來時，在路上摔倒了，他那輛破自行車摔壞了沒法再騎，只好又找地方修車，這才耽誤到現在。汪靜宜趕緊把他拉到小河旁，幫他洗去臉上的泥污和血跡。從金山石化騎車到醫學院，最快也需要整整五個小時，但是李威連從不失約。這回他剛剛加了整晚的夜班，又替師傅頂了大半天的白班，實在睏得不行，邊騎車邊打起瞌睡來，撞到行道樹上，所以才弄得如此狼狽。

他們的相會也要抓緊時間，午夜一點以後，李威連就又要出發返回了。他必須趕在七點之前回到金山石化，這樣才能按時上早班。儘管如此，當滾燙的肌膚緊密相貼時，火星在青春的軀體上連串濺起，一陣又一陣的痙攣使汪靜宜喘不過氣來，她覺得天旋地轉，而他竭力壓抑的呻吟，也從她的耳邊直抵心房。

直到此刻，汪靜宜還是會感到不可思議。自己這個醫學院的校花，怎麼會在金山石化廠學工的時候，居然就被一個學徒工俘虜了呢？

汪靜宜就讀的中學和華海中學相距不遠，很早就聽說過李威連，而他蹊蹺的落榜經過也曾讓她唏噓。在金山石化廠，汪靜宜第一次遇到了他，他和她想像中的不太一樣，固然有著傳說中的帥氣逼人，但眉宇間若隱若現的孤獨和失意更加吸引她。他們很快走到了一起，並且十分默契地共同保守著這個秘密。

看樣子，今天他真的是太累了。汪靜宜小心翼翼地從李威連的腦袋下抽出右手，就著月光看了看腕上的手錶，十二點半，他只能再睡半小時了。她側過頭去端詳他沉睡的臉，心中有些小得意，過去學校裡有許多女生悄悄地談論李威連，崇拜他、愛慕他，可是只有她能見到他現在的樣子。李威連從眼睛到嘴唇的面部線條異常清秀，因此當他安靜地入睡時，被月光輕撫的面龐就使人倍生憐愛之情，汪靜宜聽說過，李威連有一位出身名門，中、法混血的美麗母親，想必他一定是繼承了媽媽的容貌。

可為什麼，他要一個人孤獨地生活在上海，而不去香港和父母團聚呢？汪靜宜對此非常好奇，但是她懂得分寸，從來沒有向李威連提過相關的問題，他骨子裡的驕傲是不容侵犯的，這也是她最喜歡他的地方。

汪靜宜又看了看手錶，時針指向了一點，她輕輕地歎了口氣：「威連，威連，醒一醒，你該走了……」

汪靜宜猛地睜開眼睛，絲綢床單在身下發出「咝咝」的聲響，如同毒蛇吐信一般。昨晚睡著前她沒有拉窗簾，此刻，黎明的曙光正從窗外透進來，一束淡薄的光線恰好照在她的眼睛上。她驚恐萬狀地環顧四周，這才想起來，自己置身於四季酒店的豪華套房中。

汪靜宜沿著床畔滑落而下，腳底觸到厚厚的絲絨地毯，卻好像踩在荊棘之上。沙發旁的銅餐車上放著一支二〇〇一年的法國瑪歌紅亭酒，旁邊的兩只酒杯，一只的杯底還有殘存的酒液，另一只卻乾乾淨淨。

昨晚送來的晚餐除了這瓶紅酒，還有煎牛柳配鵝肝和鮭魚汁焗龍蝦的義大利麵，李威連知道汪靜宜最喜歡吃蝦，每次吃飯都不忘記替她點。

站在洗手間大理石洗臉臺前，汪靜宜回憶起昨晚的一切。當時她終於認清了自己的處境，拿定主意之後，她放下心中所有的負擔，好好地在按摩浴缸中泡了泡，自斟自飲地喝了點紅酒，還吃了點鵝肝和龍蝦。隨後，她坐在梳妝鏡前細緻入微地化妝，盡可能地使自己恢復曾經的容光。

之後她就一直在等待他的到來，等了很久很久，不知什麼時候，她終於抵擋不住倦意，躺在銀灰色暗花的絲綢床單上睡著了。

李威連沒有來。不，他已經來過了，在夢裡和汪靜宜重溫了美好的過去。汪靜宜望著鏡中那個睡得蓬頭垢面的婦人，再也忍不住淚如雨下。他就這樣和她徹底了斷了，用的是最溫柔又最殘忍的方式。

清晨的四季酒店大堂裡只有一名值班經理，面無表情地看著那個入住Premium Suite的女人離開後，就打電話給客房部去整理房間了。

房款已經預付，沒什麼麻煩。

朱明明連續三天都沒有機會和李威連說上話。她去Lisa那裡查了查他的排程，果然他又開始了「拚命」式的工作。朱明明剛進公司時做過一陣子李威連的秘書，頭一次替他排完一個月的日程後，朱明明自己都嚇壞了。她想，這樣幹肯定要累死人的，於是戰戰兢兢地去向李威連請示，誰知他二話沒說就接受了。正是這種對工作近乎瘋狂的執著，再加上過人的才華、堅韌的意志和不可思議的靈敏反應，才使得李威連能夠在全部由美國白人、亞裔後代和新加坡、香港華人所組成的包圍圈中殺出一條血路，成為公司裡第一個出生大陸並且沒有任何歐美名校學位的公司高管，四十歲不到就當上了西岸化工這樣一家相當傲慢的老牌歐美跨國企業的大中華區總裁。

雖然李威連自己玩命一樣地工作，但作為他的秘書，朱明明的工作量卻相當合理，除了極特殊的緊急狀況，李威連從來不在休息時間打擾她。對此她起先十分驚喜，漸漸地又開始有些不滿，好像喪失了某種特權似的。隨著她對這位老闆越來越熟悉，李威連身上的神秘魅力不減反增。其實他也並不是無堅不摧的鐵人，也會有心情糟糕、體力不支的時候，正是由於她就在他的身邊，因此有機會突破偽裝，看到他那不為人知的一面。於是在朱明明的內心深處，又對他產生了一種非常隱秘的親近感。她很想為他多做些什麼。

後來再給李威連安排日程的時候，朱明明開始動一些小手腳，想方設法為他擠出更多的休息時間，盡量讓他能夠舒適地用餐，而不是在會議間隙或者旅途中匆匆打發。朱明明做得非常小心謹慎，自以為毫無破綻，即使被人發現，那個人也只能是李威連。朱明明至今不知道他是否察覺出來了，因為他從未指出過，只是在她這樣做了七個月之後，李威連將她調離了總裁秘書的職位，轉任中國公司的人事專員。過了一年，朱明明被提升為中國公司人事經理，又過了兩年，她再次被提升為大中華區人事總監，五年不到的時間裡，朱明明連升三級，薪資翻了好幾倍。朱明明當然明白，這一切都有賴於李威連。她現在也完全理解了，李威連對待下屬非常嚴厲，講話從來不留情面，但仍然有許多人死心塌地地追隨他，並且真心實意地稱讚他是最好的老闆。對於朱明明來講，李威連也的確是她遇到過的最好的老闆，她也知道，自己不該有什麼非分之想。李威連的美國妻子Katherine是西岸化工董事會的成員，Katherine的哥哥Alex更是西岸化工的全球CEO，他們所屬的Sean家族一共擁有西岸化工57％的股份，是西岸化工真正的大老闆。現在的亞太區總裁Philips是任職西岸化工長達三十年的元老，還有不到兩年就該光榮退休了，亞太區的實權其實都掌握在高級副總裁李威連的手中，只等Philips退休，他就會理所當然地升任亞太區總裁，並正式加入西岸化工的董事會。不過，李威連絕非是靠裙帶關係，而是靠紮紮實實的業績贏得今天的地位。自他就任之後，大中華地區業務在西岸化工的總收入中，從最初的佔比5％躍升至今天的將近20％。Alex Sean曾在不同的場合一再提到，近二十年來西岸化工最大的成功，就是搶佔了中國的市場，而Sean家族最大的收穫，則是引入了李威連這名來自東方的新成員。

在這樣的情況下，以李威連的精明，就算要有情人，也絕不會把腦筋動到公司裡面來。朱明明完全懂得自己是在癡心妄想，偏偏他的一顰一笑都令她迷狂。她就這樣毫無指望地蹉跎著年華，一顆心也在愈來愈濃的愛意，和愈來愈深的怨恨中來回煎熬。

恰在這時，Lisa打電話來，說William找她，但他只有五分鐘時間。

朱明明連忙抓起早就準備好的資料，幾乎一路小跑到了李威連的辦公室外。這次她敲了敲門，不過還是沒等回答就推門而入。往裡走時她下意識地看了看手錶：11點35分，她知道李威連從早上六點起就在這裡開電話會議，從美國、澳大利亞到香港，11點40分又要開始下一輪，嚴格按照時區排序。

「William，這是『逸園』的改建預算和計畫。」朱明明也不坐了，直接把資料遞過去。

李威連只掃了一眼，就在上面簽了字。「那個助理的人選，你面試過了嗎？」

「什麼面試？」朱明明愣住了，隨即恍然大悟，「哦，你是說那個……戴希。」

李威連沒有回答，只是一動不動地看著朱明明。

朱明明的心一下子狂跳起來——總共才五分鐘時間，原來他最關心的根本不是預算和計畫！她咬了咬牙，答道：「她的履歷我看過了，這個職位需要有工作經驗的人選，她不合適，所以就沒有通知面試。」

「沒有經驗你可以培訓她。」

「可是這個職位要得很急，我沒時間培訓她。」

「只要合理安排，肯定會有培訓的時間。」

「……」朱明明抿緊嘴唇，她決定頑抗到底，反正五分鐘很快就會過去。

李威連沉默了幾秒鐘：「好吧，看來你不願意面試她，那我來面試。」

「William ?!」

李威連看了看電腦：「就今天下午兩點半到三點，我有半小時時間，足夠了。你安排吧。」

「可那是留給你吃午飯的時間！」朱明明幾乎叫起來。

「我不吃了！你現在就約她。」

朱明明的聲音都開始發抖：「現在約人家太匆促了吧，她不一定有時間——」

「她不會比我更忙的。」李威連指了指桌上的電話，「你現在就打給她，就在這兒打！」

第九章

下午2點25分，戴希匆匆忙忙趕到西岸化工。報上姓名後，前臺將她領進一間小會客室。戴希才坐下，朱明明就推門而入，她筆直地站在門邊，鐵板著臉說：「戴希小姐，今天面試你的是我們公司的大中華區總裁，我提醒你，他非常忙，也非常嚴厲，你說話要小心。另外，他從早上六點工作到現在一直都沒休息，所以你的面試必須限制在十分鐘之內！」

戴希傻了，朱明明徑直帶著她來到李威連的辦公室前，直接推開門，說了句：「她來了！」就在戴希身後「砰」地把門關上了。

站在窗前的那個人朝她轉過身來，微笑著打招呼：「戴小姐，你好。我們又見面了。」

「你好。」戴希也朝他微笑，她立刻認出了李威連，心中充滿對他的好奇，剛才的緊張和茫然也隨著朱明明的消失一起煙消雲散了。

「請坐。」李威連示意戴希坐下，隨意地問，「後來警方有沒有去找過你的麻煩？」

戴希連忙搖頭：「他們沒有找過我。他們找你了嗎？」

「也沒有。」

「哦！」

李威連看了看手邊的電腦螢幕：「戴小姐，你在找工作？」

戴希點點頭，她開始納悶了，孟飛揚只是將她的履歷發給了張乃馳，希望對方能幫忙介紹個人事方面的工作，就在踏進這扇門之前，她壓根沒有想到會見到李威連——一個人事助理需要勞煩總裁親自面試嗎？

「戴希，你有英文名字嗎？」

「我沒有，在美國的時候都只用中文名字。」

「嗯，這也沒問題，你的中文名字和英文名字差不多。」

戴希眨了眨眼睛：「你不也是嗎？」直到這時她才意識到，李威連從她進門起就一直在用英語和她交談。

李威連稍稍一愣，隨即微笑：「是啊，你說得對。」

戴希垂下眼瞼，她剛才一直盯著他在看，現在覺得有些不好意思了，但又暗暗地高興，至少這回她看清楚李威連的模樣了。

李威連倒注視起戴希來，開始切入正題：「戴希，你在美國學的是心理學專業，你的教授很有名，我聽說過他——史丹佛大學的希金斯教授。不過據我所知，他的學生都是博士研究生，對嗎？」

「對，我原先也是他的博士研究生。」

「那麼，你為什麼要中斷學業？」

戴希蹙起眉尖，這是她最不願意回答的問題。沒想到李威連別的都沒問，直接就提這個，她吸了口氣，抬起頭說：「我對成為一名心理學家失去了信心，所以決定放棄。」

「為什麼失去信心？從希金斯教授的推薦信看，他對你的評價非常高。我甚至能夠看出，他對你中斷學業感到十分遺憾。」

戴希能清楚地感覺到他那深沉審視的目光，她覺得沒必要說些不著邊際的話去搪塞，便直接迎向他的視線：「教授讚賞的都是我的客觀條件，但要成為一名優秀的心理學家，最主要的還是我的內心。我沒有準備好，就這樣，真要解釋起來會很複雜……所以，對你的問題我只能回答到這個程度，對不起。」

他靜靜地看了她一會兒，說：「好吧。我沒有其他問題了，你呢，你有什麼要問我的？」

戴希愣了愣，我有什麼要問你的？她心想，有好多啊……比如，你究竟認識袁佳嗎？一九八一年的那個秋天，你為什麼放棄了高考？又為什麼要去「逸園」？你和袁伯翰到底為了什麼在爭吵？他的死究竟和你有沒有關係？為什麼整整二十年後，你還和當初誣告過你的邱文悅保持著緊密的關係？為什麼這些年來你一直守在「逸園」的近旁？

還有，我猜那天早上你和袁伯翰老先生是在用英語爭吵，對嗎？以及，你是怎麼在那個年代閉鎖的中國學到一口發音優美、措辭考究的英語，聽上去是這麼的高雅……

她清醒過來，微紅著臉朝李威連搖了搖頭：「我也沒有問題要問你。」

李威連往椅背上靠了靠：「那麼面試就結束了。」

「這麼快！」戴希吁了口氣，「真的沒有超過十分鐘。」

「十分鐘，什麼意思？」

「唔，剛才帶我進來的那位經理說，我的面試不允許超過十分鐘。」

李威連微微挑起眉毛：「她是這麼說的？」他笑了，「那我們就必須超過十分鐘了。不過，我確實沒有問題可問，還是你想點問題吧。你的課程中應該包括提問技巧吧？」

戴希說：「是學過提問，可那個和現在的狀況不一樣。」

「有什麼不一樣？」李威連意味深長地看著戴希，「你把我當成來諮詢的心理病人，不就可以提問了？」

戴希一本正經地搖頭：「不行的，我們之間還沒有建立起必須的信任。」

「什麼是必須的信任？」

「就是……諮詢者對專家的信任；病人對醫生的信任；朋友對朋友的信任。」

李威連注視著戴希的目光裡突然有了一種全新的東西，像是不安，又像是觸動。他沉默了好一會兒，才又問：「如果沒有信任，那你我之間現在有什麼？」

戴希想了想：「是懷疑吧。」

「什麼樣的懷疑？」

戴希鼓起勇氣回答：「是總裁對應聘者的懷疑。」

李威連足足瞪了戴希好幾秒鐘，隨即朗聲大笑起來，一邊笑一邊問：「難道不能是你對我信任，我對你懷疑嗎？」

「當然不行！」戴希豁出去了，「信任是互相的，懷疑也是互相的！」

「好吧，好吧。」李威連好不容易止住笑，「不過我現在對你已經沒有懷疑了。」

「你是說我通過面試了？」

「是的。」李威連恢復了嚴肅的神情，但目光非常溫和，「如果你沒有其他問題，下週一就來上班吧。」

朱明明咬牙切齒地看著戴希離開，一共用去二十分鐘的時間！她桌上的電話馬上響起來，李威連叫她過去。

「戴希通過我的面試了，你現在就為她安排入職流程，我要她下週一就來上班。」李威連頭也不抬地說著。

朱明明歎了口氣，把手中的紙袋放到李威連的桌上：「三明治和咖啡，你吃一點吧。」

「謝謝。」他還是埋首於電腦上。

朱明明等了等，問：「職位就是人事助理了？薪水呢？你答應給她多少？」

李威連猛地抬起頭：「啊呀，我忘記和她談薪水了。」

朱明明又歎了口氣，整整二十分鐘的時間啊……她低聲說：「她的履歷上寫了期望薪酬，月薪四千，你看可以嗎？」

「四千？那麼少……」李威連皺起眉頭想了想，「就給她一萬吧。」

「一萬？！」朱明明叫起來，「這不行吧。她連碩士文憑都還沒拿到，再說人事助理的級別也達不到一萬月薪，這不符合公司的規則。」

李威連看著朱明明：「我的話就是規則。什麼級別能達到一萬的月薪，你就想辦法把戴希放到什麼級別，否則我要你這個人事總監幹什麼？」

朱明明氣得說不出話來，狠狠地一轉身，往外就走。

「等等。」

她只好又停下，轉回身等李威連發話。

他慢悠悠地說：「給她一萬五的月薪，級別隨你來定。」

朱明明的肺都要氣炸了！

「我知道，他不愛我……他不愛我，說話的時候不認真，沉默的時候又太用心……」莫文蔚的歌聲慵懶清冷，恰如其分地襯托著酒吧裡的煙氣氤氳。

張乃馳和朱明明肩並肩地坐在吧檯上，他的心情似乎很不錯，一口喝乾面前的威士忌，吧檯小弟很乖巧又給他換上一杯新的。他們身邊的那瓶Macallan已經空了一半。

「我告訴你這裡不錯吧，老歌、清靜，比較適合我們這種老年人。」

張乃馳對朱明明說。朱明明白了他一眼，張乃馳笑著朝她舉了舉杯：「噢對，是我這種老年人，你嘛，還是二八少女呢！」

「Richard！」兩個高個子女孩手挽手從他們身後走過，嬌小精緻的臉龐，一看就是模特兒。張乃馳向她們點頭示意，女孩們走過去了還頻頻回頭，朝張乃馳拋著媚眼，他真的很英俊，從頭頂射下的水晶折光令他的隆眉凹目更加清晰如畫，簡直就像個電影明星。

朱明明喝了點酒，眼皮有些泛紅，顯得比平時嬌豔不少，她把手裡的酒杯往吧檯上一砸，氣狠狠地說：「為什麼！為什麼他就是不喜歡我！」

張乃馳被她嚇了一跳，不禁搖頭歎息：「我親愛的Maggie，你這又是何苦呢？跟你說過多少遍，不要再自尋煩惱了嘛。」

朱明明低著頭，白皙的胸脯在米色小禮服的包裹下起伏不定。

張乃馳的視線從她的臉上滑到胸口，再晃回到臉上，這才微笑著問：「他走了？」

「走了，晚班飛機去北京……」朱明明目光迷離地說，「然後是廣州、香港、新加坡，又要有半個多月看不到他了。」

「嘖嘖，多麼癡情啊！」張乃馳直搖頭，「你放心吧，這一路上都有人關照他的。」

「真的嘛？真的到處都有情人嗎？」

張乃馳滿臉笑容：「李威連這個人，命可以不要，女人可是一刻也離不開。他就是這樣的。」

「可他就是不要我……」

「哎呀！你怎麼又來了！兔子不吃窩邊草嘛，你什麼時候看他招惹過公司裡的人？」

朱明明把眼睛瞪大了，喝到現在她整個眼圈都紅了，好像剛剛哭過似的：「那他為什麼非逼著我把那個戴希弄進來？你知道我今天一個下午都在做什麼？我在想盡辦法把戴希擺到M6的級別，還要經過特殊審批，就因為我們的李總裁要給她一萬五千的月薪！你說說，她憑什麼！」

張乃馳驀地把身子挺直了：「真的？他真的下手了？這麼快，果然是李威連的效率……」他若有所思地住了口。朱明明卻伸出雙手，一把揪住他的衣領，使勁晃起來：「說！你說！這個戴希到底是怎麼回事？為什麼你們倆都有她的履歷？」

「你放開！」張乃馳用力把朱明明的手扯下來，「發什麼神經！戴希嘛，不過是她的男朋友請我幫忙，替她介紹工作，我就順便把她的簡歷轉給William了……」他對著面前的銀冰筒那鋥亮的鏡面整了整弄亂的領帶：「看來還是我最瞭解他啊，我就知道他會動心的。」

「可我真看不出她有哪點好！」

「哈哈，你不覺得她看上去很純嗎？」張乃馳笑了個前仰後合。

「呸！現在哪裡還有什麼純的！都是假純，裝純，純個屁！」朱明明氣得都語無倫次了。

張乃馳安撫地摟住她的肩：「和你開玩笑嘛。呵呵，其實是因為，當我第一次看到戴希的時候，就發現她能夠令我想起過去……激起很多回憶，你知道的，William，他是個非常念舊的人。」

「過去？」朱明明重複著，突然盯住張乃馳，「你和William，你們有共同的過去嗎？什麼樣的過去？能對我說說嗎？嗯？」

張乃馳露出尷尬的神情：「沒什麼……你不會感興趣的。」

朱明明緊追不捨：「你怎麼知道我不感興趣！哼，Richard，其實我對你和William的關係非常感興趣，尤其看不懂他對待你的方式。有時候我覺得他對你關懷備至，處處都替你著想，可有時候我又覺得他把你看得連條狗都不如，想怎麼糟蹋就怎麼糟蹋……親愛的Richard，你能滿足一下我的好奇心，向我解釋解釋這到底是怎麼回事嗎？」

張乃馳顯然被戳到了痛處，神色驟變，緊握著酒杯不說話，朱明明卻不肯放過他：「對了，今天下午我在給戴希做入職資料的時候，你知道我想起了什麼？我想起了你，Richard！我剛升任大中華區人事總監的時候，我的前任Julia跟我說起過一個咱們公司的秘密，是關於你入職的秘密！你想聽聽當初她對我說了些什麼嗎？」

張乃馳驚駭地瞪著朱明明，握酒杯的手都微微顫抖起來：「……什麼？」

這回輪到朱明明做出安撫的表情了：「你別緊張嘛。你放心，我和Julia都是愛慕William的人，我們當然不會拆他的臺，何況這事兒都過去那麼多年了，Julia告訴我那些，也是為了萬一有人舊事重提，我們人事部可以知道如何應對，如何支持William和你。相信我，我永遠站在你們這一邊……」

張乃馳對她做出一個比哭還難看的笑容：「你到底知道些什麼？」

朱明明湊到張乃馳的面前，壓低了聲音說：「Richard，你是一九九一年由William推薦進入西岸化工的，對吧？當時為了你，William在公司裡可是鬧出了不小的風波。其實那時候他自己進入西岸化工也才三年，雖然已經初露鋒芒，很得公司重用，但職務不過是西岸化工剛剛成立的中國分公司的第一任銷售總經理，也還在拚命工作證明自己的階段。可就是在這樣的背景下，為了你，他居然和當時的遠東大區人事總監針鋒相對，向遠東大區總部投訴人事總監有歧視和偏見，拒絕接納在工作經驗和學歷方面明顯佔優勢的你，而要聘用另外一個候選人，就因為那人是在英國受教育的香港人。而人事總監則聲稱William在聘用你的諸多程序中違反公司規定，沒有認真對人事部提供的首選應聘人進行面試，就將你從十多個資歷和學歷都遠勝於你的應聘人中留下，完全是一意孤行、先斬後奏的做法。這件事一直鬧到遠東大區總部，最後總部的結論是：『李威連儘管在聘用張乃馳的過程中沒有和人事總監充分溝通，造成了一些誤會，但是鑑於李威連對中國市場的深刻認識和聘用部門人員的良好紀錄，我們相信他此次聘用張乃馳必有充分的理由。』就這樣，這樁一開始鬧得沸沸揚揚的事，結果才以你們的勝利告終。Julia特別對我說，如果不是當時的遠東大區總裁Alex特別欣賞William，支持了他，不僅你進不了西岸化工，弄不好連William也要陪著你一塊兒出局。這個經過，我說得對嗎？」

張乃馳吞下一大口酒，幾不可聞地擠出一個「對」。

朱明明注視著他，臉上露出更加高深莫測的表情來：「但這些都是公開的，Julia對我說的秘密不是這些，她告訴我，當時的遠東大區人事總監輸了這一仗，氣得要命。她指示Julia繼續追查你的資歷，而Julia查證的結果非常驚人……」朱明明把嘴唇湊到了張乃馳的耳邊：「她說你的工作經驗、學歷甚至包括你的身分，全都是偽造的！」

張乃馳的整個面部都繃緊了，但他沒有任何表示，只是死盯著面前的酒杯。

朱明明悠悠地歎息了一聲：「其實這些都不重要了。Julia沒有把真正的結果報告給自己的上司，因為那時候她已經被William徹底俘虜了，哼，似乎十幾年前William還沒能嚴格地執行『兔子不吃窩邊草』的規矩。事到如今，你們兩個在公司裡已經如日中天，這個秘密其實也無所謂了。但精明透頂的William怎麼會為了你甘冒這麼大的風險？Richard，他為什麼會甘心為你拚上自己的前途？他為什麼對你這麼好？你究竟是他的什麼人？你究竟是誰？！」

「吧嗒！」張乃馳手裡的酒杯翻倒在吧檯上，所幸杯子裡已經空了。吧檯小弟換上個新杯子，又倒滿了酒放到張乃馳的手邊。他卻目光呆滯，似乎什麼都沒發覺。

朱明明沉思了一會兒，又說：「不客氣地講，Richard，在我看來你今天所擁有的一切，都是William幫你爭取到的。我能看得出，這些年來你們兩人的利益密不可分。可你似乎對他並沒有感激之情。就在剛才，你還在我面前一味地詆毀他、挖苦他、羞辱他——」

「我哪有！」

「不要辯解！我這麼說你是有充分理由的。」朱明明的口齒越發清晰俐落起來，「以William的身分和魅力，拚命想往上湊的女人數都數不過來，他要是還一味地守身如玉，你會信嗎？但反過來說，他是不是就像你所形容的那樣不堪呢？以我的親身經歷來說，絕對不是！況且，他的工作量擺在那裡，你我都很清楚，時間和精力上也不允許。因此我說你是在惡意中傷William，不過分吧？你一有機會就散播那些流言，到底是什麼居心？」

說到這裡，朱明明停下來，目不轉睛地看著張乃馳：「為什麼我總是覺得，你的心裡其實非常恨他呢？」

沉默良久，張乃馳抬起慘白的臉，目光在朱明明的臉上搖曳不定：「Maggie，你今天在西岸化工的一切不也都是William給的嗎？你為什麼還要怨恨他？」

「我……」朱明明的眼前立時又出現了今天下午，戴希離開李威連辦公室時輕快的步伐，女孩的快樂就像冬日的馨香一般沁人——為什麼？為什麼他就是不能給予我這些？

朱明明的額上扭出了深深的皺紋，低下頭。

張乃馳伸手攬住朱明明的腰：「親愛的Maggie，不要想太多了，我們要自尋樂趣，不是嗎？相信我，我不會讓你失望的。」

第二天早上，朱明明戴著Tiffany Legacy藍寶石鑲鑽項鍊去上班了。認清現實使她感覺輕鬆了許多，但那一直縈繞心間帶著酸楚的溫暖也隨之消失，被鉑金鑽石的冰冷所取代了。

在「雙妹1919」喝下午茶，是戴希出的主意。林念真說要看看上海的新市容，戴希正好有時間，就義不容辭當起了導遊。那天晚上在「雙妹1919」的經歷，給戴希留下十分詭異又神秘的印象，讓她念念不忘。既然林念真要逛街，戴希覺得「雙妹1919」和周邊的區域非常適合這位故地重遊的優雅女子，就和她約在美琪戲院前碰面，然後慢悠悠地一路逛過來。

這段路的午後非常安靜，陽光有著綿軟溫潤的質地，柔柔地落在頭頂上，就像披上了另一條羊絨的圍巾，即使氣溫再低，只要走在向陽的路邊，依然能從心底裡生發出溫暖的感覺來。

「Jane，可以問你的年齡嗎？」戴希輕捷地邁著步子，小鹿似的眼睛時不時跳動在林念真的身上臉上——她可真美呀：黑色的長髮在腦後束起，微微捲曲的髮梢在脖頸和耳際勾勒出曼妙的線條，惹得戴希從眼睛到心裡都是癢癢的。

林念真放慢腳步，側過臉朝戴希微笑：「你對我就這麼好奇嗎，戴希？」

戴希眨眨眼睛：「啊，Jane你生氣了嗎？我不想讓你不高興的，可就是太羨慕你了。」

林念真淺笑不語，她的背後是掉光葉子的梧桐樹幹，稀疏的陰影投在灰白磚石的牆上，好像時光撐起的巨傘，擋在她與真實之間。

在這一剎那，戴希突感惶然。林念真的笑容是那麼虛無縹緲，似乎隨時就會和她這個人一起消失，躲進這片被法國梧桐、彎曲弄堂和老舊住宅堆起的迷宮裡，再也無處尋覓。

「我已經四十五歲，馬上就要四十六了。」在遁入迷宮之前，她吐出這樣一句話。

戴希瞪大眼睛：「不，不可能吧……你看上去最多三十五歲。」

「戴希！」林念真微嗔，「我可不需要這樣的恭維。實際上，應該是我羨慕你才對。我離開上海已經整整十八年了。那時候，我就和你現在差不多大。」

「Jane，你為什麼要離開上海？」

「因為我失去了家。」

「失去了家？」

「是的，回不去了。」林念真突然停下腳步，微微仰起頭：「我的家就曾經在這裡。」

戴希的心莫名一顫，也舉頭望去——「逸園」！

這是她第二次看到「逸園」。那晚戴希只是從路口遠遠望去，大雪紛飛的夜空裡，燈火輝煌的「逸園」好像通體透明的童話城堡，而狂風鼓起周身的白雪，讓它在那個漆黑的冬夜裡，又如揮舞著法衣的巫師，正滔滔不絕地吐出最怨毒的詛咒。

不過此刻看上去，「逸園」和戴希腦海中的印象幾乎難以重疊。

稍微偏西的日色塗抹在圓形的拱頂上，給簷下繁複的巴洛克雕飾鍍上一層淡金，大部分建築體躲藏在高聳的院牆和光禿的樹枝後面，只有二樓橢圓形的大陽臺延展至頭頂前方，欄杆是帶著微黃的乳白色，似乎比戴希原先所認為的還要大。

戴希回過神來，才發現了林念真已經走到了「逸園」的圍牆邊，這裡有一扇小小的黑色鑄鐵邊門，她的手輕輕撫過門上黏貼的封條，姿態中好似含著非常的意蘊，令戴希的心狂跳起來，脫口問出：「Jane！你原來的家就是這裡嗎？！」

「什麼？」林念真沒有抬頭，戴希彷彿看見，她的視線穿過緊閉的鐵門，慢慢落在某個不可測的遠端……「哦？」她終於回眸一笑，「我原來的家是在這個地區，不過，已經不存在了。」

戴希大大地鬆了口氣，上前去拉林念真的手：「Jane，這所房子就是『逸園』，前些日子剛死過人。咱們走吧，我老覺得這裡怪怪的。」

林念真順從地隨戴希走下人行道，戴希左右望了望，又納悶起來：「真邪門呀，我們不是要去『雙妹』咖啡館的嗎？怎麼走到這裡來了？」

「聽你說『雙妹1919』的地址，應該就在下一條街上，從美琪大戲院的方向過來，是先經過的這條街，我們早拐了一個彎。你看，這裡是『逸園』的側面，正門在另一個方向。」

「哦，是這樣啊。」戴希扮了個鬼臉，「Jane，還是你來帶路吧。我這個嚮導太不夠資格了，應該下崗。」

林念真露出溫婉的笑容：「你呀，其實不是不識路，就是話太多了。」

「心理學家都愛嘮叨，Jane，你應該有體會的呀？」戴希恢復了活潑的情態，正打算去挽林念真的胳膊，卻被頭頂突如其來的叫聲打斷了——「我看見你了！哈哈，你又來了！果然又來了！」

戴希悚然抬頭，空落落的弄堂上方只有淡灰色的天，這一側是「逸園」的圍牆，另一側隔著窄窄的馬路，是老式石庫門的背面，牆上滿是陳年的污垢，每扇窗戶都關得嚴嚴的，外面裝著鏽跡斑斑的鐵欄杆。戴希緊張地朝林念真靠過去：「Jane，你聽見了嗎？那是什麼聲音？」

「好像是……一個女人在喊叫。」林念真仰起頭，戴希跟著她的目光掃過一個個牢籠般的鐵柵，這是常年不見陽光的背陰面，每個窗洞都顯得格外的陰森。「是那裡！」林念真指了指某個兩層樓的高處，戴希只來得及看見，剛剛關閉的木格窗上一抹迅速消斂的日光。

「Jane……我們還是快走吧。」

林念真點點頭，戴希加快腳步，然而從這條小弄的另一端來了一輛輪椅車，攔在她們的對面。戴希一眼就認出推車的中年女人。那晚在「雙妹1919」的記憶猶新，況且她的羊毛大披肩下，分明是現在鮮有人穿的絲棉旗袍，精工細作的花紋和典雅的顏色，隔得遠遠的都能引人注意。

問題是——這究竟是兩姊妹中的哪一個呢？戴希不由自主地站住，林念真跟著停下。

穿旗袍的女人也看見了她們，猶豫了一下，推起輪椅車走過來，對戴希侷促地笑了笑：「是……戴小姐吧？」

「呃……我是，你好。」戴希悄悄鬆了口氣，還好，是「雙妹」裡比較溫柔的那個。穿旗袍的女人繼續搭訕：「戴小姐，今朝怎麼有空來這裡？」

戴希不願和她細談，隨口支吾：「我……帶朋友來這裡逛逛。」

「是嗎？」她看上去很失望的樣子，似乎還想說什麼，輪椅上的老婦人卻開口了：「文悅，不要纏著佳佳，快回家吧。」

「是的，姆媽。」女人乖乖地點頭，對戴希悽楚地扯了扯嘴角，「我姆媽的腦子有問題，認錯人了。戴小姐別在意，再見。」說完，她再度推起輪椅，從戴希的身邊慢慢走過，往小弄的深處躑躅而行。

戴希目瞪口呆地望著她們遠去的身影，輪椅上，老太太的白色髮髻如水蓮花般皎潔，走不多遠，這頭白髮向後轉來，皺紋密佈的臉上笑容陡現，老婦人意猶未盡地朝她們揮手：「再見，佳佳，再見啦！」

愣了半晌，戴希才驚魂甫定：「真嚇人，這一家人的腦子都有問題吧。」她想對林念真解釋一下發生的事，卻看到林念真站得遠遠的，目光緊緊追隨著那對母女的身影。一瞬間，戴希好像又看到了來自往日時光的幻覺，林念真就像一個活生生的影子，只待陽光照到頭頂，就會化作一縷輕煙散去。

「Jane！」戴希驚叫，林念真應聲回首，破碎的幻影重新聚攏成嫻雅的中年女士：「怎麼了戴希？」戴希有些懊喪地說：「我不想去『雙妹1919』了，咱們離開這裡吧？」

「好的，我們就從它的門外過一下，反正是順路。」她們就從「雙妹1919」外的窄街上匆匆走過，本來戴希還想跟林念真說說「逸園」和李威連的故事，現在也完全失去了興致。

直到在街邊等候計程車時，林念真才對戴希說：「我們在『逸園』外聽到的叫聲，應該就是從『雙妹』的樓上發出的。」

「啊？」戴希抱攏雙肩，覺得有點冷。

林念真繼續說：「那裡原來可沒有什麼咖啡館，都是住家。兩層的石庫門房子，頂上還有個閣樓。現在底樓的客堂開了店，二樓應該還是臥房……」

龍華殯儀館二樓的「歸德廳」外，參加大書畫家、收藏家和旅行家薛之樊追悼會的人們正在陸續離開。人群中可以看到不少社會名流的身影，包括著名作家、教育界和演藝界的人士，中國文聯、收藏家協會和旅遊協會都送來花圈和輓聯。薛之樊一生著述頗豐，曾為他出版過多部著作的經典書局主編兼生前好友傅書恒主持了追悼儀式，致悼詞時幾度哽咽。

人群漸漸地走得差不多了。追悼大廳裡的大螢幕上，還在播放著薛之樊的生前影像。正中央他的大幅遺像下，薛之樊唯一的女兒薛葆齡和女婿張乃馳，依舊站在百合和白玫瑰組成的大幅花環之前。

薛葆齡身材嬌小，容色憔悴，全黑的喪服穿在她的身上，好像重達千斤的鐵甲，越發令她顯出人不勝衣的柔弱。整個追悼會上，她不停地流著淚，臉上沒有半點血色，多虧身邊有張乃馳的扶持，才能堅持著沒有倒下。來致哀的人們依序經過他倆的面前，向他們表示慰問時，心中都不免生出一份感慨：薛之樊這麼個成就非凡的風流人物，卻沒能給自己留下豐沛的血脈。自從他的大兒子十年前死於遺傳性心臟病之後，薛之樊的膝下就只有葆齡這麼一個女兒了。而薛葆齡呢，光看她的形容外貌，就不像是個強壯有福氣的人，要不然怎麼結婚多年也沒能生下一男半女，可惜薛之樊的這份家業，就要後繼無人了。

終於送走了全部來賓，張乃馳鬆了口氣，攙扶著妻子問：「怎麼樣？你還好吧？」

薛葆齡把頭靠在他的肩上，無力地嗯了一聲。

「那就走吧。」

薛葆齡半倚半靠在張乃馳的臂彎中，走出大廳。追悼會後還有一件非常重要的事：宣布薛之樊的遺囑。

張乃馳駕駛著自己的凌志，停在瑞金路上的薛宅前。這也是一棟很不錯的花園洋房，雖然沒有「逸園」的規模，也不如「逸園」那麼超凡脫俗，卻也不像她那麼命運多舛。薛之樊在「文革」中有上層人物的庇護，受到的衝擊並不大。他一生周遊世界各地，在香港也有房產，真正在此居住的時間並不多。

參加今天遺囑宣讀儀式的相關人員都提前到達了，薛葆齡稍微振作了下精神，放開張乃馳扶助的手，與他一起並肩走入父親的書房。

這裡依舊充滿了薛之樊的痕跡，整幅牆面的書櫃裡擺滿了他心愛的藏書，精雕細刻的紅木書櫃裡擺滿了名人字畫，目光觸及之處的每件擺設都有來歷，光這間書房裡的各種收藏，要估起價來，只怕也是天文數字了。

跨進書房門時，張乃馳的內心還是不禁顫慄了一下。和薛葆齡結婚將近十年，他從來沒有被邀請進入過這間書房。薛之樊從心底裡看不上這個女婿，張乃馳在薛家沒有任何地位，他依舊住在公司為他在五星級酒店裡訂的房間，特別是這間彙集了薛之樊一生心血的書房，對張乃馳更是絕對的禁區，老丈人像防賊似的防著他。

防吧，你防吧……張乃馳站在書房中央，深深地吸了口氣：我不還是進來了？並且從今天之後，這裡的一切都是我的了……

看見他們進來，薛之樊特聘的陳律師站起身來：「既然大家都到齊了，就由我來宣布薛老的遺囑吧。」

薛葆齡和張乃馳在沙發上緊挨著坐下，屋裡其他的幾個人分別是傅書恒、薛家在上海的兩名遠親，以及薛之樊所開辦的東亞旅遊公司的總經理秦暉。

陳律師開始宣讀遺囑，不出大家所料，薛之樊把一些無關緊要的財產分給了兩位遠親，把相當一部分名人字畫和珍貴收藏捐贈給了博物館，把自己作品的版稅收入全部捐給了紅十字基金會，而把其餘的所有財產，包括上海和香港的兩處房產、東亞旅遊公司和捐贈後剩餘的收藏、字畫都留給了女兒薛葆齡。

「但是……」陳律師的話鋒一轉：「對於薛葆齡小姐所繼承的這部分遺產，薛老還有一份補充說明。」

薛葆齡的眼神中有些困惑，她目不轉睛地望著陳律師，而張乃馳的心中突然一涼，他預感到了什麼……

補充說明是這樣的：薛葆齡雖然繼承了大部分遺產，但這些遺產將由一個特別的基金會管理，薛葆齡只能通過基金會有條件地使用自己的財產。基金會由傅書恒、陳律師和秦暉共同負責，他們都已經瞭解並且接受了薛老的委託。薛葆齡只有在兩種情況下才可以撤銷基金會，全權掌握自己的財產，這兩種情況是——薛葆齡成為單身狀態，或者薛葆齡生育了子女。

補充說明宣讀完畢，薛葆齡和張乃馳都驚呆了。兩位遠親率先退出，傅書恒走過去輕輕扶著薛葆齡的肩膀，說了聲：「葆齡，有事就來找傅叔叔，自己多保重。」便抽身而去。秦暉也接著告辭了，陳律師留在最後，問：「薛小姐，還有什麼需要我做的嗎？」

「沒有了……謝謝你。」薛葆齡機械地回答。

屋子裡只剩下夫妻二人。張乃馳喪魂落魄地環顧四周，滿屋的書籍、卷軸和條幅、玉器和雕刻……所有的一切似乎都在嘲笑他，他的視線落回到妻子的臉上，她也正無比惶恐地看著他。張乃馳笑了：「葆齡，你最好現在就和我離婚。」

「不！」薛葆齡脫口而出，與其說是在否定他，不如說是在聲明自己，「我為什麼要和你離婚？」

張乃馳用一種滿不在乎的語調說：「為什麼？因為你老頭子希望你離婚啊！你沒聽見嗎？必須要你恢復單身狀態才能掌握自己的財產，他把你當成三歲小孩了！哈哈哈哈……」他終於爆發出一陣大笑，屈辱在眼裡凝聚起來，放出冷冽的寒光。

薛葆齡憐惜地伸出手，撫摸著丈夫的面頰：「乃馳，爸爸是對你有些偏見，你別放在心上。我絕對不會因此離開你的，我發誓……」

「不會離開我……」張乃馳有些恍惚地說，「那你就永遠也得不到你父親的遺產，難道你願意一輩子都像個乞丐似的，向那三個外人伸手要錢？」

「我……」薛葆齡低下頭，「其實我們並不需要那些財產，你是西岸化工的總監，我是東亞旅遊公司的董事，我們不缺錢花，一點兒都不缺。」

張乃馳瞪大雙眼，死死地盯住妻子：「那是你不缺錢，不是我！葆齡，你知道我的夢想，對不對？你知道我真正想成為的是李嘉誠那樣的人物，而不是一輩子替跨國企業賣命的打工仔！你知道的！」

「我是知道……」

「所以，錢對我至關重要！有了錢我才可以大展身手，去實現我的夢想，而你父親呢，他居然死都不肯幫我！」

薛葆齡有氣無力地說：「其實……他就是擔心你是為了錢，才和我……」

張乃馳猛地站起身，居高臨下地俯視著薛葆齡：「才和你結婚的，對嗎？那你自己是怎麼想的？葆齡？你心裡究竟是怎麼看我的？」他又坐下來，與妻子面對面，聲音裡充滿激越的憤慨和虛飾的熱情：「要不我們生個孩子吧？你爸的遺囑不是說了嗎？只要你有了孩子，就能全權支配你的財產了……葆齡，我們生個孩子吧，我一直都想要個孩子……」

「乃馳！」薛葆齡尖叫了一聲，雙手捧住臉嗚咽。

張乃馳冷笑起來：「看見沒有？這就是真相！如果我和你離婚，就什麼都得不到，可是假如我不和你離婚，我也一樣都得不到！為什麼？為什麼會是這種結果，葆齡，你不是愛我的嗎？作為一個女人，難道你就這樣愛我嗎？！」

薛葆齡撲倒在沙發上，嚎啕大哭起來。

張乃馳再也不看她一眼，站起身來拂袖而去。

薛葆齡獨自一人在書房裡哭了很久，她艱難地支起身，從包裡掏出個小藥盒，取出藥片送入口中，然後靠在沙發背上，好一會兒呼吸才慢慢平緩下來。

她拿過手機，盯著上面的號碼看了很長時間，淚不知不覺又淌下來，落在手背上，這才下定決心按了下去。

沒有應答，她又撥了一遍，仍然沒有應答。薛葆齡黯然失神地握著手機，正在發呆，突然手機響起來，她好像獲救似的用全力抓住它：「喂，William，你在哪裡？」

「我在忙，有事嗎？」

薛葆齡的淚水又溢出眼眶：「我想你。」

手機裡一片沉寂，薛葆齡知道李威連馬上就要斷線，連忙急促地說：「我可以去找你嗎？」

「這幾天我實在太忙了，連睡覺的時間都沒有。」

「不需要很多時間，我只想看見你……」薛葆齡氣喘吁吁地說著，覺得自己就要暈過去了，「求求你了……」

他又沉默了幾秒鐘：「週末你去新加坡吧，我會在那裡，還是Mandarin Oriental。」

電話掛了，薛葆齡的眼神卻恢復了活力，她的人生似乎又有了希望。

第十章

狹小簡陋的廚房裡，孟飛揚正在賣力地刷鍋洗碗。往常都是戴希負責這活兒，但是現在天氣太冷，孟飛揚的破廚房裡又沒接熱水，每洗一次碗手都凍到骨頭裡，他捨不得讓戴希幹。相比之下戴希自己的小家條件要好得多，但自從上回在這裡發現柯亞萍留下的痕跡以後，戴希就再不肯住回自己家。雖然他們倆誰都沒把話說透，但孟飛揚還是覺察到了女孩的心思，他的心裡因此有些愧疚，也有些感動，於是他乾脆包下了全部家務，反正自己正在失業狀態，閒著也是閒著。

突然，從房間裡傳來一聲尖叫，孟飛揚手裡的碗應聲落地，摔了個粉碎。他衝出廚房，急吼吼地喊：「小希，什麼事啊？！」

戴希坐在書桌前，滿臉通紅地衝著電腦螢幕。孟飛揚跑到她背後：「怎麼啦？怎麼啦？」戴希指著螢幕：「你看呀！」

孟飛揚湊過去，原來網頁上打開著戴希的郵箱：「他們真的給我offer了！」

「誰？」

「西岸化工啊！」戴希回過頭，目光炯炯地看著孟飛揚，興奮得聲音都在發顫，「哈哈！我找到工作啦！」

「噢喲！」孟飛揚張著沾滿洗潔精的兩隻手，親了親戴希的頭髮，「我還當天塌下來了呢。」

滿好啊，看來張總挺幫忙的。」

「張總？」戴希轉了轉眼珠，一把抱住孟飛揚的腰：「你猜猜，他們給我多少薪水？」

孟飛揚投降似的把兩隻「洗潔精手」舉過頭頂：「……四千？五千？……難道是六千？」

戴希搖了搖頭，慢條斯理地說：「都不是，是一萬五千！」

「一萬五？！」孟飛揚大吃一驚，狐疑地湊到電腦螢幕前，「哪兒寫著呢？你弄錯了吧？是不是多看了一個零……」

戴希把孟飛揚的腦袋按到電腦上：「你自己看，15K monthly，看清楚了嗎？」

孟飛揚不作聲了，皺起眉頭想了想，才問：「面試的時候就這麼談好的嗎？」

「沒有。」戴希低聲說，「李威連面試我的經過我都告訴你了，他根本沒說到薪水，我也忘記問了。」

「哦……那就恭喜你啦！」孟飛揚淡淡地拋下一句話，轉身進廚房去了。

過了一小會兒，戴希溜進廚房，蹲在孟飛揚的身邊，和他一起收拾地上的瓷碗碎片，一邊小心翼翼地問：「飛揚，你怎麼了？不高興嗎？」

孟飛揚沒有朝她看：「怎麼會？你終於找到工作了，而且還是這麼大的跨國公司，這麼高的薪水，我怎麼會不高興呢？」

戴希垂頭喪氣地蹲著：「飛揚……」聲音裡似乎飽含著委屈。

孟飛揚不忍心了，伸手把她摟過來：「真的，我不是不高興，只是感覺到壓力了。現在你有了這麼好的工作，我還在失業，咳！看來我要抓緊了！」

「嗯，你絕對沒問題的！我相信你！」戴希如釋重負地綻開笑顏，和孟飛揚擊了擊掌，跑回房間。

孟飛揚匆匆整理好廚房，順手摘下腰裡的圍裙扔到沙發上。他一眼看見戴希仍舊盤腿坐在書桌前，就走過去拍她的肩頭：「小希，你都找到工作了，就把電腦讓給我吧。啊？我上網投履歷。」

「不要嘛。」戴希撒起嬌來，「我還要做希金斯教授的研究課題呢。等一上班忙了，說不定就沒時間了。乖，飛揚寶寶，你就用我的筆電好啦。」

孟飛揚搖頭歎息：「你明明有自己的筆電，偏偏要霸佔著我的電腦，真不講道理。」

「我樂意！」

孟飛揚無計可施，只好捧起筆電坐到床上，開始上網搜索工作機會。不知不覺地夜已深，他覺得有些犯睏，就把筆電往身邊一擱，靠在床頭看著書桌前戴希的窈窕背影，漸漸地視線模糊起來……

「孟飛揚！我要對你進行道德審判！」

「啊？！」孟飛揚從半夢狀態中猛醒過來，就見戴希跪在身邊的床頭，圓睜雙眼，臉蛋緋紅地看著他。漆黑的直髮披散在肩上，讓她看起來是那麼清新可人，孟飛揚最喜歡她這個樣子，情不自禁地伸出手去，嘟囔著：「小希，三更半夜的吵什麼呀？」

戴希把孟飛揚的手打落，厲聲質問：「你說！我不在中國的這三年裡，你出軌了多少次？！和多少野女人上過床？！」

孟飛揚徹底醒了，張口結舌地看著戴希：「小……小希，你、你什麼意思？」

「什麼什麼意思！我問你！你到底亂搞過幾回？？？」戴希往前一撲，死死揪住孟飛揚的肩膀。

「我、我沒有哇！」孟飛揚被她揪得亂晃，又不敢掙扎，她整個人都要扎在孟飛揚的身上了，大聲喊著：「你說謊！！！」

孟飛揚不幹了，一翻身就把戴希按倒，也衝著她喊起來：「我說沒有就沒有！我當了三年和尚了，你信不信？你信不信？？？」

「我不信！！！」

「死丫頭，你誣衊我，拿出證據來！」

戴希從孟飛揚的手掌底下掙出來，朝他嫣然一笑：「拿證據就拿證據，我有證據！」

戴希湊到孟飛揚的跟前，臉蛋像春天怒放的薔薇花一樣嬌豔，死盯著他說：「我在你那兒做了記號了！」

「哪兒？……哇！」孟飛揚眼前發黑、胸口發悶、天旋地轉，「你說什麼？！」

戴希歪了歪頭，用手指梳理著黑色瀑布一般的長髮：「你自己好好看看去，那上面有我的牙印呢。」

孟飛揚差點兒就要去扯褲子，還好立即清醒過來，喘著粗氣說：「好啊，你詐人啊，好，你會留牙印是吧？你現在就留給我看啊！」

他抱緊戴希滾倒在床上，她在他懷裡笑得直顫，一邊拚命推搡他：「跟你、跟你說正經的呢……我有理論依據……男人、男人的真實年齡是通過那個器官反映出來的……」

「……什麼真實年齡？！什麼器官？！」孟飛揚覺得，有個研究心理學的女朋友簡直就是個神蹟……

戴希總算逃脫了孟飛揚的懷抱，笑吟吟地坐在他身邊，一本正經地說：「有研究證明，那個器官的功能和狀態能夠最真實地反映男人的生理年齡。比如說吧，像康熙、乾隆那種人，七八十歲了還能生孩子，說明他們的器官始終維持著很好的狀態，因此他們的生理年齡呢，就比實際的歲數要年輕許多。而另外一些人呢，年紀輕輕的就陽痿了，說明他們比實際歲數要衰老得多，因為他們的器官率先衰老了！」

「哦，那太監怎麼辦？他們的生理年齡去哪兒了？」

「太監嘛，他們只有作為人的年齡，沒有作為男性的年齡！」

「真夠學術的！可是這跟我有什麼關係？」

戴希還是笑嘻嘻地看著他：「當然有關係啦。你不是問我要證據嗎？我沒有證據，但是我有推理！三年前在我離開中國的時候呢，根據我的鑑定，從你的器官所反映出來的男性生理年齡嘛，只能算是萌芽狀態的嬰兒期，可是這次回來以後，我發現你的器官已經成長到了青春期，大概算初中的階段吧。這樣的突飛猛進顯然不符合時間規律，所以我的結論是，在這三年裡面，你的器官接受了某種程度的課外輔導！」

孟飛揚好半天才緩過神來，齜牙咧嘴地嚷起來：「難道我就不能是自學成才嗎？」

「行行行！」戴希好不容易止住笑，臉蛋卻更紅了，好像全身的血液都匯集在那裡燃燒著，她說，「其實呢，我不是很在意你的男性年齡如何增長，我只希望，最後能夠由我一個人來驗證，你的男性年齡達到了一百歲……」

戴希後面的話被孟飛揚的吻堵住了，他一邊用盡全力地吻她，一邊神思飄蕩地想著：你為什麼這麼可愛，比這世上的一切都更加可愛，可愛到了讓我心悸……

孟飛揚睡熟了，他的男性年齡在今夜又有了長足的進步，幾乎達到了巔峰狀態，戴希卻怎麼也睡不著了。

回國還不到兩個月，她和孟飛揚的關係似乎完全恢復到了三年前，不，確切地說，是比三年前更親密了。可是，她又怎麼能忽略依舊存在於他們之間的心理隔膜？那一份隱隱約約卻始終揮之不去的不安。

戴希知道，孟飛揚對自己感到歉疚，而這種歉疚，就像他在她赴美留學時所感到的失落一樣，是一種有害的情緒。從戴希的角度來說，自己的決定自己負責，但在他們之間，孟飛揚始終抱有一種自卑。她的回歸似乎不僅沒有削弱，反而增強了這種自卑。

她的愛人，孟飛揚，是一個善良、誠實、規規矩矩的保守的男孩子。戴希明明知道他對性難以啟齒，卻非不讓他「光練不說」，就是想用更加開放、包容和明朗的心態來定義他們之間的關係，從靈魂到肉體的每一個方面。孟飛揚卻把這理解成了戴希以一名心理學生的特權，在向他要求無條件的寵愛和縱容。還有，他總是叫她「佛洛伊德小姐」，其實，這個稱呼只能證明他對當代心理學、對佛洛伊德是多麼無知，所以他才會一廂情願地以為，戴希離開心理學的缺憾，會因為這個稱呼而稍加彌補。

可惜，這只是一個美好的願望而已。

戴希不願意再想下去了。她睜大眼睛聽了一會兒孟飛揚輕緩的鼾聲，就悄悄地爬起身，來到電腦前。

打開電腦時，她有些莫名緊張，但這些天來一直纏繞著她的奇異吸引力是如此強烈、不可阻擋地牽引著她的手指、她的神思。戴希找到希金斯教授給自己安排的那個課題，就存在名為「諮詢者X」的目錄下。

移動滑鼠，點開文檔……短暫的空白，如同所有神秘、重大、決定命運的事物在展現之前，總會有的那種停頓。彷彿有什麼人在冥冥中對她說：「你要清出心靈的空間，讓我進入。」戴希深深吸氣，文檔終於在螢幕上攤開來，引領她再一次去探索那個深邃艱澀，而又令她禁不住心馳神移的心靈世界。

在案例的起始部分，希金斯教授就指出了它的特別之處——這是一個由語言引起的，與文化密切相關的案例。

語言障礙，聽上去是一個頗為典型的神經症狀。但和生理上的疾病不同，在心理諮詢或治療中，求診者自述的神經症狀往往不可盡信。因為心理病患不僅有意識層面的因果，還有深藏於潛意識層面的因果，錯綜複雜、環環相扣。每一個人都會害怕暴露心中的秘密，即使主動來到心理諮詢師的面前，掩蓋真相的意識和潛意識仍然設立了層層障礙，許多時候，心理諮詢師不得不像一個偵探那樣進行抽絲剝繭的分析，才有望接近問題真正的核心。

不要輕易下結論。是每一個心理學從業者最早學到的信條。那麼，在諮詢者X的「語言障礙」背後，究竟隱藏著什麼樣的秘密呢？

在希金斯教授的紀錄上，關於諮詢者X只有簡單的描述：男性、四十五歲、中國人。教授隱去了可能揭示出他真實身分的一切內容，但是對於戴希來說，這些天反覆閱讀他的諮詢紀錄，已經在她的心中畫出了他的形象。

希金斯教授：最近這些天，又發生過語言障礙的現象嗎？

X：並沒有。但我對它的恐懼感卻更深了。我很擔心，教授，會不會有一天我真就再也不懂英語了？

希金斯教授：我記得我說過，恐懼於事無補。況且，失去一門外語知識，並不等於世界末日。最差的情況下，你也不過是需要為自己雇用一位專職的翻譯，不是嗎？

X：不，對我來說那就是世界末日。如果真有那麼一天，我寧願去死。

希金斯教授：讓我來猜測一下，你是不是害怕在眾目睽睽之下失態？

X：在我的記憶中，這種狀況只有一兩次是在大庭廣眾下發生的，所以教授，你的猜測並不正確。事實上，它幾乎都在我獨處的時候出現，有時只持續短短的幾分鐘，有時卻長達好幾個小時，最漫長的一次持續了整整一個晚上。就是在那一夜裡，我深刻地體會到了生不如死的含義。我曾經無數次地想過，死比等死輕鬆多了，教授，我想你明白我的意思。所以每當我從中掙脫出來之後，我都必須做一些出格的、放縱的，甚至連我自己都感到特別噁心的事情。越污穢、越窒息越好。因為那樣我就不能思考，也不再需要思考。我期望變成一具真正的行屍走肉，只有官能，沒有思維，更沒有感情，否則活著太痛苦了。

希金斯教授：不，X先生，這裡面一定還有別的問題。

X：我不知道。如果我知道，為什麼要來找你呢？

希金斯教授：其實，我多少能夠理解你的焦慮，X先生，你的英語確實太出類拔萃了。可以把外語說得流利準確的人很多，但很少有人能像你這樣，傳達出深沉的情思和優雅的韻味，我想你一定為此驕傲吧。失去英語能力，對你的確稱得上是一項巨大的損失。X先生，我很好奇，你這樣美妙的英語是怎麼學成的？來吧，跟我談談你學習英語的過程，我猜想，那一定是從你還很年幼的時候就開始的……

X：……是的，確實是從幼兒時期開始的。實際上，我母親在家裡一直是說英語的，雖然，她並不經常和我交談。

希金斯教授：哦？你的母親是……

X：我的外祖父是中國人，外祖母是法國人，我母親出生在巴黎，四五歲時隨父母移居英國，在倫敦度過她的少年時光。因此，英語、法語和中文都是她的母語，其中她使用最熟練的還是英語。但是在我出生長大的年月，周圍已經失去了說外語的環境。在我幼年的記憶中，我母親一直是非常忙碌的，為了撫養我的哥哥、姊姊和我，她的生活充滿艱辛，可是只要回到家中，關起門來她肯定對我們說英語，彷彿這是她抗拒當時那個瘋狂的世界，證明自身存在的一種方式。

希金斯教授：那麼你的哥哥和姊姊，一定也能說很棒的英語？

X：是的，而且我母親從小就教他們，但是她從來不教我。

希金斯教授：為什麼？

X：因為她討厭我吧。也可能因為，在我出生以後，中國陷入一段相當混亂的時期，她大概覺得教我英語是不合時宜的，未必會給我帶來益處。但是每當我看見她和哥哥姊姊們交談，自己卻無法加入時，心中真的異常沮喪。我會求哥哥姊姊教我一些，當然還遠遠不夠。那時候我堅定地認為，母親之所以討厭我，不願意和我講話，就是因為我的英語不夠好，所以我更加拚命地想要學。我把家裡翻遍了，都沒有找到關於英語的書，後來我母親終於知道了我的想法，於是——她給了我一套英語書。教授，你能猜出那是一套什麼樣的書嗎？

希金斯教授：我來猜猜……是格林童話，還是湯姆歷險記？

X：都不是。教授你說的這些書，在我小時候都是不允許閱讀的。

希金斯教授：哈哈，那麼我就猜不出來了，還是由你揭曉謎底吧。

X：那是一套四本的英文版《毛澤東選集》。

希金斯教授：噢！真是叫人驚異的答案，很有意思。我明白了，你母親給你這書是因為，這恐怕是當時中國能夠找到的為數極少的英語書籍吧。

X：你說對了一半。還有一半的原因是我後來才知道的——我父親曾經是這套書的翻譯小組中的重要成員。

希金斯教授：你似乎是第一次提到你的父親？

X：是的。在我童年的記憶中，父親的形象十分模糊，我好像總共也沒見過他幾次。也是等我上小學以後才聽母親說起，父親是在我出生的那年被下放到甘肅武威，那是中國西北部一個非常荒僻的地方，靠近沙漠，他就在那裡接受再教育。我母親帶著三個孩子留在上海。她必須依靠自己的力量來養活我們，父親差不多每隔大半年才能託人送來一封信，整整十多年裡只回過兩三次家……

希金斯教授：有了那套書以後，你就可以盡情地學習英語了，對嗎？

X：還是沒有人教我，但至少我有了閱讀的內容。幸運的是，當時每家每戶都有好幾套中文

《毛澤東選集》，這樣我就可以中英文對照著自學了。我一廂情願地認定，只要我把這套書學會了，母親就會高興，就不會再討厭我了。教授，也許你還不知道，這套書的翻譯水準在當時的中國是絕無僅有，翻譯小組的成員裡有英國劍橋和牛津最著名的漢學專家，以及從這兩個學校畢業的華人學者。因此書中英文的用字遣詞、句型，和其中的韻味堪稱經典。泰晤士報曾將這套英譯本評價為「用精采絕倫的英文忠實地表述紅色中國統治者的思維」。我母親把這套書給我做教材，意味著相當高的起點。

希金斯教授：我絲毫不懷疑，你的起點的確非常高。

X：可是我的目的最終卻沒有實現。我苦苦學習了好幾年，到最後已經能夠把整套書裡的主要篇章和華彩段落都背誦下來了，我以為我終於可以得到母親的讚賞，博取她的歡心了。可她偏偏在這個時候離開了我。

希金斯教授：發生了什麼事情？

X：「文革」結束了，我父親歷盡艱辛，終於返回上海。母親立即就和他帶上哥哥姊姊一起去了香港。我還沒有找到機會向母親展示我的學習成果，她就離開了，就這樣把我拋棄了。可悲的是，這套書的內容卻從此深深地刻印在我的腦子裡，想忘都忘不了。直到今天，偶爾我想起那裡面的詞句，還會心痛如絞。教授，是不是有種手術，可以通過切除一部分大腦組織來抹去不想要的記憶？我很想把這套書從我的頭腦裡切除。

希金斯教授：但是……這樣就會把你關於母親的記憶，一起抹去了。

X：哦，那就算了，還是留下吧……

每次看到這裡，戴希的心都會顫抖。當年那隻孤單的小鳥，牠奮力搧動羽翼的細微聲音，從時間沉寂漫長的甬道那頭傳來，在戴希的胸中激起陣陣迴響，她很想伸出雙手，去接住那隨風飄落的纖弱羽毛。

在這段紀錄的後面，希金斯寫道：正是這一次諮詢，使我感到內在的癥結正在浮現。如果我們把「語言障礙」看作表象，那麼它所真正揭示的，會不會是諮詢者X「失語」的童年呢？

許多心理疾患的成因都可以追溯到患者最初的家庭體驗。這種體驗往往是悲慘的，意味著一個痛苦的童年，但兒童既沒有相應的語言能力，無法把所受到的傷害有效地表達出來，尋求幫助；也沒有成熟的思維能力，去理解自己所處的環境，分析自己遭受痛苦的原因。這種壓抑狀態長期存在，陪伴著他們的整個成長過程，以至於等他們長到了能夠傾訴的年紀，也已經失去表達的能力，進入了所謂的「失語」狀態。

諮詢者X的「語言障礙」並沒有發生在他的母語上，而是與他的童年創傷有著密切聯繫的英語上，恐怕就是這個原因。

精神障礙形成於一個潛在、慢性的過程，人格在其中付出了極大的代價。事實上，抑鬱、焦慮、自虐或者各種成癮的傾向，都與童年時期的心理創傷密不可分，又在日後的生活困境中一觸而發。

這也意味著，諮詢者X的問題肯定不單單是「語言障礙」。雖然他沒有具體談到別的問題，但他多次提到了「死」和「切除大腦組織」這些明顯的自我傷害的意圖，值得引起心理諮詢師的警惕。

X：雖然母親離開了我，我的英語學習卻沒有就此結束。

希金斯教授：是嗎？你又為自己找到了一名新的老師嗎？

X：……準確地說，是她找到了我。「文革」過後不久學校裡恢復上外語課，但對我來講，從那些粗淺的課程裡實在沒什麼可學的。直到有一天，她把我找去，對我說學校裡的外語課不適合我，她會給我做特別輔導。

我去了她的家。她住在樓上，底樓的客堂裡住著另外一戶人家，所以我只能從後面的灶間出入。因為是好多家人合用的，灶間十分擁擠，到處堆滿了破破爛爛的雜物，隨時可以看見蟑螂跑過，每到陰雨天，水池的周圍就爬滿了蜈蚣。

樓梯又窄又陡，夾在房子的中間，只要天色稍微暗些，樓梯上就黑乎乎的一片，什麼都看不清楚。我飛快地奔跑上去，整棟房子都在我的腳下顫抖起來，揚起的灰塵衝進鼻子裡……但她的屋子是纖塵不染的，和門外面比，簡直就是另外一個世界。所以，當我滿頭灰塵地站在她的門前時，真的很擔心她不讓我進門，因為我太髒了，會玷辱她的世界。她卻好像什麼都沒注意到，微笑著把我拉進去。屋子裡充滿著一種我不熟悉的香氣，那是煮咖啡的香味。對於我來說，這種氣味是和父親的記憶緊密關聯的。因為在我家裡，只在父親出現的幾次，母親才會從床底下的箱子裡取出一個樣子古怪的銀白色鋁壺，在裡面煮這種黑色的液體，並且只給父親喝，從來都沒有讓我嘗試過。

她給我嚐了咖啡，真沒想到那麼苦，我覺得它還是聞著比較好些。雖然我不喜歡咖啡，她卻依舊興致勃勃，她說她還為我準備了其他食物，我一定會喜歡。我的確喜歡，那是塗了奶油的烤麵包和煎雞蛋，可我不敢吃——我是來學習的，不是來吃東西的。

聽見我這麼說，她似乎有些失望，我立刻覺得萬分歉疚，我就是這樣愚蠢，難怪母親會討厭我。她會不會也因此討厭我了呢？我害怕得幾乎發起抖來，然後，完全沒有預料地，我已經被她摟在懷中。一開始我並不知道發生了什麼，也沒有特別的震驚或興奮，我只是覺得她的懷抱非常溫暖、非常柔軟，像極了記憶中母親的懷抱。不過母親已經太久沒有抱過我，因此我無法肯定，這種相似究竟是真實的，還是我一廂情願的想像。

我竟然還能從正對著我們的穿衣鏡中觀察她，有一剎那我以為她哭了，但隨後才明白她是在笑，只是這種笑裡有閃光的淚，我不能再看下去了，就在她的懷抱裡閉上了眼睛。

第一次輔導就這麼過去了，我不知道我在她的懷抱裡待了多久，好像那段時間我的神魂已經飛離了地球。她並沒有忘記我們的主要任務，臨走時她給了我幾本影印的原版書，作為英語教師，她能弄到這些。她讓我自己去讀懂其中的一些片段，下次再來時，我要朗誦給她聽。

後來的每次輔導都有咖啡的香味和麵包、雞蛋，卻沒有擁抱。我耐心地等待著，努力學習她給我的英語書籍，希望能夠討她歡心。但是我一次又一次地失望了，她再沒有抱過我。時間飛快地流逝，我始終牢記著她第一次抱我的日子，因此所有在她身邊的歲月，對我而言彷彿就只有一天。

記不清了，究竟是在之後的哪一天，我終於鼓起全部的勇氣，頂著眼前的陣陣黑霧，伸出顫抖的雙手主動抱住了她。她立即用最熱烈的擁抱回應了我，但僅僅在一秒鐘之後，就用更加激烈的動作推開了我。那天的輔導課戛然而止，她叫我立即離開她的家，以後也不必再去了。

三天後恰好是期末考，說真的，英語考試對我一直是最不在話下的，偶爾沒有拿到滿分反倒值得追究。可是那一次，當我拿到英語試卷時，突然發現上面的一切都變得陌生，我完全不認識它們了——每一個字母、單詞都像荒野上的石塊，沒有生命、沒有意義，和我之間隔著無法跨越的距離。我震驚得連害怕都忘了，呆坐整整兩個小時，在考卷上只寫下了自己的名字。

她又把我叫去了她的家裡。這一次，在鋪著蕾絲桌布的方桌上，唯有一張攤開的試卷佔據著中央的位置。大片的空白之外，我仍然只認得出自己的名字，和一個燦爛奪目的大零蛋。她用氣得發抖的聲音訓斥我，說她對我有多麼的失望，說一個不懂得自愛自強的人不配得到任何幫助，然後她把一支筆塞到我的手裡，命令我重新答卷。

我無法告訴她，我是多麼願意聽她的話，多麼希望能夠讓她滿意。但是我真的做不到。事實上，交了白卷後我之所以沒有馬上垮掉，就因為我還在等待與她相聚，似乎只要能夠再次回到她的小屋，坐在她的面前，一切就會恢復原樣，彷彿什麼都沒有發生過。但真到了那一刻我才意識到，即使我把實情說出來，她也絕對不會相信。

我從此懂得了，世間最深切的痛苦只能一人獨受，就算有人情願與你分擔，也沒有用。我只能緊緊地攥著筆，低頭坐在試卷的前方，她坐在方桌的另一面，一動不動地盯著我。我們就這樣對峙著，不知過了多久，她舉起雙手，遮著臉痛哭起來。

我還是去死吧，她就不會再傷心了——這個念頭從我的腦海中一掠而過。比起我正在經歷的絕望，死亡想必仁慈多了。她的背後是朝北的窗戶，只要繞過她的身體，我就解脫了。於是我抓起桌上的試卷，打算和這些醜陋的字母們同歸於盡，可就在那一個瞬間，宛如解封的冰河之水，單詞和句子突然一齊湧到眼前，我又能認出它們了！

我來不及向她解釋這個喜訊，就用平生最快的速度把卷子上的空白處一一填滿，雙手捧到她的面前，對她說：老師，我都做完了。請你不要再哭了。

她看了看試卷，果然笑出來，眼淚卻沒有止住，仍然不停地落下面頰。

希金斯教授：X先生，你剛剛是不是提到了一次「語言障礙」？那才是真正的第一次吧，似乎是發生在很多年前？和你之前的講述有矛盾。

X：哦是的。對不起，那是三十年前的往事了。如果不是今天提起來，我自己也早就忘了。

希金斯教授：你不認為這裡面有什麼內在的聯繫嗎？那位英語老師呢，她現在在哪裡？

X：她已經……不在這個世界上了。

希金斯教授：對不起，請繼續吧。

X：從那以後，小屋中的輔導課再也沒有停止過。現在回想起來，當時我能夠迅速恢復，主要還是有賴於年少無知吧。她的態度卻有些改變，雖然照舊精心備課，認真講解，但是我卻常常發現她在走神，心不在焉地說錯話。不過沒關係，我可以從她的書架上隨意挑選一本英文書，自己讀就行了。食物的水準倒是沒有下降，我也越來越喜歡喝咖啡，漸漸變成了一生的習慣。當然，這些都不重要。我所需要的全部，只是每週和她共度的幾個小時。輔導課的絕大多數時間裡，我們都分坐在桌子的兩側，我埋頭讀書，她則一瞬不瞬地注視著我，彷彿要用目光，把她的靈魂釘進我的皮肉裡面。時至今日，只要想起那個情景，我的臉上還會感受到一陣陣輕微的刺痛。

當然也再沒有擁抱。那一次小小的波折至少教會了我一個道理：孤獨才是絕對的，即使從她那裡，我也不該乞求過多。所以我從來沒有對她談起過零分試卷的真相，也從來沒有問過她，那天的眼淚究竟是為了她自己，還是為了我。

再後來，為了不讓我們的輔導課太過沉默，我想出了一個主意：我從正在閱讀的英語著作中挑選出經典片段，一一背給她聽。可能是當初背誦《毛澤東選集》訓練出來的超強記憶力，對我來說這樣做一點都不困難。那些年裡，我背了莎士比亞、狄更斯、哈代、霍桑、海明威……都是我自己挑選的，只有一本書是她指定我背誦的——《大亨小傳》。她說，那是她最喜歡的書。於是，我花了半年的時間，把書中所有的精采片段都背了下來。這是我生平完整背誦的第二部英語書，第一部是為了我的母親，第二部就是為了她。

直到今天，從這本書的任何一個地方開頭，我都可以滔滔不絕地背下去。

希金斯教授：你自己喜歡《大亨小傳》嗎？

X：並不。我只喜歡蓋茲比死亡之後的內容，從他的葬禮一直到那個史詩般的結尾……那些，我是非常喜歡的，所以我給她背過太多遍，多得記不清次數了。

在這段紀錄的後面，希金斯教授寫道：「必須承認，諮詢者X的敘述令我產生了目眩神迷的感覺，因為他的語言實在太優美了，內容更像是一部如夢似幻的藝術影片，竟然使我短暫地失去了判斷力，而不得不沉浸在他所創造出的淒美氛圍之中。可以想見，當一個稍微欠缺經驗的諮詢師在面對這個案例時，將會不可避免地產生強烈的反移情，原因竟然是語言的魔力。在我的諮詢經歷中，這也算是一個全新的體驗。糟糕的是，我發現自己沒有能力對他進行有效的精神分析。諮詢者X所描述的童年往事，他的母親和英語教師，在時代和文化上都與我的經驗相距甚遠。我對其真實性也無法做出判斷。他所說的一切，有多少是真實的回憶？有多少是刻意的虛構？又有多少是帶著面紗的潛意識？幾十年前的中國，那個特殊的年代中的人和事，對我實在太陌生了。人們的行為和背後的邏輯，以及隱含的時代、文化處境所帶給人的精神上的壓力，沒有對這一切的理解，光靠心理學的技巧和理論遠遠不夠。在這段敘述中，諮詢者X又提到了死。這是一個明顯的警示信號。我開始真正地為他擔心起來。必須幫他找到一個比我更合適的心理諮詢師，下一次諮詢時，我會向他提出這個建議。」

可惜的是，諮詢者X已經放棄了後續的治療，他消失在心靈的汪洋大海中，決定還是獨自承擔一切。

戴希在漆黑一片的屋裡，盯著閃閃發光的顯示器，就好像注視著在黑暗中徬徨的靈魂——你知道嗎？有人願意幫助你的。從那個已經看過好多遍的資料夾中，她似乎能夠嗅到神秘幽遠的悲傷，從很久以前的過去飄散出來，漸漸地瀰漫在她的心頭……

戴希覺得，自己正在漸漸深入他的內心，已經能夠真實地感知到在「失語」的重荷下，那滿滿的創痛。

和希金斯教授的質疑不同，從讀第一遍起，戴希就全盤相信了諮詢者X的敘述。都是真的。她以一個中國年輕人的直覺和自信，做出了結論。就像她從童曉那裡聽到的「逸園」往事一樣，儘管都發生在她出生之前，但那些人、那些事，即使不曾親歷，即使記憶消逝，悲喜卻實實在在地留存了下來，在一代又一代人的血液中。

戴希相信諮詢者X的話，還因為她自己也喜歡《大亨小傳》，尤其喜歡蓋茲比之死以後的內容，從他的葬禮一直到那個史詩般的結尾。就是這樣一個虛構的美國人的死亡、葬禮和墓誌銘，陪伴著諮詢者X從十來歲的孤獨少年，長成一個真正的男人……

她知道自己在「反移情」。蓋茲比死了，諮詢者X長大了。這個成長的過程，她無法想像，他是怎樣承受著、掙扎著、存活下來並最終成熟了。通常，這樣的經歷會讓人看上去更加堅強，但是戴希懂得，那只是看上去而已。

戴希在西岸化工已經上了一個星期零一天的班。這段時間裡，她一直坐在最靠近茶水間和影印機的座位上，這個地方又窄又亂，空氣又差，還老有人走來走去，正是大家最不喜歡的位置。戴希頭一天報到，朱明明直接把她帶到這裡，冷若冰霜地說：「最近公司辦公位置很吃緊，只有這個座位空著，你就先坐這裡吧！」

戴希可不在乎，因為她被安排做一件非常有意思的事情。這個任務是李威連出差之前，親自交辦她的。朱明明交代這個任務時一股酸溜溜的味道：「你好好幹吧。這麼有創意的工作，我可想不出來，那是李總裁特別指示的哦！」

這些天，戴希完全沉浸在這個任務之中：一九九七年李威連升任西岸化工中國公司總經理後，交給自己的秘書一項工作——收集公司所有大小事件中拍攝的照片。一九九八年之後數位相機開始普及，這些照片檔由他的歷任秘書收集並保存在電腦中，至今已逾十年，照片數量接近十萬張，從來沒有整理過。戴希的工作就是要把所有照片按照年代、事件和人員整理好，標上注釋後歸類登記。

剛開始，戴希只能從照片檔的日期中做初步的判斷，按照年代大致排個序，但是其中所反映的具體內容她根本一無所知，參與的人員也幾乎全不認識，簡直像在一片混沌中摸索。正當她束手無策的時候，總裁秘書Lisa加了戴希的MSN，說李威連特意關照過，戴希有任何問題都可以問她。

有了Lisa的幫助，戴希的工作頓時豁然開朗。Lisa指導她如何在西岸化工的內部和外部網站搜索相關的資訊，並提供給她這十年來歷任的高層管理者的名單，還有其他各項重大事件的資料。於是，跟隨著一張又一張照片，戴希一步步走入過去的時光之中，西岸化工中國公司的發展過程猶如連續的幻燈片，在她的眼前徐徐展開。

一週過去，戴希驚喜地發現，自己對這家企業已經瞭若指掌，就算對她進行專門的培訓和介紹，恐怕也不如現在她所瞭解到的更直觀、更具體。她看到他們簽下第一個大合同的慶功會、歷次擴大辦公室規模的搬遷儀式、董事會成員訪華的晚宴、和中國化工部合作重大項目的動工奠基儀式，以及專案成功之後的聯歡……她還認識了公司裡的絕大多數重要成員。相比公司的發展歷程，戴希對人的興趣更大，在整理歸檔的同時，她還自得其樂地給他們評起各種獎來。

戴希設計頒發的獎項包括：西岸化工帥哥三甲、美女三甲、最佳拍檔獎等等。

張乃馳毫無懸念地榮登帥哥榜首，戴希認為他不去當電影明星實在太浪費；美女冠軍頒發給了李威連的妻子Katherine，這位金髮碧眼的董事會成員一看就是個知性的冰山美人，戴希覺得也就是李威連的非凡氣質能夠與她相得益彰；最佳拍檔獎則歸屬了李威連和張乃馳，從第一張照片開始，他們兩個就形影不離地出現在許多不同的場合中，西岸化工幾乎所有重要的事件都有他們共同的身影。戴希感覺到，李威連似乎處處提攜關照著張乃馳，他們的密切關係令人印象深刻。

不過，戴希並不欣賞張乃馳的英俊，在所有人中，她最喜歡李威連的樣子。西岸化工中國公司十年的發展史，幾乎也就是李威連個人過去十年的奮鬥史。戴希常常會有種錯覺，她不知道自己是在瞭解西岸化工，還是在瞭解李威連。和張乃馳始終不變的年輕外貌相比，戴希能夠清晰地辨別出歲月在李威連身上刻下的鮮明印跡。這種變化很難用「老」或者「成熟」來概括，她好像看見一塊玉石的光澤變得暗斂、紋理變得圓潤，但它的內在品質發生了飛躍。

麻煩的事情是，戴希開始越來越不敢看李威連的照片了。和其他人在一起的還好些，如果是李威連一個人的照片，戴希就有了心理障礙。比如這張攝於二〇〇三年「逸園」改造完成、大中華區總部辦公室遷入時，李威連站在「逸園」門外的照片。他的手扶在「逸園」的外牆上，抬頭看著「逸園」的上方，他臉上的神情讓戴希的心按捺不住地跳躍，她很想走過去，走到他的身邊去……

戴希有點害怕了。她把李威連單獨的照片全部存在一個目錄下，決定暫時不去管它們。她要先把其他的都整理好，等心情平靜之後，再集中精力去對付他。她的工作進展得十分順利，照片已經歸檔到了前年，現在她看到的一系列照片是西岸化工資助的慈善活動。

在戴希打開的這張照片裡，張乃馳作為西岸化工的代表和一大幫面黃肌瘦的農村孩子合影，背景是中國內地貧瘠的村野，光禿禿的山坡上歪斜著幾棟半磚瓦半火泥的房子，樹木稀疏枯黃，孩子們的頭頂上方拉著橫幅，用粗大的紅色字體寫著：「關愛生命，救助愛滋病患兒」。

戴希的心突然微微一蹦，戴希記得童曉堅持認為張乃馳和有川康介得愛滋病有關，而現在，戴希真的看到張乃馳站在一群愛滋病患兒中間，這裡面會不會有什麼聯繫呢？她想了想，悄悄從包裡取出數據線，將手機和電腦連接起來。照片下載到手機裡，戴希立刻把它發給了孟飛揚。

第十一章

孟飛揚收到戴希發來的照片時，正和柯亞萍坐在一起。

自打把自己的四十多萬積蓄都給了老柯去還債後，孟飛揚就再不好意思主動去找柯正昀了，生怕對方以為自己在逼債。而柯正昀礙著面子，沒有籌齊還款之前，肯定也不好與孟飛揚聯繫。於是老柯的病況如何，何時出院，家裡的糾紛是否平息等，孟飛揚全都不得而知。

另外，孟飛揚一時好心讓柯亞萍來家裡洗澡被戴希發現後，孟飛揚心中說不出有多彆扭，因此對柯亞萍更是避之唯恐不及。

這回柯亞萍主動打電話過來，說有要事相談，執意要見面。孟飛揚就和她約在中山公園旁邊的越南河粉餐廳一起吃午飯。

孟飛揚找了個靠窗的位置坐下，等了將近二十分鐘，柯亞萍才姍姍來遲。這時候已經過了中午十二點，餐廳裡擠滿了周圍辦公樓裡的小白領們，孟飛揚看著他們套裝胸牌的模樣，忽然覺得有些隔閡和黯然，現在，他心愛的戴希也置身於這個群體之中，他自己卻被暫時排除在外了。

其實孟飛揚並非找不到工作，短短的一個月時間，已經有兩三家日資貿易公司給了他 offer。只是日資公司普遍開價不高，沒有超過一萬五千月薪的，偏偏孟飛揚和一萬五千月薪較上了勁。他正坐在那裡浮想聯翩，頭頂上響起一聲輕呼：「孟飛揚，你好啊。」

孟飛揚抬起頭，一個淡妝清秀的白領麗人進入他的視線——「啊，你好。」孟飛揚連忙站起身，柯亞萍朝他嫣然一笑，在對面坐下。孟飛揚腦子裡的柯亞萍是個可憐兮兮的樸素女孩，和現在面前的女孩判若兩人。

柯亞萍的臉微微紅了紅，輕聲問：「你點菜了嗎？」

「哦，還沒有！」孟飛揚這才連忙拿起menu，「你想吃什麼？」

「這裡的招牌河粉很好吃。」

「行，還要別的嗎？」

「不要了，今天我請客。」

孟飛揚一愣：「那怎麼行，當然是我請！」

柯亞萍的眼波一閃：「你啊？你不是還失業嗎？」

「哦，沒事……這點兒我還請得起。」孟飛揚有點兒尷尬，不知道怎麼自己反倒成了照顧對象。

點過菜，孟飛揚問柯亞萍：「你爸的身體怎麼樣了？」

「出院回家了。」柯亞萍輕言款語著，臉上依稀透出一點愁容，「就是哥哥嫂嫂還天天鬧，他在家也沒法好好休養。」

「哦，」孟飛揚點點頭：「那你也……」他想說你的日子也不好過，但又覺得這麼說太親近，就把話咽了回去。

柯亞萍看著孟飛揚，臉又紅了紅，才十分艱難地說：「你……的錢，我們暫時還不出，請你原——」

「哎呀，這個就不要提了。不著急的！」孟飛揚就怕她提這事，慌忙制止。

她低頭笑起來：「你這個人，看你的樣子倒像是你借了我的錢似的，真怪……」

孟飛揚呵呵一笑，心裡窘迫無比，甚至都有點兒不快了。

「我們談正事吧！」柯亞萍好像看出他的心思，立刻轉變了話題，語氣也清爽俐落起來，「我今天是想跟你說，我們公司原來的貿易課長元旦提出辭職了，現在老闆急著要徵人，我覺得你的條件挺合適，想問問你的想法，如果你感興趣呢，我就去跟老闆推薦一下。」

「這樣啊……」孟飛揚知道柯亞萍的公司，背景規模還不錯，倒確實是個好機會，只是不知道薪水……他正在猶豫，柯亞萍又說話了：「我們公司的薪資級差滿大的，你別看我這個行政助理收入很一般，但是貿易課長的級別就不一樣了，另外業務抽成的比例也很高。」

孟飛揚有些吃驚，他原先一直以為戴希是天底下最聰明的女孩，今天卻不禁要對柯亞萍刮目相看。更讓他感到驚異的是，柯亞萍的聰慧和戴希完全不同，比如剛才這番話戴希就說不出來，她去面試連薪水都不懂得向人提……

孟飛揚點點頭：「好啊，我願意試一試。那就拜託你跟老闆說說吧，我回頭就把履歷發給你。非常感謝！」

柯亞萍大大地鬆了口氣，又衝著孟飛揚笑了，她的眼睛細細長長的，在日光的襯托下，皮膚顯得十分潔淨光滑。孟飛揚調開目光，就在這時手機在褲兜裡振了振。孟飛揚掏出手機看了看，思考了幾秒鐘，就把手機送到柯亞萍面前：「亞萍，你看看這張照片。」

柯亞萍接過去仔細看著，突然掩著嘴輕呼：「啊！我見過這個人！」

「什麼？」孟飛揚也大吃一驚，連忙問，「誰？你認識哪個人？」

柯亞萍慢慢地指向照片中的那群孩子：「這個穿藍白運動服的男孩子，去年六月有川康介秘密到滬時，曾經……召過他。」

黃昏時分，童曉斜挎著他那個從不離身的皮包，手裡拎了個大大的紙袋，溜溜達達地走進里弄。弄口牌樓上杵著的晾衣竿上滴下水來，恰好落在童曉的腦門上，冰冷刺骨，他一激靈，氣呼呼地高喊：「什麼人亂晾衣服！」

沒有回應，短短的弄堂上方所有窗戶緊閉，童曉只好自認倒楣，他聳了聳肩，剛把頭低下，就感覺有人從身邊飄然而過。童曉一怔，一個身穿深咖啡色緊身羊毛大衣的優雅背影在他的視野中漸行漸遠。

這個弄堂裡為數不多的幾家住戶都是童曉家的老鄰居，每家每戶的底細像攤開的帳本，相互間一覽無餘。童曉絕對可以肯定，那個身影不屬於這裡的任何一戶人家，同樣也不可能是這些人家的親友——她通身上下所散發出的高貴氣息，與從樹杈到屋簷上方的晾衣架沒有絲毫關係。

縮了縮脖子，童曉推開了小弄左側的第一扇門。這裡的石庫門房子和「雙妹 1919」那裡的老式里弄有些區別，推門進去首先是個小小的天井，前廂房在天井後面。進了天井，童曉一眼就看見老爸的破自行車靠在牆上，便抬高嗓門喊了句：「爸！我回來了！」

「喊什麼喊！你一開門我就聽見了，我的耳朵還沒聾！」童明海在屋裡應道。

童曉笑著跨進廂房門，立即又嚷起來：「我滴親爹啊，您老居然開暖空調了！」

童明海瞪了兒子一眼：「大驚小怪幹什麼？不行啊？老頭子我就不能享受享受？」

「當然可以，當然可以！可是……這也太不像您老人家的簡樸作風了呀。」童曉把手裡的紙袋擱在桌上，一邊瞅瞅童明海，「爸，你身體沒什麼不舒服吧？」

「嗨，十天半個月也不回來一次，一回來就咒我啊！」童明海往沙發上一靠，沒好氣地瞪著兒子。

童曉釋然：「哦，不是那個意思……呵呵，我就是不太習慣嘛。早跟你們說了，空調裝著是為了用的，不是擺設，這樣暖和點多好。」

他正要脫外套，卻見童明海抄起遙控器，把空調關了。

童曉無奈，搖了搖頭重新把外套穿上，又指指紙袋：「爸，我給你和媽買了點補品，冬季大補嘛……」他突然停下來，茶几上的一只精緻的白底碎花瓷杯吸引了他的注意。童曉把杯子端起來左看右看：「爸，我說怎麼太陽從西邊出來了，咱家來客人了？」

童明海低低地「嗯」了一聲，眼望前方，不解釋。

童曉繼續研究那只杯子：「哇！好尊貴的客人哦，老爸不僅開了空調，還拿出了這套珍藏的瓷杯款待，客人還很洋派，所以你沒有請人家喝茶，特意沖了咖啡，嘖嘖，雀巢咖啡哦！再有就是……她竟然是個女客人呀！」他把瓷杯的一側轉向父親，那上面有個隱約可辨的口紅印。

童明海繃不住了，噗哧笑出聲：「小子，真當自己是福爾摩斯啊。」

「爸，客人到底是誰啊？」

童明海悠悠地說：「你不認識的，一個老朋友。」

童曉看著父親的臉，那上面有種惆悵、喜悅和激動交織的神情，細膩而複雜，很少能在耿直實誠的老爸臉上見到。他突然有些遐想，這位女客人會不會就是剛才在弄堂口遠去的背影？對，爸爸剛剛還開著空調，說明客人才走，很有可能就是她！童曉知道父親的脾氣，他不想說的事情再盤問也沒用，不覺有些後悔，自己要是早到一步的話，也許就能一睹那位女客的芳容了……

「爸，你跟人家聊了很久嘛，咖啡都冰涼了。」童曉還有些不甘心，童明海卻不滿地瞪了兒子一眼：「你怎麼老是這麼油頭粉面的？哪裡像個刑偵人員的樣子？要多懶散有多懶散！」

「唉呀，曉曉回來啦！」

「媽。」童曉開心地朝剛進門的人點頭，解圍的來了！

童曉媽卻匆匆忙忙地繞過父子二人，往五斗櫃走去：「老童，我拿點錢，馬上要去醫院。」

「怎麼了？」父子倆都吃了一驚。

童曉媽一邊從抽屜裡往外掏錢，一邊說：「還不是邱家雙胞胎的媽媽——尹惠茹昨晚上又發病了，據說這次挺危險的，我得趕緊去看看，幫幫忙。」

童曉和爸爸交換了下眼神，退休以後童曉媽就成了居委會的重要成員，「雙妹1919」和「逸園」都在她的管轄範圍之內。童曉曾經開玩笑地說，他們一家人都和這兩個地方難捨難分了。

「這個尹惠茹到底是什麼病啊？」童曉有些納悶，「是不是老年癡呆？」

「什麼老年癡呆，你瞎說什麼！作孽啊，她那是跳樓自殺沒死成，把腦子摔壞了。」童曉媽把錢裝好，捏著包走過來，坐在童曉的身邊：「老童，你還記得嗎？應該是一九八四年的事情了。」

童明海點點頭，臉色陰沉下來：「我當然記得，從華海中學老教學樓的頂樓跳下來的，幸好在操場邊的線網上掛了一下，算是撿了條命，可是腦震盪好不了了。」

「為什麼呢？」童曉問。

童曉媽歎著氣搖頭：「不清楚啊，這事你爸當初也調查過，也沒什麼結果。那時候尹惠茹可算得上華海中學最頂尖的英語老師了，人又長得漂亮，跳樓的時候還不到四十五歲，唉！從此這人吶就算完了，活著比死了更慘。其實這事兒，你爸一直覺得華海中學的老校長是知道底細的，可人家就是不肯說。」

童曉皺起眉頭：「華海中學的秘密還真不少嘛。」

「咳，那年頭，哪個地方沒有些不可告人的事……」童曉媽一拍包，「呦，我得走了！老童啊，萬一我來不及趕回家，你自己和兒子吃飯吧。」

童曉媽一陣風似的刮出去了。

屋子裡父子二人面面相覷，童曉遲疑地問：「尹惠茹自殺會和『逸園』的那件事有關嗎？」

「你是說袁伯翰的死？」童明海思忖著說，「應該不是。袁伯翰死在一九八一年，尹惠茹自殺在三年之後的一九八四年，不像有什麼直接聯繫。」

「那會不會和李威連有關係呢？也許他對邱文悅的偽證一直耿耿於懷，進而威脅了尹惠茹母女？」

「也不像。李威連一直在金山石化廠上班，很少有機會回上海市區。一九八四年靠近年底時，他就離開上海去香港了，當時還是我給他辦的銷戶手續呢。尹惠茹自殺的時候，李威連已經在香港了。」

「唔……」童曉抓了抓頭髮，「爸，你就沒想過法子讓華海中學的老校長開口？」

童明海連連搖頭：「知識分子很難弄啊，我總覺得他有家醜不可外揚的意思。不過當時呢，尹惠茹是留了遺書的。」

童曉叫起來：「那您還讓我猜？」

「嗨，遺書上要是都說明白了，我還用費這些腦筋嘛！」

童曉兩眼放光：「爸，遺書上都寫啥了？」

童明海歎了口氣：「尹惠茹自殺的時候衣兜裡放了張紙，上面就寫了五個字——都是我的錯。」

「都是我的錯？」童曉唸叨了一遍，「這是什麼意思？什麼錯？」

「我要是知道就好嘍。字跡經過鑑定，確認是尹惠茹的。他們的老校長，看到字條後就抽著菸一個勁歎氣，偏偏怎麼問都不開口。如今老校長也過世好幾年了，尹惠茹又成了這個樣子，這句話的意思恐怕就真的成為永遠的謎了。」

童曉陷入沉思，屋子裡突然一片寂靜，只有童明海吐出的煙飄在沙發的上方，嫋嫋如霧。

「都是我的錯」——真的再沒有人知道這話的意思嗎？童曉想，不，一定還有人能懂。自殺者的最後遺言，通常都是最深刻的自我表白，這種表白如果不是針對所有人，就一定是針對她臨死前最難割捨的人。尹惠茹的遺言既然不為大家所理解，那麼就必然有某個特定的人，是她所表白的對象。

都是我的錯——她是在用生命向那個人懺悔。

童曉想了一會兒，正視著父親說：「爸，這些天我一直在琢磨『逸園』的前世今生，有個疑問，我想問問你。」

「什麼？」

「你是從什麼時候知道尹惠茹有一對雙胞胎女兒，而不是只有邱文悅這一個女兒的？」

童明海微微一愣，看著兒子的眼神中流露出含蓄的讚賞：「這個問題提得不錯。」他沉吟了一下，慢慢地回憶起來：「確切地說，是在尹惠茹自殺以後，她的另一個女兒邱文忻從安徽鄉下趕來，直到那時，我才知道文忻和文悅原來是一對雙胞胎。尹惠茹的命運挺悲慘的，她原來也出身書香門第，她父親的學問很不錯，曾經當過袁伯翰家的家庭教師，所以她家就住在『逸園』附近。尹惠茹從小受到很好的教育，卻偏偏趕上了那個年代，一九五七年，她爸就給打成了右派，尹惠茹從外語學院畢業後，也被趕到了安徽鄉下改造。當地村黨支部書記的兒子看上了她，尹惠茹雖然百般不情願，也只能嫁過去，後來就生下了一對雙胞胎女兒。丈夫是個鄉巴佬，尹惠茹和他哪有什麼共同語言，簡直度日如年，好不容易熬到『文革』後期，她想盡辦法回到上海，在華海中學當上了英語教師。本來她是想把兩個女兒都帶回來的，可文忻文悅秉性很不一樣，姊姊文悅願意跟著媽媽，妹妹文忻卻不肯離開農村，尹惠茹就只帶了文悅回來。一九八四年尹惠茹跳樓後，她的鄉下老公才帶著文忻過來，看到尹惠茹癡呆的樣子，鄉下老公扭頭就走了，再沒出現過。這次文忻倒留了下來，和姊姊文悅一起照顧媽媽。從那以後，雙胞胎姊妹就一直住在『雙妹』的石庫門裡了。」

童曉頻頻點頭，殷勤地給童明海遞了根菸，點上後又問：「她們是什麼時候開始經營『雙妹1919』？又是怎麼籌集到啟動資金的呢？」

童明海抽了口菸：「九十年代初期，曾經有人給邱文悅介紹了一個日本丈夫，說對方家裡怎麼怎麼富裕，吹得天花亂墜的。你知道，那年頭中國人特別羡慕外面的生活，邱文悅聽信說辭就到日本去結婚了。過了幾年逃回來，說上當受騙了，原來對方就是個北海道的農民，都已經年過六十了，家裡也很窮，邱文悅白白地給日本糟老頭當了幾年奴隸，什麼都沒得到。而邱文忻性格古怪，還要照顧癡呆的母親，始終沒有結婚。那些年，母女三人的生活來源就是出租樓下門面房的收入，這套房子倒是很早就落實政策還給了她們。一九九八年，姊妹倆突然把租客趕走了，自己出資重新裝修了底樓店面，開了『雙妹 1919』。至於啟動資金嘛，呵呵，聽說是有大老闆贊助的。」

「哪個大老闆贊助的？」

童明海瞇起眼睛：「這個我就不知道了，不過，你自己想想，還有哪位大老闆和她們關係密切呢？」

童曉作勢思考了一番，似笑非笑地看著老爸：「難道是他？」

童明海的表情變得十分嚴肅：「說實在的，原先我壓根也沒往他身上想，不過這次日本人死在『逸園』，李威連說自己當時正在『雙妹』，我才一下子意識到，他和這母女三人的關係一直沒斷過。」

「會不會是李威連的公司搬過來之後，見到她們在這裡開了店，偶爾去坐坐懷個舊，也有可能啊。」

「話是沒錯，但贊助她們的大老闆又會是誰呢？我就是覺得，李威連的可能性最大！而且正好是一九九七年底，西岸化工中國公司的總部遷往上海，從一九九八年起，他就離開香港重新回到中國大陸長期工作了。」

童曉衝著童明海直擠眼睛：「爸，看來你還盯上李威連了，這麼多年了都不肯放過人家。」

「可能是當初他給我留下的印象太深刻了吧……」童明海猛吸了口菸，不再說話，似乎陷入到久遠的回憶之中。

童曉也低頭沉默起來，突然童明海又開口了：「曉曉，你去查查一個人。」

「誰？」

「一個叫張華濱的人，也是華海中學的學生。比李威連、袁佳他們小三年級，一九八一年正好初中畢業。你去查查這個人現在在哪裡。」

「行。爸，你怎麼突然想起要查這個人？」

童明海看了看茶几上的瓷杯：「受人之託嘛，你小子就別多問了，先去查吧。」

五月仲夏的夜，汪靜宜的等待如同夏夜的寂靜一樣悠長，月色清涼如昔，灑落在開遍了粉色小花的竹籬笆上。不知不覺，她已經等過了整整三年的時光，當這個夏季過去的時候，她將升入醫學院新一屆的畢業班，再等到下一個仲夏來臨，她就要在自由的天空中振翅飛翔了。

月光映襯的河水中，汪靜宜的倒影更加美麗了。但是她把嬌豔隱蔽在夜色中，只等著她的暗夜精靈到來，由他用細長的手指，輕輕掀開她的青色面紗，透明的羽衣下，是僅僅屬於他的情愛之光。夜更深了，意味著他馬上就會到，神秘的螢火在河面上、籬笆外靈動閃耀，青草和野花的清芬漂浮不定，一陣比一陣更加甜蜜……

「啊！玫瑰！」一捧紫紅的花束從天而降般來到汪靜宜的眼前，她驚喜地叫了出來，醇鬱的濃香撲面而來。她激動得不知如何是好，剛要伸出手去接，他卻笑著把花往回收：「小心，有刺。」

汪靜宜跑進教師辦公室，找來平時盛放涼水的玻璃壺，在河裡汲上清水，李威連這才小心翼翼地把滿捧的玫瑰放進去。

「真甜！」汪靜宜抱起水壺，深深地吸著花香：「原來玫瑰花的香氣是甜的啊！」借著月光，她仔細看那深綠色的葉萼：「真的有好多刺……咦！這是什麼？」汪靜宜發現了枝杈上的褐斑，她放下水壺，一把拉過李威連的雙手，上面果然還淌著血，掌心裡傷痕累累。

他還是笑得很開心：「怪我自己沒計畫好。路上的那個苗圃，我惦記了好久，從春天起每次來都要去繞一圈，我看著他們把花種下去，可是老不開花，真恨不得自己去澆水施肥。本來以為還要過些天才開的，哪想到今天騎過去一看，都開得這麼好了，就只能用手直接摘了。哎呀，真疼啊，我還怕時間長了被人發現，都想用牙咬了！」

汪靜宜一邊吹著他手上的傷口，一邊笑：「用牙咬？那你就該滿嘴流血地跑到我面前了，更嚇人！」

「嗯，這次太匆忙了，花還不夠好。以後我一定送你更好的。」

「傻瓜，這就是最好的了……」她依偎到他的胸前，大學三年裡她從來都不乏追求者，但是他們之中從沒有人想到要送她玫瑰花，只有他不同，和任何人都不一樣。

「靜宜，我要跟你說件事。」

汪靜宜「嗯」了一聲，閉起眼睛呼吸著他身上的氣味，其實她覺得，這氣味比花香更能令自己陶醉……「什麼？！你說什麼！」汪靜宜猛地從他懷裡掙出來，瞪大眼睛看著他，「你真的已經考出自學大專了？」

李威連靜靜地看著汪靜宜，她輕呼一聲，撲上去抱緊他：「怎麼可能？你的工作那麼忙，怎麼有時間？！」

「這你就別管了，反正我考出來了。」李威連把汪靜宜摟得更緊些，在她的耳邊說，「我要接著再考本科。靜宜，我會和你在同一時間拿到大學文憑，你相信嗎？」

「我相信……」汪靜宜感到眩暈，這個夜晚彷彿到處都有夢想的光芒。

「等到那一天，我就要讓所有的人都知道，你是我的女朋友。」

汪靜宜輕輕地點了點頭，她的眼睛濕濕的，胸中充滿愛的馨香，來自玫瑰，也來自他。

他們沒有等到那一天。實際上，這是他們當年最後一次相會，再次見面就是整整十五年以後了。

左慶宏被雙規已經有差不多一個月了，汪靜宜仍然得不到他任何確切消息。女兒左菲婭正在期終考試，汪靜宜騙她說爸爸出長差，暫時沒讓孩子起疑心。除了繼續想方設法探聽丈夫的情況之外，汪靜宜也忙著處理家裡的各種文件、帳戶和單據。她知道，左慶宏多半逃不過這一劫了，她要為這個家的未來、為女兒的前途做好準備。

然而，每當夜深人靜獨自在床上輾轉反側的時候，汪靜宜頭腦中反反覆覆出現的，並不是和丈夫將近二十年的婚姻細瑣，而是她和李威連分離又重逢的場景。許多年來她早已習慣了左慶宏的胡作非為，最初的恐懼感在知悉丈夫的不忠後蕩然無存。汪靜宜發現，即使自己勸丈夫見好就收，他也有更多的地方去淫亂、去揮霍，倒不如盡可能為自己和女兒多爭取一些實際的利益。汪靜宜根本不屑用爭吵和眼淚來與比自己年輕風騷的女人爭奪丈夫，她對自己的身分有持重，對自己的地位有把握，對自己的價值亦有信心。與此同時，她也為有朝一日失去丈夫做足了準備，在心理和財務的各個方面。

時至今日，現實的崩塌對汪靜宜來說，好像已成定局，反而沒什麼特別的感覺。倒是李威連在此刻棄她而去的舉動，令她深切回味起多年前自己的行為——在最絕望的時候遭到拋棄，這就是當初她給予李威連的，現在他又不折不扣地還給了她。

她知道，這一次他們是真的永別了，而不像一九八四年的他們，一味憧憬著未來，卻脆弱得無力抵禦任何打擊，也不像一九九九年的他們，儘管在狹路相逢時已經懂得偽裝，被創傷和仇恨浸透的心依舊滲出深深的血痕來。正是這種痛楚使他們的重逢畸變成新的契機，又指引了他們近十年來的關係——不是由愛，而是因恨所引發的糾纏。現在，一切終於都結束了。

一九九九年初，左慶宏被提拔為海關通關處的副處長，這是一個真正有實權的位置，對於自視頗高卻命運坎坷的汪靜宜來說，也算是韶華將逝之際一樁雞肋似的喜訊。她原本的志向哪裡是左慶宏能企及的，但屢遭挫折之後，她漸漸學會了接受現實。

那次左副處長接受了一個邀請——參加美國西岸聯合化工中國公司在希爾頓飯店舉辦的新年

招待會。邀請中寫著「請攜夫人出席」，汪靜宜便隨同丈夫一起前往。這天晚上，左慶宏的興致特別高，因為他剛剛開始有機會參與這類場合，還因為他的妻子必定是席間最美麗的女賓之一。

在西岸化工中國公司總經理致歡迎詞的時候，汪靜宜一眼就認出了李威連。在她的眼裡，他似乎沒有絲毫改變，又彷彿徹底變成了另外一個人。過去的十五年如同一夜酣眠，汪靜宜從夢中驚醒，醒來時仲夏已逝，隆冬在即。

左慶宏沒有發現妻子的異樣，事實上汪靜宜也沒有明顯表現出情緒的起伏，她只是在麻木地等待著，等待著他來到自己的面前，也把自己認出來。她承擔著巨大的恐懼等待那個時刻，汪靜宜從來就不是個膽怯的女人。

他真的來了，過來向他們敬酒致意。在左慶宏興奮地介紹汪靜宜時，他的目光十分禮貌地落在自己的臉上，甚至還微笑著朝她點了點頭，輕輕舉起酒杯，極有風度地表示了對美麗女性的讚賞，隨後便離開了。

他認出她來了。這是哪怕到死都不會消失的心靈感應，是由他們青春的肉體，在一次次水乳交融中編織而成的慾望之網，早就鐫刻在了他們的靈魂最深處。儘管如此，她卻無法採取任何行動，只能繼續等待。多麼可笑，雖然十五年的時間徹底顛倒了他們的相對地位，等待的卻始終是她。十五年前是因為高傲，十五年後是因為卑下。

不知是怎麼回事，他們這桌來了很多人敬酒，左慶宏很快被徹底灌醉。立即有人過來，幫助汪靜宜把爛醉的左慶宏弄出宴會廳，扶到旁邊的休息室。一名服務生彬彬有禮地請她上樓，汪靜宜毫不遲疑地跟了過去。

在那間黑黢黢的客房裡，她沒有想到要去開燈。與其說是沿襲了多年前的習慣，不如說是怯於面對，到了這個時刻，汪靜宜終於感覺到了莫大的羞愧，但已經無路可退。

李威連用最暴虐的方式與她相認。汪靜宜被逼在牆邊，他用盡全力的衝撞使她幾乎要半懸起來，只能死死地勾住他的脊背，可他完全不顧她的窘態，一下又一下刺向她的最深處，那裡由於驚慌和急迫還完全沒有準備好，強行進入帶來劇烈的刺痛，她不敢喊出聲來，只好憋緊一口氣強忍著，眼淚不自覺地流下來，結果卻激起了他更強烈的慾望。汪靜宜的頭髮被他揪扯著，後腦不停撞在牆上，身體下面痛得猶如撕裂一般，他卻還是沒完沒了，她不知自己是該閃躲還是該迎奉……

突然一切停止。他抽身得太過迅速，汪靜宜幾乎軟癱下去。

李威連恰當地扶住了她萎頓的身體，幫她靠在牆上。他輕輕撫摸了她的面頰，說了唯一的一句話：「你沒怎麼變。」就走了出去。

汪靜宜伏在地上乾嘔，過了很久才平靜下來。直到這時候她才想起，整個過程中李威連都穿著全套西服，並且也沒有完成最後一個步驟。

接下去她又只能等待了，沒有目標沒有期限的等待。一個月很快就過了，熱鬧的春節也過去了。踏著滿地的鞭炮碎屑去公司上班時，汪靜宜幾乎認定那一晚自己是做了場噩夢，連等待本身都變得荒誕無稽。她早就離開了醫學的本行，目前開著一家不大不小的房產仲介公司。一九九九年上海的房價還沒有起飛，房產仲介的生意很一般，汪靜宜的公司開在徐匯區，主要做海外客戶，經營得勉勉強強。

夜幕降臨的時候，汪靜宜最後一個離開公司。她走出辦公樓的旋轉門時，感覺今夜街上的氣氛有些異樣。她一時沒有想明白是怎麼回事，就沿著燈光迷離的街道匆匆往前走，因為她還要趕赴一個客戶的約。據業務員說，這位客戶是個來自海外的跨國公司高管，有意出手購買徐匯區的老房子，假如做成的話，佣金將非常可觀。但是對方很神秘，業務員連人家的身分都說不清楚，汪靜宜決定親自出馬看看。

會面的咖啡館就離汪靜宜公司幾步之遙，她剛走到門口，有人從裡面推門而出。

「走吧。」李威連的聲音響在耳側，汪靜宜的腰間感到輕柔的觸摸，他的手臂很自然地環繞上來，好像一直以來他就是這樣擁著她，對彼此都早已形成溫馨的習慣。但是汪靜宜記得清楚，在醫學院秘密約會的三年間，他們從來沒有這樣相互依偎地在人前散步。

「先生，請買枝玫瑰，送給你美麗的太太吧！」

原來今天是情人節。在他們的身前身後，來往穿梭的都是手捧花束的年輕情侶們，甜香和笑容在夜空中飄蕩，好似一首充滿柔情蜜意的歌曲。

賣花的小姑娘攔在他們面前，李威連停下腳步，汪靜宜也只好跟著站住。

「先生，買一枝吧！只要五十元！」

她不敢看他的表情，卻又不得不看。這裡不是農田河溝邊鋪滿寧靜月色的夜，旖旎的霓虹絢彩落在人的臉上，滿是青白相交的陰影，映得他眼底的黑越發沉黯，深邃得叫她心驚膽戰。

「謝謝你，小姑娘，我們不需要。」李威連很溫和地說。

「今天過節呀，您就買一枝吧，您的太太多漂亮呀！」

李威連默默地掏出錢夾，從裡面抽出好幾張百元鈔票，遞到小姑娘的手裡：「拿去吧，你可以走了。」

小女孩張大嘴巴看著錢，突然把手中的十來枝玫瑰花全都往李威連的懷裡一扔，就跑開了，一邊跑還一邊朝後看，生怕李威連會反悔似的。

李威連重新攬住汪靜宜向前走，經過垃圾桶時，他不露痕跡地輕輕揚手，花枝盡數跌入污穢之中。

那次會面，很好地奠定了他們今後關係的基調。他們開始不頻繁也不稀疏的約會。性的過程依舊暴虐，不過汪靜宜倒逐漸適應了這種方式，她心裡也明白，如果他對自己溫柔，恐怕自己就再也鼓不起相見的勇氣了。既然有仇恨，就讓他全部發洩在自己的身上吧，何況他即使再暴虐，也絲毫不顯得粗俗。

此外，從情人節的那次會面起，汪靜宜還漸漸瞭解了李威連與她恢復交往的另一個目的。這個目的無關風月，卻相當實際，李威連從中表現出的精明果敢，讓汪靜宜歎為觀止。從此以後的將近十年中，西岸化工在海關可謂事事順暢，而汪靜宜夫婦的個人資產也在悄悄地迅速膨脹。當然，西岸化工和海關的關係正大光明，絕不會招來任何指摘，李威連在暗中所做的一切，只不過是讓左慶宏更加有恃無恐罷了。

經歷了時間的鍛造，他們終於成為默契的合作夥伴，在性方面如此，在錢方面亦如此。

直到今天，狂歡落幕。

汪靜宜走進公司，兩個禮拜前她就把員工全部打發走了。這兩週裡，她每天只和自己的心腹、財務小梁遍查全部帳務，封堵漏洞、銷毀證據，凡是會引起麻煩的，汪靜宜都要消滅乾淨。好在他們一向還算小心，沒有什麼太明顯的疏漏。

「汪總，」小梁拿著一份文件來到汪靜宜面前，「差不多都整理好了。不過，我發現了這個，您看看。」

汪靜宜接過文件，臉色立即變了，想了想才說：「這也沒什麼要緊的……」

小梁點點頭：「是的，我也覺得對我們無所謂。但是最近老有人來打聽這棟房子的事情，所以我想還是把相關資料都整理出來，您看情況處理吧。」

「老有人來打聽？誰？什麼人？」

小梁支支吾吾：「前些天有個市公安局的警官來問過，昨天又有一位從美國來的女士也在問，他們都很想知道『逸園』現在的主人究竟是誰。我推說這屬於業主的隱私，都把他們打發了。」

汪靜宜一下子緊張起來：「是嗎？怎麼公安局的人也來問這個？」

「他說只是隨便問問，也沒有出示正式的調查公函，我就什麼都沒說。」

小梁走了，汪靜宜向她支付了一大筆報酬。現在，汪靜宜對自己公司的狀況完全有把握了，唯一要處理的就是手中的這份文件。

她看它看了很久——這是他和她之間的最後一個關聯了。汪靜宜心痛如絞，沒想到最後，她還是對他如此難以割捨。但是她必須要斬斷這個關聯，因為，它對他非常危險。

汪靜宜取出女兒的求學資料，將那份資料夾在女兒的護照中間。

汪靜宜瞭解李威連的謹慎和細心，他一定會看見的。到那時，他還會不會對她生起些許懷戀之情呢？

現在汪靜宜才深深地領悟到，訣別還是應該趁年輕時。否則她就不會被迫在今天，吞咽數倍於當年的離別之痛。她把資料封裝好，就撲在桌上痛哭起來——她真的永遠、永遠失去他了。

第十二章

僅僅隔了三天，孟飛揚又在中山公園旁的越南河粉餐廳裡等人了。童曉的標誌性上豎髮型剛在門口一晃悠，孟飛揚就朝他招手：「這兒吶！」

等童曉在對面坐定蹺起二郎腿，孟飛揚樂了：「你還真是永遠一副遊手好閒的樣子，堪稱人民公務員的楷模。」

「說得很對！我越清閒，就越表明偉大祖國的治安良好，社會和諧，國際友人在上海過得其樂融融，難道你還希望天下大亂、恐怖主義氾濫不成？！」

「行了、行了……」孟飛揚給他倒茶，「說不過你。」

童曉好一陣東張西望：「這兒挺不錯嘛，你怎麼想起跑到中山公園來了？你家不在這附近吧。」

「嘿嘿，此地美女多嘛。」孟飛揚正朝童曉擠眉弄眼，突然又抬頭微笑：「你來啦。」

童曉聽到腦袋上方響起一個女孩的聲音，滿是遮掩不住的歡快：「飛揚，你今天的表現好極了！我剛才到老闆那裡打聽過了，他對你的面試非常滿意，我看你的工作基本上沒問題了！」

孟飛揚也是滿臉笑容：「是啊？那我真要好好謝謝你了。」他看看童曉：「亞萍，我給你介紹個朋友。」

童曉已經站起身了，穿著灰色小套裙的柯亞萍就在他面前，有些困惑地打量著他，臉上因為喜悅而泛起的紅暈還沒有褪盡。

孟飛揚趕緊為二人做介紹：「這是童曉，市公安局的朋友。柯亞萍，我老同事的女兒，現在在幫我介紹工作呢。」

童曉和柯亞萍互相點了點頭，童曉招呼：「柯小姐，快請坐。」

柯亞萍站著不動，孟飛揚忽然意識到自己居然找了個每排兩人的火車座：「呃……亞萍，你先坐……我去看看別的座位！」

「不用了。」柯亞萍指指孟飛揚身邊的座位：「我就坐這兒吧。」

三個人這才坐下，孟飛揚和柯亞萍並肩，對面是童曉。孟飛揚張羅著點菜，柯亞萍垂著眼瞼不說話，童曉饒有興味地打量起孟飛揚和柯亞萍。

剛把菜點完，柯亞萍說話了：「飛揚，我還不知道你有公安局的朋友呢？」

「因為我負責調查有川康介的案子，所以我們倆就認識了。」童曉搶先回答了，笑咪咪的，目光很禮貌地在柯亞萍鼻翼附近盤旋。

「有川康介？！」柯亞萍大吃了一驚，有些恐慌地看著孟飛揚。

「亞萍，你別緊張。」孟飛揚連忙把童曉調查有川死因的前後經過講了一遍，「亞萍，童曉對有川康介染上愛滋病的過程非常感興趣，恰好你上次從照片上認出了有川康介召過的患愛滋病男孩，所以我想，你應該和童曉好好聊聊，你提供的資訊會對他很有幫助。」

童曉附和：「是的，會非常、非常有幫助的。」

柯亞萍依舊垂著眼睛：「可是……我幫有川康介召……男妓的事情，你們知道了……」

「啊，我不負責這些。」童曉表明態度，「現在你是作為證人提供情況而已，別的我不管。」

柯亞萍這才抬起頭來，目光輕輕拂過孟飛揚的面龐：「真是的，你也不事先跟我說一聲，弄得我好意外。」一語調中的抱怨就像蜻蜓點水，蕩起的波痕轉瞬即逝。

孟飛揚窘迫地「哼」了一聲，無言以對。

還好熱騰騰的河粉及時上桌了，柯亞萍吃了幾口，就把筷子擱下：「要我說什麼呢？」

「就說說有川康介來中國召男妓的具體過程吧。」童曉也把筷子放下了。

柯亞萍想了想，細聲細氣地說：「其實也不複雜。有川康介自己就認識不少皮條客，他們都是舊相識，有川在中國搞這個絕對不是一年、兩年了。每次來中國之前，他會先通知我，讓我和皮條客聯繫，按照他的要求『備貨』……他就是這麼說的。等他到中國之後，皮條客已經把人都帶到了，而且都經過挑選和相應的指導，基本能讓有川滿意。有川康介離開之前，會把要支付的報酬交給我，再由我轉付給皮條客。」她猶豫了一下，低聲說：「我手上有幾個皮條客的聯繫方式，如果你們需要……」

童曉點點頭：「方便的話就交給我，我會轉給相關部門。召來的人你都認識嗎？」

柯亞萍的臉由紅轉白，嗓子好像被什麼堵住了：「……他們都還是些孩子。我、我真的不想看見他們，他們的樣子實在叫人受不了。」

大家都吃不下河粉了，靜了一會兒，柯亞萍繼續說下去：「為了安全，有川康介從不和皮條客直接見面，都是讓他們把人帶到附近，再由我去把人接到賓館。我基本上不和他們講話，那些男孩子也都很沉默，所以我連他們的名字都不知道。」

童曉問：「那個照片上的男孩呢？你知道他是從哪裡來的嗎？」

柯亞萍搖搖頭：「不知道，我只記得他是去年六月那次被召的，這個男孩子長得特別瘦弱，看上去連十五歲都不到，所以我的印象很深刻……當時我就覺得，他真的太可憐了。」她的聲音越來越低，終於被周圍的喧鬧徹底吞沒。

「咳、咳。」童曉清了清嗓子，顯然是硬著頭皮在問：「那個……有川康介是不是很注意安全？我是說……嗯，在那些方面，他有沒有什麼防範措施？」

柯亞萍又瞟了孟飛揚一眼，聲音輕得好像蚊子叫：「他是、是特別小心的。他連賓館裡的牙刷毛巾都不用，全部自己從日本帶來。還有就是那些……東西，也都是自己準備。我記得有一次他說那什麼用完了，就讓我把已經帶來的男孩子又送走了，總之是非常、非常謹慎。」

「是嘛？」童曉吁了口氣，「那這事情就不好理解了。即使這個男孩有愛滋病，有川康介如果做足防範措施的話，應該也不會感染上。另外，張乃馳在裡面又起了什麼作用呢？皮條客怎麼會把得愛滋病的孩子送給有川康介？」他一邊自言自語，一邊煞有介事地搖晃著腦袋。

「我……可以走了嗎？上班要遲到了。」柯亞萍紅著臉說。

童曉和孟飛揚一起回答：「當然可以！」孟飛揚問：「我送你過去？」

「不用了，你們接著聊吧。」自打坐下後，柯亞萍頭一次露出笑容來，朝孟飛揚擺擺手，就輕盈地走開了。

孟飛揚目送她出了餐廳大門，不由自主地鬆了口氣。扭頭一看，童曉還在那裡顧自沉吟，孟飛揚在他的眼前揮了揮手：「喂，琢磨什麼呢？人家都走了。」

「我在思考！」童曉一皺眉，「走就走了唄，我又沒打算因為協助嫖娼逮捕她。」

「怎麼說話吶？」孟飛揚嘟囔起來，「早知道你是這個態度，我就不盡公民義務了。」他湊到童曉跟前，面呈狡黠之色：「你說……她怎麼樣？」

「什麼怎麼樣？」

「唉，我今天讓你們見面，可不單單為了日本嫖客！」

「那還為什麼？」童曉一臉無辜地反問。

「是誰老在我面前抱怨沒女朋友的？！」

童曉朝孟飛揚掃了好幾眼：「孟飛揚，你這人缺心眼吧？」

「我怎麼缺心眼啦？」

童曉指了指桌面：「就因為你笨成這樣，今天這頓飯也必須你來請！人家分明是對你有意，你居然沒發現？」

孟飛揚瞪大眼睛：「怎麼可能？她知道我有女朋友……」他猛地住了口，哦，不一定啊，在伊藤工作的時間正好是戴希出國期間，兩人的戀情前途未卜，他為此始終不愉快，就基本沒在同事面前提起過戴希。

童曉連連搖頭：「你啊，還是小心為妙吧。你那個女魔頭可不是好惹的！」

張乃馳本來要去地下二層的車庫，但在電梯裡接到朱明明的電話，說突然想起今天晚上要去做美容，不能和他一起吃飯了。張乃馳掛了電話，直接走出底樓大堂。他有點兒懊惱，這些天為了應酬朱明明他推掉不少別的事情，但將近兩週了，朱明明對他仍然時冷時熱，態度曖昧。

前方的轉彎處，路燈的光芒被吸入高樓巨大的陰暗之中，張乃馳埋頭往前走，冷不防一個黑影從深不見底的角落踅出來，擋在他的面前。

「誰？」張乃馳嚇了一大跳。

那人沒有說話，只是輕輕喘息著，倒像比張乃馳受驚更甚。

張乃馳瞇起眼睛，這才看清楚對面站的是個年輕女孩，紅色高腰羽絨服裡包裹的身段很纖細，圍巾上方的臉有些發白，眼睛細細長長的，目光很特別。

張乃馳十分詫異：「你……找我嗎？」

她點了點頭，眼神更加奇異了，有點兒冷、又有點兒熱切；似乎在期盼什麼，又似乎隨時想要逃離。張乃馳忽然發現，自己對這張臉，尤其是這種神情並不太陌生。

他往前跨了一步，幾乎逼到了女孩的臉前：「這位小姐，咱們認識嗎？」

她開口了，聲音飄忽不定：「張……先生，你一定記得我。」

張乃馳立刻就記起來了！

兩分鐘之後，張乃馳和柯亞萍並肩坐在人行道邊的木條椅上。木椅子漆成乳白色，椅背彎成大弧形，還凍得冰冷，坐上去十分不舒服。張乃馳本來建議兩人一起去附近的星巴克，或者愛爾蘭酒吧，可是柯亞萍死活不願意跟他去任何地方。

這裡離開西岸化工的辦公樓並不遠，他們隨時有可能被西岸化工下班路過此地的員工目擊，張乃馳哭笑不得地想著，幸好本人豔名在外，身邊突然多個不明來歷的年輕女性也不會太出人意表，想到這裡他乾脆伸展右手，不遠不近地擱到柯亞萍頸後的椅背上。柯亞萍的身子明顯地僵硬了，張乃馳反倒鬆弛下來了。

「柯小姐，我沒記錯吧？你是姓柯？」

柯亞萍目視前方，輕輕點了點頭。

張乃馳露出更加親切的笑容，起伏飄搖的語調如同在唱歌：「柯小姐，今天能夠再次見到你，我很高興。不過柯小姐是否能夠先解答我的一個小小疑問？」

柯亞萍終於朝張乃馳瞥了一眼，立即又害怕似的把目光移開了。

張乃馳摸了摸下巴：「柯小姐，我的樣子很可怕嗎？或者特別令人印象深刻？我怎麼就是不記得，曾經告訴過你我的姓名和身分？還是我的記憶力下降了？」

柯亞萍扭過臉來，直盯著張乃馳說：「張先生，當時你的確什麼都沒告訴我。可是現在我知道你是誰了，而且我也知道了你讓我做的事情究竟是什麼！」

張乃馳靜靜地回望著柯亞萍，時間轟然流逝，好像飛瀉的瀑布沒入深潭。在無聲的較量中，柯亞萍終於支撐不住低下頭，張乃馳湊到她的耳邊：「……告訴我，你是怎麼知道的？」

柯亞萍咬了咬牙，鼓起全部勇氣說：「我看見了一張照片，是你代表西岸化工和愛滋病患兒的合影，在孩子們中間……有那個男孩。」

「哦？」張乃馳只是低低地應了一聲。

柯亞萍明白自己必須說下去，把該說的說完，否則就將徹底失去開口的機會：「我立刻就想起來了，當時你找到我，把這個孩子混在皮條客送給有川的『貨』裡，還讓我偷偷地換掉了有川康介自己準備的……保險套，用你給我的那些……我那時不明白這麼做的目的，可是現在我完全想通了。」她頓了頓，再次直視張乃馳，一字一句地說：「張先生，警方懷疑你和有川康介得愛滋病有關係，我可以證明，他們的懷疑是對的！」

張乃馳抬起手，輕輕捋了捋鬢角，柯亞萍在他的臉上看不到絲毫情緒的起伏。

「柯小姐，你的記憶力果然很強大嘛。因此，想必你也一定記得……那次你從我的手裡收了多少錢。」

柯亞萍說出早就準備好的回答：「我是收了錢，但我是在不知道你真實目的的情況下，才幫你做了那些事情的。還有就是，」她抬起頭，臉上泛起一陣怪異的紅光：「你沒有證據說明我收了多少，你沒有憑據！」

張乃馳高高揚起眉毛，嘴角邊突然蕩起的笑容似乎在說，這個世界怎麼如此荒謬、又如此有趣！在他的目光中，凸顯出此前沒有的淫褻……甚至同情，他就這樣既憐且戲地對柯亞萍說：「柯小姐！你真是太可愛了！」他擱在椅背上的右手，再有一毫米就要觸上柯亞萍的肩膀了，遠遠望過去他倆是多麼親密，他繼續壓低聲音說：「但是你並沒有向警方舉報我，而是自己來找我，來和我說這番話……柯小姐，你是想幫我對不對？我應該怎麼感謝你呢？」

柯亞萍的身子開始顫抖，恐懼地瞪著張乃馳，他卻極盡溫柔地衝著她笑：「別這樣，人家都看著呢。話既然都說到這個分上了，還是說完比較好。」

柯亞萍深吸口氣：「我要錢，給我錢我就保持沉默！」

張乃馳吹出一聲清亮的口哨：「柯小姐，我已經給過你錢了，還不少呢。」

「但現在情況不同了。你必須再給我錢，否則我就去告發你！」

張乃馳忍俊不禁：「行啦行啦，不要這麼凶這麼正義嘛！柯小姐，你要是真打算告發我，也不會等到現在。再說了，這事兒洩露出去，對你也未必光彩。」

「我是因為無知犯的錯，你就不一樣了！」柯亞萍的口齒突然伶俐起來，情急之下的本能反應彰顯出她的真實性格，「張先生，像你們這樣的國際大公司，當高管的鬧出點性騷擾的醜聞來，也是不得了的事情吧。你的事蹟就算不受刑法追究，也會被人當作攻擊你的有力材料！」

張乃馳吁了口氣，忽然緊密地擁住柯亞萍：「柯小姐，讓你這麼一說，看來這錢我還不得不給了。不過呢……」他的手輕輕撩撥著柯亞萍的髮梢：「其實對你這樣可愛的小姐，即使不為了別的，我也心甘情願為你花錢。」

柯亞萍鬆開一直握緊的拳頭，把一張捏得皺巴巴的小紙片塞過來：「這上面是……帳號，你把錢匯進去。」她重新低下頭，眼睛裡有什麼東西一閃而過。

張乃馳展開小紙片，左看看右看看：「想得真周到，我匯多少錢進去好呢？」

「……五萬。」

「五萬！這麼多啊！」張乃馳無比誇張地叫起來。

柯亞萍呼吸急促，聲音顫抖地辯解：「不、不多的。」

張乃馳打量著她，滿臉都是戲謔，眼中卻寒意森森：「你說不多就不多吧，這不重要……但是想要錢，你還得滿足我的一個小小要求——當初救助愛滋患兒的活動，所有媒體報導所選用的照片都經過我的審批，因此我和那個男孩的合影絕對不可能公開出去，它只能在西岸化工的內部找到。所以，你必須告訴我照片的來源，否則就別想拿到錢，你要想去舉報去告發，隨便！對我來說，如果不除去內奸，我給你再多的錢這秘密照樣會洩漏出去，我可沒有那麼愚蠢！」

柯亞萍愣住了，緊張地思考著，過了好一會兒才開口說：「這照片是、是我爸的一個老同事給我看的，他說他有個朋友在西岸化工上班，碰巧見到了這張照片，至於他的朋友是誰，我確實不知道。」

「你爸的老同事？哦，那麼就是伊藤株式會社的人……裡面認識我的只有一個——孟飛揚！」他厲聲問，「孟飛揚，是他嗎？！」

柯亞萍給他嚇得哆嗦了一下，抿緊嘴唇沒回答。

「所以就是他了，孟飛揚在西岸化工的朋友……呵呵！居然搞進來了一個小間諜！」他興奮不已地搓起雙手，「太有意思、太有意思了！看來孟飛揚的這個女朋友還真是個人物啊！不簡單……」

「女朋友？」柯亞萍突然插嘴了。

「你不知道？」張乃馳簡直眉飛色舞起來，「哈哈，人還沒進公司呢，就把我們的總裁給迷住了，現在竟然開始往外送情報，這個戴希實在令人驚異啊！」

「好了，我、我都告訴你了，你……」柯亞萍再次打斷張乃馳的話。

「哦，一言為定、一言為定！」張乃馳這時的神情哪裡像剛剛被人敲詐，倒像是中了頭彩似的。

柯亞萍剛要起身，張乃馳又一把將她的手按住，一邊觀察著她的神情，一邊充滿感情地說：「柯小姐，我非常、非常喜歡你的冰雪聰明，現在像你這樣的女孩太少了。我衷心地希望，以後還能有機會見到你。」

「為什麼？」

「因為我可以為你提供你最需要的東西——錢。當然了，前提是你能提供給我我也感興趣的東西。」

柯亞萍堅決地說：「我再沒什麼令你感興趣的東西了！」她最後一次向他投去既厭惡又懼怕的目光，站起身就走。

「喂，咱們後會有期哦！」從她的背後傳來輕浮的叫聲。柯亞萍慌亂地扭頭望去，張乃馳靠在長椅上，風度翩翩地向她拋來一個飛吻，誇張的舉動引來好幾個路人側目。

其實朱明明晚上並沒有美容院的預約，她只是忽然對敷衍張乃馳感到萬般厭倦。朱明明打心眼裡覺得，和張乃馳上床還算愉快，但與他交談相處就實在太無趣了，他的所有虛情假意比塑膠花還要廉價，相處的時間越久，就越讓朱明明害怕自己也跟著俗氣了。

她在公司裡磨蹭著，早已過了晚飯時間，她也不覺得餓。終於，整個二十八層的人都走光了，西岸化工在這棟辦公樓裡佔了好幾層樓面，二十八層是中國區頭頭們的專用層，朱明明四顧空蕩，又情不自禁地朝走廊盡頭的小會議室走去。

除了Lisa之外，整個公司裡只有朱明明還有一張總裁辦公室的門卡，因為她曾經當過李威連的秘書，也因為需要有可靠的人和Lisa做個備份，李威連把這份信任交給了朱明明。

她打開門走進去，這只是間臨時的辦公室，但對朱明明來說，已經充滿了令她著迷的氣息。李威連要到下週三才會回來，桌上的檔案夾中滿是他的函件，都由Lisa理得整整齊齊，分門別類地放好了。

朱明明下意識地翻著那些函件，她也曾經負責整理它們，那時她懷著隱秘的情感工作著，心中時常能體驗到莫名的滿足……

「逸園」是李威連相當在乎的地方，他特意委託朱明明負責改造工程；雖然帶著點強迫的性質，李威連想招聘戴希也透過朱明明的部門；他的權威從來不允許任何挑戰，但是朱明明就可以小小地頂撞他，乃至不敲門進他的房間、大聲關門表示不滿……李威連總是對她的這類行為一笑置之，他是在有限度地縱容她，用這種方法巧妙地培植著他們之間特殊的信任。

朱明明這樣想著，忍不住輕輕地歎息，還是知足吧。她打算離開了，剛要放下順手拿起的一份快遞，突然停住了。很難說清是什麼引起了她的懷疑，是寄件人處的空白，還是娟秀的顯然出自女性的筆跡，抑或是那幾塊模糊的彷彿淚痕的水漬……這是一份非常普通的快遞，拿在手裡輕飄飄的，但是朱明明卻把它牢牢握住，心也隨之怦怦亂跳起來。

深夜的薛宅一片靜穆，主人已去的淒涼落滿庭院，薛之樊生前最鍾愛的七隻貓像鬼魅似的在樹蔭下穿行，其中一隻黑白相間的狸貓冷不防地從黑暗中躥出來，把匆匆踏進院門的張乃馳嚇了一跳。他站在窄小的甬道裡抬頭看，花園洋房的大部分窗戶漆黑，只有二樓的兩扇窗中透出微弱的光，一間是薛之樊書房裡點的蠟燭，靈堂就設在那裡；另一間就是薛葆齡的臥室，她要在這裡守到七七之後。

張乃馳輕手輕腳地走上樓梯，二樓走廊裡的壁燈亮著，但依舊顯得很昏暗，有年頭的房子就是讓人感覺陰森，張乃馳心想，別說死老頭子一直不讓自己進門，就是現在自己也沒胃口住進來，他只對這裡的財富感興趣，如果能夠把這棟房子賣掉就好了，市價就算到不了一億，七八千萬肯定沒問題……

右手邊就是薛之樊的書房了，張乃馳停在門前，伸手轉了轉門把，紋絲不動。他從鼻子裡哼了一聲，抬手推開對面的房門。

薛葆齡坐在床沿上，聞聲抬頭，神情略顯訝異：「咦？乃馳，這麼晚了你還過來？」

「我不能來嗎？」

「當然能來……」薛葆齡垂下頭，「是你自己嫌這裡晦氣，不願意陪我一起住。」

張乃馳冷笑：「我不願意陪你？這裡的一磚一瓦都不歡迎我，連貓見了我都怪叫，恐怕是我和這個地方八字相沖吧！葆齡，」他叫著妻子的名字，坐到她的身邊，「你對我還不瞭解嗎？我這人沒有別的優點，就是有自知之明。你家老頭子活著的時候，我低頭哈腰的已經夠了，現在他過世了，我也不想擾得他陰魂難定！」

薛葆齡無言以對，只管低頭扯弄著擺在床上的絲綢襯衣。

張乃馳的目光順著她纖細的手指，緩緩掃過攤了一床的襯衣、長裙和西褲，以他堪稱專業的眼光，立刻就能看出全都是Prada、Gucci和MaxMara的當季新品……父親才剛火化，薛葆齡就如此大肆地補充衣櫃？張乃馳的目光繼續移動，床腳邊的地毯上，兩只LV的皮箱打開著。

「怎麼？你要出門？」張乃馳皺起眉頭。

薛葆齡仍舊低著頭：「是……我，我要去趟新加坡。為東亞談個會務合作項目。」

「談合作？什麼時候？」

「本週五，唔……週末。」每次都是類似的談話，如果不是父親遺囑所引起的負疚感，薛葆齡的回答會更乾脆些。

張乃馳的喉結在脖子裡滾了滾，目光緩緩移回到薛葆齡的臉上：「哦……葆齡，你也太敬業了，你爸還沒三七，就急著出差，是不是有點兒……不太合適？」

「我、我也是沒辦法。」果然，她的聲音不那麼鎮定了。

張乃馳又摸了摸身邊的淺金色長裙：「就穿著這一身去談合作嗎？呵呵，對方肯定會頭暈目眩的。唉，葆齡，你實在太美了，真讓我這個做丈夫的吃醋啊。」

薛葆齡一把扯過衣服：「不，不是的！我當然不會穿這個，這、這是專賣店送來試樣的……他們不知道我爸的事，明天就讓他們都拿回去。」

「那倒不必，你覺得好就留下嘛，大不了過段時間再穿。」張乃馳十分體貼地說，「要不要穿給我看看？在這方面我還是有些品味的哦。」

「真的不用了……」薛葆齡有氣無力。

張乃馳環顧四周，衣櫃的門也大敞著：「葆齡，你那麼多漂亮衣服，我好像很少看到你穿嘛，你都是什麼時候穿的？我怎麼不知道？」

薛葆齡按住胸口，深深地呼吸著。張乃馳咬緊牙關，好吧，火候差不多了，今天就先到這裡。他若無其事地轉換了話題：「你爸的書房裡點著香燭，要不要有人看著？那裡面太多貴重物品了，萬一燒起來，損失可就大嘍！」

薛葆齡如釋重負，趕緊回答：「不會的，重要的藏書和字畫都鎖到庫房裡去了，最珍貴的那些已經放進銀行保險櫃，書房裡沒什麼要緊東西。另外，我囑咐過傭人每隔一小時去上香，所以……」

「所以什麼！」張乃馳勃然大怒，蹭地從床沿跳了起來，「薛葆齡，你爸活著的時候就把我當賊一樣地防著，怎麼？現在他都燒成灰了，換成你來把我當賊看了？！」

薛葆齡嚇得臉色煞白，連忙來拉張乃馳：「Richard，你千萬別誤會啊！我只是想把爸爸一生的心血保管好，他人不在了，我們也不常在這裡住，放在書房裡不安全……」

「不要碰我！」張乃馳粗魯地甩掉薛葆齡的手，她一下就被推倒在床上。張乃馳站在床邊，指著薛葆齡吼叫：「把我當傻瓜啊！這房子有什麼不安全的！嗯？除了佣人就是你和我，你現在還鎖著書房門，不就是針對我的嗎？！看來連傭人都比我值得信任啊？是不是？！是不是？！」

「不是！真的不是！」薛葆齡高聲嘶喊，隨即又雙手握胸伏在床上，費力地喘息起來。

張乃馳冷冷地看了她好一會兒，才坐回到床邊，扶起薛葆齡，輕輕地把她的頭靠在自己肩上：「怎麼樣？好點了嗎？」

薛葆齡虛弱地點了點頭，含著眼淚說：「相信我，乃馳，我真的不會防你的。」

「但願吧……」張乃馳歎了口氣，「葆齡，你願不願意幫我一件事？」

「當然，什麼事？你說吧。」

張乃馳撫摸著薛葆齡的鬈髮，慢條斯理地說：「你爸原來書桌對面掛的那幅張大千水墨山水，我去讓拍賣行的朋友估了個價，他說如果能趕上今年春拍的話，應該能拍到一千萬左右。葆齡，你能不能把那幅畫賣了？」

薛葆齡詫異地看著張乃馳：「乃馳，為什麼要急著出賣這幅畫？」

「因為我需要錢，一大筆錢。」

「可是……為什麼呢？」

張乃馳不耐煩地推開薛葆齡：「跟你說了不知多少遍，還要問我為什麼！我一直想開創自己的事業，現在時機已經很成熟了，不論是我個人的從商經驗，還是人脈，都積累到位了。只要有足夠的資金，我就能立即在商場上大展身手。所以葆齡，你對我到底怎麼樣，就看現在了！」

薛葆齡為難地說：「乃馳，不是我不想幫你，可是爸爸的遺囑你也知道，這幅畫是爸爸最重要的藏品之一，我要賣它必須徵得基金會的同意，否則是不能拿去拍賣的。」

張乃馳冷笑：「我就知道你會這麼說。葆齡，公開拍賣不行的話，不是還有黑市嘛！你把畫搞到手還不是輕而易舉的事，我私下找人收購，大不了價格稍微低一點。基金會那三個人又不會天天去查保險櫃，等他們發現畫不在了，我早就把生意做開了，他們能拿我們怎麼樣？難道還怕他們不成！」

「乃馳，這樣……恐怕不行吧。」薛葆齡小聲說。

「有什麼不行的？說來說去，葆齡啊，你心裡面就是不肯幫我，我算看明白了！」

薛葆齡遲疑地攀住張乃馳的肩：「乃馳，其實我是覺得，你何必非要自己創業呢？創業很辛苦，風險也很大，而你現在的職位這麼體面、收入高還不怎麼累，不是滿好嗎？許多人想覓都覓不到。況且還有William……」她突然住了口。

「況且什麼？」張乃馳盯住薛葆齡，唇邊溢出一絲譏笑，「你是想說，還有William處處關照我，對不對？所以在你的眼裡，我就始終是靠他提攜、靠他施捨才有了今天，對不對？要是沒有了他，我張乃馳就一錢不值，對不對？」

「我不是這個意思！」薛葆齡忍不住大聲辯解，蒼白的臉也漲紅了，「乃馳，你也知道的，商場上的人際關係有多重要。William和你是那麼多年的朋友，他在事業上幫了你多少你自己心裡清楚。我沒有否認你個人的能力，可本領再大的人也需要和別人協作，現在社會上誰不懂這個道理？你就是要創業，也不能靠你自己一個人啊！」

「這你不用操心！我當然有合作者。」

「是誰？」薛葆齡緊追不捨。

張乃馳托起薛葆齡的下頜：「我告訴你，你就會給我錢嗎？」

薛葆齡掙脫他的手，又垂下眼瞼不說話了。

沉悶壓抑的氣氛覆蓋在這間裝飾華貴的臥室上空，滿床亮麗的衣飾徒勞地閃耀著光彩，卻無法帶來一絲暖意。

張乃馳陰沉著臉突然問：「你為什麼想知道我的合作者？不會是……」他疑慮重重地打量著薛葆齡：「他讓你打聽的？」

薛葆齡鄙夷地笑了：「他要是真的關心這個，也犯不著讓我來打聽，他可以直接問你，你對他的脾氣還不瞭解？」

「哈！」張乃馳乾笑一聲，仰躺在那一大堆名牌衣服上，「這倒是，他不關心那些，除了女人他還關心什麼？女人，女人，有了女人就有了一切……」他順手撈起一條紫色的絲披肩蓋在自己的臉上：「真美啊，多麼魅惑的色彩，就像女人一樣。呵呵，不過William在這方面的手段也確實高明，把女人當事業來做也相當成功。」

「什麼意思？」

「不明白啊，哈哈，我解釋給你聽。」張乃馳翻了個身，親熱地擁住薛葆齡的腰，「葆齡，你想想，李威連有了Katherine Sean，就有了西岸化工董事會的入門券，什麼股票啊、權益啊，不費吹灰之力就到手嘍。他當然用不著再冒風險去創業，而Sean家族也找到了一條最得力最忠實的走狗，這麼互利雙贏的買賣，他們兩方做得實在是完美，令人不得不佩服啊！」

薛葆齡不滿地說：「話不要說得太難聽了，你就這麼肯定Katherine和William只是政治婚姻？」

「我當然能肯定！你想想，William的那些風流韻事，Katherine會不清楚？她可是哈佛商學院的高材生，才智超群的人物。葆齡，我還聽說啊，Katherine的私生活和William的簡直不相上下，否則她又怎麼會默許丈夫的種種荒唐行徑？」

薛葆齡沉默了，清麗而柔弱的面龐上籠起沉沉陰霾，眼神十分悲楚，張乃馳專注地端詳著她，很久才伸出手，輕輕捋了捋她的髮梢：「他們和我們不一樣。葆齡，我們之間還是有真感情的。」

他的話音剛落，薛葆齡的神色就變了，驚慌驅走悲傷、閃避取代沉鬱，有些坐立不安。張乃馳倒像沉浸到了往事中：「你爸從一開始就不喜歡我，想方設法要拆散我們，他逼著你去東京讀旅遊和酒店管理，一走就是三年。結果還是William巧立名目，安排我每個月都去東京出差至少一週，才使得我們的交往不僅沒有被迫中斷，感情反而迅速升溫。我至今都記得，那三年裡每次去東京之前，我都會興奮不已，為了給你買件禮物，我會在中環的精品店裡逛上整整一天……」

「乃馳……」薛葆齡眼淚汪汪地叫了一聲，她聽不下去，卻又逃無可逃。

「所以嘛，William的確是幫了我很多。哪怕你我的婚姻，也幾乎是他一手促成的。想起這些，我還真是從心底裡感激他。不過有時我也困惑，他為我做這些到底是圖什麼呢？假如說在公司裡，我或許還能幫到他，那麼我們倆的結合，又能給他帶來什麼好處呢？葆齡，也許你明白？」

張乃馳溫柔的問話像利刃直刺過去，薛葆齡拚盡全力說了句：「我想……他是同情我們吧。」就虛弱地倚靠在床頭，動彈不得了。

「同情？」張乃馳若有所思，「那他還真是好心啊。不過要是讓Alex Sean知道，他這個能幹的妹夫剛在西岸化工謀到一官半職，就那麼放肆地假公濟私，把公司當自己家一樣擺弄，恐怕也是要吐血的吧！」

「Richard，你不能！」

「呵呵，你緊張什麼，我開個玩笑而已。」張乃馳撫了撫薛葆齡血色盡失的面頰，在她的唇上輕輕吻了一下，「不早了，我先走了。你好好休息，祝你在新加坡玩得……噢，是工作得順利。」

薛葆齡沒有聽到張乃馳關門下樓的聲音，她好像短暫地失去了知覺，直到手機鍥而不捨的響鈴終於把她從昏沉中喚醒。薛葆齡在衣服堆下找到手機，只看了一眼號碼就馬上把它貼在耳側：「William！」

「是我，你怎麼了？」李威連立刻聽出了薛葆齡的異樣。

「我，沒什麼……」

「哦。葆齡，你不要去新加坡了。」

「不讓我去了？為什麼？！」薛葆齡大失所望地叫起來。

李威連稍稍沉默了一下，才說：「因為我要提前回上海，所以在新加坡的日程比原來更加緊湊，我確實不可能有任何時間和你會面。對不起，這次是我考慮得不周到。我最近要想的事情實在太多，有點兼顧不過來。」

他的聲音聽上去的確相當疲倦，薛葆齡不忍心了：「我知道了，沒關係。其實爸爸剛剛過世，我本來也不該出門的。你……別太累了，注意身體，我等你回來。」

「好。」李威連就要掛機，薛葆齡突然又說：「William，你最近和Richard之間有什麼特別的事發生嗎？」

「沒有，怎麼了？」

薛葆齡吞吞吐吐地說：「說不清楚，就是感覺他怪怪的，好像對你越來越不滿……另外就是，他急著在籌錢要自己成立公司。」

又是短暫的沉默，他才說：「我知道了。你休息吧，再見。」

第十三章

週一早上，孟飛揚和戴希一起離開家去上班。距春節還有兩週，孟飛揚也找到工作了。可惜他倆的公司在不同的方向，雖然都是搭地鐵，卻要在中途分道揚鑣。

戴希把照片整理得差不多了，Lisa告訴她李威連週三回公司，所以戴希要在這兩天裡完成全部工作，她不得不面對李威連的那些照片了。戴希很鬱悶，儘管鼓足了勁，在整個過程中她還是頻頻走神，磨蹭到將近中午，她連十分之一都沒搞定，戴希決定今天中午不吃午飯，繼續工作！MSN上跳出好幾個吃飯邀請，都是公司裡剛認識的年輕男同事，戴希一律無視，索性從MSN上離線——煩死人了！

桌上的電話突然響起來，戴希嚇了一跳。Lisa在話筒裡急促地問：「你在啊？怎麼不上MSN？」

「我——」

Lisa打斷她，戴希還沒聽見過她這麼緊張的口氣：「William提前回來了，他要找你，你別掛，我把電話轉過來。」

剎那間戴希的腦袋一片空白，緊接著便聽到話筒裡有人說話：「戴希？你好。」

「是……呃，你好。」戴希覺得自己簡直傻透了。

「你還記得『雙妹1919』吧？」

「哦，我……記得！」

「很好，我在那裡等你。你從公司步行過來，只需要十五分鐘。」

戴希放下電話，把電腦關了，從桌上一把抓起圍巾，一邊往脖子上繞一邊向外跑。

今天中午的陽光真好，戴希走得太急，拐上「雙妹1919」所在的小街時，她有點氣喘吁吁，但全身上下都熱起來。前面就是「雙妹」黑色木格中嵌磨砂玻璃的門了，金燦燦的陽光從門楣上的銅字招牌上折射下來，直晃眼睛。

「戴小姐，請進。」門開了，穿米黃旗袍披著雪白毛披肩的女人半掩在門後，微側著身子朝戴希微笑。

戴希也對她微笑，這個是溫柔的邱文悅，戴希已經能夠辨認出她來了。一踏進房門，滿屋的咖啡濃香純粹、好聞，不像那個雪夜，空氣裡還混雜著線香、奶油和其他食物的香味，雖然也旖旎濃郁，卻不夠明淨。

整間店堂空蕩蕩，只有最盡頭靠窗的座位上坐著一個人，是李威連。

邱文悅關上門就往櫃檯後走去，戴希只好自己走到李威連面前。

「請坐。」他說。

戴希坐下來，陽光從左側的大玻璃窗照進來，明晃晃的光柱中全是跳動的微塵，隔著這些她看不太清對面的李威連。戴希把圍巾和外套一起放到身旁，悄悄地吁了口氣——這裡好舒服啊，難怪他不去公司。

「戴希，你是從公司來嗎？」

「啊？是啊。」戴希糊塗了，不是他自己打電話到公司的嗎？

「那你走得相當快，我掛下電話到現在才剛剛十五分鐘。」

「是麼？」戴希得意了——我幾乎跑過來的，當然快啦，是不是應該表揚我？

「既然在公司上班，為什麼不遵守著裝規範？」李威連的口氣裡可沒有半點表揚的意思。

「著裝規範？」戴稀有點發懵，下意識地瞧瞧自己身上，緊身毛衫和窄腿西褲，還行吧？

「Maggie沒有告訴你公司的著裝規範嗎？」

戴希抬起頭，桌子中間的陽光太亮，她看不清陰影中李威連的臉，只好嘟囔了一句：

「Maggie啊，她什麼都不跟我說的。」

「新員工入職手冊裡有詳細的說明，你自己從公司網站上也能查到。」

「我看到過。」戴希低頭承認，當時自己對著裝規範裡的嚴格要求相當不滿，尤其討厭女員工一年四季都必須穿套裙和高跟鞋的規定，所以她今天確實是違反規定了。

「……可大家都這麼穿的。」戴希嘗試著辯解，聲音小得可憐。

「誰允許的？」李威連的語調越發嚴厲了。

「他們說……只要你不在公司，就可以隨便些。」

「他們是誰？」

戴希的手心都出汗了，其實是Lisa這麼對她說的，可不能出賣人家呀。

「即使對其他部門人員可以適當寬鬆，你屬於人事部，在這方面就必須不折不扣地執行，否則怎麼再去約束別人？」

戴希啞口無言，李威連還不肯放過她：「公司有明確規定，違反一次著裝規範部門內部警告；兩次取消績效考評優秀資格；三次就直接開除。但作為人事部的員工，如果你讓我再看見第二次違規，我肯定立即開除你，絕不會給你第三次機會！」

好久沒人這麼劈頭蓋臉地訓過戴希了，她面紅耳赤地垂下腦袋。

邱文悅端上咖啡，就在戴希的眼前冒著熱氣，濃香撲鼻，她卻連碰都不敢碰。突然，戴希的眼前暗下來，是邱文悅把窗簾放下了，隔在桌子中間的輕塵光柱驟然消失，戴希終於可以看清楚李威連了。

其實這才是戴希第三次見到李威連，前兩次的時間加起來不超過半小時。再次看清他的面容，戴希發現他對自己差不多還是個陌生人，但又有著某種異乎尋常的熟悉。戴希立刻排除了挨訓的懊惱，以她見習精神科醫生的專業眼光，馬上就看出李威連正處在情緒極不穩定的狀態中。這種狀態是由於過度的腦力活動和超負荷的精神壓力所造成的，每個人對這些因素的承受能力不同，李威連會有現在的狀態，一定是壓力累積到極限的邊緣了。

必須讓他放鬆下來，戴希想，要不然我今天一定還會挨訓，不僅僅是我，還會有許多許多人遭殃，好慘吶，我算是替大家頂雷了……

李威連顯然也在竭力調整自己的情緒，他沉默了好一會兒，才用稍微和緩的語氣對戴希說：「喝過這裡的咖啡嗎？」

「上次來時喝過，滿好的。」

「你試試現在的這個。」

戴希端起杯子喝了一口：「真苦啊！上次我喝到的沒這麼苦呀？」

「是，這是用了一種很稀少的咖啡豆品種。」李威連的神情更加鬆弛了，「不過文悅搞錯了，她應該給你LATTE，這種ESPRESSO是給我的。我叫她替你換一杯。」

「不用！」戴希連忙說，「我就喝這個吧，挺特別的。」

「也好，喝慣了這裡的咖啡，全世界的咖啡都不覺得苦了。」

戴希情不自禁地又看了他一眼，李威連今天的情緒起伏真稱得上變幻莫測，從外表看他的神采依舊，但那雙眼睛的確疲憊至極，他肯定不會允許自己這樣出現在眾人面前，但是卻叫來了戴希。

李威連做任何事情都是精確計畫、目標明晰的，戴希開始模糊地意識到，今天他對她有所期待，而且是很重要、很特殊的期待。

「你的工作完成了嗎？」又隔了好一會兒，李威連問。

「還沒有，剛完成了80％。」戴希老實回答，預備好再次挨訓。

還好，這次李威連沒有訓她，只是簡單地說：「速度比我預料的慢些，主要的困難在哪裡？」

困難就是你啊！戴希無奈地歎了口氣：「沒有困難，是我自己效率低。」

她的回答似乎讓李威連略感意外，他想了想，才說：「80％也不錯了，談談你對西岸化工的感受吧——就是從那些照片裡得到的首要印象。」

戴希認真地思索了片刻，字斟句酌地回答：「感受很多，最首要的印象嘛……我覺得，西岸化工是一家特別老派資產階級的公司。」

李威連的表情沒有絲毫變化：「說得具體點。」

戴希覺得脊背一陣發涼，論文答辯也不過如此了：「所謂老派資產階級的公司，只是我個人的一種說法，西岸化工是一家很有傳統、很有風格、很有文化，但同時也有些保守、有些奢侈、相當傲慢的公司。」

又是一陣沉默，現在就算借個膽子給戴希，她也不敢抬頭去看。

終於，她等到了李威連冷冰冰的聲音：「舉例說明你的觀點吧。」

戴稀有些驚喜——他沒有生氣呀！不過她還是不敢抬眼，就繼續垂著頭背書似的往下說：「從照片裡面我看到，西岸化工大中華區每一年的年會，以及其他重要的活動，都選擇在上海最頂級的酒店中舉行。十年的活動照片裡，我好像看到了上海頂級酒店的發展史。不僅如此，我還看到了中國內地、香港，還有新加坡等地最豪華的宴會，以及各種高級俱樂部的活動，有高爾夫的、遊艇的、馬會的……很開眼界。」

「這很正常，因為我們所面對的客戶，以及我們所選擇的合作夥伴，本來就屬於這個層次。」

「我明白，從樹立公司形象的角度來說，這些都是必須和成功的舉措。而且我也相信，這些做法沿襲了西岸化工美國總部的慣例，所以我才說這家公司非常傳統。至於風格和文化則表現在更多的方面。包括你剛才提到的著裝規範，連男士襯衫使用的袖扣材質和顏色都做了詳細規定，難怪我每天進公司都覺得眼前一亮，好像全上海職場裡的俊男美女都集中在了西岸化工。我還發現，公司對員工的形象要求相當高，從照片上就可以看出來。我覺得——只有最傳統的老牌資本主義企業才會這樣以貌取人。」

「你的說法非常表面，也非常片面。」她的耳朵裡飄進他的評價。

戴希不由自主地把頭抬起來了：「從照片裡看問題，當然表面片面了。」她的膽子好像一下子大起來了，不等李威連再問就往下說：「公司的辦公場所和裝修佈置不僅豪華，而且相當有品味，假如不是『逸園』發生的意外事件，西岸化工的辦公面積寬敞得簡直叫人難以置信。除了典雅氣派的大小會議室之外，整個『逸園』裡只有不到十間辦公室，但每間都有酒吧和更衣室、洗手間。公司的配車也極盡高檔，養了好幾名司機，甚至連他們都個個英俊，上班時西服革履，戴著雪白的手套。」

「你很會觀察。」

李威連的口吻裡帶出明顯的嘲諷，卻並未使戴希感到不安。她已經敏銳地察覺到，雖然地位、才智、風度和氣質都賦予了他通身的權威感，李威連還是會時不時地真情流露，這種坦率的態度既表明了他的自信，也是對他人基於平等的尊重。李威連是個嚴厲的老闆，但絕不是個聽不得意見的老闆。

於是戴希越說越來勁了，兩週以來憋在心裡的話滔滔不絕地往外冒：「這兩週裡我也學習了公司人事方面的很多制度，西岸化工在為員工提供報酬和福利方面非常慷慨，單單一年二十天以上的休假就足夠讓人羨慕了，連剛進公司的普通員工也能享受到。還有從十年前就開始的購房補貼、無息貸款到購車補貼，從美容卡、健身卡到動輒出國的春遊、秋遊……我還真沒聽說過，在這些方面還有多少企業可以與西岸化工相匹敵。所以，雖然才上了兩個禮拜的班，我就能從公司的每個層面體會到員工的自豪感和歸屬感，這是由前面所談到的各方面共同作用產生的效果。」

說得口渴了，戴希端起杯子喝咖啡，李威連才等到了發言機會：「我好像看到過，從心理學的角度來分析，讓員工產生歸屬感和自豪感，比單純的金錢激勵更有效果。」

「是呀！」戴希趕緊把咖啡杯放回桌上，她截住他的話，「按照馬斯洛的需求層次理論，金錢激勵只不過滿足人的第二層安全需要；歸屬感和自尊感則分別屬於第三層的社交需要和第四層的尊重需要。因此我才說，西岸化工是一家非常有文化的公司，企業文化有許多方面，而我所說的文化，僅僅是從兩週的照片與制度研究中得出的片面和表面印象。」

戴希停了停：「剛才說的算好的方面，然而任何事物都有利有弊。同樣的現象也可以被解讀為奢侈和傲慢。人們也許會說：西岸化工所做的這一切，其初衷並非是為了取得員工的高度認可，而只是為了取悅高端客戶、滿足少數管理者的私欲和虛榮心。在全球化的今天，尤其是爆發國際金融危機以後，幾乎所有的跨國企業都在強調壓縮成本，西岸化工的這種奢華作風會不會顯得不合時宜，與時代脫節了呢？」

「金融危機對西岸化工大中華區的影響十分有限。」

「哦，」戴希點點頭，「可是從去年年底起，總部也開始推行成本壓縮的策略。大中華區雖然用不著裁員，但年底薪資上調和獎金的計畫都被暫時擱置了，還有其他的開支項目也在陸續壓縮。所以我擔心，西岸化工大中華區的奢侈作風又能維持多久呢？就算業務增長再迅猛，也還是有可能被總部和其他地區詬病的吧？」

「我不同意這就是你所謂的奢侈，何況大中華區一直執行的都是總公司的政策。」

「那不一定吧，雖然政策是總部制定的，具體的貫徹卻體現出執行者的風格，也就是——」

「我的風格。」

寂靜再度降臨，戴希突然很希望剛才的輕塵光柱還存在著，要是有那半透明的旋轉帷幕懸在桌子上空，她就能夠忽視從對面投來的銳利目光，而不必像此刻這樣如坐針氈。

「說下去，你的話應該還沒說完。」

戴希沒有立即開口，她的腦子飛速運轉，想判斷清楚目前的形勢。對於李威連的反應，戴希依舊沒有十分把握，可是內心又有某種聲音在堅定地告訴她：你所做的是正確的……她自己也不明白這種信心從何而來，她就是相信——他能夠理解她的好意。

「我到西岸化工畢竟才兩週，對別的我確實沒有發言權，但是關於著裝規範我還想談談我個人的看法。」說到這裡，戴希大喘了口氣，李威連仍舊一言不發。

「我不否認公司的著裝規範很必要，也很有品，相當有效地提升了員工的精神面貌。但這個規範太細緻、也太拘泥了。假如真的必須有你在場的情況下，才能確保大家對規範不折不扣地執行，而其他時間卻採取陽奉陰違的做法，也許這個規範本身就存在問題，值得探討？經典和高雅固然美好，從另一角度也意味著距離和守舊。這是一個全球化、資訊化和不斷變革的時代，為什麼我們不能在外表上增加更多的靈活度和潮流性呢？」

「所以你是想代表年輕人，表達對公司這項制度的不認可？」

戴希差點兒就想說——是的，我們之間有代溝。但實際上她說出口的是：「我只是想表達：年輕人對革新的期待。」

「不，我認為你要表達的不是這些。」

「啊？」戴希抬起頭來，李威連保持著原先的坐姿，慢條斯理地說：「我的結論是，你花了整整二十分鐘的時間，兜了那麼大一個圈子，目的無非就是——抗議我剛才對你違反著裝規定的批評。戴希，你一直就是在狡辯！」

戴希瞪大眼睛愣了好幾秒鐘，才氣鼓鼓地回答：「我才不敢狡辯呢！您放心，我接受、全盤接受您的批評！從明天開始我每天都會穿著黑色西裝及膝套裙，白色或灰色絲綢襯衣，肉色透明絲襪和假裝從連卡佛實際從淘寶上買的黑色七公分高跟鞋，把髮梢吹得朝內捲起，抹無瑕粉底塗啞光口紅，戴成套的水鑽耳環和項鍊，不過也是贗品，胳膊上再挽一個LV或者Gucci的包包，但再次對不起的是我仍舊只能用A貨，因為我一個月的薪資也不夠買一個名牌包，何況我現在還沒拿到錢！」

李威連放聲大笑起來。

在他的笑聲中戴希垂下眼瞼，悄悄地鬆開握緊的拳頭——謝天謝地，你總算笑了。她又不敢看他了，卻從心底裡感到溫暖。多好啊：他不僅理解，並且完全接受了她的好意。

「戴希，」李威連笑完了，「你就這麼討厭穿套裙和高跟鞋嗎？」

「反正我就是不願意穿得和朱明明一樣。」

「她身上的可都是真貨。」李威連注視著戴希說，他的眼睛還是很疲憊，但是比二十多分鐘前要靈動了許多，「要不要我給你特批？我也不想看到一個山寨版的朱明明。」

戴希想了想：「還是不要搞特殊吧。再說，婦女解放本來就是個群體性的訴求。」

「我絕對不會支持此類訴求。」

戴希小聲嘟囔：「行啦，你是總裁你說了算。」

「除了這個，你還有其他訴求嗎？」李威連又沉默了一會兒，突然問道。

戴希直起腰看了看周圍，邱文悅遠遠地坐在櫃檯後面，無所事事地擺弄著櫃檯上的老式唱機，時不時朝他們這裡瞟上一眼。店堂裡的咖啡香氣仍然馥郁醇厚，溫度不高也不低，窗簾放下以後，陽光不再刺眼撩人，斑駁的日影灑落在漆黑的護牆板和桌椅間，宛轉流動，月份牌上的旗袍女子面容栩栩如生，好像就要帶著時光的印跡從過去款款而來……

一切都是這樣安詳而生動，於沉靜中悄然釋放著誘惑，戴希按了按肚子，苦著臉問：「這個『雙妹1919』到底是不是家餐廳啊？」

「是啊，怎麼？」

「那為什麼我每次來都要挨餓？這裡沒東西吃的嘛……」

李威連低低地叫了一聲：「該死！都是我不好，對不起！」他朝邱文悅揮了揮手，她會意地向他點點頭，立刻去後面的廚房。

李威連轉過頭來，一臉歉意地說：「真對不起，其實你來之前我就讓文悅為你準備了午餐，可是剛才全給忘了。」他瞥了眼手錶：「都快一點半了，你沒餓壞吧？」

戴希好奇地看著他：「你自己不餓嗎？」

他笑了笑：「我中午不能吃東西，否則半小時以後我就會睜不開眼睛。這些天有點累。」

「哦……」戴希看了看他面前的咖啡杯，難怪他不停地在喝咖啡。

「你喜歡日本餐嗎？」

戴希連忙回答：「喜歡的！可是上回來我就沒看到菜單，光聽說這裡的日式定食很有名氣。」

「上次來你就是坐的這個座位嗎？」

還真是！戴希想起來了，那次凶巴巴的邱文忻就是不讓自己坐這個位置。她又一次環顧四周，果然其他座位上都有菜單，只有現在這張桌上沒有。

「戴小姐。」邱文悅已經來到桌邊，輕喚了一聲後，就在戴希面前擺下盛滿生魚片的黑漆木盤，光看上去就花團錦簇的，說不出地誘人。邱文悅一邊繼續有條有理地擺放著小碟子小碗，一邊輕言細語：「戴小姐，菜單裡廂的是廚師做格，今朝請儂是我親手做格。儂看看配胃口伐？」

戴希都不知該說什麼好了，看看對面，李威連還是一口接一口地喝著咖啡。

邱文悅把東西擺放整齊，滿意地看了看，又給李威連端上新的咖啡，這才輕輕靠在他身邊的椅側，繼續和戴希閒聊：「戴小姐，虧得我做格是日本餐，無所謂呃。否則拔伊搞到現在格個辰光，小菜老早就冷特勒，儂講是伐？」

雖然在兩個人的注視下吃東西很考驗人，戴希還是勇敢地往嘴裡塞著三文魚，以此來逃避邱文悅的問話。也許是餓慘了的緣故，戴希覺得今天的生魚片是這輩子吃到過最好吃的，同時她對邱文悅的好感陡生，尤其喜歡她身上那股子上海女人特有的體貼溫存。邱文悅有著典型的上海女人的嬌嗲，卻沒有上海女人的精明，在戴希看來真是可愛極了。也許精明強悍都給那個討厭的邱文忻佔去了吧，戴希想，原來雙胞胎還有這麼個優勢，可以把好壞人格一分為二……

邱文悅光顧著和她聊天：「戴小姐，那兩額甯剛剛講英文我聽勿清爽，不過我看得出伊對儂老凶呃。伊格額寧啊，有辰光就是一眼眼勿講道理，自家吃力了就對寧家亂發脾氣，儂勿要睬伊，曉得伐？」

戴希差點兒給芥末嗆到，她想笑又不敢笑，可邱文悅已經好幾次在向她問話，再不回答就太不禮貌了，戴希只好抬起頭，含含糊糊地說：「我曉得格，伊就是咖啡吃得忒多了。」這句話剛說完她就飛速低頭，還是瞥到李威連眼中的一抹閃光，戴希的臉騰地漲紅了，耳朵和脖頸一塊兒發起燙來。

「儂閒話講光了伐？……好走叻。」

戴希大吃一驚，她聽到他說出這樣柔和的滬語，還是用男人對女人才有的既嬌慣又埋怨的語氣，戴希猛然意識到，李威連原本就是個地地道道的上海男人啊。

邱文悅頗不情願地走開了。戴希的內心體驗著正在越變越強的親切感，這感覺神秘而又奇異，不知不覺地牽引起飄散到遜遠邊際的思緒，她恍恍惚惚地把筷子放下了。

「吃飽了？」邱文悅一消失，李威連就重新對戴希實行英語政策，令她大感欣慰。

「是，我吃飽了，非常非常好吃，謝謝你。」戴希真心實意地用英語回答，她原先總感覺兩個中國人彼此說英語有些彆扭，現在才發現要對另一個上海人說上海話，那才叫驚心動魄！

「那就好。把咖啡喝完咱們就走，我帶你去看看『逸園』。我聽文悅說，前些天你曾經來過這裡。」

「是來過的……」

「好了，走吧。」李威連率先站起身來。戴希也忙跟著站起來，外套已經被他拿在手裡，她只好由他替自己把外套穿好，尷尬得不知所措，慌慌張張地朝前門走。

「不是那裡，跟我走吧。」李威連在她身後說。

戴希又趕緊回頭，跟著李威連往店堂後面走去。

櫃檯旁並列著兩扇黑漆木門，一扇虛掩著，門縫裡洩漏出廚具亮澤的光芒，還有嘩嘩的水聲，戴希剛才見到邱文悅從這裡進出——是廚房。另一扇門則緊閉著，李威連上前擰開黃銅把手，推門走了進去。原來是一條幽暗的走廊，又窄又短，右側是牆壁，左側是向上的樓梯，往前幾步開外就是另一扇深褐色的門，比其他門都寬一些，看起來應該是通向戶外的。

走廊裡沒有開燈，從明亮的店堂一進到這裡，戴希的眼前嘩地落下張黑幕來，只能依稀辨出李威連的背影。她本能地緊靠在他的身後，才走了兩步，前面的李威連突然止步，戴希正好撞到他的背上。

樓梯上方有零星的微光，勾勒出一個強硬的姿態，連面孔都是漆黑的。她生冷的話語裡似乎也帶著黑色的噪音：「現在就走？勿上去看看？」

李威連沒有回答，徑直走過樓梯口。

「伊現在只認得儂！」女人略微抬高聲音，李威連頭也不回地打開褐色大門，明亮的陽光迎面撲來，他側過身輕輕一攬戴希的肩，把她從那雙陰鬱憤恨的視線下解救出來。

陽光還是像戴希來時一樣絢爛，卻無法迅速驅除她全身的寒意，戴希不由自主地打了個哆嗦。

「嚇到你了？」

「沒有，」戴希侷促地搖了搖頭，「她倆長得那麼像，可是……」

李威連冷冷地說：「長得確實一模一樣，並且都很像她們的母親——我中學時代的英語教師。」

「哦，我那天見過的。」戴希回憶起坐在輪椅上的老太太，如霜鬢髮下還能依稀看見當年的美麗，原來她就是童曉故事裡的英語教師。

「她曾經特別為我輔導英語，讀中學那幾年我每週都會來這裡，她就住在樓上。」好像是為了配合李威連的敘述，頭頂上響起開啟窗戶的聲音。李威連停下來，注意傾聽這從二十多年前延續至今的惡意，臉上現出一抹自嘲的笑容，他的眼神比任何時候都更加淒涼。專注於往事的他忽略了戴希的異樣，有人開始在他身邊無法控制地顫慄起來。

——英語教師、不見天日的窄小樓梯、石庫門樓上的房間、每週一次從不間斷的特別輔導，以及，令希金斯教授都大加讚賞的優美英語……一陣又一陣的狂暴颶風從心頭捲起，滔天巨浪挾帶著沉重的真相壓下來，戴希幾乎站立不住。她分明覺得自己捕捉到了那雙脆弱又倔強的翅膀，在心靈的無垠黑夜中奮力拍擊……

正是一天之中最寧靜的時候，寂寂無聲的小弄堂被陽光切割成兩半，「雙妹1919」隱在陰冷之中，對面則是「逸園」高聳的院牆。樹木枝杈沿著圍牆頂端伸展開來，烘托出圓形的陽臺和屋頂，都在日光下呈現出溫暖的淺金色，上面還籠罩著一層淡淡的煙霞。

李威連率先走下街沿，邊走邊說：「過去這條弄堂很短，就到這裡為止，前面的路是後來打通的，所以在我讀書時，這條路比現在還要僻靜，很多時候一整天都沒有人經過。」

狹窄的弄堂幾步就橫越了，戴希迷迷糊糊地跟在李威連身後，一抬眼，面前赫然就是那天林念真和她一起看到的「逸園」後門。

「看見這扇小門了嗎？它是『逸園』的後門，從『雙妹』到這裡是條捷徑，不僅比繞到前面的大馬路要近很多，最重要的是，這麼走幾乎不會被任何人看到……」李威連繼續說著，根本不朝戴希看，他是在和許多年前的自己對話，戴希眼睜睜看著他的目光越過現實，投向命運黑暗的最深處，人雖然還近在咫尺，靈魂的線索卻像隨時會綳裂。戴希嚇壞了，她想把他拉回來。

「週一到週六，『逸園』裡都有印刷廠的工人上班，只有週日是清靜的。因此每個週日，我總是先去『雙妹』，然後再穿過這條小弄到『逸園』。為了安全，後門是從裡面拴死的，但是對我不成問題，總有人悄悄地為我把後門打開，在『逸園』裡有我最好的朋友……」

李威連伸出右手用力一推，門沒有開。他愣了愣，回過頭來，終於又看見了戴希。

「我搞錯了，這裡現在進不去。」他低聲說。

「我們可以走了嗎？我不想進去了！」戴希的聲音都緊張得變調了。

李威連長長地舒了口氣：「好的，以後再說吧。」他注視著戴希，神色逐漸鎮定：「但是在離開之前，針對你剛才所說的老派的資產階級風格，我還要解釋幾句。」

他們面對面站在「逸園」之外，從「雙妹」樓上投射而來的陰森目光始終沒有離開過。戴希的腦子亂作一團，李威連恢復了自制力的聲音彷彿從很遠很遠傳來：「中學那些年，我每週都來訪問『逸園』，完全是為了遵從我母親的意願。她在我念初一的時候就離開上海去了香港。臨走前，她帶著我第一次拜訪了『逸園』的主人——袁伯翰。我母親的家族和袁家是世交，她從小就認識袁伯翰老先生，稱他為伯伯。當時『文革』剛結束，袁伯翰才從下放的農村返回上海。我母親對袁老先生說，我會一個人暫時留在上海，她想請袁老先生教我成為一名紳士。」

說到這裡，李威連再次露出自嘲的微笑：「當時我就覺得，她說話的口氣，好像我已經是半個流氓了。但只要是我母親的期望，我無論如何都要做到。所以從那以後，我就開始每週一次拜訪袁伯翰老先生，來『逸園』上這個匪夷所思的紳士課程。袁老先生對此似乎也沒什麼周密的計畫，他只是很隨意地把他認為有用的東西教給我。他給我講了東西方哲學，和我探討世界歷史和軍事，教我禮儀、穿著、烹調等等，因為他自己是個建築設計師，所以他給我講得最多的，還是繪畫、音樂和藝術……戴希，那段時間我學到的很多東西，包括著裝等等全都是紙上談兵，直到十年以後我才擁有了自己的第一個領帶夾。可時至今日，我認為我的母親實在太有遠見了。你說得很對，她確實是個充滿了老派資產階級風格的人。在她看來，粗俗是這個世界上最大的罪過。當我們貧窮的時候，問題還不太顯著，一旦變得富有，金錢就會成倍地放大粗俗。因此，自從我開始領導西岸化工中國公司的發展，我就始終懷有這樣的心願：讓我們的員工在獲得財富的同時，也能學會有品味地花錢，追求優雅的生活。我希望大家都能真正地懂得，金錢既非榮耀，也不是負擔，它只是身外之物，使用得當才是對它的正確態度……也許是我過分偏執於某些表面文章了，我應該對此進行反思。」

他停下來等了等，戴希卻沒有絲毫反應。

「戴希？」李威連到底還是發現了她的反常，「為什麼這樣沮喪？是不是我對你太嚴厲了？」

戴希無法回答，她現在已經不再問自己，究竟是不是他？……答案幾乎是肯定的了。李威連的話她也只聽了個大概，此刻在戴希的頭腦裡，反反覆覆的是另外一個問題：他為什麼要告訴我這些？為什麼！

其實，戴希差不多能夠回答這個問題，但是她不忍心，正如她已經很長時間不忍心看他的眼睛一樣——

「我累了，我想回家。」戴希說。

「好，要不要我派車送你？」

「不，我自己叫車。」

李威連遲疑了一下：「也好，那就一起走吧。先替你叫車，我走回公司。」

站在街邊等車時，李威連說：「本來我會用這個下午去做一些別的事情，因為和你交談，我始終沒有想到過那些事情。謝謝你，戴希。」

計程車停在他們面前，戴希連再見都沒有說就坐了進去。「小姐，去哪兒啊？」計程車司機連問好幾遍，終於不耐煩了：「哎喲，小姐啊，前面十字路口，我們到底直行還是轉彎啊？」

「回去！」

「回去？回哪兒啊？」

戴希叫起來：「就回我上車的地方！」

「啥個事體嘛？有毛病！」司機罵罵咧咧地掉頭往回開。

在他們分手的地方戴希下了車，現在這裡已經沒有李威連的蹤影。

戴希茫然地張望著，身邊只有陌生人匆忙的腳步。從這個地點向前，就是夾在「雙妹」和

「逸園」中間的小弄堂，往左步行一刻鐘是西岸化工所在的大樓，但是這兩個方向戴希都不願選擇，於是她就往右而去，根本不知道自己會走到哪裡。

寒風不停地打在臉上，戴希快步走著，穿過一條又一條的小弄堂，不知不覺離開大道，在一座雕塑下拐了彎。再往前又是人跡稀落了，偶爾迎面走來的都是揹著黑色大包的年輕人，不時有隱約的樂聲從路邊的樂器店和CD店裡飄散出來。

戴希目不斜視地走過音樂學院的大門，沿著圍牆繼續向前，直到牆內傳出持續不斷的大提琴曲，她才停下來，站在一棵高大的梧桐樹下傾聽。時間隨著琴聲流逝，好像生命的音符一去不復返，悲歡無法捕捉，只能任它們從眼前淌過，艾爾加樂曲中的激情猶如潮汐滾滾而來，又平緩地退去，戴希的心緒在琴聲中漸漸平靜下來。

大提琴曲結束了，戴希撥通手機。

「Jane，你好。我是戴希，希金斯教授在嗎？」

「是戴希啊，你好。真不巧，他昨天去北京參加國際心理學論壇了，要後天晚上才會回來。你有急事找他嗎？」

「就是關於研究課題的事，等教授回來我再打電話給他吧。」

「也行。戴希，你這些天好嗎？新工作習慣嗎？」

「都挺好的，謝謝你。」戴希停了停，「Jane，我想問你一個問題。」

「什麼問題？」Jane的聲音聽上去是那樣溫柔，使戴希感覺有所依靠。

戴希把手機握得更緊些：「Jane，假如有人尋求你的幫助，而你又不能肯定自己是否能夠幫到他，你會退縮嗎？還是仍然嘗試著去幫他？」

電話裡稍靜了片刻，柔緩的聲音再次響起：「戴希，我認為——幫助是一個行動，而不是一個結果。你覺得呢？」

戴希思索著：「……也許是吧。」

「其實我們都有這樣的經驗，有時候向別人請求幫助比幫助別人要困難得多。」

「你說得對……」戴希低下頭，就在不久之前她親眼目睹了求助者的掙扎，他每說一句話都好像在懸崖邊行走，在短短的一小時中幾乎耗盡了心力。

「所以我想，對求助者來說，你的態度比能力更加重要。戴希，你是學習心理學的，你肯定懂得這個。」

「我懂了，謝謝你，Jane。」

戴希回到西岸化工時已經過了下午五點。Lisa告訴她李威連三點不到就回來了，隨即和化肥／農藥部門的總監Mark關門開會，談了整整兩個小時。Mark一走，有機／無機部門專門負責合資生產的Raymond緊跟其上，估計這一談少說也得兩小時。戴希請Lisa幫忙，李威連一旦有空閒就通知自己，戴希要向他彙報整理照片的工作情況。

隨後戴希就開始做先前沒有完成的工作，這一次她心無旁騖，工作的進展神速，當孟飛揚的電話打過來時，只剩下最後的10％了。

戴希這才想起來今天約好了和飛揚、童曉一塊兒吃晚飯，戴希只好說對不起，今天要加班沒法陪他倆，她忙壞了所以忘記通知。

孟飛揚猶豫片刻，才說好吧，戴希能聽出他的失望和不快，但是今天她真的顧不上其他了——「對不起，飛揚。」戴希又說了一遍，「你讓童曉聽電話好嗎？我有些情況要跟他講。」

「喂？女魔頭，什麼情況啊？」

戴希吸了口氣：「我今天瞭解到兩件事要告訴你，第一，李威連根本不是袁伯翰出事那天才第一次去『逸園』的。實際上在讀中學的六年裡，他每週日都去見袁伯翰，學習紳士課程。」

「什麼課程？」

「紳士課程。因為他一直很小心，所以沒有外人知道。」戴希繼續說，「第二、李威連的確早就認識袁佳，他們曾經是最好的朋友。」

童曉應該是呆了呆，才說：「這些情況怎麼這麼古怪？你都是從哪裡打聽到的？」

戴希突然發起脾氣來：「這你別管，反正我告訴你了，信不信由你吧！」她把電話掛斷了。

「女強人的脾氣都會變得暴躁嗎？」童曉無奈地衝孟飛揚搖搖頭。

孟飛揚沉默著，臉色不太明朗。

電腦時鐘顯示七點了，戴希在MSN上敲了敲Lisa：「他有空了嗎？」

「我剛給他訂好了頂樓『錦翅軒』的包房，他和Mark、Raymond一起吃晚飯，他們已經上去了，估計吃完就十點了。」Lisa說，「戴希，William讓我下班，你也走吧。」

戴希不甘心：「十點以後呢？」

「十一點鐘他要和董事會開視訊會議，肯定會在公司的。」Lisa發來一朵鮮花，「親愛的戴希，你不會打算一直等下去吧？」

「我等著。」

「隨你啦。姑娘，你可要保重啊！」

「謝謝你，我會的！」

戴希繼續埋頭工作，中午的生魚片真耐飢，她居然一點兒不覺得餓。就在她終於大功告成的時候，突然聽到有人在叫她：「戴希，你怎麼還在這裡？」

戴希抬起頭，李威連就站在她面前，從他的身後望出去，整間辦公室空空蕩蕩。戴希忙問：「幾點啦？」

「十點三刻。」他注視著戴希，「你不是早就回家了嗎？」

「我……在加班。」戴希發現自己還是受不了他的目光，只好低下頭，「我把剩下的20%都做完了。」

「你到我這裡來。」

戴希跟著李威連走進他的辦公室，他把門關上了。

「這個還給你。」戴希把隨身硬碟放到他的桌上。

李威連看了她一會兒，才說：「下午和你分手時我說的話，希望你不要誤解。我的意思是說……我一向能夠控制局面，但是現在的狀況需要我更加謹慎，我不想出一點差錯……」他皺了皺眉，「這樣說也許不太容易理解——」

「我明白的！」戴希打斷他，他又開始掙扎了，她真不希望看見他這樣。實際上戴希可以很容易地說，我知道你是怎麼回事，我對你的瞭解遠遠超過你的想像，但是她也清楚現在絕不能這樣說——時機，不，是信任還沒有到。

李威連又沉默了，好像在想自己的心事。過了好一會兒，才對戴希苦澀地笑了笑：「真巧，我剛才也一直在考慮你的事。你需要盡快接受完整的新員工培訓，從而全面地瞭解公司。最近有一個不錯的機會——亞太區的新入職經理培訓，在香港舉辦，不僅內容非常全面，你還有機會認識亞太區的許多新經理，以及高級管理層。唯一的問題是，培訓的日期是從農曆新年的初四到初七，因為對於亞太區的其他地方來說，並沒有春節長假。當然，如果你參加這次培訓，假期都是可以補的。你考慮一下，這兩天就決定，我會讓 Maggie 替你安排。」

他停下來，又看了看戴希，補充說：「那段時間上海的辦公室關閉，我也會在香港。」

戴希的心狠狠地揪了揪，分不清是慌亂還是心痛，沒有說話。

李威連朝門邊走去：「太晚了，快回家吧。我只能送你到電梯，馬上要開會。」

「我考慮好了。」戴希站在原地說，「我願意參加香港的培訓。」

他緊緊地盯住她，然後掉轉目光：「那好，走吧。」

走到電梯前，李威連說：「我會給Maggie留言，說你今天加班了。明天下午再來上班吧。」

過了十二點戴希才回到家。孟飛揚已經睡熟了，呼吸裡散發出陣陣酒氣，這個晚上他一定喝了不少。戴希把今天整理的照片全部存在「諮詢者X」的目錄下，這是她偷偷拷貝到隨身碟裡帶回來的。之後，戴希抱著雙膝坐在電腦前，終於可以靜下心來，仔仔細細地思考。

心理諮詢或者治療，是發生在兩個人之間的事。也正因此，行業嚴格禁止諮詢師和病人有心理諮詢之外的其他關係。這種界限既保護病人，反過來也保護諮詢師。然而，戴希和「諮詢者X」之間的界限，在建立起心理諮詢的關係之前就已經打破了。

所以，她有足夠的理由及時抽身，可是她的退縮，對「諮詢者X」意味著什麼呢？他已經逃離了希金斯教授的諮詢室，這很可能是他最後一次尋求幫助。

戴希知道，從認出「諮詢者X」的那一個瞬間，就已經做了決定。此刻的猶豫，只不過是自我說服的過程罷了。

孟飛揚在酣眠中呢喃，將戴希縹緲的神思喚回。她躺到床上，把冰冷的面頰靠在他的肩窩裡，輕聲說：「我愛你，飛揚。千萬不要讓我再離開你了。」孟飛揚翻了個身，依舊沉睡不醒。

第十四章

從華海初級中學教學輔樓四層的窗戶望出去，隔著中間的操場，對面是新的五層教學樓。操場縱向的兩頭一頭是校門，另一頭是一排寬闊平房，包括食堂、健身房和倉庫。平房的後面有一片佔四塊籃球場地的小操場，操場邊豎立各種體育活動的器械，沿牆栽種著密密矮矮的常青灌木。

童曉站在資料室的窗前，伸手摸了摸冰冷的鐵窗框，這種窗戶現在已不多見了。一九八四年，尹惠茹就是從童曉現在所站的這扇窗戶縱身跳下的。在從此走入混沌的那個瞬間，她的目光有沒有在鏽跡斑斑的鐵窗框上稍作停留呢？……不，童曉認為，更有可能的是，在那個瞬間她的眼前別無其他，只有她用心與之對話的那個人，她對他說——都是我的錯。

在一句話裡訴盡恩怨，然後，她捐棄塵世，再無絲毫留戀。

可歎的是，尹惠茹最終只丟棄了理智，卻留下了生命。那個她用最後的清醒與之對話的人，究竟聽到了她的心聲嗎？他是否看懂了她泣血的絕然？他是否接受了她的懺悔？——他原諒她了嗎？

假如真像童曉所設想的，確實有這樣一個人存在，他到底是誰？他現在又在哪裡？好多年之後，他可曾見到過神已散盡徒留其軀的她？他們之間究竟發生過什麼？

「童警官，真不好意思，讓你久等了。」

童曉回頭，一個身材高挑梳著馬尾辮的年輕姑娘走進屋來，手裡握著個資料夾。童曉連忙露出滿臉笑容：「哎呀，放假期間還麻煩你，該我說不好意思的。」

教學體制改革後，華海中學被拆分為高中和初中兩所學校。正是寒假，為了到華海初級中學來調查張華濱的資料，童曉不得已利用了自己市局刑偵總隊的警官身分，害得這位原負責資料室的金老師特地來學校跑一趟。

金老師大度地笑了笑：「應該的。不過我擔心幫不上忙呢。」她坐到辦公桌前，對著電腦說：「你上次來電話時，我就檢索了學校的存檔資料。你要的資料比較早，學校空間有限，對原始資料做過好幾次整理，基本上都簡化後錄入資料庫了。你說的這個張華濱，從電腦裡只能找到最簡單的資訊。」

張華濱，男，出生日期是一九六六年七月十日。一九七八年至一九八四年間，就讀於華海中學，一九八四年中學畢業未考入大學，後被召進上海瑾江飯店參加酒店服務職業培訓。

紀錄到此為止。

童曉說：「咳，這個張華濱也真不怎麼樣，念了華海中學居然還沒考上大學，太浪費市重點中學的資源了！」

金老師微笑著說：「那可是一九八四年啊，大學升學率比現在低多了，即使是華海中學的畢業生，也未必都能考上大學，挺正常的啊。」

「張華濱的父親曾經在華海中學當過體育代課教師，這個你能查到資料嗎？」

「張華濱的父親？叫什麼名字？」

童曉從斜挎包裡翻出筆記本：「叫張光榮，是上世紀六十年代初回國的印尼華僑。」這是他從派出所戶籍資料裡查到的，但也十分簡單。張光榮於六十年代初隨其他幾十名華僑一起逃回中國，回國後始終沒有什麼正當的職業紀錄。從一九六五年到一九七五年的十年間，他曾先後在玩具廠、棉紡廠組織過造反文藝小分隊。一九七五年華海中學恢復正常教學之後，張光榮做了一段時間體育代課老師，但就是在一九七六年的年初，他於某個冬夜酒醉後意外失足而死。具體情況從資料庫裡都查不到了，童曉只能到華海中學來碰碰運氣。

金老師按了幾下滑鼠，搖頭說：「『文革』期間的學校檔案損壞嚴重，像這種代課的教師，任職時間又短，估計本來就沒什麼正式紀錄。」

童曉陰沉下臉來，看來要從正規途徑查清張華濱父子的情況，希望很渺茫了，唯一的辦法就是找到那個年代的見證人。他拿定主意盡快去華海高級中學走一趟，找找還健在的老教師資訊，興許能夠從活人的嘴裡問出些什麼。

「童警官，我剛才在檔案櫃裡找到了這個，你看看。」

童曉接過來一看，是張發黃的集體照。金老師說：「這是張華濱所在班級一九八四年的畢業照，雖然是黑白的，我看人像還清晰，就是不知道哪個才是他了。」

誰。

童曉從前至後仔細看了一遍，全是衣衫樸素的少男少女，看上去都差不多，幾乎分不出誰是

不過童曉還是眉開眼笑了：「這就很好了，雖然我們不認識張華濱，可是一定有人能認出他來。金老師，我可以把這張照片帶走嗎？」

「當然可以。請你在資料出借紀錄上登記一下就行了。」

一個小時之後，童曉搭車來到了新瑾江大酒店。

下了計程車，童曉站在街沿抬起頭，望了望飯店高聳的圓形樓頂，頓時明白自己犯了個錯誤——一九八四年新瑾江大酒店還不存在呢，張華濱肯定參加的是老瑾江飯店的服務員培訓。童曉豎起皮衣的領子，頂著瑟瑟寒風往老瑾江飯店的方向走去。

他在老瑾江飯店的調查仍然收效甚微。看到市局來人，負責安保的同志倒是十分熱情，很快就把資料庫查了個遍，但能夠找到的資訊還是少得可憐。童曉收穫的只有如下寥寥幾句話：張華濱，一九八四年九月被召入第六期酒店服務培訓班，學習半年後正式上崗，先後擔任過門童、行李員和前臺接待，一九八六年辭職。沒有照片。

童曉並未再要求查詢當年酒店管理者的紀錄，以張華濱這樣低微的職位，就算找到當時的酒店管理者，估計也沒人能記起他來。

他把雙手插在衣兜裡，縮著脖子走出飯店大堂。穿過面前的大片草坪，主樓的陰影下寒風凜冽，童曉凍得齜牙咧嘴，埋頭快速走向院門，耳邊突然響起一聲暴喝：「快靠邊！有車子！」

童曉連忙往旁邊一閃，一輛藍色寶馬擦著他的衣服駛過。童曉還在愣神，被人一把扯到牆腳下：「喂，看看，格得是車道，儂當心眼啊！」

「哦，」童曉這才看到醒目的車行標誌，自知理虧，對橫眉立目的門衛訕訕一笑，「呵呵，勿好意思哦。」

門衛看上去有些年紀了，但身板筆直，酒店的制服大衣穿在身上很氣派。他沒好氣地朝童曉擺擺手，示意他快離開。童曉識相地溜著邊往外走，還沒到院門，又轉身返回。

「師傅，儂是老瑾江了伐？」童曉掏出一支香菸，遞了過去。

門衛看了童曉一眼：「阿拉上班辰光勿好吃香菸厄。」話雖這麼說，表情卻是和氣的：「有啥事體伐？」

童曉十分欣喜，趕緊湊上去：「呃，我幫朋友打聽一個人，二十多年前在這裡當過門童和行李員，我問來問去都沒人知道。我一看就曉得儂是格的個老前輩，一定能幫忙！」他把這番話說得那個熱情洋溢啊。

「儂想問啥人？」對方倒是乾脆。

「一個叫張華濱的人，一九八四年底參加服務培訓，半年後正式上崗，一九八六年辭職走的。您有印象嗎？」

門衛悶頭想了想：「勿記得勒。」

童曉大失所望，又從斜挎包裡翻出筆記本，把夾在裡面的照片取出來，遞給門衛：「他就在這張照片裡，您再認認？」

門衛舉著照片努力辨認著，大蓋帽下的髮茬在寒風中瑟瑟擺動，露出隱約的灰白。

「唔！我認得勒！結果是伊啊！」突然從他的嘴裡蹦出這麼句話來。

「啊？！」童曉直撲上去，「誰？哪個？」

門衛指著照片上的一個人：「就是伊嘛，張華濱，我當啥人，剛剛想起來嘍！」

童曉搶過照片來，一個瘦瘦的男孩子，五官十分精緻，仔細看倒挺漂亮，特別是那雙像西方人一樣凹陷的眼睛，莫名地讓童曉覺得有些面熟……

「嘖嘖嘖，格個張華濱，唉呀，伊個辰光被一個日本人搞出大事體來，作孽啊，差一眼眼勿想活嘍。我想起來了，想起來了……」門衛大叔繼續搖頭晃腦。

「日本人？！什麼事情？！」童曉的嗓門都拔高了。

門衛大叔反倒露出滿臉詭異的笑來，朝童曉招招手：「儂過來，我講撥儂聽。」童曉趕緊把耳朵伸過去，大叔在他的耳邊好一陣嘀咕，童曉的面色越變越陰沉，終於和飯店主樓的背陰面一樣晦暗了。

門衛大叔終於講完，童曉沉默片刻，又往挎包裡掏了掏，取出另外一張照片：「老師傅，你再看看這個人，是不是面熟？」

「呀，格勿就是伊個日本人嗎？！」

「老師傅，你肯定？」

「肯定格。看上去老交關了，胖交關了，不過伊來過老多趟，阿拉甯得老清爽格！」童曉長長地吁了口氣，心情並未因為這意外的突破而豁然開朗，反而變得沉甸甸的。

戴希一覺睡醒十點已過，孟飛揚早就上班去了，在桌上為她留了蛋糕和優酪乳作早點。戴希換上西裝裙又化了淡妝，覺得自己滿符合著裝規範了，才匆匆出門，趕到公司時還沒到午飯時間。

公司裡的氣氛非同尋常，所有人在埋頭工作的同時，都表現出罕見的不安和騷動，戴希察覺出了同事們的緊張。發生什麼事了？

戴希打開電腦。「姑娘，你來啦？昨晚上怎麼樣？」Lisa在MSN上問。

「嗯，挺好的。」戴希打出問題，「公司裡怎麼怪怪的，發生什麼特別的事了嗎？」

「呵呵，你看看郵件吧。」

此刻她的郵箱裡只有一封新郵件，寄件者是李威連。

戴希很鎮定地打開郵件，掃了眼收件人欄，果然是發給全體員工的。另外她還注意到，郵件的發出時間是今天凌晨三點。

這封郵件是李威連作為西岸化工大中華區總裁的新春致辭，標題是：「為了更美好的生活。」

這是李威連以中國公司總經理和大中華區總裁身分所做的第十一次新春致辭。

在致辭中，李威連首先回顧了過去一年，乃至過去十年中西岸化工中國公司的發展。「西岸化工中國公司業務的迅速擴張，聯動了整個大中華區，二〇〇三年，亞太區從遠東大區中分立出來，以中國為主的大中華區成為亞太區的主力。西岸化工並不是最早進入中國市場的跨國企業，但很好地把握住了中國崛起的脈動。在中國，西岸化工既保持了一家歷史悠久、文化深遠和規模宏大的全球化企業的優勢，又充分適應中國市場的特色，以獨樹一幟的創意和靈活高效的執行取得了市場的領先地位。」

對比十年前西岸化工中國公司制定的願景：「將全球化工領域中最優質最適合的產品引入中國，充分參與中國的經濟發展，使西岸化工成為提升中國人民生活水準的促進力之一。」李威連做出結論：「我們毫無疑問實現了當初的目標，西岸化工十年來為中國提供了豐富的化工產品，這些產品不僅來自西岸化工製造，也有來自於全球其他知名化工企業的一流產品。作為一家製造型的企業，西岸化工全球各地的分公司中，只有中國公司經董事會特批採用銷售與貿易相結合的業務模式，並取得了極大的成功。」

接下去致辭的話鋒一轉，李威連開始描述西岸化工中國公司未來新十年的願景和目標：「……經過反覆思考和探討，在全球總部和董事會的支持下，西岸化工中國公司的願景調整為：『為中國持續引進高品質的產品，推廣優質生活的尖端技術，在合作生產、科技創新和人本理念方面與中國共同創造價值，提升中國人民的生活品質，伴隨中國的經濟發展一起成長。』」

他詳細闡釋了這份新願景的內涵，包括繼續鞏固西岸化工在銷售和貿易方面的既得優勢，不斷豐富產品線；更多地向中國輸入高科技的尖端產品，通過使用培訓、技術轉讓和合作生產等手段，幫助提升中國同行的水準；在現有合資企業的基礎上，繼續大力發展合資生產模式，把越來越多的產品拿到中國來生產，在技術、設備和管理上為合資企業提供充分支持；二〇〇九年內西岸化工將在中國建立第一個全球性的研發中心……以及將充分參與中國的社會生活，在環境保護、生活品質、回報社會等多項人本理念上樹立西岸化工的形象，並從中創造出全新的價值。

作為一個剛進西岸化工兩週的新人，戴希對公司願景並沒有深刻的理解，化工行業於她來說也完全是霧裡看花。致辭讀到這裡，正當她頗感艱澀時，李威連的行文卻突然使她眼前一亮，因為他提出了這樣一個問題：

「作為一名西岸化工的員工，我知道你們剛進公司起，就能把公司的使命倒背如流，要背出它來並不難──『為了創造更美好的生活』，這就是西岸化工的使命。但你們是否真正思考過：什麼是美好的生活？對公司、市場、客戶和每一位員工，美好生活的意義究竟是什麼？」

從這個問題以後的篇章可謂酣暢淋漓，令戴希讀到熱血沸騰。

「必須指出，新的願景將為西岸化工中國公司帶來根本性的變革。我們的組織架構、人才儲備、行政規章的各個方面，都要為了這個全新構建的願景而變化。在中國公司的過去十年裡，我們在有限的範圍內為公司的使命而努力著，可是還遠遠不夠。從現在開始，西岸化工中國公司將在一個新的臺階上奮鬥，我們將要用全部的熱情和實力來證明：

「我們不僅是具有百年歷史的跨國企業，我們也能順應時代和地域特色、隨需而變；

「我們不僅能夠用產品來影響客戶，還能夠用技術來豐富生活；

「我們不僅能夠用銷售來佔領市場，還能夠用合作來支持同行；

「我們不僅能夠招攬最優秀的人才，還能夠培養和提升他們，為他們提供發展的空間；

「我們不僅能夠從中國市場上獲得利潤，還能夠和中國人民分享理念、創造價值、回報社會；

「我們不僅為了業務增長而工作，我們也全心投入地為了更加美好的生活而工作。

「絕不能說這些就是美好生活的全部含義，但我們走在正確的道路上。對於即將到來的變化我充滿了激情，我相信你們也是如此，置身於這樣一個變革之中，也就是面對著親手創造輝煌的契機。

「目標一旦設定，執行就成為關鍵。變革從此時此刻開始。公司將立即成立重新構建組織和業務的核心團隊，由我來領導，全球CEO Alex Sean會為重組把握方向，並提供最有力的支持。第一層組織的重構計畫在今年的四月一日前完成，七月一日之前全公司的業務模組和人員結構完成重組。這將是一個優勝劣汰的過程，也將是一個充滿機遇的過程，每一個人在這個過程中都將被重新評估和定位，並獲得與組織目標相匹配的新位置。你們從現在開始就應該思考，如何接受挑戰，適應變革，謀求新的發展。我只想再次強調一點，你們所面臨的是——前所未有的機遇。

「一切為了創造更美好的生活。」

致辭有中文和英文兩個版本。戴希先讀了一遍中文版，再讀了一遍英文版，然後，她把兩個版本又分別讀了第二遍。

戴希被深深地打動了。

這篇致辭的語言固然簡潔優美、邏輯固然清晰有力，但充其量只能炫人耳目，無法觸動她的心弦。真正打動了戴希的，是字裡行間所體現出的對事業的全情投入、對完美的不懈追求和作為領導者的使命感，以及對這份使命的堅定承擔。

回想昨天下午和李威連在「雙妹1919」的談話，她的臉上情不自禁地泛起紅潮，現在才明白自己的那些言論是多麼幼稚、可笑。公司願景肯定是深思熟慮和縝密策劃的結果，為了取得總部的認可和支持，李威連必然已經多次向美國總部和董事會闡述自己的想法，他為西岸化工中國公司勾畫的新藍圖充分體現了變革的思維，和應對全新挑戰的策略與雄心。

還有一點讓戴希心潮起伏的，是她從這篇純粹商業性質的文章中，再次讀到了那份熟悉的口吻，那個她在許多回深夜的寂靜中悄悄潛入的心靈——戴希又一次認出他來了。和第一次的惶恐不同，這一次的確認讓戴希體驗到帶著酸楚的喜悅，有點兒像舊友重逢。

正如嚴肅冷靜的外表下，總有真情流露的微妙瞬間。只要有足夠的敏銳、足夠的關注和足夠敞開的心靈空間，就能觸探到包裹在堅硬的現實和層疊的邏輯裡面的纖細肌理，血脈的輕柔搏動。看似艱冷、銳利、無懈可擊，卻又埋藏著令人動容的細膩、誠摯、清高自詡。

「為了創造更美好的生活」，戴希還真是頭一次聽說，這就是西岸化工的使命。她有種強烈的衝動，想當面去問一問他：「尊敬的總裁先生，請問對你來說，什麼是更美好的生活？你自己的生活美好嗎？」

從公司總裁到諮詢者X，兩者間彷彿隔著千山萬水的距離，不過戴希看得見連接他們的橋梁——他的眼神。忽然間她好像又失去了自信，真的、真的會是他嗎？難道整個公司所有閱讀了這份致辭的人中間，真的只有自己才辨識得出他的眼神？那深蘊其中卻又彷彿觸手可及的憂傷，會不會只是自己的臆測和想像……

「喂，看完了嗎？感覺如何？」Lisa等得不耐煩了，MSN的標籤一個勁地閃爍著。

戴希趕緊輸入：「看完了！嗯，我覺得不錯……煽情得來。」

「哈哈哈！」Lisa發過來三個大笑的臉，「是滿煽情的，他很可愛是不是？」

「……可愛得，像個詩人。」

Lisa估計是樂不可支了，又發了一長串笑臉過來：「你知道他對我來說最可愛的一點是什麼？」

「什麼？」

「哈哈，不管我給什麼人當秘書，碰到這類文章起碼得做一次翻譯。要麼中譯英，要麼英譯中，只有我們這位老大，中英文一把抓。我算輕鬆了，反正和他一比，哪種語言我都自歎不如。」

「Lisa！你的臉皮真厚！」

「戴希！」Lisa的打字速度著實一流，「我的鑑定結果是，你就像所有新加入公司的年輕女孩一樣，正迅速淪陷於我們總裁的無敵魅力之中。為了使你避免進入難以自拔的狀態，我建議你今天中午加入西岸化工八卦飯團，去好好學習學習！」

「八卦飯團？那是什麼玩意兒？」

「一個民間拼飯組織，同時散佈各種第一手超絕密的八卦資訊，基本上西岸化工董事會上剛通過的決議，幾小時之後就會出現在八卦飯團。」

「開玩笑吧？？？」

「加入一次就知道啦，就今天中午吧！要趕緊哦，馬上就吃午飯了。」

「可是怎麼加入呢？好Lisa……」

在Lisa的授意下，戴希接受了法律部的公司律師吳波的午飯邀請。戴希剛進西岸化工才幾天，就被這隻大海龜吳律師盯上了。吳波律師年方三十有四，英國劍橋法律系博士畢業，未婚，性格孤芳自賞且愛吹毛求疵，由於要求極高而女友位置常年空缺，偏偏一眼相中了戴希。

剛過十二點，吳波就興沖沖地來找戴希。戴希一邊跟著他往外走，一邊問：「還有誰和我們一起呀？」

「今天可熱鬧了，幾個西岸化工的元老級人物都在。你初來乍到，正好認識認識。」

「元老級人物？你還認識這樣的人啊？」

「呵呵，我雖然進公司才兩年，可是法律部門涉及的事情比較多嘛，所以相互常常打交道，就混熟了。」

到達公司旁的泰國餐廳，走進金碧輝煌的小包廂，圓桌邊已經坐了好幾個人。吳波先向大家介紹戴希，又逐一為她介紹坐著的那幾位：行政部Jennifer、人事部Susan、有機／無機產品部的部門助理Henry和農業產品部的市場經理Jason，他們都在西岸化工中國公司任職五年以上，Jennifer甚至是從一九九八年李威連在上海建立辦公室時就加入了。

其實戴希對這幾個人都很面熟，她早就在李威連的隨身碟裡看過他們不少照片啦。吳波和戴希一落座，Susan先開口了：「你就是戴希啊？你好呀。呵呵，我早聽說Maggie為人事部招了個小美女，就是一直坐在二十八層，那一層都是老闆，我們能不去就不去，所以到今天才第一次見到。」

Jennifer也很熱情地對戴希打招呼：「Maggie居然會招小美女？太陽從西邊出來嘍！我們都猜她是被迫的呢。戴希，你是不是和William認識啊？」

戴希面不改色地回答：「是我爸和他認識。」

「你爸？是哪家公司的高管？」

「不是，我爸是華東師範大學的教授。」

「哦……」眾人互相交換眼神，似乎暫時平息了猜忌。戴希暗自咬牙，哼，貌似我進了西岸化工以後道德水準就直線下降，親愛的老爸，你要原諒我！

吳波聽說戴希出生於教授家庭，目光裡的喜愛更增添了幾分，開始大獻殷勤地替戴希倒茶點餐。另外幾個人對他倆暫時失去了興趣，話題轉向今天令整個公司震撼的內容。

「William又出狠招了，這傢伙簡直就是個狂人啊。」Jason首先感歎，「Henry，你們老大Raymond這次肯定要上位，昨天William可是找他和Mark兩個人先溝通的。」

Henry回答：「這次動作太大了，看來William要把中國公司兜底翻了。」

Jennifer倒是氣定神閒：「從去年底就開始策劃了吧。William去年底到今年初接連跑了兩次美國，肯定是去找總部和董事會溝通的。上兩週他在香港和新加坡應該是做亞太區這裡的工作，反正有Alex撐腰，Philips樂得做好人。」

Susan也說：「前陣子Maggie跟我說，William要改造『逸園』，大中華區總部得等到四月份以後再搬回去，你看他這不是早有預謀嘛！到那時候第一層組織結構定下來，誰進去誰出來一目了然啊！唉！」她歎了口氣，「反正這麼一折騰，我們部門接下去半年沒好日子過，肯定要忙死了。」

吳波插嘴：「怕什麼，這不是充實新生力量了嗎？」

Susan看了看戴希：「戴希，你現在是直接向Maggie彙報吧？」

「是的。」

Susan點點頭：「哦，那我估計你馬上會很忙的。今天上午William已經召集重組核心團隊開會了，Maggie就是其中之一，從現在開始她會忙得連畫眼線貼假睫毛的時間都沒有，到時候她肯定不管三七二十一，把什麼活都往你這裡扔。」

「這樣啊……」戴希有些發愣，「重組核心團隊還有誰呢？」

Jason說：「目前所知的也就是Maggi、Raymond、Mark和法律部的老大——」

Jennifer打斷他：「應該不只這些人，告訴你們個絕密，春節後有大人物要空降過來，我正在幫他安排酒店長包房呢。」

所有的人一齊朝她瞪大眼睛：「誰？！」

Jennifer神秘地一笑：「我先不說，你們來排排這次重組的座次，再猜猜看他是誰。」

「哈哈，我今天研究了一上午William的文章，算是參透玄機了。」Henry躍躍欲試地說，「說實在的，真是很佩服咱們這位老大的魄力，他的野心就是要把中國公司從西岸化工的銷售分支，直接提升到最重要的分公司地位。你們看看，這次重組，除了原來的銷售和貿易之外，他擺明了要構建同級別的生產部門和研發部門，這樣總部對中國公司的投資和重視都會達到前所未有的程度，他自己的權力肯定也會迅速擴大！」

Jason點頭：「Raymond本來就是負責合資生產的，在有機／無機部門也一直是William最得力的幹將，所以這次重組後，如果由Raymond來主管生產，我一點兒都不意外。」

Henry繼續說：「Mark嘛，我覺得William會讓他負責所有產品的銷售。」

「所有產品的銷售？」這下吳波有疑問了，「那豈不是提升Mark到全部產品總監之上了？」

Henry說：「應該是這樣。各個產品線的銷售是由總部直接縱向領導的，中國公司主要行使行政監管的職責，本來都是William的事情，不過我想現在他要往上一步，完全可以把這塊交出去。」

Jason表示同意：「我也這麼想。但是William絕對不會把貿易也交出去，我覺得他還會自己主管這個部分。除了他，公司裡目前也沒有任何人有膽識和能力負責這一塊。」

吳波想了想說：「貿易本來就是抓大的商機，William應該有精力繼續負責。」

「那麼誰來負責全球研發中心呢？」Susan突然問。

說得很熱鬧的幾個人一下子都住了口，互相看了看，又都一齊轉向Jennifer，笑著問：「Jennifer，你就別賣關子了，快說，那個大傘兵是誰啊？」

Jennifer伸出纖纖玉指，在桌子中央畫了個大大的「G」。

「G？」大家面面相覷。沉默了半分鐘後，Henry突然叫起來：「不會是Gilbert吧？！」

Jennifer再次伸出纖纖玉指，貼近嘴唇做了個「噓」的動作。

「這個……」Jason遲疑著開口了，「Gilbert和William可是有矛盾的啊，再說原本Gilbert在William之上，讓William自立山頭以後，Gilbert已經非常不爽了，現在怎麼可能再跑到中國來，低聲下氣接受William的領導？」他連連搖頭。

戴希聽得暈頭轉向，完全弄不懂他們在說什麼。另外幾個倒好像是很明白，表情都沉重起來，最後還是Jennifer打破沉默：「唉，這就不好說了。不過Gilbert過去在美國總部就負責過研發部門，到中國來建立全球研發中心也順理成章。」

吳波思忖著說：「既然是全球研發中心，應該是由總部直接領導，Gilbert很可能和William在級別上保持一致，但行政方面會受制於William。如果真是這樣安排的話，對兩個人都不怎麼舒服，那大概就是Alex Sean的制衡之術了。」

談話暫告段落，大家悶頭吃了一會兒飯。Henry才說：「無論如何，這次重組對我們來說是利大於弊。今天早上Mark偷偷跟我說，本來因為金融危機，年終的提級和加薪都泡湯了，可是William千方百計爭取到了這次重組，所有人員重新擺放位置、評定級別，大家都會獲得很大的實惠。中國公司這次是戰略擴張，我們這些人都會有非常好的機會，自己好好把握吧。」他看了眼戴希：「你進來得可真是時候啊！」

和八卦飯團的午餐結束了，戴希回到自己的電腦前，在MSN上找到Lisa：「我回來了。」

Lisa過了半天才回覆：「你有吃有喝還有八卦聽，我可苦死了。」

「怎麼啦？」

「那幫老大還在開會，我得隨時待命，只好吃外賣。」

「他們不吃飯嗎？」

「給他們準備了三明治，不過William反正是什麼都不吃的。」

「哦，對……」戴希又想起了昨天，她遲疑了一下，「Lisa，我今天確實聽到不少消息，你想知道嗎？」

「不用啦，我用腳後跟都能想出來他們會說什麼。」

「啊？那你自己怎麼不告訴我呢？」戴希莫名地有些委屈。

「我直接告訴你你印象不深啊！」Lisa回了一句，過了一會兒又蹦出來，「傻姑娘，你不會真以為我這個總裁秘書上班閒得沒事做，成天和你聊天玩吧？我忙著吶！」

「那你……」戴希的心亂跳起來。

「和你聊天也是人家派給我的工作任務啊！傻瓜！」

戴希對著螢幕發呆，不知道該怎麼回答了。

「你可千萬別多心呀。」Lisa接著說，「我很喜歡你的，戴希。可要不是他特意囑咐，上班時間我哪敢這樣和你MSN？就連八卦飯團也是……」

「啊！」

安靜了一會兒，Lisa發過來一個拳頭：「真不知道他的腦子裡怎麼能裝下那麼多事。現在還覺得他可愛嗎？是不是還有點兒可怕？」

戴希咬著嘴唇打出：「嗯，不是詩人，是陰謀家！」

「哈哈！」Lisa說，「你對我們總裁的瞭解又深了一步啦。戴希呀，你最好什麼都不要多想。William特別會培養人，Mark、Raymond，還有你的頂頭上司Maggie，全都是他一手培養起來的，我感覺他正在很花心思地培養你。你很幸運，假如能跟上他的節奏，你會發展得比別人快得多。」

Lisa很敏銳，也很正直，戴希相當欣賞她，然而Lisa並不知道事情的全部。戴希好像又看見了那雙疲憊而憂鬱的眼睛，現在她完全能夠肯定，除了自己之外，這家公司裡的任何人都不曾看見過，還有他昨晚上說的話：「……我一向能夠控制局面，但是現在的狀況需要我更加謹慎，我不想出一點差錯……」當時戴希打斷了他，因為實在不忍心看他的樣子。經過了這半天，戴希才真正明白他想說什麼。

戴希很慶幸，自己至今為止都沒有令他失望過。

第十五章

「吧嗒！」張乃馳看著自己擊出的主球擦著黑球的邊沿而過，撞到球檯內側後輕輕滾動了幾下，停在右上方的袋口。他吹出一聲清脆的口哨，走到懸在牆上的記分牌前，隨意地撥動小銅片：「該你了。」

李威連面朝窗戶坐著，似乎沒有聽到張乃馳說話。從位於三十層的美國俱樂部的窗戶朝外望，浦西和浦東的美景一覽無餘，蜿蜒流動的黃浦江就在腳下拐出匯聚龍氣的巨大轉折。新春將近，鱗次櫛比的高樓上燈光絢麗奪目，撞球廳整片落地大窗外猶如展開了一張巨大的螢幕，以瓊樓玉宇般的魔都之夜作為背景，似要上演一齣又一齣悲歡離合的人間戲劇。

張乃馳看了看記分牌，大比分2:2，兩人戰平，這一局決勝局李威連領先十多分，檯面上還有若干彩球，自己應該尚存反敗為勝的機會。他走到李威連身後，又叫了一聲：「William，該你了，看什麼呢？」

李威連沒有回答，張乃馳順著他的目光往窗外望去，不遠處的外白渡橋上車輛穿梭來往，好像橫跨在黃浦江上的又一條燈河，佇立在百年鐵橋拐角處的俄羅斯領事館上，橢圓形的屋頂被來自四面八方的燈光映得雪亮，一面紅白藍三色的俄羅斯國旗正在徐徐降下。

「……這幅情景讓我想起了一九九七。」李威連低聲說。

「降旗啊。」張乃馳對觸景生情沒什麼興趣，只想盡快和對方分出勝負。

「時間過得真快，不知不覺我們離開香港回到上海，已經十一年了。」

張乃馳隨口敷衍：「是啊……剛回來時我們還常常一起到美國俱樂部打撞球，現在好像很久都來不了一次了。」

李威連抬頭看了張乃馳一眼：「也是，最近這一兩年我們都沒怎麼好好聊過了。」

「呵呵，連重組這樣的大事你都不先和我溝通，還有什麼可聊的呢。」張乃馳聳聳肩，「我知道自己能力有限，也不敢再抱什麼奢望。」

李威連站起身往球檯走去。以夜空為底的落地大窗彷彿幽藍的鏡子，球檯在正中央閃著墨綠色的微光。李威連和張乃馳並肩站在球檯一側，兩個人的身影幾乎難分彼此，同樣的勻稱、挺拔，看上去真有點像一對親兄弟。

分開時，尚且涇渭分明；靠近時，一個便被收入另一個的身影之中，渾然一體。

李威連只比張乃馳略高些，肩膀略寬些，但就是這一點點毫釐間的差距，卻造成了迥然相異的氣場。

「為什麼非要打黑球？」李威連一邊在球杆頭上擦著滑石粉，一邊搖頭，「又急於求成了。」他幾乎沒有彎腰，球杆朝袋口前的主球輕輕一觸，白球跳躍向前，把緊靠左側的紅球推進了網袋。

「你不是今天剛從北京回來嗎？我怎麼和你預先溝通？」他繼續不以為然地說，同時目測距離和角度，現在有一顆綠色球和一顆藍色球都在攻擊範圍內，當然也可以試試那顆黑球，不過難度稍大。

「你提前回上海也沒告訴我啊？否則我就不去北京了。」

李威連還是選擇了最順手的綠球，一擊落袋之後，對張乃馳笑了笑：「行了，別抱怨了，有什麼想法就直說吧。」

「不是我有什麼想法，是你想怎麼安排我！」張乃馳悶悶地說，「重組核心團隊裡也沒有我，William，我是不是徹底出局了？」

「出局？Richard，我還以為你不在乎西岸化工這座廟，想要自立門戶了呢。」李威連又輕輕鬆鬆打落一顆紅球。

「我？自立門戶？！」張乃馳很有些緊張，「William，你不要去聽那些風言風語，我這個人還是有自知之明的。就算偶爾嘴裡說說，那也不算數的。我知道我離不開你！」

李威連笑起來：「別、別，千萬別這樣說話，會讓人誤會的……對了，你在北京還順利嗎？和中華石化鄭武定的關係非常重要，你發展得怎麼樣了？」

「這個……還行吧。低密度聚乙烯粒子的事情讓鄭武定大大地露了把臉，現在他在進出口公司所有副總當中是最受集團公司上層認可的，算得上春風得意了。鄭武定對我們很感激。」

「高敏呢？她現在怎麼樣？」

張乃馳撇了撇嘴：「靠邊站了，雖然常務總經理的職位暫時還沒撤掉，但是上頭已經開始調查她了，我估計被雙規也就是時間問題。」

「你要注意，別讓她牽扯上我們。」

「不會的，她手上沒有任何證據，我們拿合同的過程向來都符合規程。」

李威連點點頭，又打落了一顆藍色球，現在開始琢磨打下一顆紅球時主球的走位，如果這次能把黑球拿下的話，張乃馳就輸定了。

「Richard，究竟是誰舉報的海關，你後來有沒有進一步調查？」

張乃馳十分意外：「你真的相信是另有他人？」

「當然！」李威連驀地朝張乃馳望過去，「我早就告訴過你，只要有第三者存在，就說明還有別的眼睛在盯著我們，必須要把這個威脅找出來！怎麼？你就這樣對我的話掉以輕心嗎？」

「不是啊，我……」張乃馳無言以對。

李威連狠狠地吁了口氣，用力一擊，紅球應聲落網，接著說：「除了你我和有川康介本人之外，還有什麼人能發現有川的貨是劣質品？我覺得唯一的可能就是通過聚乙烯粒子國際貿易的紀錄，查詢出那段時間南美出產的劣等品走向，假如碰巧還知道伊藤與中華石化之間的合同，就有可能判斷出有川康介以次充好。你照這個思路再去查查，這件事非常重要，你必須認真去辦！」

張乃馳嘟囔道：「好吧，我也就是幹幹這些……」

李威連餘怒未消，瞄準黑球彎下腰。就在推杆的剎那，他突然皺了皺眉，臉上掠過一絲不易察覺的痛楚之色，手臂輕輕一顫，黑球偏離軌道後撞到檯底反彈出來，滾到球檯中央才停下。

張乃馳看著這個局面也愣住了，李威連默默地放下球杆，緩步走到落地窗邊，在一旁的沙發上坐下來。

張乃馳重新站到檯前，黑球被打偏後，反而給他留出了很好的攻擊位置。張乃馳興奮起來，檯面上還有三顆紅球和三顆彩球，加起來的分數剛好反超。張乃馳全神貫注地打下一顆紅球，主球的走位極其完美，他深吸口氣，乾淨俐落地將黑球打落入袋。

現在他有機會一桿清檯了。張乃馳聚精會神在球檯上，一顆又一顆，精采地收下所有剩餘的分數。76:68，他贏了。

「很好，你贏了。」李威連平靜的聲音把張乃馳從激動中喚醒。張乃馳趕緊按下心中的狂潮，回頭對李威連無辜地一笑：「你讓我的。」

「沒有，是你打得比我好。」

張乃馳這時已經完全鎮定下來，走到吧檯前喝了口威士忌：

「William，你今天的狀態好像不大好，是不是最近太累了？要注意勞逸結合哦。」又端了杯酒走到李威連的身邊，殷勤地遞到他手中，笑著問：「對了，那個戴希怎麼樣？很可愛吧？」

「戴希？」李威連晃了晃手中的酒杯，冰塊發出喀喀的聲響，「的確不錯，不過Maggie似乎不怎麼喜歡她。」

「哈哈哈！」張乃馳大笑起來，「Maggie怎麼會喜歡那樣清純靚麗的小美女！」

「Richard，」李威連打斷他，「關於重組的安排，你不用擔心。之所以沒有讓你參與核心團隊，是我希望你不被瑣事分散精力，而是在四月份第一層組織結構定稿之前再做出些突出的表現，尤其是在貿易方面。你知道，貿易這塊是我最看重的，我絕不會把它交給外人。中華石化是我們做貿易的首要合作夥伴，關係由你來維護，就因為你是我最信得過的人……話已經說得夠明白了，你現在放心了吧？」

張乃馳呆了呆：「是……我懂了，William，謝謝你！你就儘管放心好了！」

李威連朝他舉了舉酒杯。

「哎呀，我必須要走了，葆齡父親今天做三七，我得去陪陪她。」

張乃馳忙不迭地想離開。

「好，我再待一會兒。再見。」

「再見！」

撞球廳裡一下子變得寂靜無聲，李威連的目光投向窗外，落在巨大的黛藍色天幕的某一點上，好像在看什麼，又好像什麼都沒有看見。

因為調假，春節前的兩週連著上班。孟飛揚剛剛進入這家名叫「高井株式會社」的日本公司，在三名貿易課長中佔了一席，初來乍到的他要熟悉環境、瞭解業務、整理團隊，真是忙得不亦樂乎。

恰好這段時間戴希也忙，兩人都是早出晚歸，每天連話都說不上幾句。忙碌之餘，有些念頭會冷不防地跳進孟飛揚的腦子——戴希只不過才剛開始工作，但是對他來說，她似乎就已經改變了很多。每當這個時候，孟飛揚就會竭力把這種念頭清除出去，戴希是為了他才放棄學業回到中國的，他因此更希望戴希能夠順利就業，希望她能找到滿意的工作而不為失學煩惱，孟飛揚打心底裡希望戴希快樂。

現在戴希在西岸化工幹得很起勁，不論是目前的待遇還是將來的發展，都好得出乎預期，孟飛揚應該為她高興，並且全身心地、無條件地支持她。只是偶爾深夜醒來，孟飛揚看著身邊戴希熟睡的臉，看著她漆黑的睫毛隨著呼吸的節奏輕輕顫動，嬌柔的面龐紅潤潤的，他就會忍不住微微地心痛，彷彿又一次體驗到三年前戴希將要赴美前的心情，那是一種無望而又無奈的感傷，眼睜睜地看著她離自己而去，卻無法說出那個「不」字。孟飛揚不斷地提醒自己，別胡思亂想，現在他滿心盼望著春節長假的到來，盼望著重溫那份無所事事而又親密無間的溫馨。

他的美好願望被打碎了。當戴希提出年初三晚上就要飛去香港參加培訓時，孟飛揚費了天大的勁才克制住強烈的失落感，他迅速調整了神情，若無其事地安慰著忐忑不安的戴希——多麼難得的機會啊，當然應該去啦。我沒事，反正你還能補假，到時候我們再一起休。剩下的四天長假我正好小修一下房子，把熱水管接到廚房裡，淋浴房還要換個新的暖風機……

「飛揚，假期有什麼安排？」柯亞萍笑吟吟地站在孟飛揚的桌前，手裡舉著個紅色的絨布小牛。

孟飛揚回過神來，隨口應道：「也沒什麼安排，睡覺，要不就看看資料。」今天是小年夜，明天就開始放假了，他剛剛把電腦裡的資料存進隨身碟，打算帶回家去看，另外還有些文件沒有電子檔，現在他全攤在桌上正要整理。

柯亞萍瞧了瞧他的一桌子狼藉：「這個小牛放哪兒啊？亂七八糟的。」

「小牛？」

「是啊，給你的新年禮物啊，祝你牛氣沖天！」柯亞萍最近的氣色倒很好，臉上也時常掛著笑容，讓孟飛揚看著挺舒心。

「牛氣沖天好啊！太謝謝你了！」孟飛揚真誠地表示著謝意，又撓了撓頭，「這個……得等我把桌子先理一理，實在太多資料了。」

柯亞萍伸出手：「我幫你一起理吧。你怎麼這麼用功，春節還要看資料？」

「呵呵，剛來嘛，多學學總是好的。」

兩人手忙腳亂地整理了一番，總算清出半塊檯面來，柯亞萍把小紅牛端端正正地放好，又笑著問：「你春節敢不陪女朋友玩啊？她肯定要生氣的。」

「……我陪不了，她初四到初七在香港培訓。」孟飛揚想把話說得盡量隨意些，但苦澀的語調卻怎麼也掩飾不住。

柯亞萍瞥了孟飛揚一眼：「是嗎？春節長假還要加班？你女朋友不是在西岸化工嘛，我聽說美國大公司很人性化的呀？怎麼比日企還會剝削？」

「也不是，這是他們老總給戴希特別安排的好機會。」孟飛揚只想盡快結束這個話題。

「哦，」柯亞萍點點頭，「那就難怪了。我也聽說西岸化工是家特別好的公司，就是要求非常高，很難進的。你女朋友真有本事，一下子就進去了，還馬上有香港的培訓，肯定是讓老總另眼相看的。」

孟飛揚忙說：「……亞萍，你春節打算怎麼過？出去旅遊還是待在家裡？」

「我哪有出去旅遊的錢，只好待在家裡唄，照顧照顧爸爸，就是希望哥哥嫂嫂別鬧得太凶就好了……」她垂下頭。

孟飛揚吁了口氣：「不管怎麼過吧，反正還是要祝你新春快樂的！」

「是的，祝你、祝我們都新春快樂！」柯亞萍紅著臉笑了，孟飛揚也跟著她笑起來。

香港很溫暖，當然是相對上海的嚴寒而言。

晚上七點半，戴希乘坐的飛機準點降落在香港國際機場。她立刻把羽絨服塞進箱子，輕裝上陣去搭機場快線。西岸化工的差旅安排都交給協力廠商的國際旅行機構辦理，相當專業，戴希出發前幾天就收到了介紹整個旅途細節的郵件，她按圖索驥在九龍站下了機場快線，又轉乘穿梭巴士，九點剛過就到了位於尖沙咀的馬哥孛羅香港酒店。

匆匆辦完入住手續，把行李扔進房間，戴希就迫不及待地踏上了酒店門前的廣東道。從維多利亞港灣吹來的微風輕拂面龐，只有些微的寒意，鼻子裡嗅到帶著縷縷香氛的濕氣，每一次呼吸都沁人心脾。

右前方港島那側高樓林立，層層疊疊的光柱如飛升九天的彩虹，連接著湛藍海域和無垠星空，以罕見的垂直落差描繪出一幅璀璨繽紛的壯麗夜景。

不夜城果然名不虛傳。此刻的廣東道上亮如白晝、人頭濟濟，所有的店鋪都流光溢彩、人氣沸騰，好像這般繁榮的市景才剛剛開始，並且永遠不會結束。

戴希在人流中快步穿行，她沒什麼明確的目標，只是被維多利亞港灣的景色強烈吸引著，想到近前去欣賞一番。但是才走了不足百米，她的注意力又轉移到了身邊的櫥窗，那是一家萬寶龍的專賣店。

今年一月份的最後一天，戴希拿到了上班頭一個月的薪資。因為沒幹滿全月，所以扣完稅才六千餘元，但是戴希很開心，她有了到香港「血拼」的資本，她要給孟飛揚買一件新年禮物。

戴希走進萬寶龍的專賣店。店裡的顧客出乎意料地多，戴希不是熱衷奢侈品的那類女孩，但是她很喜歡這些嵌著白朗峰標誌的、精工細作的金筆，喜歡其中所傳遞的沉穩的男性氣質。戴希選中了一款星際行者冰藍色的墨水筆，潔白無瑕的六角星標誌巧妙地懸浮在筆帽中央，是極富靈感的設計。刷卡付錢的時候，戴希的心都被喜悅佔滿了，雖然卡上的錢少了一大半，可是這樣她和飛揚就都擁有了可以恆久珍藏的禮物，不會因為時間的流逝而腐蝕、貶值，戴希突然發現，原來奢侈也有奢侈的好處。

戴希走出店門，隨著人流繼續向前，一鼓作氣走到了海邊，海風比剛才猛烈些了，更加濕涼的水氣打在臉上，對面的高樓大廈清晰如畫，夜色下的港灣裡正有兩艘遊船頭尾相連地駛過，幾隻黑色的海鳥在半空中飛翔。

戴希舉起手機，拍了張照片發出去，然後才撥通孟飛揚的電話。

「飛揚，我在尖沙咀，看見維多利亞港的照片了嗎？」

「剛剛看見，很漂亮啊！你好嗎？小希，路上順利嗎？」

「順利的。我已經開始血拼啦！」戴希拚命克制，才能忍住告訴孟飛揚給他買了禮物的衝動，她真的很想他呀。

「呵呵，悠著點啊，小希，你可別一個晚上把錢都花光了。」

「花光了你再給我充卡！」

「那個……好吧，我隨時待命，大不了去搶銀行。」

兩人都沉默了，戴希的眼眶潮潮的，是海風吹的吧……「飛揚，你在做什麼？」

「我啊，剛才一直在等你的電話，現在放心了……嗯，也沒什麼可做的，明天我約好了接廚房裡的熱水管，後天裝暖風機，大後天同學聚會……就這些。」

其實，即使不問，戴希也完全知道孟飛揚會怎麼度過這幾天。

「小希？」沒聽到戴希的答話，孟飛揚問，「你什麼時候回來？」

戴希跟他說過好幾次回程的航班了，但是他還想再問一遍。

「培訓到初七晚上，初八中午的航班回來。你那天已經上班了。」

「是，我們要初八晚上才能見面了，小希，那天咱們在外面吃晚飯，我請你。」

「好，」戴希又遲疑了一下，終於說出盤算了一路的話，「飛揚，你這幾天要是無聊，可以看看電腦裡我的研究課題，就在我的目錄下面有個諮詢者X的資料夾。」

「諮詢者X？」孟飛揚似乎不太以為然，「就是你這些日子成天在看的那個英文文檔？好多專業詞彙，看起來太費勁啦……我看那個幹嘛？」

「怕你萬一沒事做嘛……」戴希撒著嬌說，「心理學案例可比小說還好看呢。」

「好吧，如果實在無聊的話，我就當練習英語閱讀啦。」

「飛揚……」戴希想說我非常想你，可不知為什麼說不出口。

又是小小的沉默，彷彿透明的珍珠鑲嵌在時間連綿的指環上。孟飛揚低聲說：「小希，時間不早，別在外面瞎晃了，快回酒店去。乖，這幾天好好培訓，不用擔心我，沒事也別浪費國際長途話費了，省點錢去多多血拼吧。我等你回來。」

電話掛斷了。戴希又看了眼港島絢麗的夜景，轉身朝自己的酒店方向走去。右手的手指上感受著萬寶龍紙袋的晃動，戴希的心中一陣陣酸澀——她知道，這個春節自己讓孟飛揚難過了。

從還是個初二學生的時候起，戴希就年年盼望著陪她的飛揚哥哥過最快樂的春節。

孟飛揚的爸爸和戴希的爸爸媽媽是同學、同事兼終生好友。孟飛揚的父母親在他高中最後一年相繼病逝，他考到上海外貿學院讀書時，就孤身一人生活了。在戴希上初二那年，爸爸媽媽第一次把孟飛揚帶到家裡來過春節，戴希認識了這個比自己大五歲的、瘦瘦高高、沉默寡言的哥哥。從那以後，孟飛揚就經常被戴教授夫婦叫來家裡玩，而每當這時候最起勁地纏著孟飛揚，千方百計哄他開心的就是戴希。再後來，只要孟飛揚有一段時間不出現，戴希就會逼著爸爸媽媽給他打電話，讓他來家裡玩。等升入高中後，戴希變得愈加神通廣大，很快就學會自己去外貿學院找孟飛揚了。

過去十年中的每個春節，孟飛揚就像是戴教授家庭中的一員，和他們共度大年夜和年初一。戴教授夫婦眼看著女兒和孟飛揚越來越親密，也曾經旁敲側擊地問過戴希，她究竟是怎麼想的。戴希的回答很簡單：「我就想讓飛揚哥哥快樂！」

「沒有你，飛揚哥哥就不快樂嗎？」戴教授戲謔地問戴希。

戴希想了想，堅決地回答：「我只知道他原來是不快樂的，現在是快樂的。我想讓他永遠快樂！」

戴教授夫婦無奈地相視一笑，這就是他們的女兒，那麼多陽光男孩在面前她卻視而不見，偏偏對孤獨的孟飛揚鍾情。只因為她是如此敏感，又如此熱忱，既會被心靈深沉的創痛所吸引，也願意付出最細膩的情感，去理解與撫慰這種創痛。戴希會選擇心理學作為專業，真是再正常不過了。

為了孟飛揚，她放棄在美國繼續深造，同樣也符合本性。戴希無法忍受孟飛揚因為與她分離而難過，從十四歲開始，她就把自己當作了他最親的親人，也把他的快樂看成自己最重大的責任。

可是這一回，戴希卻做出了不同於過往的選擇。她一直相信孟飛揚會理解他，雖然還來不及對他好好解釋：自己放棄了心理學專業，但是現在有一個機會，能使她完成生平第一次也是最後一次心理分析和治療的真實案例，這個患者很需要她，也許錯過了這次機會，諮詢者X就再也不會對她敞開自己了。這樣的機會對她難能可貴，幾乎等同於她從事心理學的全部夢想。飛揚會支持她的，戴希知道。

如果說初中的時候，她只是無意識地被心靈的創痛所吸引，那麼這一次，戴希是帶著深刻的自覺認識到這種吸引，並且明明白白地感受到內心日益增長的情感——戴希就是為了諮詢者X來香港的，她聽到了他的呼救。

「他」需要她，這種需要的程度連「他」自己都未必真正瞭解。

想到這裡，她又不自覺地駐足回頭，想從那堆高聳入雲的華光玉柱中找到四季酒店的瑰麗身影。就在港灣的對面，明天開始她的培訓將在這座酒店裡進行，按照排程，明天上午戴希就能在那裡見到李威連了。

從尖沙咀到中環，搭地鐵十五分鐘就到了。培訓設在四季酒店五樓一間正對海港、豪華氣派的會議廳裡。從亞太區各地來參加培訓的新入職經理共二十人，戴希是其中最特殊的——唯一的非經理、唯一的來自中國大陸。培訓規格相當高，全部課程都由亞太區的高級領導親自講授。

四季酒店大堂的面積並沒有戴希想像的那麼大，色調也很清淡。

內飾的線條簡約，大量使用褐色、白色和飽和度較低的綠色，形成內斂、純正的整體格調。朝向海灣的大幅落地玻璃窗納入海天一色的蔚藍，大堂裡到處流淌著平和的自然光線。

寬敞的會議室裡已經擺好了四人一組的五張圓桌，粉紅色的名牌上印著學員的姓名。戴希被安排在最靠前的那一桌上，每人的座位前都擺好了削尖的鉛筆、印著四季酒店LOGO的墨水筆、多色記號筆、淡黃色迴圈紙張的筆記簿、裝訂整齊的培訓材料和盛滿檸檬水的玻璃杯。正前方銀灰色的金屬牆面上，並排垂掛著兩大幅投影螢幕。會議室裡的溫度舒適宜人，還能聞到一股幽幽的茉莉花香。

亞太區的培訓總監做了簡短的開場白，第一天上午共三個主題，第一個主題是對西岸化工亞太區的整體介紹，主講人是現任亞太區總裁Philips；第二個主題是對大中華區的介紹；第三個主題是公司核心價值觀和商業準則，都由大中華區總裁李威連宣講。

Philips是個面孔紅潤、身材魁偉的白人老頭，操著一口澳大利亞口音濃重的英語，聲若洪鐘、幽默風趣，一個鐘頭的公司介紹讓他講得歡聲笑語不絕。戴希一邊聽講，一邊悄悄在筆記簿上概括Philips的心理特徵——多血質、典型的社會化魅力型領導、功成名就的滿足感……

本來西岸化工只設有遠東大區，總部設在東京，負責整個亞洲和大洋洲。由於中國地區業務的迅速崛起，才由大中華區加上東南亞、澳大利亞和紐西蘭組成了亞太區，二〇〇三年起從遠東大區中獨立出來，原來的遠東大區現在只管理印度和日本。聽著聽著，戴希突然注意到，遠東大區的總裁名叫Gilbert Jeccado，她想起八卦飯團提到的那個將要空降中國的G……戴希還注意到，Philips一再強調大中華區在整個亞太區中的重要性，毫不諱言對李威連的器重和欣賞，幾乎挑明了李威連就是他退休後的繼承者。

Philips的課講完了，興致依舊高昂，接下來二十分鐘的茶歇，他不僅沒有離開，反而逐個與學員交談。正當他和戴希聊上時，李威連出現在他們身邊。

「哈，William！真巧，」Philips興高采烈地和李威連打招呼，「我正在和來自中國上海的美麗女孩談話呢。」

「Philips，我早就說過你應該常常去上海。」李威連笑著回答，又對戴希點點頭，「早上好，戴希。」

戴希也由衷地說：「早上好。」在這個全新的環境中看到李威連，他的風采令她眼前一亮。Philips親熱地拍著李威連的肩膀，和他走到一邊去談笑風生。

戴希獨自退到窗邊，從這個角度望過去，他倆的身影就掩在一棵巨大的鳳尾竹的綠葉之後。她觀察到，Philips繼續著高談闊論的風格，許多的身體語言，興奮而熱烈，似乎在強調什麼。但與此同時，他又很好地控制住了語音，展現出真正老辣的教養。在Philips的對面，李威連傾聽的表情十分專注，姿態中亦有著恰如其分的謙恭。但奇怪的是，當李威連開口說話時，Philips氣色極佳的臉上掠過一抹尷尬的陰雲，他隨即又說了些什麼，李威連的回應依然堅決，幾個小小的來回之後，Philips大聲笑起來，頻頻點頭。

會議室裡飄出的輕柔音樂停止了，茶歇結束。Philips親自向大家介紹了李威連後才離開。

出乎戴希的意料，李威連的演講非常生動，也許是對大中華區的情況太熟悉了，李威連對著一張畫滿圖表的PPT講了足足半小時，所有枯燥的數字在他的口中變成了有趣的商業策略、佈局和實戰，十分鮮明地反映出大中華地區的業務特色。大家聽得津津有味，四十五分鐘很快過去，等李威連結束這個主題時，戴希才發現自己本子上標記為「W」的心理特徵概括還是空白，她琢磨了好幾秒鐘，才寫下——親和力。

眼前的李威連的確擁有一種驚人的魅力，是外表與內涵同時作用後迅速產生的效果。地位、經驗、權威和適當的訓練當然能夠造就出類似的感覺，但天賦的自然流露更能使人欣然接受。

「戴希，William是你們的總裁啊……」趁著討論的間歇，同組的澳洲女學員悄聲問戴希。

「是啊。」戴希一時沒明白她的意思。

「天哪，你好幸運！」她的那雙碧眼緊盯著講臺，白淨的臉上飛起兩朵紅暈。

戴希朝她擠了擠眼睛，最近老有人說自己幸運，起初的得意過去之後，再聽到類似的話，戴希卻感到了某種程度的不安。

李威連開始講解上午的最後一項內容：公司核心價值觀和商業道德準則。這個主題更加乏味，誠信正直當然是需要再三強調的，但往往流於空泛的口號，無法真正地深入人心。李威連顯然也意識到這一點，所以在講解中引用了許多真實案例，有西岸化工內部發生的，也有商業領域的重大事件，果然引起了大家的共鳴。

戴希聽著聽著，卻開始走神了。李威連的講解使她產生了一種很奇怪的感覺，像是一種隱憂，慢慢地從心底升起。她一時無法釐清自己的思路，不明白這種隱憂的來源，直到她聽到李威連做出一個比喻：

「當我們站在懸崖這一側，能夠望見懸崖的另一側有著我們夢寐以求的東西，也許是財富，也許是權力，也許是愛情，或者簡而言之就是我們所渴望的幸福，是什麼阻礙了我們不顧一切地向前，是什麼防止了我們在這個無法跨越的距離上摔得粉身碎骨？——是對地心引力的瞭解。正因為我們深知，沒有人能夠擺脫地心引力，所以才會產生墜落深淵的恐懼，才能抵禦誘惑避免毀滅。在商業領域中，瞭解商業道德準則，就是瞭解地心引力。」

這個比喻非常貼切，貼切地讓戴希心顫。但真正引起她憂慮的，是李威連說話時的口吻，這種口吻很奇特，絕非言不由衷，但又太過平靜淡漠，戴希想來想去，突然在筆記簿上寫下：超脫！是的，李威連在做出比喻的時候太超脫了，彷彿地心引力普適天下，唯獨與他自身無關。

——超脫，不，這太危險了！戴希心驚膽戰地抬起頭，恰恰撞上李威連的目光。他的眼神很溫和很親切，好像在問她：「寫什麼呢？」戴希朝他笑了笑，趕緊低下頭，把剛寫的字劃得亂七八糟。

四季酒店的中午自助餐非常豐盛，亮銀色的餐盆上堆放著難得一見的波士頓龍蝦、法國鮮蠔和俄羅斯的魚子醬。但是戴希沒什麼胃口，她很難過，因為超脫不是總裁應有的態度，而是諮詢者X的病態。希金斯教授的擔憂是對的，諮詢者X的問題絕不只是「語言障礙」。

第十六章

大年初五，張乃馳在永嘉路上的一處私人會所裡，見到了前一天剛剛飛抵上海的Gilbert Jeccado。

「我親愛的Richard，你一定要把永葆青春的秘訣分享給我！」才跨進門，Gilbert就沖著張乃馳大呼小叫起來。

「哈哈，秘訣就是清心寡欲嘛！」張乃馳笑著和Gilbert熱烈擁抱，這個義大利籍的猶太人個子矮小，比張乃馳還低半頭，但體格精幹兩眼放光，半禿的腦門鋥亮，全身上下的定製西裝非常有品味，戒指上的綠寶石和半塊麻將牌一樣大。

Gilbert露出誇張的驚駭神色：「清心寡欲?!天哪，這樣活著還不如去死！」雖然年逾五十，他的皮膚依舊光滑緊繃，尤其擅長像喜劇演員一樣把每個表情都做到極致，任何時候都面帶笑容，眼睛裡卻沒有半分喜色，只有冰錐般鋒利的冷酷。

兩人在古典風格的義大利真皮沙發上坐下，沙發對面的大窗外是會所寬敞的庭院，整片地中海忍冬叢中夾雜著臘梅樹，殷紅與嫩黃的花朵交相輝映，呈現出冬日裡的別樣嬌豔。可惜濃郁的花香被隔絕在窗外，室內只飄散著略嫌清冷的松木幽香。

Gilbert和張乃馳響亮地碰杯：「你一旦到了我這個年紀，無可挽回地步入衰老時，就會發現什麼都比不上及時行樂！」張乃馳笑答：

「所以你就到上海來尋歡了？終於厭倦了日本藝妓，想換換口味？」

Gilbert哼了一聲：「Richard，我雖然很喜歡上海，卻未必願意用東京來交換，我人生的這番轉折，實在是命運的安排，本人無力抗拒啊。」

張乃馳語調裡滿含同情：「我還以為是Alex Sean的安排呢……」

「Alex Sean？不，不！確確實實是命運啊！」Gilbert擠眉弄眼地強調著，臉上的表情瞬息萬變，他湊到張乃馳的跟前，「Richard，你還記不記得前年年底，我們和William一起在香港？」

「記得啊，你是指亞太區和遠東大區的年度協調會議嗎？」

「命運之神就是在那次會議期間向我展現出了猙獰的面目！」

「噢喲！」張乃馳打了個寒顫，這個猶太人也太喜歡虛張聲勢了。不過沒關係，張乃馳有耐心等待下文，職業生涯遭受如此重創，Gilbert絕不會善罷甘休的，他特意在春節假期提前來上海與自己晤面，目標肯定是李威連！

猶太人繼續表演：「還記不記得那次我們幾個喝酒時，提到了占星術、看手相、水晶球……」

「當然記得，William還和你爭起來了，非說中國人的算命卜卦比吉普賽人看手相更準。」

張乃馳想起那個場景就覺得滑稽。當時李威連有點喝醉了，硬要給Gilbert介紹一位算命的「陳瞎子」，還胡扯什麼此人年輕時視力很好，就因為洩露了太多天機，後來才突然雙目失明，是公認的半仙一名，真正地料事如神。

Gilbert滿臉神秘地說：「可你不知道的是，後來William真的把『陳瞎子』找來給我算了一卦。」

「還真算了啊！」張乃馳很配合地瞪大眼睛，「瞎子說啥了？」

「結果很糟糕。那個瞎子中國人一口咬定：我將在一年之中失去工作！」

「不會吧？！」

「怎麼不會？」Gilbert的眼中突然精光四射，「我離開失去工作只不過一步之遙，用東京交換上海，是最無奈的選擇。如果不這樣做，今天的我就該在亞平寧半島的窮街陋巷中徘徊了！」

張乃馳暗想，哪有這麼慘？義大利小矮人可真會裝啊！儘管如此，他還是做出無限同情的模樣：「你該去找William算帳，都是他的瞎子給你帶來了厄運。」

Gilbert陰慘慘地笑了：「我告訴你Richard，當時我無論如何不肯相信瞎子說的話，但我想不明白，William怎麼就有把握讓我在一年內失去工作？」

終於談到關鍵了，張乃馳微笑著說：「Gilbert，對此也許我能提供一些線索……其實也很簡單，就是關於印度的普利查公司。」

「果然是它！」

在中國公司還隸屬於遠東大區的時候，Gilbert是西岸化工有機／無機產品部的總裁，李威連在無機／有機產品線上受Gilbert的直接領導，和印度、日本的業務往來十分頻繁。那段時間裡，他注意到了一家名叫普利查的印度貿易公司在印度主營化工產品的進出口貿易，和西岸化工也打了很多交道，並與Gilbert建立了非常好的私人關係。

但這家公司的資信狀況存在嚴重問題，為此，李威連做了不少調查工作，也蒐集到了許多證據。亞太區從遠東大區脫離出來的時候，李威連特意提醒Gilbert要防範普利查公司，卻被Gilbert認為是故意挑釁而置之不理。

終於在二〇〇七年的時候，對方爆發財務危機，使用欺詐手段向西岸化工遠東大區開出虛假信用證，讓遠東大區損失了幾百萬美金。

「當時我差不多已經把危機掩蓋過去了……」Gilbert回憶著，狠狠地飲了口酒。

「可是William沒有放過你，他一定是把自己蒐集的證據捅到董事會上去了，你知道的，他在董事會有直通道嘛。」

猶太人的眼睛瞇縫起來，淺灰色的瞳仁幾乎透明了：「為什麼？我實在不明白，他為什麼非要置我於死地？」

張乃馳輕描淡寫地說：「權力才是他真正的目的。亞太區已經是囊中之物，他現在想要的是整個亞洲！」

Gilbert沉默了好一會兒，才長吁口氣：「幸虧他攻勢太猛，把Alex Sean都嚇著了，這才想到要給他的重組計畫增添一些小小的難度，而我也絕處逢生，撈到這個全球研發中心的位置。哼，我們倆算是不分勝負！」

張乃馳端起酒杯，和Gilbert碰了碰，兩人各自將杯中之酒一飲而盡。Gilbert朝張乃馳意味深長地笑著：「Richard，你可是William長期最信賴的夥伴，你在這次重組中一定會大有斬獲吧？」

「我？」張乃馳揚起雙眉，臉色一下子變得十分陰鬱。猶太人的灰眼珠凝視著他，早在李威連要盡手段把張乃馳派去東京出差的三年間，張乃馳就開始向Gilbert拚命示好。起初猶太人對張乃馳充滿戒心，但漸漸地他察覺到了張乃馳埋藏至深的企圖心。老奸巨猾的Gilbert始終沒有去觸碰張乃馳的這根神經，他要把張乃馳這張牌押到最後關頭。

現在，時機差不多成熟了。

張乃馳終於長歎一聲：「親愛的Gilbert，William這個人太可怕了，雖然這麼多年來，我一直在為他賣命，但我始終猜不透他的內心。這次重組也是如此，他事先根本就沒有和我打過招呼，儘管他口頭上對我有所許諾，不過坦白說，我完全不敢相信他。」

「以我的教訓來看，你最好不要相信他。」Gilbert不陰不陽地接了一句。

張乃馳推心置腹般地說：「Gilbert，你一定瞭解中華石化這個客戶對我們的重要性吧？」

「我瞭解。」

「William和中華石化打了十多年的交道，關係維護得還算不錯。但自從我掌握了他們進出口公司的常務總經理高敏，雙方的關係才有了突飛猛進，這幾年西岸化工透過中華石化做成那麼多生意，還不都是靠我的付出！可是現在，高敏意外失勢，我也就該被他一腳踢開了！」

所謂的「付出」其實就是男色相侍，今天張乃馳對Gilbert夠坦率，連臉皮都不顧了。本來高敏是他手中的王牌，張乃馳一心指望著憑此出頭，甚至超過李威連。後來為了向有川康介復仇，張乃馳懇求李威連幫忙，李威連一口應承，當時還令張乃馳頗為感動。就是在李威連的策劃下，他們共同佈下了低密度聚乙烯的局，也是在李威連的指示下，張乃馳向高敏推薦伊藤來做這個單，並許以高額回扣，才使有川康介乖乖地落入圈套。但張乃馳萬萬沒有料到的是，最後不僅逼死了有川康介，居然還扳倒了高敏，張乃馳雖然如願報了仇，出了積鬱多年的一口惡氣，但也就此失去了好不容易贏得的、與李威連一較高下的重磅籌碼。這些天來，他心中的鬱忿簡直無法用言語來形容。

「Richard，看來我們是同病相憐啊。」

Gilbert總算說出了奠定基調的話，這句話在他們兩人心中盤桓已久，只待一個小小的火星，就能燃起熊熊烈火。

這烈火一經點燃，必將無法收拾。

「唉呀，飛揚，要請你吃頓飯真是太不容易了。」張乃馳一邊給孟飛揚的杯子裡倒著茶水，一邊情真意切地感歎。

「張總太客氣了，是我不好意思。」

張乃馳樂呵呵地觀察著對面的孟飛揚，整體來說氣色不錯，但笑容有些心不在焉，尤其當桌邊走過一對對相互依偎的年輕戀人時，孟飛揚的眼神就渙散開來。張乃馳完全清楚此中緣由，便故作隨意地問：「女朋友呢？我以為你今天會帶她一起來呢，好歹我還為她的工作出了一份力，怎麼也不來當面謝謝我啊？」

孟飛揚忙說：「戴希去香港參加培訓了，您不知道嗎？工作的事確實應該好好謝謝您的，等她回來，我一定和她專門回請您。」

「說笑說笑，你可別當真。戴希去香港參加什麼培訓？」

「好像是什麼新經理培訓……」孟飛揚有點拿不準。

「新經理培訓？」張乃馳思忖著說，「可是據我所知，戴希還夠不上經理級別啊。不過也無所謂，反正就是李總裁一句話的事。飛揚，其實你們真正該謝的人不是我，而是李威連總裁。戴希的面試、聘用到職位，全是他親自安排的。我猜嘛，這次戴希能夠參加香港的培訓，也一定是經他特批。噢，他自己還擔當培訓講師呢，這幾天都在香港，想必會對戴希特別關照。所以飛揚，你們應該好好地請一請他才對。」

「可惜我和李總裁不熟，未必請得動他。」

「你和他不熟，戴希和他熟啊！」張乃馳加強了語氣，「飛揚，你的新工作仍然在貿易領域，也做化工產品，所以我倒要提醒你，假如能夠和李威連拉近關係，對你今後的業務會有相當大的裨益。這絕對不是誇大其詞，他的本事你可以去問問戴希。」

「哦……」孟飛揚應了一聲，似乎並不太熱心。

氣氛一時有些沉悶，張乃馳很自然地轉換了話題：「飛揚，伊藤的貨出問題以後，你知不知道最後是誰為中華石化救了急？」

孟飛揚垂著眼睛回答：「我知道……就是你們吧。」

「你怎麼知道的？」張乃馳微笑著問。

「在化工貿易圈裡幹了這麼些年，我在海關和中華石化還是有點關係的，當然我的關係比西岸化工的要下層多了。」孟飛揚也笑著說，神情在自豪中又帶著幾分自嘲，「不過像這類已經成交的合約，探聽起消息來就容易多了……我還知道，西岸化工的成交價格和有川康介的報價完全一樣。」

張乃馳頗為讚賞地看著孟飛揚：「很不錯嘛，飛揚，說說你對這件事的看法吧。」

孟飛揚想了想，直視著張乃馳說：「張總，我完全能夠理解西岸化工在這件事中的立場，我也相當佩服你們的手段。有川康介的下場只能用咎由自取來形容。不過作為一名伊藤公司的前員工，從我的切身體會來說，終究太殘忍了。」

張乃馳點點頭：「飛揚，你說得非常好。不過商場如戰場，向來就是很殘酷的，你還年輕，需要慢慢積累這方面的經驗。另外我要糾正一點，不是西岸化工的手段，而是李威連的手段，這一切都是他一手策劃的，完全體現了他的個人風格。」頓了頓，他向前湊過身子，眼睛裡閃著光：「飛揚，再給你出個題，有川康介報給中華石化的是超低價，所以才要用劣等品來充數，那麼西岸化工以數倍於伊藤的運作成本，又怎麼能夠做到以同樣的低價向中華石化提供優質貨源呢？提醒你，李威連可是從來不做虧本生意的哦！」

孟飛揚沉思起來，他的性格天生持重，一般不喜歡刻意地自我表現，但是今天張乃馳一再提到的那個名字使孟飛揚很不舒服，最近他在戴希的口中也聽過太多次這個名字，令孟飛揚感覺到強大的壓力，他必須要突破一下，否則就要被壓迫得喘不過氣來了。

孟飛揚抬起頭，字斟句酌地說：「張總，讓我先做一個大膽的假設：有川康介從中華石化獲得低密度聚乙烯的訂單，本身就是精心策劃的結果。那麼西岸化工，哦，不，是李威連總裁從一開始就預料到有川康介必然會採用非常規的手段來賺取利潤。果然，有川在南美購買了大量劣等品運往中國，李總裁深知有川的欺詐絕不可能得逞，而中華石化無論如何都需要這樣一批貨，對西岸化工來說這恰恰是難得的機遇，唯一的障礙是超低的價格。但是，李總裁有把握排除這個障礙，因為就在有川將劣等聚乙烯粒子運往中國的那段時間，國際上的各大供應商都得知中華石化的大訂單已經被人拿掉了，本來這段時間就是塑膠粒子的淡季，他們都指望著來自中國的大訂單消化存貨，現在希望破滅，於是紛紛大幅降價。西岸化工就趁機陸續買進，不知不覺地以遠低於前期的價格買入大量優質塑膠粒子，這個時間差打得太妙了。所以，當可憐的有川康介還在為銀行刁難文書而傷透腦筋的時候，有人已經在坐等漁利了。」

孟飛揚說完了，張乃馳直勾勾地盯著他，猛然慨歎：「嘩！孟飛揚，厲害啊！真沒想到，你光靠觀察分析就看破了李威連的佈局，後生可畏！真是後生可畏！哈哈，飛揚，你好好幹，我相信不用多久你就能趕上李威連的，成為他的強勁對手！」

「張總過譽了。」孟飛揚淡淡地回答，「不是不能為，而是不願為。看懂看透其實並不難，我知道我的局限。」

晚餐結束了，張乃馳開著心愛的凌志尾隨在車流之後，一輛又一輛車沒有耐心地超過了他，他絲毫都不在意。今晚上他有諸多意外的收穫，需要時間慢慢回味。

李威連曾經一再強調，讓他調查那個神秘的海關舉報人，張乃馳始終沒有頭緒。今天晚上孟飛揚的表現，突然給了張乃馳靈感，假如李威連確實沒有故弄玄虛，確實有這樣一個舉報人存在的話，那麼這個舉報人很有可能就是孟飛揚！李威連說過，舉報人必須瞭解有川康介和中華石化訂立合同的細節，同時還具有敏銳的市場嗅覺，能夠憑藉周邊的線索判斷出有川所供的是劣等品！

但是孟飛揚這麼做能得到什麼好處呢？有川康介自殺了，伊藤破產了，孟飛揚自己的損失也不小。前方紅燈閃爍，張乃馳猛踩剎車——張乃馳越來越覺得，孟飛揚值得好好利用。要徹底擊潰李威連，手中就得攢上足夠多的王牌。

是的，要徹底擊潰李威連！當張乃馳和Gilbert在永嘉路私人會所密謀的時候，他們就一致認為，對李威連的打擊必須是致命的，因為他們再沒有第二次機會。

「對付William，如果沒有把握將刀直刺進他的心臟，最好還是不要動手。」猶太人的灰眼珠淡得叫人不寒而慄。

張乃馳說：「我已經掌握了不少材料，足以令他相當痛苦。」

「痛苦？不，不……」Gilbert連連搖頭，「我認為他完全不畏懼痛苦，他的所作所為從來就不像一個生活得快樂的人，心滿意足的人絕不會像他那樣行事瘋狂，不計後果。不，Richard，痛苦對他來說沒有任何意義，我們要使他絕望！」

半伏在方向盤上，張乃馳目不轉睛地看著前方跳動的紅色光芒，彷彿記憶裡的血色緩緩瀰漫開來，浸透了雙眼。多少年了，他們之間的恩怨總沒有一個了結，反而越纏越密，種在內心最深處的毒牙，被毒液澆灌了一遍又一遍，已經獲得了獨立的生命，再也按捺不住齧噬的欲望。

張乃馳想對李威連施加的——不是傷害，而是毀滅。

四天的培訓快得像飛一樣。戴希他們不僅白天要上全天的課，晚上分組討論，十點回到房間後還要準備主題演講，簡直忙得昏天黑地。戴希只能在用餐的間歇給孟飛揚發一兩條短信聯絡。他的回覆也很簡單，總說家裡的裝修工程順利，讓戴希安心培訓，並沒有提是否看了諮詢者X的文檔。自從頭天上午的兩小時課程之後，戴希也再沒見到過李威連。

年初七是培訓的最後一天了，培訓總監做了簡短的總結之後，學員們返回西岸化工在怡和大廈的亞太區總部辦公室，和各自分屬的部門同事見面。

五點半不到，二十個人的小團隊就到達了怡和大廈。

「戴希，William請你去他那裡。」培訓總監帶著戴希穿過到處擺放著綠色植物的開放式辦公區，這裡的裝潢風格和上海的辦公室一致，既奢華又典雅。在走廊盡頭的一扇門前，她輕輕敲了敲就推門而入：「這是William的辦公室，他還在開會，讓你在這裡等他。」說完朝戴希友善地笑笑，就翩然離去。

戴希沒有立即進去，門上鑲嵌的名牌讓她好奇地看了又看——William Lee，好地道的老外名字啊。戴希悄悄地笑了，這個名字直接讓她聯想到白裡透紅的皮膚和鷹鉤鼻子，藍色眼珠還有稀薄的淡黃頭髮，哪裡像那個坐在「雙妹」的磨砂窗下說著柔和滬語的上海男人……

房間裡，面對著她的巨大圓形窗戶外，維多利亞港灣的絢美景色一覽無餘。正是夕陽西下，燦爛晚霞將整片蔚藍的海域上空塗抹成赤金色，一層又一層的雲端裡翻捲出火紅、焦黃、赭青和靛藍，對岸所有的高樓都好似頂著黃金鑄就的巨型皇冠，隨著風雲流動變幻出萬千氣象。

一隻海鳥沐浴在霞光裡，翅膀被染得通紅，它就在戴希的眼前飛舞盤旋，突然俯衝直下，在海面上掠起長長的水波，又一個飛躍，輕盈地落在來往遊船的旗杆頂端，伴著汽笛長鳴，五顏六色的旗幟在傍晚的風中飄揚。

「好美啊！」戴希看呆了。

「很快會暗下來，到時候對岸燈火輝煌，就更美了。」

戴希回過神來，對著悄然出現在身後的李威連笑了：「夜景這幾天都看熟了，從這個角度還是頭一次。」能再次見到他，她感到發自肺腑的快樂。

「從這裡看是180度的全景。每年的大年初二維港上放新年焰火，我的辦公室窗口是最佳觀賞點，總要給同事們和他們的孩子開放。幾天前剛剛有過一次。」

「哦，真好。」戴希想像著這間寬大冷清的辦公室裡突然擠滿了大呼小叫的孩子們，覺得十分溫馨。

李威連低下頭端詳著她：「戴希，聽說你在培訓中的表現很不錯。」

「還行吧……」戴希想，這回算是表揚了吧。

「什麼時候回上海？」

「明天中午十一點的航班。」

李威連注視著戴希，搖了搖頭：「太匆忙了，那樣你就根本沒有時間好好看一看香港。」

「那麼我？」

「改簽機票吧。明天是星期六，我有時間，可以帶你觀光，你看好嗎？」

他的語氣很特別，既像不容置辯的命令，又似小心翼翼的探詢，戴希甚至還能從中聽出歉疚，她在心裡悄悄地歎了口氣：你知道我是為了什麼來香港的嗎？……必須要讓你知道，否則我就白來了。

但是，他將會有什麼樣的反應？戴希實在沒有把握。她只能看著他說：「好的。」

改簽機票很容易，戴希只要給旅遊公司打個電話就行了。她把航班改到下午三點半，六點抵達上海，這樣還能趕得及和孟飛揚一起吃晚飯。

就在三言兩語之間，夜晚不期而至了。好像才過了一剎那，窗外已是萬點華燈綻放，如五彩斑斕的寶石點綴在黑漆漆的暮色中。

戴希放下電話，李威連從另一側的門裡走出來，露出戴希還從未見過的輕鬆笑容：「我們可以走了。」

「去哪裡？」

他剛剛去換了身衣服。第一次看到不穿西裝而是休閒打扮的李威連，戴希又驚又喜——真好看啊。「去吃飯。」他走到戴希的身邊，微笑著說，「上次讓你挨餓，我一直內疚到現在。所以今後不論在什麼情況下，吃飯都是頭等大事，必須先讓你吃飽。想吃什麼？」

「……我不知道啊。」

「給你三個選擇吧。第一、二個都在四季酒店，米其林三星的中餐或者西餐，非常方便。第三個是海邊的海鮮大排檔，就是路途稍遠，大概一小時的車程。」

戴希想了想：「我選第三個！」

他再次微笑：「不出我所料。」

國際金融中心前的車流十分密集，李威連的銀灰色寶馬越野車在其中輕盈穿行，十分鐘後終於拐上高速公路。棕櫚樹的闊大綠葉從車窗外輕拂而過，成片的紫荊花就在高速路的下方盛開著。

「在香港我喜歡自己開車，這裡的司機比較守規矩，自己開車才有樂趣。」

戴希深有同感地嗯了一聲。

「戴希，你有什麼要問我的嗎？」李威連握著方向盤，目視前方說。

戴希想了想，問：「你的英文名字是誰起的？」

「什麼？」他對她的問題顯得很意外。

「William Lee，這名字太老外了。」戴希笑起來，「是你自己起的嗎？」

「哦，我的證件上就是這樣。」李威連摸出皮夾遞給戴希，「你自己看。」

他的香港身分證上果然也是William Lee。

「這個英文名字是我第一次進入香港時，一名英國邊防員警替我在入境表格上登記的。」

窗外高樓的霓虹絢彩如綺麗的雨滴紛紛灑落，乘著夜之清風滑進車窗，車內暗影斑駁，彷彿記憶的片斷在靜謐中迭現，又都消斂在他的目光深處。

「戴希，你去過羅湖嗎？」

「沒有，我是第一次來香港。」

「一九八四年底我第一次來香港時，只有通過羅湖口岸才能入境。一座鐵橋架在中英兩側的國界中央，鐵橋大概百米長，走過這段距離，就離開社會主義的中國進入資本主義的英國殖民地了。」

「對啊！」戴希如夢初醒，「那時候香港還屬於英國吶！」

李威連朝戴希瞥了一眼，用寬容無知孩童的口氣說：「那時候更沒有血拼自由行。」

戴希的臉紅了紅：「你是來香港探親嗎？」

「準確地說是來和父母團聚。那時候來香港就等於出國，審批的過程相當嚴格，我有直系親屬在港，符合申請要求，但即便如此通常也很費周折的。」

「那你來的過程順利嗎？」

「還算順利……」李威連的聲音中出現小小的起伏，被戴希敏銳地捕捉到了——為什麼明明該是快慰的話，他卻說得有些痛楚？

「經過鐵橋的過程令人終生難忘。不過百米的距離，這一側簡陋、肅穆，解放軍的邊防兵表情莊嚴，目光裡充滿戒備。但往香港這側而來，萬家燈火的繁榮景象一步步靠近，身著筆挺制服的香港員警面帶笑容，舉止規範有禮，從他們身後吹來的風中帶著特別的清香。」

是的，風中的清香。即使在今天，只要深深呼吸，戴希還是能夠清晰地聞到這股氣息，那是來自遼闊海洋的自由之風，挾帶著南國花果的繁盛和清新。

「入境時，要接受英國移民局官員的盤查。詢問我的英國人說得一口流利的粵語，因為絕大多數申請進入香港的大陸人都是廣東籍，用粵語交流沒有問題，可我不會說廣東話。我急了，只好告訴他我會說英語。他好像很意外，便開始和我用英語交談，當他問到入境表格上的英文姓名時，我說了和威連最諧音的William，這個英文名字是我從小看原版書時就特別喜歡的。他略微猶豫了一下，便微笑地填寫起來，邊寫邊說我是應該有個最地道的英文名字，因為他在香港移民局工作了二十年，我的英語是他見過的所有中國人中最地道的。幾週後去辦理證件，才發現我的英文名字在入境時被定成了『William Lee』，而不是像通常那樣，從中文名字直接轉成的粵語拼音……後來，確實有很多人在和我見面之前，光憑這個名字就把我當成了盎格魯撒克遜人。」

最地道的英語——戴希心想：所以，焦慮攻擊的正是他最在意的環節。不，不單單是最在意，也是最脆弱的環節——那些和母親有關的童年記憶……

汽車沿著東區走廊平穩向前，大海始終在他們的左側相伴，不離不棄。往事還在心頭餘韻嫋嫋，周圍的燈光逐漸黯淡，不夜城的輝煌正在離他們而去。眼前的景象突然變得灰暗，擁擠和嘈雜。

「戴希，我們現在經過的地區叫做北角，曾經是香港中下階層人聚集的地方，有點像……上海的『下只角』，這一片又是其中最差的區域。近年來雖然也有不少改觀，還是可以看出破舊的跡象。」

果然，林立的高樓不見了，取而代之的是狹窄的街道和五六層高的長方形灰色樓房，裝滿鐵柵的窗戶好像一個又一個鐵籠子，懸掛著在上海已很少能見到的窗型空調機，連夜色都遮蓋不住外牆面的骯髒。

「我剛來香港時就是生活在這裡，和我母親一起，過了好幾年。」

戴希沒有說話，因為她的心感受到命運的重荷，變得沉甸甸的，她對於自己作為諮詢師的能力越發忐忑。

「想聽音樂嗎？」李威連按下了CD機，「馬上要進跨海隧道，到九龍後就離鯉魚門不遠了。」

蕭邦的夜曲頓時充滿了小小的空間，戴希的眼前一暗，隧道在前方無止境般地伸展開來，琴聲輕柔化解了距離帶來的巨大壓力。重上地面之後，沒過多久，星星點點的漁火在不遠處閃耀，城市邊緣的漁村就快到了。

鯉魚門真熱鬧。

海風略帶腥臭，近旁的海灣中漁船艘艘緊靠，整條街巷裡擺滿了海鮮攤，到處是討價還價的粵語喧譁。

或許是春節和週末的緣故，所有的攤位前都人頭攢動，窄小的街道裡擁擠不堪，食物香味中混雜著煙燻火燎氣，從大大小小酒家敞開的門裡散出。

李威連帶著戴希徑直來到一家店前，和老闆像老朋友似的聊起來。

戴希完全聽不懂他們在說什麼，就見老闆滿臉紅光地撈貨、稱重。戴希大致能認出澳洲大龍蝦、老鼠斑、鮑魚、大跳蝦、海螺、扇貝……

她吐了吐舌頭，這麼多夠一大桌子人吃了。

等到在桌前坐下，戴希好奇地問：「你和老闆講了那麼久，都是討價還價嗎？」

「沒有，我是在和他聊買馬的事。昨天香港剛跑完一場馬，老闆要和我比比誰買得好。當然是他勝過我了。」

戴希覺得不可思議：「你工作那麼忙，還有時間玩這個？」

李威連微笑：「我沒時間，也沒興趣。不過這樣說可以哄得老闆開心，比直接還價效果好。」

戴希正在醍醐灌頂，突然「咚！」的一聲，老闆在桌子中央砸下一瓶紅酒：「William！」

他操著廣東腔叫李威連的英文名字，嘴裡又冒出一長串抑揚頓挫的粵語。

戴希看到李威連為難地搖搖頭，立刻明白了，忙說：「你喝酒吧，回去我可以開車。」

「你？」李威連很意外，「駕照帶著嗎？」

戴希拍拍挎包：「國際駕照，本來打算換成國內駕照的，不過回國後還沒來得及辦。」

李威連沒有立即說話，但驚喜的眼神讓戴希非常開心，老闆失望地嘟囔了句什麼，正要抄起酒瓶，李威連將他的手推開了。

「今晚我真的很想喝點酒。」李威連端著酒杯，還在猶豫，「戴希，香港是靠左行駛的，你行嗎？而且還不識路……」

戴希堅決地說：「沒問題！只要你給我指路就行。」

「好吧！那就開回馬哥孛羅，把車停在那裡，反正明天早上也要從那裡出發，我打車回四季。」李威連把手裡的酒一飲而盡，看著戴希笑了，「我會喝醉的，到時候就全靠你了。」

「你應該不太容易喝醉吧？」戴希問。

「我心情不好的時候，怎麼喝都不會醉。但假如心情好，就醉得特別快。」李威連說著又乾了一杯。放下酒杯，他探手到懷裡取出皮夾，遞給戴希。

「拿著。等會兒你負責結帳，免得我亂給錢。」

「哦！」戴希連忙把皮夾裝進挎包，「你和老闆不是朋友麼？他還會騙你？」

「無商不奸嘛……」

李威連的手機響起來。

「你好，寶貝！」他立即接起電話，神情突然變得前所未有的溫柔，不停地微笑。戴希垂下眼睛，聽別人講電話是不禮貌的，但是李威連動聽的英語牽動著她的心緒。他掛掉電話，又喝了一杯酒，才對戴希說：「是我女兒Isabella，她的武術表演獲獎了，給我報喜呢。」

李威連把手機拿到戴希面前，裡面在放一段視頻。戴希看見一個十來歲的小女孩穿著白色的練功服，像模像樣地打著拳：「好可愛！這是什麼拳？」

「據說是猴拳。」李威連說，「你看她像不像隻小猴子？」

「像！」

他們兩人一起哈哈大笑起來。

「為了讓她學中文，我挖空心思培養她對中國文化的興趣，可是做夢也沒想到，最後她居然喜歡上了中國功夫。」李威連衝著手機的螢幕歎氣，「成天嚷著要當什麼女俠，除暴安良……戴希，你猜猜 Isabella 的中文名字是什麼？」

「這個怎麼猜啊……」戴希噘起嘴來。

「很好猜的，和我們的名字一樣。」

「和我們的名字一樣？」戴希想了想，「是不是……李貝拉？」

「你真的很聰明，戴希！」李威連又乾了一杯，海鮮還沒端上來，他已經把紅酒喝掉小半瓶了。

「我就是覺得，這名字聽上去比較快樂。」李威連說，「另外，也是為了方便她的媽媽。」他的語調變得十分惆悵：「可惜我和 Isabella 在一起的時間太少了。我本來希望她能在我身邊長大，在上海長大。但是 Katherine 不喜歡內地，她只對香港還有些好感，對上海完全沒有興趣，而我卻離不開上海……」

海鮮終於上桌了，李威連不再說話，只是默默地喝酒。戴希心裡禁不住有些傷感。

「戴希，你是左撇子。」沉默良久，整瓶紅酒都快喝完的時候，李威連突然說。

戴希看看自己握筷子的左手，李威連接著說：「那次在『雙妹』時我就注意到了，培訓的時候你也是用左手拿筆。」

「念小學時老師曾經要糾正我的，但我爸爸特地去學校說服老師，說這樣更有利於我的大腦發育。」

「他說得對。戴希，你和我過去的一個好朋友特別像，她也是左撇子，也非常聰明。」李威連若有所思地說，「你爸爸很懂大腦？」

戴希自豪地笑了：「大腦是他的專業呀，我爸爸原先是醫學院的。」

「醫學院？」李威連盯著戴希問。

「嗯，」戴希被他看得都有些緊張了，「我爸爸最初研究的是精神病學，後來國內設立了心理學專業，他才轉到師範大學當心理學教授。」

李威連點點頭，酒瓶已經空了，他揮手要了第二瓶。

「戴希，史丹佛大學的心理學專業是全美國最好的，希金斯教授的研究生位置更加難得，你就這樣放棄了，不覺得可惜嗎……」李威連撐著額頭說，他的醉意漸濃，但還是一杯接一杯地喝著酒，「當然了，假如你不放棄，我們也就沒機會碰上了。」

他舉起酒杯：「你是我的幸運，戴希。來，我們乾一杯，為了……為了……」

戴希能清楚地看見他眼中的晶瑩，她舉起自己的橙汁，和他碰了碰：「為了更美好的生活。」

「對，為了更美好的生活！」

第十七章

當李威連把第三瓶紅酒喝掉一半的時候，戴希叫了買單。她用他皮夾裡的現金付完帳，把酒杯從李威連的手裡輕輕拿開：「William，我們回去吧。」

他很聽話地站起身，搖搖晃晃地往外走。戴希不知道該不該伸手去攙扶他。還好李威連雖然一路腳步漂浮，仍堅持著自己走到了車邊。

坐上右側的駕駛座，戴希深深地吸了口氣。李威連把頭靠在車窗上，努力地說：「你先開上高速路……不要往港島方向……快到國際展覽中心時，你再……叫我。」

駛離鯉魚門的這段路比來時清靜了許多，漁火幾近稀落。公路兩側只有連排樹木的陰影，像綿延不絕的愁思。高速公路在前面分岔，戴希不假思索地選擇了港島的方向，沿著來時的路開下去。

長長的隧道似乎沒有盡頭，還是蕭邦陪伴著他們。穿出隧道，照原路駛上半懸於海岸之畔的東區走廊，黛青色的海面來到了右邊，沉黯寂寂。濤聲、風聲，連同海底洶湧澎湃的暗潮，都深埋於無垠的平面之下，原先掩蓋了星光的城市燈火變得淒迷，在另一頭的大海上空，卻升起漫天繁星。一抹若隱若現的紅光出現在海天交接的最遠端，彷彿撕破永夜的曙光、夢境中初露的希望。

寶馬停在四季酒店的門口。

戴希在李威連的耳邊叫了好幾聲，可是他毫無反應——看來只好找人幫忙了。戴希先從包裡取出他的皮夾，小心翼翼地塞進他夾克內側的口袋。她沒來得及把手縮回去，李威連的身體微微動了動，隨後她的髮間便感受到溫存的撫摸，又帶著無法抗拒的力度。

戴希的呼吸驟然停止。她模糊地意識到，自己應該有所行動，然而理智隨同呼吸一齊消失了，她只能一動不動地半靠在他懷中，掌心裡還能清晰地感覺到他胸口的起伏，親密入骨，無從言表。她感到與他貼近，自身被完全包裹在清冽、醇厚、醉人的氣息中。車裡面非常暗，戴希卻閉上了眼睛，彷彿這是她此刻唯一能做的。

「……怎麼不去馬哥孛羅……為什麼不叫我？」

他在問我呢，戴希迷迷糊糊地想，我該回答嗎？回答什麼呢？

「也好，明天早上……我們就一起從這裡出發。」

戴希猛地睜開眼睛，腦海裡掀過一場最猛烈的雪崩，她全身冰涼地直起腰。李威連的面孔隱在車窗的暗影中，戴希看不清他的目光。

戴希狠狠地咬了咬嘴唇：「William，你醉了。我叫酒店的人來送你上去。」

他放下擱在她髮際的手，一言不發。

戴希推開車門，正好酒店的門童跑過來。

「我去趕地鐵了。」戴希站在車外對李威連說，他好像根本沒聽見。

「晚安。」戴希向前走了兩步，才聽見李威連在身後說：「戴希，明天早上在酒店等我。」

將近十一點了，地鐵是這幾天裡最空蕩的。戴希抱攏雙臂坐在長椅上，一陣又一陣的寒顫掠過心頭——無論學習了多少理論，親臨其境時，那份深切的悲哀仍然叫人猝不及防。

戴希也清楚地認識到，自己並沒有因為所發生的事厭惡他，或者懼怕他。掌控一切，是他對抗焦慮的手段。今夜，他只不過是把這個手段用在了她的身上。他掌控不了希金斯教授，所以逃跑了。他選擇了戴希，因為他自認為可以掌控她。更應該檢討的是戴希自己，是她給他製造了這種錯覺。

當她有意識地突破了心理諮詢的職業界限時，在潛意識裡也沒有成功地建立起那道必要的藩籬。今夜真正醉了的人是她，而他，卻將她喚醒了。

第二天早上剛九點整，李威連就已經在大堂等著了。

李威連面朝裡站在大堂的落地玻璃窗前，晨光淡灑在身上，他的臉色晦暗神情疲憊，像是宿醉難醒，又像是徹夜未眠。其實戴希自己也沒睡多久，樣子大概不會比他強得太多。戴希徑直走到李威連的跟前，與他相視一笑。

昨夜已經過去，他們彼此都不會再提起。剔除了虛偽的隔膜之後，李威連在戴希的眼裡又多了幾分真實，幸好這種真實對她是有所準備的。戴希猜不透李威連究竟是怎麼想的，但從他神情中流露出的微妙釋然亦令她感到欣慰。

現在，她更有信心，也更有願望要和他坦誠相處。

「要趕下午三點半的航班，你最好一點半搭上機場快線，所以我們今天的時間並不多。」坐上車，李威連對戴希說：「我們最遠可以去一趟淺水灣，或者先去山頂，中午十二點我在旁邊的半島酒店訂了位，吃飯仍然是最重要的。」

戴希朝車窗外望望，天氣不太好，維多利亞港灣的上空陰雲密布，沿著山勢而上的高樓大半隱在灰色的霧靄之後，風勢比前幾天都要凜冽，吹起路邊的棕櫚樹葉颯颯作響，開到盡頭的紫荊花瓣紛紛飄落，像粉色的蝴蝶在街道上翻飛起舞。春節長假已經結束，又逢週六早晨，廣東道上突然變得行人寥落，名品店前更是門可羅雀，沒有人氣簇擁的華貴裝飾在風中獨立，透出些許孤高的味道來。

從明媚到淒涼，不過一夜之間。缺少了人頭簇擁，裸露的市景顯得有些骯髒。被人所遺棄的事物總是骯髒的，這關乎感覺，而非實質。

「我不想去山頂……也不想去淺水灣。」戴希回答李威連。

他發動汽車，緩緩駛出酒店前的車道：「那你想去哪裡？」

「北角。」

「為什麼？」他似乎並不很詫異。

雖然醞釀了很久，戴希答話的時候還是相當緊張，她聽見自己的嗓音在輕微顫抖：「『粗俗是世界上最大的罪過』，我想瞭解說這句話的人。我仔細思考過了，我認為你母親的說法很有道理。」

李威連沒有再說什麼。拐上梳士巴利道後他就提升了車速，似錦繁華從車窗外過眼而逝、轉瞬無痕。

行駛了很長一段，李威連才說：「理論很簡單，真實卻一點兒也不美好。你肯定想看嗎？」

「肯定。」

李威連點點頭：「還有一段路要開，想聽音樂嗎？」

「不，」戴希堅決地說，「我要問你問題。」

他笑了笑：「是嗎？你終於有問題想問我了？」

「是有……很多問題。」

「好，問吧。」

當這一刻終於到來，戴希仍然無法避免惶恐。與他越是熟識，原先零散殘缺的心靈碎片漸漸彙聚成形，戴希就越是膽怯，她既害怕拼圖完整所揭示出的殘酷真相，又害怕自己的輕率和無知會傷害到已經陷落在無盡悲涼中的心，然而她只能勇敢前行，否則幫助就將永遠是一句空話……

「第一個問題：昨天你說自己來港的過程還算順利，我想知道為什麼。」

猛地一個急剎車，戴希朝前衝了衝。

「對不起，是我注意力不集中。」李威連盯著路口的紅綠燈說，他的臉色本來就不好，現在更加蒼白了。

紅燈翻綠，他們繼續前行。

李威連開始回答：「在當時，即使有直系親屬在香港，遞上申請以後也要經過層層審查，還會有這樣那樣的刁難，拖一拖半年就過去了。但是我從遞交申請到獲得批准，前後才花了一個月時間，所以說還算順利。我當時的情況比較特殊。」他停了停，才說：「在一次意外事故中我受了重傷，必須要到香港來動手術。假如不能得到及時醫治的話，我就會終生癱瘓。」

「啊！」戴希低呼了一聲。

李威連微笑了：「別緊張，我這不是很好嗎？事實上，那個年代裡的人們還是挺有人情味的，辦理申請的機構看到我的情況，全都大開綠燈。我沒有託人、也沒有送禮，當然，那時候的我也根本沒能力做這些事情。總之，我在一個月內就拿到了赴港的批准。」

他長長地歎了口氣：「在我父母帶著哥哥姊姊來香港，卻把我一個人留在上海的時候，我就下決心從此獨自在上海生活，絕對不會來香港。但在當時的情況下，我別無選擇……」

大片的沉默，猶如天空中的烏雲壓頂，沉悶得讓人窒息。

李威連將車停靠在路邊：「我們到了。」

下車後，一棟又一棟的醜陋樓房密密麻麻地排布在狹窄的街道兩側。風還是很大，捲起地上的紙屑和灰塵，在白天的光線下，每堵牆面上的污漬都看得清清楚楚。街上的行人也不多，只有開在路邊的小店前徘徊著衣衫灰暗的身影，還有一些空空的攤位和衣架散亂在街道兩旁。

「這條街叫馬寶道，和附近的七姊妹道一樣，都曾經是香港的小成衣廠聚集的地方。」李威連示意戴希看那些樓房，「每棟樓裡都有成衣車間，同時也是居民住宅。在此居住必須要忍受噪音和雜亂骯髒的環境，每到週日，成衣廠還會把積壓的商品拿出來，擺起路邊集市，附近的窮人們正好有機會挑選廉價的衣物。這項慣例一直延續至今，如果咱們明天來，就能碰上了。」

他朝其中的一棟樓走去：「今天是週六，工廠休息，也許我們可以進去看看。」

這棟樓和周圍的樓房毫無二致，封住每扇窗戶的鐵柵欄和鐵絲網都鏽成鉛黃色，底樓的鐵門關得嚴嚴的，也是同樣的顏色。

李威連對戴希說：「你等著，我去問問。」

戴希站在街沿上，遠遠地看著李威連走到鐵門前，敲了敲旁邊的一扇窗戶。窗戶開了，他和裡面的人交談了幾句，很快鐵門大敞，一個弓著背的老人快步走出，站在李威連面前和他大聲說話。戴希聽不懂他們在講什麼，只能從老人的表情和動作中看出異常的激動。又過了一會兒，李威連回來了，手裡拿著一串鑰匙：「我們上去吧。」

他們繞到樓房的後面，後牆比前面更骯髒，污水印跡從樓頂長長地拖曳下來。經過堆積的雜物和貨包，李威連用手中的鑰匙打開後門，戴希尾隨著他走進去。

沒有開燈的走廊裡幾乎像夜晚一樣黑暗，又像是常年封閉，氣味陰濕難聞，直衝入鼻子。戴希緊貼在李威連的身邊，他低聲說：「不用怕，你跟著我走，在二樓。」

戴希並不怕，她就是想和他靠得近一些。

樓梯狹窄，李威連微側著身子，這樣戴希才能和他並排拾級而上。

上到二樓，李威連打開走廊最末的一扇門，輕輕地把戴希攬過來，立即在身後關上房門。

隨著「吧嗒」一聲，漆黑的屋子突然大放光明。戴希的眼前全是日光燈明晃晃的白光，她眨了好幾下眼睛，才看清楚屋子裡擺滿了縫紉機。每架縫紉機的周圍都碼放著各種形狀和顏色的布片，縫紉機之間的縫隙只能容人側身而過。整個空間擁擠，壓抑，臨街的窗戶上覆蓋著厚厚的灰色布簾，因為年代久遠而暗黃，好像垂暮老者的翳膜。

「一九九七年我最後一次來這裡，是把它賣掉。沒想到十二年過去了，一切還保持著原樣。」

在日光燈下，李威連的臉色看上去更差了，但目光炯炯，堅毅的表情讓他顯出異樣的神采：「在中國製造席捲全球的時候，這種小作坊式的成衣廠居然還能生存下來，香港人真的很堅韌。」他走到一架縫紉機前，輕輕撫摸著：「一九八四年底我來到香港時，我母親就只經營了這麼個成衣車間。當時我和她已經分離了將近十年，戴希，在我的心目中，我的母親一直是世界上最美麗最高貴的女人，可當我在香港與她重逢時，她卻變成了一個憔悴早衰的老年婦女，你根本不可能想像，就是她曾經說出『粗俗是最大的罪過』這樣的話，並且要求我成為一名紳士。」

「為什麼會這樣？」戴希問。

「我的外祖父是服裝企業家，解放前一直來往中法兩國經營成衣業，家族產業很興隆。一九七五年，我母親就是獲特批到香港繼承他的遺產，才能帶著全家一起移居香港。起初她繼承到的是四家有相當規模的製衣廠，但是因為她輕信別人，經營出了嚴重問題，還被騙走了許多錢，到一九八四年我申請來港的時候，她的產業一再萎縮，最終淪為這樣一個小車間。當時，我父親和兄姊都已經轉去美國投親，只有母親不肯服輸，獨自一人留在香港苦苦支撐。不過，恰恰是這樣困苦的情形，讓我知悉母親畢竟是愛我的。」說到這裡，李威連露出由衷的笑容，「我到四川北路上的郵政總局給她打國際長途電話，她一聽清我的狀況，就立刻讓我申請赴港。為了籌錢給我動手術，她把這最後的一間廠也抵押了出去，所以我的身體恢復後，馬上就到廠裡來給她幫忙了。我想無論付出什麼代價，都必須讓母親擺脫困境，她不屬於這樣的地方。戴希，我要讓她重新過上資產階級風格的奢侈生活。」

日光燈照耀下的悽楚回憶美得讓人心痛。

李威連指了指對面牆角的一座小樓梯：「知道那上面是什麼嗎？」

那是個小閣樓，由木條和鐵皮搭起的細薄支架，似乎不堪重負。

「……堆東西的？」

「那是工作間。」

「可是太矮了啊……」

「是的，上面只有一米四五的樣子。但卻是這種小廠裡技術含量最高的工作間——裁片室。」李威連低下頭問戴希，「知道裁片是幹什麼的嗎？」

戴希努力地思考：「嗯，就是把布照紙樣剪開嗎？我小時候見過裁縫做這個……」

「不太一樣。製衣廠裁片是用機器來切一大疊布，既需要體力又需要技術，只有男人能做。

這項工作是製衣廠的靈魂，閣樓可以提供專心的小環境，他們是彎著腰工作的。每天晚上我就睡在閣樓裡，白天如果沒有人裁片，我也在那裡看書，」李威連注視著閣樓說，「下班以後，這裡變得非常安靜，裁床可以當桌子，旁邊還有方凳……一年之後，我們就還清債務收回了這家廠，又過了兩年，我幫母親買下另一家條件更好的廠，在七姊妹道上。到一九九七年香港回歸前夕，母親決定正式退休，去美國和父親共度晚年，我們才把所有的五家服裝廠都賣掉了。當時她住在半山的別墅裡，快七十歲了還自己開著寶馬到處跑，她又恢復了原本應該的樣子……」

戴希目不轉睛地看著李威連，她被他臉上的神情迷住了，鮮明而生動的自豪，對母親無法掩飾的摯愛，如同晨曦照亮他今天略顯灰暗憔悴的面孔。這種愛，只會發生在父母和子女之間，是常常交織著誤會、和解、佔有、反叛、忠誠和奉獻的血親之愛，因同屬同宗而更加激烈。在戴希所學習的心理學理論中，這種愛也是一切人類心理的肇始。

戴希悄悄地問自己：他是不是非常非常像他的母親？——一定是的！

「好了，」李威連朝門口走去，「我們走吧，這裡空氣太差。」

重新坐回車內，透過前擋風玻璃，戴希看著李威連去還鑰匙。

站在灰濛濛的樓房前，那個躬背的老人握住李威連的手，不停地點頭。突然，李威連伸出右臂緊緊抱住老人的肩膀。風吹起李威連的Burberry風衣下襬，輕輕拍打在老人的藍布工作服上。他們就這樣相互依偎著站了很久，直到晦暗的天空中飄起一陣水霧，戴希的眼前煙雨迷濛。

「陳伯在這裡幹了三十年了。過去當保安，現在看門。他還認得我。」把車開出陰暗的馬寶道時，李威連說。他看了看手錶：「還有別的地方想去嗎？」

戴希搖搖頭。

「那就回尖沙咀吧。」

又一次鑽入過海隧道，戴希重新鼓起勇氣：「我還有個問題。」

「好啊。」他的聲音聽上去十分疲倦。

「我想知道，你是怎麼進入西岸化工的？」

「為什麼問這個？」

「就是想問……」其實戴希只想談個能讓他愉快的話題，隨便什麼都行。

李威連思索了一下：「雖然我把振興母親的服裝廠當作自己的責任，但這是為了母親，而不是我自己的理想。我也絕不想在馬寶道這種地方過一輩子。因此到香港後的最初三年，我一邊幫助母親經營服裝生意，一邊讀香港大學的夜校。戴希，也許你還不知道，我在上海高中畢業時，並沒有考上大學。在金山石化廠當學徒工的時候，我參加了大學的自學考試，可是出了樁意外，就差一點點，還是沒有取得大學本科的文憑。在港大讀夜校，已經是我的第三次嘗試了，絕不可以再失敗。還好這次一切順利，我只用三年時間就考完了全部課程，取得了港大的證書，才有了再進一步的基礎條件……

「幫母親買下第二家廠後，我開始留意報紙上的招聘廣告，結果卻失望地發現，好機會依舊很難得到。大企業的用人條件非常高，雖然我有了本科文憑，對自己的英語很有信心，廣東話也能說得流利，但這些還遠遠不夠。直到有一天，我在南華早報的廣告欄目裡發現了一條語言交換的廣告。」

「語言交換？」戴希問。

「對，現在在上海也很流行吧，就是相互學習對方的母語，以交換的方式代替費用。」

「我知道了。」戴希想，語言交換在上海的確流行好些年了，不過被很多上海女孩當作釣老外的手段。

「那是一個美國人尋找英文和普通話交換的廣告，我按廣告上留的號碼給他打了電話，約好會面的時間和地點。就在那一天，我平生頭一次走進美國銀行中心大樓……

「這位美國人名叫 Wesley Hoffman，是賀曼律師事務所的三位合夥人之一。非常有意思的是，我見到了 Wesley，才省悟到當初從袁伯翰老先生那裡學到的紳士課程都是有根有據的。Wesley 的言談舉止、穿著風度完全就是活生生的紳士樣板，我大開眼界的同時，心中又產生了新的自信。我意識到，我曾經受到的教育，那些我一直以為脫離現實的東西，將會對我的發展提供極大的幫助。而這，還真應該感謝母親的先見之明。

「我和 Wesley 很快成為了忘年交。他人到中年，在美國已經是個極其成功的大律師，純粹是出於對東方文化的喜好，才把事務所開到了香港。我的語言能力、學識和教養也讓 Wesley 相當驚喜，當他瞭解到我的生活狀況之後，就開始想方設法地幫助我。他把我介紹進他的朋友圈，帶我去他們那個階層活動的俱樂部，教我打高爾夫和橋牌，甚至邀請我去他家中共度耶誕節。袁伯翰教給我的知識開始大大地發揮作用，使我能夠從容應付所有這些場合。有一次Wesley還親自造訪了七姊妹道上的製衣廠，他說是恰好路過，但我知道他是特地去看我生活的地方。毫不誇張地說，Wesley是我人生中一位真正的貴人，沒有他就沒有今天的我，我從心底裡感激他。

「Wesley是香港美國商會的董事，和西岸化工在香港的美國高管都很熟，當他聽說西岸化工打算開拓在中國大陸的業務，要招聘能夠來往大陸和香港的業務代表，而我也恰好正在申請這個職位時，他便給當時籌備中國代表處的負責人寫信，大力推薦了我。」

「那是幾幾年？」戴希插了一句嘴。

「一九八八年。」

「哦。那時你是……」

「二十五歲。」

戴希輕聲說：「比我現在還小呢。」

李威連微笑了：「是的，我在西岸化工已經整整二十年了。西岸化工是我的第一份工作，也是迄今為止我的唯一一份工作。從這個角度來看，我算得上是個專一的人。戴希，你進西岸化工只經過一次面試，二十分鐘還不到。可是我經過了九輪面試，每次至少一小時，前後面試了將近四個月。」

「天吶，他們想幹什麼？」

「當時這個職位競爭很激烈，有好幾個出生香港的應聘者，都有過硬的歐美文憑和大公司經驗，香港人自然不願意花落別家，讓我這個背景相差懸殊的『大陸仔』得手。還好 Wesley 是直接向美方籌備負責人推薦我的，他對我的印象相當好，又特別邀請了其他幾位美國來的主管面試我，結果對我的考察就成了拉鋸戰，曠日持久……在面試過程中我什麼問題都被問到了，從政治見解一直到性取向。」

「性取向？」戴希目瞪口呆。

李威連的神色倒是格外輕鬆：「很可笑是不是？後來我才知道，因為一個支持我的美國人是同性戀，所以反對我的香港人就想在性取向上做文章。總而言之，我還沒有進入職場，就充分見識了其中的欺壓和爭鬥。不過越是這樣，越激發我的鬥志，我投入全部精力準備每一次面試，表現得越來越出色，最終九名面試官投票表決，五比四——我成功了。」

「太驚險了！不過，真的很好。」戴希大大地鬆了口氣。

「戴希，這不是基督教的十字架，是印第安人崇拜四季之風的吉祥物。」李威連突然換了話題。

「哦……」從昨天晚上起戴希就注意到了懸在後視鏡上的十字形木雕，一直在琢磨它的來歷。這個印第安十字架有著淡褐的木頭原色，雕紋粗獷紮實，用黑色的細繩懸掛，散發出一種原始神秘的張力。她脫口問道：「你也喜歡這些嗎？」

「嗯，」李威連回答，「我並不是只會欣賞精緻、奢侈的東西。」

戴希只好低眉順眼，她想，我真是自找的。記得希金斯教授說過：每個男人私底下都是小心眼的孩子，越是平日裡才華出眾、果敢寬厚的，越是如此。

真不曉得他打算記仇到哪一天！

回程的道路相當通暢，銀色寶馬車很快就駛上通向半島酒店的高速路。

李威連問：「咱們快到了。現在才剛剛十一點，吃飯還有點早。要不要去逛逛商店？」

戴希望著逐漸靠近的維多利亞港，突然叫起來：「哎呀，我想去坐船的！」

「什麼船？」

「就是擺渡的那個……」戴希費勁地想解釋一番。

李威連揚了揚眉毛：「天星小輪，你怎麼不早說！」

「現在不能坐嗎？」戴希不懂他的意思。

李威連歎了口氣：「如果你早說，我們就沒必要開車回尖沙咀了，完全可以把車開回四季酒店，然後從中環搭天星小輪過來。現在搭船的話，就是從九龍去港島，方向反了。」

「這樣啊……」戴稀有些懊喪，「我才想起來嘛。算了，下次再說吧。」

「別急，我想想。」李威連說，半島酒店充滿歐式情調的前門從窗外一閃而過，他把車直接開到了馬哥孛羅前停下，對戴希說：「你等我一會兒。」

沒過多久，李威連又回來了，一把拉開車門：「下來吧，我們去坐船。」

「太好了！」戴希驚喜地跳下車，「這車怎麼辦？我的行李呢？」

「我和酒店說好了，讓他們在一點二十分之前把車開到IFC，把你的行李也帶上。你從那裡上機場快線也是一樣的，至於午飯嘛，就在中環另外找地方吧。」他頓了頓，加重語氣問，「行不行？」

「行！」

他們沿著廣東道，並肩朝維多利亞港的方向走去。天氣比早上更差了，港灣上空的陰雲聚攏成陰鬱的灰黑色，海風打在臉上，又涼又濕，還挾帶著星星點點的雨絲。

「可能很快要下雨，」李威連望著遠空問，「戴希，你冷嗎？」

「不。」戴希搖搖頭，這是她來香港後第二次走這段路。第一次是剛到的晚上，她獨自一人走到了港灣，那個夜晚天氣晴朗，廣東道上熙來攘往，和風煦煦，有種以假亂真的春意。今天的情形卻完全不同，不論是蕭瑟的街景，還是陰寒的溫度，都昭示著真正的冬天。

「我們的時間很充裕。」李威連閒庭信步似的在寒風中走起來。戴希明白了，他和她一樣享受此刻。他們沉默著走完這段並不算短的路，街道空曠，戴希將雙手插進高腰夾克的衣兜裡，只覺渾身融暖。

一直走到天星碼頭，李威連在入口處停下腳步：「想坐船的上層還是下層？」

「……有什麼區別嗎？」

「上層有座位，票價稍貴一些。下層必須站著，離水面更近，其實票價便宜不了多少，但很多香港人天天坐天星小輪上下班，日積月累的緣故，也寧願選擇下層。」

「我喜歡站著，也喜歡離水面近些。」戴希說。

「好。」

在下層船艙的前端站好，開船的鈴聲響起。穿著橙色防風夾克的工人解開纜繩，小輪緩緩離岸。船首指向港島，半空之中霧靄重重，陰雲聚攏在中環林立的大樓頂上，使這個正午更像黃昏。風在海面上更加猛烈，水氣直接打上面頰，戴希微微地氣喘。她偷偷瞥了眼身邊的李威連，他抬頭望著對岸，又是很久不發一言了。

「我還有一個問題。」她說。

「嗯。」

「在上海高中畢業時，你為什麼沒考上大學？」從童曉那裡聽到「逸園」往事起，戴希就對此中緣由充滿好奇，今天李威連自己又提到了這件事，所以她覺得是個好機會。她問得很輕，在天星小輪「突突」的馬達聲掩蓋下，都有些擔心李威連聽不清自己的問話。但是他分明聽見了，而且像是被迎頭猛擊般地突然轉過臉來，戴希被他的眼神嚇到了，那裡面滿是尖銳的痛楚，無比新鮮，完全不像是久遠回憶所能激發的。

戴希的心亂跳起來——我問什麼了？！

他臉色慘白地低下頭，看著海水說：「我一定要回答這個問題嗎？」

戴希忙說：「你不想說就不要說，我……」

「我可以回答。不過，這件事我從來沒有對任何人說過。」他深深地歎了口氣，露出難以形容的苦澀笑容，「遲早總要說出來的，就告訴你吧。」

他的話語好像從很遠處而來，隨著寒風、帶著雨滴飄入戴希的耳朵。

「在『雙妹1919』時我告訴過你，我中學時代每週都會去那裡補習英語，文悅、文忻的媽媽就是給我做特別輔導的英語老師。直到畢業前的某一天，校長突然把我叫去，向我出示了一封信。校長說信裡的內容讓他痛心疾首，因為我從初中到高中都是華海中學最優秀的學生，他對我寄予了極大的期望，甚至以我為榮。可是，信中所描述的事情卻令他完全無法接受。因為信中所揭露的，正是我與那位英語教師持續了整個中學階段的不正常男女關係。」

戴希的喉頭發澀，全身好像都凍得僵硬了。

由於不熟悉那個年代中國的社會環境，希金斯教授對諮詢者X的敘述將信將疑，發生在石庫門小樓上，那母子般的兩個人之間的感情，有多麼熾烈就有多麼克制，無比虔誠又無比卑微。為了維繫這份情感，他已經付出了巨大的人格的代價，這種創傷就像那個不可思議的零分一樣，即使在一個無比光明的前景下都很難再修復。但她仍然沒有預料到，整件事情的結局竟然如此慘痛。

所以，希金斯教授的懷疑是對的嗎？諮詢者X說謊了？在石庫門小樓上究竟發生了什麼？為什麼會招致這樣的結果？

「校長說，他已經向英語教師核實過了，她堅稱是自己引誘了我，全部罪責都由她來承擔。但是校長認為，即使這樣也不能減輕我的過錯。當時我正好年滿十八歲，按照那個年代的法律，我完全夠資格被判流氓罪。」

「不！」戴希驚呼出聲，她在極度的震撼中對自己說，真實與否根本就不重要，在當時的社會環境下，要毀掉一個人，一封匿名舉報信就足夠了，連證據都不需要。這就是所謂的有罪推定。

李威連自顧自繼續說著：「我沒有為自己辯解，這種事還有什麼可說的。校長痛斥了我好幾個鐘頭，最後才說，他也不想把我送進監獄，但他必須要開除我，華海中學絕不能有這樣道德敗壞的學生。我離開校長室的時候，知道我的人生徹底改變了。開除是最嚴厲的處分，還會在我的檔案裡留下重重一筆，今後我不論升學還是就業，都不會有任何好機會了。但奇怪的是，我很平靜，也可能是麻木了。我照常上學，每天都等待著處分的降臨。反倒是英語教師，好多天都沒在學校出現，據說是請了長病假。那個週日，我第一次沒有去她家。

「就這樣過了一週，校長再次把我叫去，這回他講話的口氣溫和了許多，從指責變成了惋惜。作為一個擁有極強道德觀念的好人，他雖然對我深感失望，但反覆考慮了很久，他實在不願就此毀了我的人生，最終決定把這件事替我隱瞞起來，不給我處分，也不記入檔案，但他勒令我放棄參加高考，因為他不想以華海中學的名義，往大學輸送我這樣道德敗壞的人，我是不配上大學的。」

風越來越大，天星小輪不停地左右晃動，戴希幾乎站立不穩。她死死地抓住欄杆，掌心濕冷，鐵欄滑得簡直無處著力。眼睛被風吹得生疼，細雨密密茫茫，海水和雨水捲在一起，包裹著小輪，像是在迷霧中前行。李威連就站在旁邊，戴希卻沒有勇氣看他一眼。

為什麼不為你自己辯解？為什麼要承受這樣無端的侮辱和損害？她多麼想追問他，卻問不出口。

「事情的經過就是這樣，那一年我順利地拿到了高中畢業證書，卻被迫放棄了高考。」李威連的聲音重歸平靜，還有些許如釋重負的鬆弛，「戴希，我還是頭一次對別人談起這件往事。你聽了之後，是不是對我產生了一些新的看法？是不是認為……我是個應該遭到鄙視的人？」

李威連注視著逐漸逼近的港島高樓，天星小輪急劇搖擺，對岸已迫在咫尺，船頭的浪花越濺越高，就要靠岸了。一陣急雨隨風迎面潑來，戴希的面孔盡濕，不得不閉上眼睛：

「蓋茲比信奉這盞綠燈，這個一年年在我們眼前漸漸遠去的極樂的未來。它從前逃脫了我們的追求，不過那沒關係——明天我們跑得更快一點，把胳臂伸得更遠一點……總有一天……於是我們逆水行舟，奮力前行，卻總是退回到往昔歲月。」

在心中默唸了無數遍的語句，一旦說出口就再不受拘束，用自身的力量輕捷地奔入空氣，隨即消失在漫天雨霧之中。

船身重重地震盪，戴希睜開眼睛，到岸了。

她一下子沒有找到李威連，仔細再看時，才發現他的背影已經跨過踏板，戴希趕緊追上去，他卻似乎完全把她給忘記了，頭也不回地沿著向上的斜橋往前疾行。

戴希不敢喊他，只好竭力跟隨，但是他走得太急，她幾乎奔跑著才能跟上。細雨飄一陣停一陣，李威連也毫不在意，只顧埋頭向前。

他們走過郵政總局大樓，走過怡和大廈，走過文華酒店，走過皇后像廣場，走過太子大廈……戴希快喘不過氣來了，心臟因為跳動得太劇烈而隱隱作痛，也不知道究竟走了多遠多久，前面的李威連突然停下了腳步。

他轉過身來，看著上氣不接下氣的戴希，用略微沙啞的聲音問：

「證件都帶在身上嗎？」

「啊？」戴希大口喘息著，「帶、帶著的。」

李威連點了點頭：「跟我上去。」

戴希抬起頭，高高伸展的自動扶梯通向帶著黑色金屬光澤的透明樓宇，兩隻銅獅氣象莊嚴——是滙豐銀行。

貴賓部經理將他們請入接待室，李威連示意戴希坐下，微笑著對經理說：「Steve，戴小姐是我的朋友，請為她開個銀行帳戶。」

戴希困惑地看看李威連，他只是輕輕抬了抬手：「你的證件。」

接下去戴希要做的就是在幾張表格上簽名，很快貴賓部經理滿面笑容地送出銀行卡：「帳戶開好了。」

「謝謝，」李威連彬彬有禮地說，「請從我的帳戶上轉五十萬美金到戴小姐的新帳戶上。」

戴希驚呆了。

一走出貴賓接待室，戴希就迫不及待地問：「我不明白，這是為什麼？」

李威連根本不理會她，還是自顧自往前走，只是步伐比剛才緩慢了許多。戴希一步攔在他面前：「你說呀，到底是怎麼回事？！」

「不要喊！像什麼樣子！」李威連壓低聲音喝斥。

戴希垂下頭，這次是真的忍不住了，眼淚成串地淌下來。

李威連指了指幾步開外的沙發：「坐下再說。」

坐下之後戴希還在抹眼淚，她覺得委屈死了。李威連默默地看了她好一會兒，才問：「哭夠了沒有？」

戴希點點頭，從下船後到現在，她剛剛能靜下來和他交談。李威連很平淡地說：「心理諮詢是按小時收費的，我只不過是預約了你的時間。」

戴希的眼淚又要湧出來了，斷斷續續地說：「希金斯教授……給了我……一個研究課題，就是……就是……」

「我知道。」

「可是，我還沒有心理諮詢的資格。」戴希說。

「沒關係，資格證書並不重要。」沉默片刻，李威連又補充說：「你不用有壓力，那筆錢沒什麼特別的含義。我只是有些不太好的預感，以防萬一吧。也許是我想得太多了。」

看了看手錶，他說：「一點鐘了，現在必須要去IFC……搭車去吧，我走不動了。」

酒店的人果然拖著戴希的行李等候在機場快線入口處。戴希接過行李，李威連叫她再等一等。

戴希在原地站著。很快李威連提著個紙袋過來，遞給她：「又沒讓你吃上午飯，真不知道還能說什麼，這些帶在路上吃吧。」

「謝謝，我走了。」戴希說。

「好。」李威連跨前半步，給了戴希一個淺淺的擁抱，「沒想到帶人觀光會這麼累，這半天比我連開三十小時的董事會還要累許多倍……一路小心，戴希，我們上海再見。」

「再見。」

第十八章

飛機呼嘯而起，兩翼在密集的雲層中不停顫動，用盡全力向上突破。十來分鐘之後，幾縷金光射進舷窗，覆蓋在香港上空的重重陰霾不見了，窗外已是波濤洶湧的雲海和一望無際的蔚藍色天空。

被機艙裡的空調加了點溫，面前的紙袋散發出更加濃郁的奶油香氣，引人垂涎。戴希從包裡取出筆記型電腦，打開。經過了這個筋疲力盡的上午，她可以用全新的眼光來閱讀其中的篇章了。

希金斯教授：今天我們來談談對女人的看法吧，男人之間最平常的話題。

X：女人？有什麼可談的？

希金斯教授：比如……你認為女人可愛嗎？

X：可愛？不，我認為女人非常可恨。

希金斯教授：這也是一種常見的看法。當然了，每個人的理由各不相同，我能知道你的理由嗎？

X：理由……怎麼說呢？

希金斯教授：這樣吧，就逐一說說你最痛恨的女人吧。

X：讓我想想……我第一個痛恨的女人，是我的母親。

希金斯教授：哦？是因為她對你從小就漠不關心，還是因為她把你獨自一人遺棄在上海？

X：不是。母親那樣對待我的確讓我非常難過，但還不至於讓我恨她，因為我相信她必然有她的理由，多半還是我不夠出色，無法令她滿意吧。可是，當若干年後我與她重逢，關係有所改善時，我才真正地從她嘴裡聽到了她討厭我的理由，這個理由卻使我對她產生了最深刻的憎恨。

希金斯教授：可以說給我聽聽嗎？

X：那就從頭說起吧……我的父母是上世紀五十年代初期在巴黎相識並相愛的。我父親的家族在美國和歐洲經營汽車零部件的生意，外祖父則來往於法國和香港，擁有很具規模的服裝產業。婚後他們定居倫敦，我的哥哥姊姊都在那裡出生。雖然出身商業世家，我父親卻是個純粹的學者，他將全部的才華與熱情都投注在中英文的比較研究上。而我母親美麗活躍，簡直是個天生的商人，他倆的個性形成鮮明的反差，卻又珠聯璧合，婚姻生活堪稱美滿。

一切在我父親決定返回中國之後改變了。從五十年代初期起，他就作為顧問參與了《毛澤東選集》第一個英文版的編譯工作，這個經歷使他更加渴望回到中國。教授，你知道學者的脾氣通常執拗，雖然我父親平日木訥隨和，但是一旦他做了決定，就連母親也只能聽從。就這樣，他們於一九五七年舉家返回上海，整個過程還受到了中共統戰部門的特殊關照。

剛回來時，父親多次去北京參加與翻譯有關的「政治任務」，我母親雖然對環境有諸多不習慣，也結交了一些僑界人士，可惜好景不長，政治運動的狂潮一波接一波襲來，周圍的人無一倖免，我母親非常不安，她開始逼迫父親，一定要他想辦法盡快離開中國。

他們想方設法打通最高層的關係，真的有希望很快能獲得批准離開中國了。偏偏就在這時，我母親發現自己懷孕了。這個意外打亂了全部計畫，後果是災難性的，我還沒有出生，父親就被打成反動學術權威，下放到甘肅去了。隨後我家的生活狀況急轉直下，母親困居上海，不得不獨自撫養三個孩子，她只好去工廠做工，甚至還要透過某些非常手段，去爭取一些有權勢的男人的幫助……

母親將所有這些困苦都遷怒於我，認定我是她的全部痛苦的根源。這也是為什麼，她始終把我和兄姊區別對待，因為他們出生在倫敦，是高雅和幸福生活的結晶，而我所代表的，是殘酷無情的政治迫害和瘋狂暴戾的人性之惡。若干年後，當他們終於獲得機會離開上海時，她還是堅決地拋棄了我這個帶來不幸的孩子。

教授，也許我應該理解她，她也是無辜的受害者。可是我不能——難道我不比她更無辜？！我用整個童年來自我否定，拚命尋找她討厭我的理由，再用一個孩子所能做出的全部努力去取悅她，只為了能得到像哥哥姊姊所得到的那種母愛，可她讓我失望了整整二十年！即使後來有所彌補，那也太遲了。假如我真的像自己所認為的那樣醜陋、愚蠢、不討人喜歡，也許我的心理會平衡許多。但是，好多年後她告訴我，其實從我還是個嬰兒的時候起，她就看出我是三個孩子中最聰明的，也是長得最像她的……所以我曾經做出的全部努力都是徒勞，我完全沒必要改變自己，因為不論我怎麼做都不會令她滿意，我的過錯不在於其他，只在於我的生命。我根本就不應該出生，我生下來了，便註定得不到她的愛。

教授，我母親美麗、高雅、善良、能幹，她幾乎擁有一個女性所能具備的全部優點，但是對於我來說，她不配做一個母親。所以後來，我又給自己找了一位母親。

希金斯教授：我猜就是那位英語教師吧？

X：是的，從她那裡我得到了從母親身上得不到的愛，在那些年裡，她就像一個真正的母親憐愛著我，而我為她所做的一切也都能得到回應。在她的身邊，我不僅得到了愛的滋養，也漸漸樹立了自信。我發現我並非一無是處，雖然無法令母親愛我，卻有足夠的能力讓別的女人喜悅。

教授，如果我告訴你，我對她的情感僅止於對師長的尊敬，那麼我是在自欺欺人。我愛她，雖然這種愛在英語零分試卷後就被約束了，但並不妨礙我在心中將她奉上神壇。對於我來說，她是聖潔和仁慈，也是溫柔和憐憫，所以我甘願為她自我規範，為她匍匐於塵埃中。只要能夠一直愛她，什麼代價我都願意付出。

和她在一起度過的所有時光都是美好的。隨著年齡的增長，在相處中我越來越佔據主動。起先去她那裡上課，結束時都是她催促我離開，可是到後來，反倒是她戀戀不捨，甚至會為了每一次的分別而難過。我又何嘗捨得與她分離，只是作為一個正在長大成人的男性，我逐漸意識到了自己在情感和意志力方面的優勢，所以我確保自己每次都準時，因為我知道，她在等我。

一千多個日夜過得那樣寧靜，就像水一般流逝。我甚至以為，我們會永遠這樣下去，直到我和她都化為腐朽。我很認真地想過，即使真到了那一刻，我也要陪伴在她的身邊，我的魂魄會守護著她的魂魄，我會用最後的力量珍愛她，不讓她感到一絲一毫的恐懼和悲傷……

可是，這場美夢的破滅比母親的遺棄還要迅猛。我還沒有從震驚中清醒，一切就無可挽回地結束了，隨之陪葬的，是我的前途。

我不恨她幾乎毀了我的人生，我恨她在關鍵時刻的膽怯和退縮。真相慢慢揭露出來，我才知道，她的丈夫並不像她對我所聲稱的那樣早就死了，她也不是只有一個和我同齡的女兒，而是兩個。另一個女兒和她的丈夫共同生活在鄉下，而她，卻把他們全都拋諸於腦後。對女兒們，她從來就不是一個合格的母親，卻在我最需要她的時候，以女兒之名選擇了逃避。她的所作所為，比我的母親更加卑鄙！

> 她成了第二個令我痛恨的女人。我的兩位母親，就這樣先後成為我最恨的人。我是咀嚼著對她們的恨長大成熟的，我還會一直恨下去，直到我死。

戴希渾身打起寒顫，這些話她曾經讀過好多遍，現在，她完全懂了。那些場景是如此鮮活、歷歷在目：北角令人窒息的破陋成衣廠、「雙妹1919」中迷離的咖啡香氣，還有，在細雨和疾浪中顛簸的天星小輪……正是在這些時刻中，戴希所親眼目睹到的絕不是恨，而是最深沉的愛。

她明白了。這兩位母親，是她們哺育並且塑造了他的肉體與靈魂，他用身體裡的每一滴血液愛著她們，但也正是她們，推倒了他人生的第一張和第二張多米諾骨牌，在他還十分弱小、無力反抗的時候，就逼著他去承擔最殘酷的命運。

他的愛有多深，恨就有多深。他在同等程度的強烈愛恨中備受煎熬，已經分不清自己究竟是在愛，還是在恨了。

> X：這兩位母親教給了我對女人的觀念。從那以後我接觸了數不清的女人，每一個都從不同角度證明了我看法的正確性。女人下賤、自私、怯懦，她們的心中充滿了欺騙和貪婪。在情感中，女人表面上柔弱、被動，實際上卻遠遠比男人更冷酷。和無數女人交往的經驗告訴我，當我成功、健康、有權勢和金錢的時候，她們會對我無比癡迷，以愛的名義

爭先恐後地獻身，竭盡所能地向我獻媚，矯揉造作、尋死覓活，目的無非就是想得到我、佔有我，使我為她們所用。可一旦我失去了那些條件，她們就會毫不猶豫地將我一腳踢開，多半還會流著虛假的眼淚，彷彿反倒是我的無能造成了她們的痛苦。

當然女人還是很有用的。她們的肉體可以讓我獲得滿足，她們對我的癡迷，雖然充滿了虛情假意，可是很能夠娛樂我，幫助我釋放壓力。當人們沉浸在愛裡時，就是最脆弱，最容易受到傷害的。我的經歷充分證明了這一點。認識到這些之後，我徹底改變了對待女人的態度。我不再嘗試去愛，而是肆意玩弄她們，結果非常有趣，女人們反而對我產生了最狂熱的情感，發瘋一樣地崇拜我。

在單純的肉體滿足之外，玩玩情感遊戲也很有意思。要俘虜她們實在太輕而易舉了，到後來我只能在拋棄的手段上動些新鮮腦筋。使我頗為無奈的是，很快她們連被欺凌都能忍受和習慣了，甚至包括我的妻子，當初我因為她的美貌和身分追求她，我沒有費太大力氣就成功了。結婚之後，我並沒有中斷過和其他女人的關係，起初我對妻子還有些內疚，但是後來我發現，她對我的不忠瞭若指掌，為了家庭的體面，為了我們的孩子，當然更為了我們共同的利益，她和我達成了共識，只要我不把事情鬧得不可收拾，損壞她和她家族的臉面，她就對我聽之任之。

教授，實際上我妻子的這種態度讓我很傷心，我已經很長時間沒有為女人傷心了。這時候我才知道，我對愛依舊抱有幻想，而她把我最後的幻想也打破了。本來如果她堅持，我會為她和我們的家努力改變的，哪怕付出任何代價。

我的結論是：沒有任何女人值得愛，更沒有任何女人值得信任。

這段紀錄後面，希金斯教授的評述讀起來頗為沉重：

在我的刻意引導下，諮詢者X說出了上述這段話。據我判斷，這些話他一定從未說出過，甚至都不一定想到過。但是作為一個心理諮詢師，當我發現充斥在病人心中的憤怒時，有責任幫他發洩出來。讓我們重溫佛洛伊德的名言：「抑鬱就是指向自身的憤怒。」所以，在一個以職業操守為保障的，絕對安全的環境中，我嘗試讓諮詢者X心中的憤怒徹底爆發。這些憤怒在他的心中積累了太長時間，以「語言障礙」為掩飾，早就演變成了深刻的心理痼疾。假如下一次諮詢時，我還能讓他這樣宣洩的話，或許將看到更多與自我毀滅有關的具體症狀。

他的病症遠比他自己以為的要嚴重得多。

考慮到對他可能產生的影響，我並沒有直接告訴他這個判斷，不過，我對他的婚姻狀況做出了分析。我告訴他，許多的婚姻不幸源自於情結。我們所挑選的配偶往往不是最適合的，而是最能和我們的情結扣上的。情結是一種不健康的心理反應，於是我們的配偶就成為了怨偶。

諮詢者X苦笑著問：教授，我的情結是什麼？我斟酌了一下，還是坦白地回答他：認為自己不配得到愛。聽了我的話，諮詢者X沉默了好一會兒，沒有到約定時間就告辭離開了。幾天後助理通知我，他取消了此後所有的預約，再也沒有出現在我的諮詢室。

我認為，文化上的隔閡是這一起諮詢敗局的關鍵因素。儘管諮詢者X沒有透露真實身分，我仍然能夠從他的敘述和表現中推測出，他應該擁有相當不凡的事業成就和社會地位。那麼他所取得的這一切，以及他的從某種角度可以形容為「高攀」的婚姻，都有賴於他的英語才能，而這一項才能，恰恰是脫離了他的文化根基的，並且和他的心靈創傷密不可分。他一方面害怕失去今日所擁有的一切，一方面又感到壓力巨大、痛苦不堪，潛意識中極力想要擺脫現在的生活，「語言障礙」的根本原因就在於此。

很遺憾，我沒有機會對他說出我的分析結論了。

在電腦螢幕上，戴希彷彿又看見那個打著猴拳的可愛女孩，她的中文名字和英文名字同樣發音，她小小年紀就被迫失去了許多和爸爸親密相處的時光。

——你病得很重了，但這不是你的錯。既然你還想嘗試，我也一定會竭盡全力。

舷窗外夕陽西下，飛機已經在上海的上空盤旋。灰濛濛的暮色中，高架路的燈光在大地上畫出閃耀的金線。金光環繞曲折，有著清晰的界限，戴希看到自己乘坐的飛機，如同兒童用小手做出的一片剪影穿行其間，迂迴、突破，跨越浩渺長空，獨自飛向終點。

飛機降落在浦東機場，剛剛走上廊橋，戴希就撥通了孟飛揚的電話。

「小希？」

「飛揚，我到了！」戴希的聲音有些顫抖，「晚上在哪裡吃飯？你告訴我地點，我馬上就搭車過去！」只不過才分別了五天，她卻覺得彷彿有一個世紀那麼漫長。對孟飛揚的思念，竟然是在回到上海的這一刻達到頂峰，戴希渴望著立刻被他擁入懷中。

「小希……」孟飛揚的聲音有些沉悶，「今晚咱們不能一起吃飯了。」

「什麼？」戴希沒聽清。

「是這樣小希，今天頭一天上班，有個緊急的合同要談。我馬上要去北京出差，九點的飛機，再過一會兒就得去機場。」

戴希愣住了，想了想說：「那我就在機場等你吧。」

短暫的沉默，孟飛揚在電話那頭說：「小希，對不起，我的航班在虹橋機場，所以……咱們碰不上。」

戴希停下疾走的腳步，其他乘客從她的身邊繞行而過。她的心好像突然變重了：「飛揚，你怎麼了？發生了什麼事？」

「沒什麼事，恰好訂的那一班。小希，你也累了，快回家好好休息吧。」

戴希握緊電話，一定有事發生了。十幾年來，她熟悉他就如同熟悉自己：「飛揚，你告訴我，到底怎麼了？！」

「真的沒什麼！」孟飛揚堅持說，「你別瞎想，快回家吧。」

戴希重新快步向前走：「行，我現在就去坐機場巴士，肯定能在你登機前趕到虹橋機場。你等著吧！」

「小希，別胡鬧！」

「我沒有胡鬧！我必須要見你！」

「那就等我出差回來。」

「你什麼時候回來？」

「我……」孟飛揚再次支吾起來。

戴希衝著手機叫：「你說，你打算什麼時候回來？」

「我也不知道，取決於合同談判是否順利，」孟飛揚說得很艱難，「小希，你知道的，我們這種合同，順利的話兩三天就談妥了，不順利的話也許要一個月……」

戴希感受到了屈辱：「飛揚，你從來不會欺騙我的！」

孟飛揚只是稍作停頓，就繼續堅決地說下去：「小希，我說的都是事實。另外，你也不要去我那裡了——柯亞萍，你知道她的，她哥哥嫂嫂又在家裡鬧得天翻地覆，她沒地方去，正好我出差，就讓她暫時借住我家，我跟你說一聲。」

戴希突然覺得好累，就軟軟地倚靠在機場大廳的窗上。靠上去才發現，積累了嚴寒的玻璃窗有多麼冰凍。時空遷移，幾個小時前的溫暖消失殆盡。哪裡才是真實？

「小希……」沒聽到戴希的答話，孟飛揚顯然擔心了，輕聲叫著戴希，語調又回復了往常的關切，「小希，你沒事吧？晚飯就回爸媽那裡吃吧，聽話……」

「嗯，」戴希恍惚地應了一聲，這樣的對話是他們多少年來習慣的，好像已經成為了她生命的組成部分，自然而然，毋需任何考慮與矯飾，「飛揚，我聽話的。可你能不能告訴我，究竟是怎麼了？」

孟飛揚又沉默了，戴希似乎能聽到他激越的心曲，隨著沉重的呼吸聲傳入她的耳朵，她知道這是自己的幻覺——「小希，我看了你的文檔，就是『諮詢者X』的那份，還有那些照片。」

戴希等他說下去。

「小希，對我來說，那篇文檔的英語有些難，不過我大概還是看懂了。我也……明白了你的意思，你為什麼要讓我看它。」孟飛揚咽了口唾沫，昨天晚上他徹夜不眠，直到現在眼前還跳動著鋪天蓋地的英文字母，因為缺少睡眠，他頭痛了一整天，無數次想要撥通戴希的手機，卻又無數次克制住了自己。此刻，他要對戴希說出自己準備了一天的話，沒想到還是如此艱難。

「小希，雖然我不懂你的專業，但是我真心地支持你，也尊重你作為專家的見解。既然是你的研究課題，你當然應該做下去。只不過……我希望你不要太沉迷了，以我這個普通人的眼光來看，你的這個案例裡有太多變態和醜惡，甚至危險的內容，我有點兒為你擔心——」

戴希打斷他的話：「變態和醜惡？你這樣說是不對的！」

孟飛揚笑了一聲：「呵呵，小希，我就知道你會抗議。我說了這只是我作為普通人的看法，你是專家，你的看法當然和我不同。而且我也知道，這就是你曾經說過的，吸引你的、心靈的無垠的黑暗。」

「飛揚，你到底想說什麼？」

「小希，我想說的就是——我太瞭解你了，所以才會為你擔憂。」

孟飛揚的聲音裡終於顯露出了焦慮，「你當然可以為了這位諮詢者X天天加班泡在公司裡，也可以為了他在春節假期專程赴港，甚至可以為了他臨時改簽機票……我知道這就是你的性格、你的專業、你的理想，我沒有任何理由反對。可是，我想要離開一段時間，否則我怕我會讓你不愉快的……」

「你在胡說些什麼呀？！」戴希不顧一切地嚷起來，在機場大廳裡旁若無人地跺著腳，她完全知道，並非每一個人都會和自己有相同的看法，但孟飛揚的反應還是大大出乎她的預料了。

「小希！小希！」孟飛揚抬高聲音叫她，「你別急，其實也沒什麼。一下子面對這樣的情況，我確實有些接受不了，我需要些時間。我想，你同樣也需要時間，咱們都先冷靜下來，考慮清楚了再來討論，好嗎？」

「我才不需要時間冷靜！」戴希語無倫次地說，「我只是在做課題研究，在為我的病人提供心理諮詢，我有什麼好考慮的？！」

「真的只是這樣嗎？」

「什麼？」戴希呆住，右手冰涼，快要握不住手機了。

孟飛揚靜了靜，再開口時語氣變得又冷又澀：「小希，我一點兒都不懷疑，你是全心全意地為了你的『病人』，可我要提醒你的是，你真的清楚他是怎麼想的嗎？」

「他？」

「是的，就是你的『病人』，也是把你招進那家跨國大公司的首席高管、了不起的商界精英、令人敬仰的總裁先生……小希，他的閱歷、經驗、地位、能力，所有種種都與你差之千里，你想過嗎？他為什麼要找你做他的心理諮詢師？」

戴希低下頭：「我覺得，他信任我……」

「信任？」孟飛揚重複著，「信任？小希，那篇英文文檔我是跳著看的，但其中有一段我徹徹底底地看懂了，就是他關於女人的看法，你想必也記得吧？他的看法讓人印象非常深刻——沒有任何女人值得愛，更沒有任何女人值得信任。」

戴希的腦子裡一片空白。

「小希，難道你不是女人嗎？他憑什麼信任你這個女人？」

這個問題戴希從來沒有想過，而且她立刻就明白，自己不可能回答得出來。

他們在電話的兩頭一起沉默，心靈之間的通衢或者壁壘，就是在這樣的瞬間被決定了。

「小希，」還是孟飛揚率先開口了，「你現在清楚我的想法了，你會因此改變自己的計畫嗎？」

戴希咬了咬嘴唇，斬釘截鐵地回答：「不。」

孟飛揚吁了口氣：「好吧。」語調又變得十分溫柔：「其實，我也希望我那些想法都是沒有根據的，畢竟在這種事情上，你更加有發言權。只是……小希，你實在太善良太純真了，所以我……」他的喉嚨突然哽住了，過了好一會兒才又說：「我原本不想對你說這些的，沒想到還是說了……小希，你千萬別不開心，我、我真的非常非常愛你。好了，我要去機場了。小希，我每天都會給你短信，也會盡量早回來的。我不在身邊的時候，你要照顧好自己，別讓我擔心。」

電話掛斷了。戴希抬起頭，同一個航班的乘客都走得差不多了，傳送帶上只剩下她的一件行李，孤零零地轉著圈。她的懷裡還緊緊抱著兩個紙袋，一個裝著準備送給孟飛揚的萬寶龍金筆，一個是李威連買給她的點心，就是這兩個袋子，被戴希當作寶貝似的從香港一路抱回了上海。

孟飛揚把手機揣到兜裡，立即點起一根香菸。他是站在公司辦公樓道的緊急出口門後打的電話，這也是樓裡唯一可以抽菸的地方。猛抽了幾口之後，他就把香菸掐滅了，往外一推門，就看到柯亞萍站在面前。

「亞萍？」孟飛揚嚇了一跳，「你在這裡幹什麼？」

柯亞萍的臉色發灰，眼眶上圍著一圈黑：「……我看時間快到了，想提醒你去機場。」她翕動著蒼白的嘴唇說。

「我知道，這就走。」孟飛揚點點頭，「你也快回去吧，家裡的東西你隨便用，不過冰箱裡沒吃的了，晚飯你得自己解決。」

柯亞萍看看孟飛揚：「你把家讓給我住，你女朋友是不是不高興了？」

「沒有，她沒有不高興。」孟飛揚加重語氣說，「戴希是世界上最善良的女孩。」

「哦。」她垂下眼瞼，無從分辨是躲避還是別的什麼。

孟飛揚朝公司的玻璃門走去：「我拿上行李就出發，亞萍，你和我一起下樓吧。」

在浦東國際機場經過邊防檢查時，汪靜宜緊張得全身冰涼，遞上護照的手抖個不停。雖然她深知，李威連為她們母女辦理的簽證沒有絲毫問題，還是無法鎮定自若。等順利通過安檢，帶著左菲婭走進VIP候機廳坐下，她才恍如隔世般地看著周圍的一切，VIP候機廳裡人不多，沙發又軟又寬，讓她坐下之後就感覺無力再站起。

「媽媽。」左菲婭依偎在她身邊，怯生生地叫著。汪靜宜看看女兒，小女孩的臉色蒼白，烏黑的眼珠黯淡無光，眼白泛出淡淡的青色，是睡眠不足的表現。

臨行之前，汪靜宜知道再瞞不下去了，就委婉地向女兒解釋了家裡目前的狀況。她本以為左菲婭未必能完全聽懂，但很快就發現低估了孩子的理解力和現實觀。聽完汪靜宜的講述，左菲婭安安靜靜地流了一會兒眼淚，就提出一個問題：「爸爸會坐牢嗎？」

汪靜宜強忍著淚水回答：「現在還不知道，希望爸爸會沒事。」

「我們去美國，爸爸知道嗎？」左菲婭又問。

汪靜宜搖搖頭，她至今還沒有機會見到左慶宏。即使能見到他，她也不會說，現在對她們來說，平安離開中國是最重要的。

左菲婭眼淚汪汪地看了媽媽好半天，突然撲在桌上痛哭起來，嘴裡嗚嗚咽咽：「我們、我們……要把爸爸……扔掉了……」

汪靜宜抱緊女兒，淚水也淌了下來，孩子的認知總是這樣一針見血，使任何粉飾都顯得無力可笑。自己的懦弱和自私被女兒看穿了，但她並不感到羞恥——這就是現實。只要能順利到達美國，左菲婭的注意力很快就會被新鮮的環境所吸引。

今後她不會像他們當初那樣脆弱，也不必繼續生活在恐懼之中。

安穩下來之後，左菲婭果然看上了VIP休息廳裡的自助餐臺，鬱鬱寡歡的小臉上有了些微亮光：「媽媽，你想吃什麼？我去幫你拿。」

「隨便。」

把左菲婭打發去取食品和飲料，汪靜宜打開挎包，拿出自己和女兒的登機證看了又看：泛美航空上海到洛杉磯的頭等艙。機票是李威連夾在蓋好簽證的護照裡，用UPS一起快遞來的。快遞中還有他為她們訂好的酒店公寓、到達洛杉磯後的華人陪同、房產仲介和律師等等的信息。總之，汪靜宜母女初抵美國的所有必須事務他都想到了，安排了，她們可以毫無憂慮地登上飛機，飛向那片自由富饒的大陸，準備開始嶄新的生活。

左菲婭托著一盤子食物回來了：「媽媽，有麵包、香腸和茶葉蛋！我給你拿了咖啡，我自己喝橙汁！」

汪靜宜接過咖啡，左菲婭在她的身邊津津有味地吃開了，一邊說：「媽媽，到了美國你要先給我買個手機啊，最好能上網的，同學們等著看我在美國新學校的照片呢！」

汪靜宜不置可否，女兒終於開始擺脫這些天來的沉重和壓抑，她感到很欣慰。多麼現實啊……汪靜宜不無自嘲地想，這孩子還真有父母親的遺傳。她握著登機證的左手情不自禁地緊了緊——假如、假如他們當初沒有分開，假如命運對他們網開一面，假如他們能夠戰勝自身的軟弱，那麼也許，也許現在，她會和他有一個孩子，汪靜宜相信，這孩子的性格肯定會和今天的左菲婭迥然不同。

那是一九八四年，七月流火的季節，汪靜宜坐在醫學院的宿舍裡複習迎考。這個夏天異常悶熱，校園裡鬱鬱蔥蔥的大樹上，所有樹葉都好像被炎熱黏住了似的，綠色凝固如墨，邊緣近似焦枯。

汪靜宜坐在窗邊的書桌前，右手翻動書頁，左手不停搖著扇子，但是這點微弱的風根本無濟於事，身上薄薄的鵝黃色連衣裙幾乎濕透，全部黏牢在皮膚上，感覺困頓，無從宣洩。整個下午過去了，汪靜宜一個字都沒看進去。夏日午後的校園中看不到學生走動，周遭如此寧靜，只有陣陣蟬鳴衝擊著汪靜宜的耳窩，帶著她渾身的血液一遍又一遍衝向額頭，又在退卻的時候，如落潮般劃過心頭的沙灘，在上面刻下深深的斷痕……

其實她看了一個下午的，不是面前的書頁，而是一封信。這封信，汪靜宜在讀完第一遍之後就顫抖著雙手撕得粉碎，拋入教師辦公室後的那片河塘。然而，那裡面的一字一句，以及那行雲流水般的字跡，就像烙進了汪靜宜的瞳仁裡，以至於她在眼前的每一片紙上，都能重新讀到這封信：

靜宜，你好：

很抱歉隔了這麼久才給你寫信，我想你一定擔心了，真的非常非常對不起。

從上次見面到現在，我已經失約整整兩個月了。我知道你不便去廠裡打聽情況，而事發突然，我也無法親自去向你解釋。所以在這兩個月裡，每次想到你可能會有的揣測和不安，我都心急如焚。靜宜，你要怎麼怪我都可以，我只想讓你瞭解，這一切確實只是樁意外。

上次見面後不久，我們廠裡的鍋爐房爆炸起火，我恰好在那裡，不巧就受了點傷。到現在，我的傷已經好得差不多了，你完全不必為我擔憂。只是在過去的兩個月中，我待在醫院裡失去了自由，沒法騎車去你那裡，所以就耽擱了下來，直到今天才找到人幫忙給你寄出這封信。

醫生告訴我，再過一個月我應該就能行動自如了。靜宜，一個月後你也該考完試了吧？雖然屢屢失約的人不值得信任，我還是想，能不能在八月的最後一天，老時間老地方，請你再等我一次，就這一次。

假如那天我們能夠再見面，就讓我們重新開始，好嗎？假如那天我還是沒有去，從那以後你就把我徹底忘記吧——假如你不想再給我機會，也沒關係，那天我見不到你，自然就能明白你的心意。

靜宜，過去的兩個月裡我每時每刻都在思念你，可惜我言語貧乏，難以將心中的情感表述萬分之一。但願這封信能夠彌補我給你造成的困擾，能夠令你開心一些。

祝你考試順利！

李威連

秘密相戀了三年，這是他寫給她的唯一一封信。

二十多年過去了，汪靜宜仍然能夠把這封唯讀了一遍的信逐字逐句地背出來。當時她因為恐懼撕碎它，直到最近才徹底搞明白，自己所恐懼的究竟是什麼。

不是這段感情不得不走向終局的悲涼，而是李威連這個人，是他在那封信裡所表達出的內心世界，是他的倨傲和自尊。

其實在李威連失約後不久，汪靜宜就知悉了在金山石化廠發生爆炸的詳細經過。當時她公開的男友是醫學院院長的兒子，所以和李威連之間的一切純屬地下戀情，必須時刻小心謹慎。正在汪靜宜忐忑不安地猜測著李威連失約的原因時，幾個在金山當地醫院實習的醫學院研究生返校，談起了這個事故和傷患的情況。

當聽到李威連的名字，又聽到他傷及脊柱，情況很糟糕時，事故的其他內情對汪靜宜都沒有任何意義了。那一刻她猶如五雷轟頂，費了天大的勁才使自己沒有當眾失態。之後的兩個月中，她不知躲在教師辦公室後的河塘邊哭過多少次，卻始終沒有勇氣去看他。最後一次學長們帶回消息說，經過初步的手術治療，再過一個月李威連大概可以下地行走了，不幸的是，這只是暫時的好轉。如果不能在半年內得到徹底根治，他依舊逃脫不了終生癱瘓的命運，而這種根治手術是當時國內的醫療水準所達不到的。

就在汪靜宜心涼徹骨的時候，收到了李威連的來信。

她讀到的是最平靜的口吻，甚至連筆跡都是她所見過最瀟灑的。

他沒有一個字談及自己的困境，和即將面對的可怕現實。在這封信裡，他只是為他們的愛情爭取了一個緩衝期，並且給雙方都留足了轉圜的餘地。

到八月的最後一天，不論是他還是她，都可以選擇繼續或者中斷他們的愛情。如果到那時他確知自己不可能治癒，將必然再次失約。

他所做的全部鋪墊，就是要讓她不必為這場愛情的幻滅承擔任何責任。他的驕傲竟然達到這樣一種程度，以至於本應該充滿深情、眷戀和期盼的語句，被他寫得冷漠淡然。恐怕正是由於身處絕境，李威連才會徹底暴露出他的本性來——極端到自虐的自尊。

然而，他還是露出了馬腳。信到最後，他寫下了「思念」這兩個字，並且是過去兩個月中每時每刻的思念。他不是言辭匱乏，只是不願意表達埋藏心中的深情，因為他所面對的，是自認為還沒有資格擁有的、無法公開的愛人。過去兩個月，在孤獨、絕望和恐懼中掙扎的每時每刻，在年僅二十一歲的人生中最艱難的日子裡，難道他會不渴望愛人的陪伴和支持？

所有的故作鎮定和偽裝在信的最後轟然倒塌，汪靜宜看透了他的軟弱，這個發現讓她痛哭失聲，也讓她下定決心，絕情的事還是由她來做吧，他們兩個人之中，她才是那個更冷酷的。

威連，你好：

收到你的來信我非常高興。擔心了兩個多月，知道你一切均好，我總算可以放心了。

我這裡也一切順利，年初上報學校的下鄉支醫申請批准了。

今年暑假開始，我就要動身去嚮往已久的雪域高原，去當地做一年的實習醫生。一年的時間既能開拓眼界、積累實踐經驗，也將確保我畢業後直接保送研究生。這是個非常難得的機會，威連，你也肯定會為我高興的吧？

八月的最後一天我已經在西藏拉薩，所以非常遺憾，我無法赴你的約了。另外，我從學長那裡聽說了你受傷的情況，我建議你盡快想辦法治療。你的父母不是在香港嗎？威連，趕緊去香港動手術吧，別再耽擱了，越早越好。

我很懷念過去的三年，我們在一起度過的美好時光，我會把它們深深留在心底，直到永遠。

威連，再見了。

祝你早日康復！

汪靜宜

這封回信汪靜宜也能倒背如流。雪域高原是純粹的謊言，她不怕被很快戳穿，只有這樣才能讓他徹底死心。至於李威連收到這封回信時的感受，汪靜宜從沒有去想過，重逢之後他也隻字未提。但是在十五年後，當汪靜宜再次看見李威連挺拔的身姿時，她堅決地認為，無論本意如何，自己當年還是做了一件正確的事。

李威連恨她嗎？事到如今，恨不恨都已經無所謂了。如果說汪靜宜還有什麼遺憾的話，那就是李威連後來始終穿著衣服與她做愛，也從不與她同床共眠，這使得她再沒有機會撫摸他的身體，撫摸那個當初導致了他們分離的創傷，對此她一直耿耿於懷，因為這是她欠了他好多好多年的……

「媽媽，要登機了！」左菲婭在汪靜宜耳邊叫。

汪靜宜點點頭，站起身朝頭等艙客人的通道走去，左菲婭跟在她身後，漂亮的小臉蛋緊張得有些發白。

永別了，我的故鄉。永別了，我的愛人。

第十九章

今年的正月十六恰逢週日，時近中午，童曉父子還在去奉賢郊區的長途車上顛簸。開出市區之後，出現了多處修築高速公路的工地，路面坑窪不平，塵土滿天飛揚，剛返城的民工在因為春節暫停的工地上忙碌，裝滿水泥黃沙的卡車把本就變窄的道路堵得水泄不通。

「爸，你看看這要堵到什麼時候啊！」童曉忍無可忍，終於抱怨起來，「我早說了咱們叫車去，可以走高速公路，又快又輕鬆，你非要坐這個站站停的鄉下長途，白白浪費時間。」

「你少廢話！」童明海眼望著車窗外，表情十分嚴肅。

童曉摸摸肚子：「好、好，我閉嘴，可肚子提起抗議來吃不消啊。」

童明海打開自己的拎包，扔給兒子一個塑膠袋。童曉一瞧：「哈哈，克麗斯汀的麵包，我喜歡。爸，你也吃？」他討好地揀出個菠蘿麵包，往童明海的面前送，童明海依舊鐵板著臉：「咳，我不餓！」

童曉悻悻地啃著麵包，心裡直犯嘀咕：老爸這到底是怎麼了？

那天童曉在老瑾江飯店查出張華濱就是張乃馳的事實，興奮地手舞足蹈，當天晚上就特地跑回家，向老爸彙報這一驚天大發現。尤其令童曉感到振奮的是，這個發現支持了他一直持有的觀點，張乃馳和有川康介得愛滋病有緊密關聯。張華濱、也就是今天的張乃馳在高中畢業後進入瑾江飯店，接受了六個月職業培訓後就正式上崗當了門童，因為他年紀尚小，長相又出眾，頗受客人的喜愛，不少來自海外的住客常常主動給他小費，張華濱倒挺規矩，總是把收到的小費如數上繳。

有川康介從上世紀八十年代初期就開始從事中日貿易，老瑾江飯店是當時上海唯一可選的幾家涉外賓館之一，因此他是那裡的常客。

有川康介出手闊綽，但為人極其傲慢和挑剔，投訴抱怨是家常便飯，飯店上下都對他印象深刻。自從張華濱當上門童之後，有川康介是給他小費最爽快的一位客人，張華濱上繳的小費中大半來自這個日本人，數目相當可觀。

大概是在一九八六年中，有川康介又一次入住老瑾江飯店。從房間衛生到餐飲服務，他幾乎每天都要投訴兩三次，搞得整個飯店雞犬不寧。有川康介還經常要求客房送餐服務，但越越都把上門的服務生罵得狗血噴頭，就連負責貴賓接待的公關部主任親自去送餐，也被他破口大罵趕出了房門。

情急之下，公關部主任想起了張華濱。有川康介再次要求送餐時，主任就把張華濱當最後的法寶派了出去。張華濱也是硬著頭皮上陣，沒想到有川康介見到張華濱後，態度居然來了個一百八十度大轉彎，再不投訴了。公關部主任終於大大地鬆了口氣。

老保安對童曉說，張華濱做門童時，自己對他時常照顧，因此兩人關係最好。第一次送餐服務之後，張華濱就惴惴不安地告訴老保安，有川康介給了自己很大一筆小費。竟然有一百美金！

在一九八六年的中國，這筆錢相當於普通人好幾個月的薪資了。張華濱根本不敢收，哪想到有川康介另外又拿出一百美金要他收下，還威脅說假如他不收，就馬上投訴到公關部主任，說張華濱冒犯了自己，非弄到他被飯店開除不可。張華濱害怕極了，只好把兩百美金一起拿了回來。

老保安覺得此事相當不妥，日本人肯定沒安好心，就鼓勵張華濱向領導彙報。但這次不知張華濱是怎麼想的，可能是真讓有川恐嚇到了，也可能被大筆金錢所惑，把那兩百美金偷偷地藏了起來。

幾天後的深夜有川康介又要了送餐服務，這天正好老保安值夜班。凌晨兩點剛過，張華濱失魂落魄地來到值班室，臉色慘白、兩眼發直，整個人都像見了鬼似的。老保安嚇了一大跳，不知道他出了什麼事，問他又不肯說，只是縮在值班人員休息的躺椅上發呆，後來張華濱保持著這樣的姿勢睡著了，眼淚鼻涕糊了滿臉。

第二天有川康介就退房走了，張華濱卻從此神思恍惚、形容憔悴，沒過多久人就瘦了一大圈，原本漂亮的凹眼窩變得漆黑，頭上甚至出現了幾縷白髮。老保安實在看不下去，暗地裡盤問他好幾回，終於，張華濱再也承受不住屈辱和恐懼，向老保安坦白了。

那天夜裡，張華濱剛進有川康介的房門，對方就凶相畢露，宣稱上次送餐之後，自己的一只勞力士金錶就不見了。有川康介一口咬定是張華濱偷了金錶，不僅要報告酒店，還要通知警方！張華濱哪裡見過這個陣勢，嚇得神魂俱喪，稀裡糊塗地在有川康介的強迫下，喝了對方塞過來的一杯紅酒……等他醒來時，發現自己赤身裸體地躺在客房的大床上，有川康介還在興致勃勃地從各個角度拍著他的裸照。身體上某個部位的劇烈疼痛讓他明白，自己剛剛遭受了什麼，他用最後的自尊強忍著，沒有痛哭出聲。有川康介又欣賞了好一陣張華濱痛苦的樣子，才往他的身上扔了十來張百元美金的鈔票，就叫他滾蛋了。

張華濱聲淚俱下地說這些日子自己夜夜失眠，一閉上眼睛就是有川康介那張最最醜惡的嘴臉。更讓他無法忍受的是，每天在飯店門前站著，時刻膽戰心驚，害怕下一秒鐘就見到有川康介推門進來，他覺得這樣的日子生不如死，幾乎要發瘋了。

老保安告訴童曉，雖然自己對張華濱無限同情，無奈幫不上忙。

張華濱的狀況越來越差，很快連正常工作都不能應付了。不久，他向老瑾江飯店提出辭職，離開這個傷心地。後來，張華濱打算遠走深圳，聽說從深圳可以找到途徑去香港，他在香港有非常要好的朋友，朋友答應他，只要他到了香港，就一定幫他過上好日子。再後來，老保安和張華濱徹底失去了聯繫。

童曉對童明海複述完這段往事，胸有成竹地下了結論：「根據調查，一九八七年張華濱申請去印尼探望養父母，獲得批准後途經香港去印尼，但是當年他根本就沒有去印尼，他的養父母此後也再沒得到過他的任何消息。因此我推測，他進入香港後就滯留下來，而他口中那個香港的好朋友，很有可能就是李威連。張華濱應該是在李威連的大力幫助下，才得以改名換姓，取得了張乃馳這個新的身分，進入跨國公司打工，並且做到了總監的職位，若干年後以成功人士的形象返回上海。偏偏就在這時，他又遇上了當初的仇人——有川康介！我估計，有川康介很可能也認出了張乃馳，進而以過去的醜事對張進行威脅，張乃馳就用為他介紹中華石化生意的謊話暫時穩住了有川，同時開始實施自己的報復計畫。一邊將患有愛滋病的少年送給有川康介，使有川防不勝防染上絕症；另一邊則是一連串令人眼花繚亂的商業陰謀，將有川康介的貿易公司一步步送入陷阱，最終導致了他的絕望自殺。」

童曉最後感歎說：「雖說張乃馳的經歷滿值得同情，他的報復手段倒也夠毒辣。就是不知道他和李威連到底是怎麼認識的，還有就是……老爸，你怎麼突發靈感要我調查張華濱？否則我無論如何也想不到，他和有川康介之間還有這麼一段恩怨呢！」

童曉原以為，調查有了這麼大的突破，老爸一定會十分欣喜，誰知童明海的反應大大出乎他的預料。童明海先是向兒子劈頭蓋臉潑了盆冷水，說童曉關於張乃馳復仇的說法都是推論，並沒有紮實可靠的證據。隨後就悶悶不樂地埋頭抽菸，童曉再三打聽究竟是誰讓他調查張華濱的，童明海都置之不理。

隨後的春節過得不太愉快。童明海顯然有心事，童曉本想約孟飛揚吃飯，把有關張乃馳的新發現通報給他，但是這傢伙因為戴希出差，對什麼都提不起精神。童曉意識到，與張乃馳、李威連有關的事實正變得越來越複雜，在真相徹底揭曉之前，童曉決定暫時不向孟飛揚過多透露相關資訊了。

上班之後，童曉突然接到童明海的來電，告訴他，自己已經透過一些老關係，找到了張光榮當初組織過文藝宣傳隊的棉紡廠的退休職工，並且約好正月十六去對方家中拜訪。

就這樣，童曉跟著童明海長途跋涉，前往奉賢蔡家橋。長途車一路走走停停，總算在下午兩點半到達了目的地。

雖說這裡算鄉下，老蔡阿姨住的倒是樓房。來的路上童明海告訴兒子，這位蔡月芬過去做過棉紡廠的工會小組長，對廠裡的情況相當熟悉，他已經打聽清楚，蔡阿姨不僅記得張光榮，還知道張華濱出生的詳情。

蔡阿姨今年七十多歲了，頭髮花白氣色卻很好，記憶力也相當了得。童明海才剛說明來意，她就迫不及待地敘述起來：「張光榮是印尼歸國的華僑，人長得好看得來，皮膚黑黑的，高鼻梁，眼睛又深又大，特別討小姑娘喜歡。他是一九六五年底來我們棉紡廠的，聽說之前還在徐家匯那裡的玩具廠待過，因為他能歌善舞，政治上又積極，在廠裡區裡都是文藝骨幹，是上頭特地把他派來棉紡廠組織文藝宣傳隊的。」

童曉很好奇：「那時候他多大歲數？」

「三十歲不到吧，反正一到廠子裡就讓姑娘們炸了鍋，他人又活絡，宣傳文藝搞得有聲有色，聽說市裡的總工會都有人欣賞他。在那個年頭裡啊，這樣的人就是你們小青年現在說的大明星了。」

童曉心想，造反大明星，真夠時代特色的！

童明海顯然對這類往事興趣不大，直截了當地問：「一九六六年張華濱出生是怎麼回事？為什麼我們找不到他媽媽的紀錄？」

「唉！」蔡阿姨歎了口氣，「張光榮長相好，又神通廣大，肯定很受姑娘們的歡迎。說實在的，我當初就看出他不是什麼好東西，成天拈花惹草，喜歡裝腔作勢又說話不算數，許多人暗地裡叫他『張格里』。不過『張格里』上面有人，平時吃的穿的都比別人強，還動不動請客下館子，也怪不得女孩子們動心。結果……一年不到的時間，當時我們廠裡最漂亮的一個叫田秀秀的姑娘，就為他懷上了。」

「哦，那就是張華濱的來歷嘍？」

「是啊。本來我們以為張光榮會娶秀秀的，可他和市革委會的一個女領導還有些關係，單為了這一層，他也不會正兒八經結婚的。所以等孩子一出生，張光榮就把母子倆送到田秀秀在鄉下的娘家不管了，自己照樣在上海快活。可憐秀秀產後不調，娘家又窮，張華濱才一歲多大的時候，當媽的就病死了。他們娘家人窮得自己都養不活，哪裡還顧得上孩子，就乾脆把小華濱往棉紡廠門口一丟，要說這孩子也真夠苦命的。」

「那後來呢？」童曉覺得這些事兒聽著夠堵心。

「後來讓大夥逼著，張光榮只好把孩子領回家去了唄。可他一個大男人，成天除了吃喝玩樂、搭訕女人，就是搞批鬥、組織文藝演出，怎麼養得了小孩！結果他也真有能耐，居然找到了個地方寄養小華濱。」

「什麼地方？」童明海突然插嘴問，神色很緊張。

蔡阿姨想了想：「是在……徐家匯的楓林橋那兒。」

「楓林橋？」

「對！頭一次把華濱送過去時，我不放心，生怕張光榮隨便找個人家把孩子扔了，所以特地跟著他一起去的。從我們楊樹浦的棉紡廠到徐家匯，橫穿整個上海市，我記得坐了一上午的車呢，小華濱在我懷裡也是哭了一路，唉……這孩子從小就特別討人喜歡，就是膽子太小了。」

童明海悶聲悶氣地問：「張光榮怎麼找到那麼遠的地方寄養孩子？」

「這他倒跟我說了。當年印尼發生反華暴動，他逃回中國。剛回來時住在徐家匯的肇嘉浜路那裡，在玩具廠的食堂裡打雜，勉勉強強混口飯吃。玩具廠食堂裡有個洗菜、切菜的五十來歲的老阿姨，叫趙阿珍，大家都叫她阿珍姆媽。阿珍姆媽的老公老早就過世了，唯一的女兒原來也是玩具廠的職工，幾年前難產死了，阿珍姆媽獨自帶著小外孫女過活，張光榮在食堂裡幫工的時候認識了她，這次為了兒子的安排傷腦筋，去跟她一說，人家立刻就答應了，當然啦，張光榮也滿口吹噓，會給錢給東西，絕對不虧待了阿珍姆媽。」

童曉有些不相信地問：「他真的給錢給東西了？」

蔡阿姨歎了口氣：「反正第一次去的時候，我們拎了奶粉和麥乳精。為了證明自己很闊氣很捨得花錢，張光榮還特地給我看了包起來的五十塊錢，說是打算交給阿珍姆媽的……小夥子，你曉得楓林橋那地方嗎？」

「楓林橋？」童曉撓撓頭，「曉得啊，不就是中山醫院那裡嘛，旁邊還有個家樂福！」

「你少說兩句！」童明海沒頭沒腦地呵斥，童曉那個鬱悶啊，明明是人家問我的……可一看童明海的臉色，和強颱風來襲前的陸家嘴上空沒有任何區別。

「咳，他們小青年肯定是不曉得過去的樣子啦。」蔡阿姨打了個圓場，「我們老上海都曉得，解放前肇嘉浜路那裡是條臭水溝，旁邊搭著破草棚，住的全是逃難到上海來的蘇北人。從五十年代以後開始改造，像我們住楊樹浦的，十年也不一定會去一次。等到了那裡我一看啊，哎呀，雖然臭水溝、草棚子是沒有了，還造了些三四層樓的公房，可剩下的房子差不多都是私人搭的平房，破破爛爛，好像風都吹得倒。那邊的工廠也又破又小，根本沒法和我們這裡的大棉紡廠比，我才明白，為什麼張光榮削尖了腦袋從徐家匯跑到楊樹浦。」她又看了童曉一眼，慈愛地微笑說，「風水輪流轉，肇嘉浜路如今是很高檔的地方，大楊浦倒不行了。」

童明海忙把話題往回扯：「你們見到趙阿珍了？她家條件怎麼樣？」

「當然見著啦。阿珍姆媽很蒼老，頭髮花白，不像五十倒像六十多歲的人了，不過五官挺端正。她家的條件嘛，實在不怎麼樣。張光榮帶著我在一大片平房裡鑽來鑽去，像進了迷魂陣，到處都是破爛和垃圾，公共小便池外污水流得滿地都是，那時候是冬天，也能聞得到一股臭氣。阿珍家是一棟平房，分裡間外間，家裡還算乾淨，可是那麼冷的天，連個煤球爐都生不起。我當時就想打退堂鼓了。這地方環境太差，怎麼能和棉紡廠比啊，小華濱在這裡肯定要受罪的。我想，阿珍姆媽肯幫忙帶孩子，一定也是想從張光榮那裡得些錢，她家裡看起來真的很窮。」

「但是張華濱最終還是留下了？」

蔡阿姨點點頭，臉上綻露出恬然的笑意，這是人們回憶起溫馨往事時才有的神情，彷彿那一刻所締造的快慰，直到今天還滋潤著心田。正是憑藉著這些回憶，人們才能從容跨越生命中的種種磨難和坎坷，在最深重的黑暗中暢想光明。

「我正在為小華濱的未來擔心，從裡屋走出來個四五歲的小女孩，嘴裡叫著『外婆、外婆』。我想，這就是趙阿珍的外孫女了吧。牆上掛著幅黑白照片，裡面的年輕姑娘漂亮得像電影明星似的，小女孩的眉眼和照片上特別像，我猜照片上的姑娘一定就是趙阿珍死去的女兒了。小女孩一看見我放在床上的華濱，就跑過去，說來也怪，華濱本來一直在哭鬧，偏這小女孩往他面前一站，這小子馬上就不哭了，小女孩抓著他的手直叫『弟弟、弟弟』，小華濱居然咯咯笑起來。唉，這兩個孩子好像天生有緣似的，就這麼著親熱得不得了。阿珍姆媽和我看得直稀奇，她就逗外孫女，問要不要把弟弟留下來，小女孩拚命喊『要啊，要啊』。我也把華濱抱起來，假裝要走出去，結果他哇哇大哭起來，朝小女孩伸著手，等兩隻小手拉到一起，立刻就不哭了。我心裡想，這還真是前世修的緣分了！這樣華濱就寄養在楓林橋了。後來我又去看過他幾次，長得白白胖胖，比很多女孩子還要好看。阿珍姆媽忙家務，每次我過去，都看到小姊姊抱著他，哄他玩，兩個小孩好得真叫形影不離。再後來『文革』快結束了，張光榮的文藝宣傳隊搞不下去，他在『文革』裡造孽太多，棉紡廠也待不住了，不知又走了什麼門路，跑到一個中學去當代課老師，我就再沒見過他們了。」

蔡阿姨終於結束了長長的敘述，滿懷期待地看著童明海父子：

「我聽說張光榮『文革』結束後不久就死了，就是不知道華濱後來怎麼樣？這麼多年過去，他也該四十出頭了……」

童明海和童曉對視了一眼，童曉回答：「呃，張……華濱現在過得非常好，是個跨國大公司的高級經理。」

「是麼？那太好了，太好了……」蔡阿姨喜不自勝，臉上全是最質樸的善意。

童明海猛抽了幾口菸，突然問：「蔡阿姨，你還記得趙阿珍的外孫女叫什麼名字嗎？」

「她啊……」蔡阿姨額頭的皺紋縮成一團，「大名我還真沒打聽過，就聽到阿珍姆媽叫她『佳佳』，我也就一直叫她『佳佳』。」

從蔡月芬家出來，童明海和童曉步行去長途車站。剛過了四點半，陰沉沉的天空好像已有些暮意，新修的水泥路很寬闊，路旁的野地裡草木枯敗，剛剛栽下的行道樹又細又矮，樹幹上圍裹草包，在寒風中瑟縮著，叫人擔憂它們是不是熬得到春天。望向四周，只見滿目灰濛。

父子兩人頂著寒風大步向前，風堵住嘴，有話說卻張不開口。一直等走到車站，童曉才問出憋在心裡很久的問題：「爸，你是不是知道趙阿珍的外孫女？」

童明海瞇縫起眼睛，朝前方一大片黑黢黢的樓盤工地看了很久，才低聲回答：「她就是袁佳。」

車來了，還好人不算多，他們擠過塞滿了大包小包的過道，在最末一排找到座位坐下。開過一個紅綠燈，路況就急轉直下，長途車七歪八斜地向前行駛。

童曉緊皺眉頭：「爸，這到底是怎麼回事？張乃馳不是和李威連關係特別密切嗎？如果張華濱和袁佳是從小一塊兒長大的，那麼李威連和他們又有什麼聯繫呢？曾經有人很肯定地告訴我，李威連和袁佳從很早起就認識，那麼他到底是先認識張乃馳？還是先認識袁佳？」

童明海沉默不語，長途車又顛簸了很長一段時間，車窗外的景致依舊蕭瑟，童曉意興索然，乾脆抱攏雙臂，耷拉著腦袋打起瞌睡來。

「是我疏忽了啊！」

耳朵旁飄過一聲長歎，童曉猛地驚醒：「啊？老爸，你疏忽什麼了？」

童明海望著越來越暗的天空，說：「一九七五年底，我第一次見到小袁佳時，她的外婆已經去世了。袁伯翰受趙阿珍之託，收養下袁佳，帶她來派出所遷戶口，當時袁佳剛滿十二歲。所以後來『逸園』出事，我的注意力始終集中在我們那個街道，和華海中學周邊的片區。我從來沒有想到過，也許事情應該追溯到更久以前，也就是袁佳生活在楓林橋的那十二年裡。」

童曉恍然大悟：誰會想到，十二歲之前的童年往事還會對後來的一切產生影響……」他突然眼睛一亮：「爸！難道李威連和袁佳、張乃馳的關係也起於那十二年裡？！」

童明海長吁口氣：「這個應該不難查出來。回去之後我就和老同事聯絡一下，找找過去在楓林橋地段派出所的民警，到時候你也和我一起去調查吧。」

「好。」童曉答應著，長途車又停在路中央了。前方道路施工處的紅色警示燈閃個不停，卡車、助動車和小轎車擠成一堆，所有司機都在焦躁不安地狂按喇叭。從車窗望向側前方，上海市區的萬家燈火透過沉沉霧靄，已經隱約可見了。

初春時節的上海，晝夜溫差雖算不得太大，但氣溫常在日與日之間上躥下跳。昨天剛剛豔陽高照，在街上走一走就渾身冒汗，恨不得立刻換上輕便春裝；今天早起往窗外一看，烏雲密佈、寒風陣陣，路人們個個縮頭縮腦，好像一夜回到了寒冬。

早上八點，戴希左肩挎了個大背包，右手拿著杯優酪乳剛衝出樓道，就和樓門外站著的人撞了個滿懷。

「啊，對不起！對不起！」戴希手裡的優酪乳飛出去好遠，她一邊道歉一邊去撿，「我趕時間上班，抱歉啦！」把摔癟的優酪乳紙杯往垃圾桶裡一塞，戴希拔腿又要跑，卻被剛才撞到的人一把扯住了。

「上班也不用這麼慌慌張張啊……撞疼了麼？」

戴希瞪大眼睛看著宛如從天而降的孟飛揚。

孟飛揚訕訕一笑：「呵呵，小希，你不要這麼瞪我？我心悸……」

戴希又瞪了他幾秒鐘，然後轉身就走。

「小希，小希！唉，你別走那麼快嘛，等等我。」孟飛揚拖起行李箱緊跟上戴希。他的頭髮亂糟糟的，鬍子貌似也沒刮，身上還穿著厚厚的羽絨服。行李箱上貼滿標籤，在社區的石子路上滾得十分艱難，一路上發出震耳欲聾的噪音。

好幾個迎面而來的路人朝他們投來警惕的目光，戴希停下腳步：「喂！你這流氓老跟著我幹什麼？！快走開，要不然我叫社區保安了！」

孟飛揚乾脆把箱子提到手裡：「小希，我這流氓是專程來投奔你的呀，求求你，收留我這無家可歸的人吧。」

「收留你？憑什麼呀？」戴希繞著孟飛揚轉了一圈。

「嘿嘿，就憑咱倆交情深嘛，」孟飛揚露出死皮賴臉的笑容，他很少這樣耍賴，所以臉都有些微紅了，「還、還因為你心地善良……」

「呸！誰和你交情深！」戴希惡狠狠地嚷起來，「我善良，當初你不是對我的善良很有意見嗎？現在倒好意思來求我！還用我的善良來脅迫我！哼，我告訴你孟飛揚，我根本不想看見你！不想！你現在就給我滾蛋！消失！連你這身臭羽絨服、這口破箱子一起化成青煙！」

戴希說完轉身就走。這回孟飛揚沒有追，只是衝著她的背影高喊：「戴希！」

戴希停下來，大背包滑到腳邊，她感到自己被人從身後緊緊地摟住了。孟飛揚一定是用盡了全力，抱得戴希幾乎窒息。他在她耳邊喃喃：「小希，親愛的……我錯了，我錯了，求求你原諒我……」

「輕一點嘛，憋死我了……」戴希掙脫孟飛揚的懷抱，抬起手撫摸他略顯憔悴的面頰，「這是從哪根下水道裡鑽出來的呀？還做出副落魄民工狀，給誰看啊？」

「我坐通宵火車回來的，所以髒了點臭了點。」

「通宵火車？為什麼不坐飛機？」

「……我家給人佔著嘛，回來早了沒地方住。本來要直接去上班的，可是實在太想你了，就來這裡碰碰運氣。」孟飛揚摟著戴希，兩人的眼裡都閃著喜悅的亮光。

戴希扯了扯他胸口的衣襟：「你就這個鬼樣子去上班啊，少給我丟人了。」

「那我、呃……可不可以上去？」孟飛揚指指戴希的小家方向。

戴希噘起嘴來：「呸，你不是有鑰匙嗎，裝什麼裝！」

「是！」

「去吧去吧！不洗乾淨不許出門哦，哎呀，我得走了，不然真要遲到了！」戴希去抓大背包，卻被孟飛揚搶到手裡：「小希，我先送你去地鐵站吧。」他滿面春風地把背包往肩上一撂，重新拖起行李箱：

「走！唉，你這是上班還是搬家啊，背包這麼重都裝的什麼？」

「不關你事！」戴希趾高氣揚地在前面走著，孟飛揚跟在她身後，鬍子拉碴、肩扛手提，活脫脫就是個搬運工。

走了幾步，孟飛揚又納悶了：「小希，你那家帝國主義大公司不是對穿著要求特別高嗎？你今天怎麼穿牛仔褲？」

戴希輕盈地轉了個身，歪著腦袋看孟飛揚：「我們公司確實對著裝有嚴格要求，可我不一樣。我享受特權！」

「特權？」

「嗯，就是……總裁特批的權利啊！」她盯著他的眼睛說。

「哦，還有這種事。」孟飛揚的臉沉了沉，「那就特權吧。反正……你喜歡就好。」他躲避著戴希的目光，一副言不由衷的樣子。

地鐵口到了。

「我走啦！」戴希歡快地說。

孟飛揚把背包遞給她，戴希狡黠地端詳著他多雲轉陰的臉色，突然撲上去，咬著他的耳朵說：「裙子和高跟鞋都裝在背包裡呢，大傻瓜！」

孟飛揚還沒反應過來，面頰上挨了蜻蜓點水般的一記輕啄，隨即，戴希就像一縷清風般消失在人來人往的地鐵口。

孟飛揚仍舊拖著他那個髒兮兮的箱子往回走，一大早的頭腦竟然有些醺醺然，像剛喝了酒似的。通宵火車上他固然沒有睡好，但這大半個月在外奔波，他又何嘗有過片刻的輕鬆適意？好在一切都過去了，他的寶貝一如往昔般甜美皎潔。孟飛揚突然覺得，為了戴希自己真的什麼都願意付出，哪怕是生命。

他傻笑著，漫步走著，齒頰溢香，好似踩在繁花盛開的田野上。

當他終於被褲兜裡叫得聲嘶力竭的手機驚醒時，已經不知不覺走到戴希家的樓下了。

孟飛揚掏出手機，看也沒看就叫：「小希！」

「……飛揚，是我。」

「哦，是亞萍啊！你好。」孟飛揚使勁晃了晃腦袋，這才算回到現實。

「飛揚，你在哪兒？」柯亞萍問，「我剛到公司上班，才聽說你今天回上海。」

「呵呵，是啊，我已經到上海了。」

「那你……是不是要回家？」柯亞萍遲疑著說，「我、我可以睡沙發，怕你隨時要回來，這些天我試了試，沒問題的——」

「亞萍，不用了！」孟飛揚打斷她，「我住戴希這兒，我的家你儘管住，住多久都行！」他的心情實在太愉快了，恨不得和全世界分享自己的幸福。

隔了片刻，柯亞萍才回答：「哦，那好吧。可是……我也不想老住你那兒。如果住得超過一個月，我會付房租給你的。」

孟飛揚一愣，那頭她已經把電話掛斷了。

第二十章

戴希鑽出地鐵站，挎著大背包一路飛奔，在無數容色精緻、款款而行的白領側目之下，好像負重長跑健將似的直衝到了「逸園」前。

新漆的黑色大鐵門亮得像鏡子，戴希衝著它扮了個鬼臉，伸手到大背包裡去掏鑰匙。

「戴希，早上好。」

鑰匙掉到地上，戴希滿臉通紅地看著李威連：「……我、遲到了嗎？」

「沒有。」李威連說，「到九點還差五分鐘。」

李威連緩緩地走到門邊，站到戴希的正對面。「不過我已經等了半小時了。」他說著，示意她看電子門鎖，「它壞了嗎？」

「不是！它很好的！」戴希連忙彙報，「施工期間怕不安全，就把電子門鎖關了。現在用這個！」她指指門上纏了好幾圈的粗鐵鍊子和上頭掛的大銅鎖。

「嗯，」李威連點了點頭，「考慮得可真周到，害我站到現在。」

「你沒說要來呀，我不知道……」

「開門吧。」

每次走進「逸園」，戴希就有種時光停滯的感覺。雖然這裡仍在施工中，草坪上和牆沿下尚且堆放著剩餘的建築材料，主樓的門框和欄杆上，醜陋的白色塑封也沒來得及剝去，但當春風微拂，低垂的樹枝輕輕搖曳，屋脊上的精美雕飾在剛剛萌生新綠的葉片中若隱若現，又別有一種欲語還休的矜持之態和抱殘守缺的遺憾之美。在戴希的眼裡，「逸園」是一個自相矛盾的存在，她的美與醜、得與失、榮耀與失落、繁盛與衰敗都能同時予人極為深刻的印象，令人殊難決斷對她的態度。

然而，「逸園」的吸引力又是至為強烈且實實在在的。

李威連走得非常慢，一步一步，若有所思的樣子。自從香港分別後，戴希就沒有再見到他。李威連的工作量在這段時間達到了登峰造極的地步：連續幾十小時的重組封閉會議；若干新產品在各大城市的發布研討會；重大合同的商務談判；最新達成協議的合資企業簽署儀式……前天才返回上海，帶領重組核心團隊進駐麗思卡爾頓酒店閉門會議，所以戴希完全沒料到今天會在「逸園」門前見到他。

李威連又走了兩步，索性停下來：「你有話要說？」

戴希好想說，我現在才知道見你一次有多麼不容易，真應該抓緊每分每秒的時間。不過，實際上她說的是：「你可以去『雙妹』等著的呀？就不用站半小時了。」

「這個時候她們還沒起床呢。」李威連回答得十分隨意，戴希發現，他提起雙胞胎姊妹時總是用這種親切而疏懶的口吻，完全像對家人，「偶爾浪費一下時間，對我也挺難得的……戴希，你現在已經很熟悉『逸園』了吧？」

是的，戴希已經很熟悉「逸園」了。自從香港回來，「逸園」改造工程正式啟動，朱明明陷入重組的工作中難以自拔，就把監工這項艱鉅的任務直接甩給了戴希。因此這幾週，戴希每天上午都在「逸園」度過，下午才回公司上班。雖然和施工隊打交道讓她勉為其難，但是戴希盡心盡力地工作著，因為她深切地懂得「逸園」的重要性。

他們停在翠綠的草坪中央，鵝卵石鋪就的甬道曲折向前，通向乳白色建築的門口。

「草坪從海灘起步，直奔大門……最後跑到房子跟前，彷彿借助於奔跑的勢頭，爽性變成綠油油的常春藤……」戴希又想起在《大亨小傳》中讀到的句子，但它所描繪的恣肆動態和「逸園」是不匹配的。這裡的草坪嫻靜宛若處子，「逸園」中唯一的那棵丁香樹華蓋飄逸，就像是處子佩戴的碧綠花冠。

「戴希，知道這是什麼樹嗎？」

「丁香，」戴希聽朱明明提到過，「為什麼只有一棵？」

李威連收回仰望樹冠的目光：「為什麼這麼問？」

「……」

「聽袁老先生說，本來是有好幾棵的。『文革』期間幾乎全部被毀，只留下這一棵，因此為他所特別鍾愛。這棵丁香的花期較晚，四月中旬才會開花。是白色和紫色的花，一週左右就凋謝了，我個人覺得比櫻花更美。」

從門口傳來一陣喧譁，是工程隊來上工了。

李威連看著他們，問戴希：「工期還剩多久？」

「到這週末就完工了。下週開始做保潔、隱蔽工程調試和綠化施工。」戴希又開始緊張。

「很好。」李威連又看了看這幫開始忙碌的工人，「他們會去樓上施工嗎？」

戴希立刻明白了他的意思：「樓上早完工了！」

「好，我們上樓吧。」

上到二樓，李威連直接向橢圓形的大陽臺走去。氣溫又升高了一些，整座陽臺上灑滿日光，春風在融融暖意中帶來沁人的微涼，憑欄而望，腳下草坪如茵、樹影婆娑，遠處淮海路上的高樓大廈一棟接一棟，而對面……

隔著一條窄小弄堂，正對面的二樓窗戶上，窗簾拉得嚴嚴實實。

戴希在「逸園」監工的每一天，所見到的都是這幅情景。偶爾，她會發現窗簾的合攏處出現小小的縫隙，想必是有人在後面窺探吧。

「知道對面是什麼地方嗎？」李威連問。

「嗯。」戴希說，「……不過窗簾一直都拉著的。」

「假如窗簾拉開，那個房間就一覽無餘了。」

說完這句話，李威連又沉默了，工人們正在井然有序地將剩餘的材料往外搬，開始做完工前的清理了。

戴希小心翼翼地問：「要不要我說一下工程的情況？」

「不用，我都看見了。很不錯。」李威連轉了個身，靠在陽臺的欄杆上，「二〇〇二年大中華區總部搬進來之前，『逸園』的裝修是我親自監工的，所以現在我只要看一看，就足夠清楚。」

「怎麼可能？」戴希很驚訝，「你哪裡有時間？」

「總能擠出時間的，交給別人我不放心。戴希，你有沒有看過『逸園』最初的建築設計圖紙？」

「有啊。」戴希從背包裡掏出資料夾，「還是英文的影印件呢，特有歷史感。」

「袁伯翰自己保存的圖紙都在『文革』中遺失了，最後我是在紐約大都會博物館裡找到原圖的。為了盡可能把這些大理石清洗乾淨，所有的藥水和器材都從美國進口……整個裝修工程花了八百萬。」

戴希輕聲說：「這麼多錢啊。」

「這次不說真奢侈了？」李威連調侃地說，看樣子他要記一輩子的仇了，「當時倒是有很多人這麼說，就連美國總部也有不同看法。」

「那你……」

「我想做的事情就一定能做到，任何人都阻擋不了。」

戴希垂下眼瞼，「逸園」對你就這麼重要嗎？為什麼你要對她如此執著、不顧一切……

「我九點半就要離開，還有二十分鐘時間。戴希，樓上哪裡可以坐下？」

「你的辦公室可以，那裡沒動過。」

「好。」

走到自己的辦公室門前，李威連看著戴希說：「開門啊。」

「我沒有鑰匙。朱明明說這間屋子不用整修，裡面又有很多機密，所以不給我鑰匙。」

李威連打開門，把鑰匙遞給戴希：「拿著吧，這裡沒有機密，但是需要通風。」他把幾扇大窗全部敞開，這才在桌前坐下，並示意戴希坐在自己對面。

「看樣子我的風水實在太好了……」在語氣中帶著自嘲，亦是他慣常的說話方式，「其實朱明明不知道，你所瞭解的機密遠比她要多得多。」

戴希的心中一緊，她對李威連既持重又率性的風格已相當熟悉——他像是有很重要的話要說。

「不過，最近Maggie對你的評價大有改觀。」李威連沉吟著說，「她說你學得非常快，現在對人事部的日常事務已經很熟悉了。當然了，這也說明我的眼光不錯。」

戴希的心中湧起悲喜交加的情緒，似乎每次李威連和她談話，都會引起這種很奇特的效果。不論他說的是什麼話題，她都能感受到揮之不去的孤寂，好像重重陰雲壓迫著他、又烘托著他，使他和周遭現實間的距離時遠時近，難以捉摸。今天的這種感覺尤其強烈。

李威連往前傾了傾身子，把手臂擱在桌上：「戴希，關於我們在香港達成的共識，你現在有什麼進一步的想法嗎？」

戴希必須回答了：「嗯……我每天都在看資料、做準備，就是老沒機會見到你。」

「沒辦法，第一層組織架構敲定之前是最緊張的。四月中旬開始會好很多，並且……對於你，我將有新的計畫。」他不動聲色地繼續說，「第一輪重組完成之後，我會給Maggie一個新的任務——協助Gilbert Jeccado組建全球研發中心。第二輪重組涉及的所有人事制度新建工作，我將安排你來具體執行。」

「我？」戴希大驚失色，「我怎麼能行？」

「為什麼不行？」

「我才剛開始工作，經驗太少了……」

「我會讓中國公司的人事經理Carrie協助你，她負責把握公司原有的制度和國家法規等等，而你負責——創新。戴希，我需要你的想像力和時代感。」

戴希還是覺得太意外了，在震驚中沉默著。

李威連靠到椅背上：「不要怕，我會親自指導你。我和你把框架討論清楚之後，你再來做，不會有任何問題。戴希，勇敢些，幾個月之後你就將成為市場上最有價值的人事經理了。」

戴希抬起頭，李威連朝她微笑：「到時候我得給你薪資翻倍，否則只怕留不住你了。」

「才不用呢，我又不會跳槽。」戴希脫口而出。

他的神情相當淡然：「就算跳槽也很正常。」

戴希心中的悲喜交加感更加強烈了，他的這種姿態是她最不能接受的，看似舉重若輕，實際上步步維艱。她決定採取主動：「那是不是說，四月中旬以後我們就可以開始了？」

「是的。」

「那好，有個問題必須先解決。」戴希問，「我可不可以和希金斯教授溝通你的真實情況？」

「不行。」李威連回答得沒有絲毫餘地。

戴希皺起眉頭：「可是他——」

「向他諮詢時我就沒有透露真實身分，」李威連冷冰冰地打斷戴希，「我認為，你和他討論課題時也沒有必要引用我的身分。」

「資料充分些會有幫助的，」戴希還想爭取一下，「再說教授肯定能確保你的隱私權，這是心理學家必須有的專業素養。」

李威連的語調突然變得極其嚴厲：「不！」停了停，他稍微緩和語氣說：「我絲毫不懷疑教授的專業素養。不過，我確實不相信一個美國人能夠真正理解我所說的話，對環境、文化和時代背景，他不熟悉的太多了。」

戴希有點兒理解了：「是這樣……不過教授有個中國妻子呢，也是上海人。」

李威連絲毫不為所動：「有什麼用呢？教授會隨意和一個非專業人士探討他的病人嗎？還是他曾經這樣做過？」

「當然不是。」戴希垂下腦袋，他可真尖銳啊，但是他的尖銳裡充滿苦澀，這樣戒備重重的生活該有多累啊……戴希忽然想起孟飛揚的問題：他憑什麼信任你？

現在，戴希才真正醒悟到，李威連只是不得不信任她而已，從剛才的交談中，她清楚地看見他的無奈和憂慮。悲喜交加之中的悲哀佔了上風，戴希也很想對他說——不要怕。但她克制住了自己，在這種場合中語言是最蒼白的，反而會引起誤解，還是讓行動來證明一切吧。

談話中斷一些時間了，樓下施工的噪音並不大，啾啾的鳥鳴倒是從伸展到窗前的枝杈中傳來，聽不出是什麼鳥兒在叫。

「哎呀，還是不行！」戴希想起，「我可以用課題研究的方式和教授討論治療方案，但是我弄不到處方藥啊。」

李威連盯著戴希，過了一會兒才說：「戴希，這是你必須解決的問題。」

「好吧，我來想辦法。」戴希蹙著眉尖，努力開動腦筋，「要不然就走我爸的途徑，他有個心理治療實驗室，所有美國最新最好的精神藥物他那裡都有。」

「嗯，那你打算怎麼對他說呢？」

「還沒想好……反正，就是撒謊唄，我想想怎麼編圓點。」

李威連突然說：「也許你可以說——」

「說什麼？」

他意味深長地看著戴希：「你可以說是為了拍馬屁用。」

「啊？」戴希一愣，「我從來不拍馬屁的。」

「那就從現在開始學習吧，很有必要。」

戴希想了想，長長地吁了口氣：「我明白了，你不相信專家，相信拍馬屁的。」

這個早上李威連頭一次放鬆地笑起來：「是啊，人性的弱點嘛……戴希，去看看我的車來了嗎？」

戴希走到窗前張望，他的賓士車不知什麼時候悄悄停在了樓下：

「來了。」

李威連叫戴希不要下樓，賓士車繞著草坪行駛，轉過大門後從戴希的視線中消失了。她收回目光，眺望草坪中央的丁香樹，想像丁香花盛開時燦如雲霞的美景——四月中旬以後，我們就可以開始了。

男人所面對的，是一個碩大無朋的怪物。

周圍是無窮無盡的黑，只有一柱強光從頂端射下，猶如舞臺追燈似的，將他和怪物雙雙暴露在慘白耀目的圓環中。

他的頭頂剛到「她」的腰際。兩個大麻袋似的乳房懸在他的額前，伴隨著巨大身軀的扭動，一對暗紅的乳頭有節奏地拍打在他的眼皮上，男人的眼前黑一陣白一陣……

「啊！」

張乃馳從床上蹦起身來，漆黑的房間裡什麼都看不見，只有噩夢中的情景，清晰地塗畫在死亡一般的虛空之上，他用力抱住頭，再次發出痛不欲生的呻吟。

過了很長時間，他才慢慢平息下來。心臟搏痛，張乃馳扭亮檯燈，脫力地倚靠在床頭。冷汗浸透CK內衣，他一把掀開被子，黑色的緊身內褲上印漬斑斑，床單上也有一灘污跡。

他咬著牙把衣褲全部剝下，扔得遠遠的，只有赤身裸體才能讓他稍微舒服些。中央空調發出柔和的聲響，張乃馳搖搖晃晃地下了床，把空調的風和溫度都調到最大。他甚至還想把屋子裡的所有傢俱都砸爛，他必須要做一些極端的事，否則將再難忍受自身的存在！

殺！他多麼想殺人！

張乃馳光著身子在屋裡走了幾個來回，猛烈的暖風吹得慘白的臉上顯出紅暈，漸漸地，他綻開半瘋半癲似的詭異笑容：沒關係，總有一天你會死在我的手中，還有你、你們……今天你們儘管鄙視我、嘲弄我、傷害我吧，你們是在自取滅亡！

所有我仇恨的人，都一個比一個更難看地死去了，而你，我要讓你比任何人都死得更加悲慘！

他看了看床頭櫃上的鬧鐘，凌晨一點半。他突然來了興致，抓起電話就撥薛葆齡的手機號，耳邊傳來冷冰冰的女聲：「您所撥打的電話已關機。」

「嗯哼……」張乃馳鍥而不捨，又撥了瑞金路上薛宅裡葆齡臥室的電話，按照她的說法，這兩天她身體不舒服，暫住娘家休養。雖然凌晨一點半打攪病人安睡很不應該，但是張乃馳有把握——她是不會被打攪到的。

果然，在電話鈴響了足足三分鐘之後，話筒裡才傳來薛家老保姆睡意朦朧的聲音：「……喂？誰啊？」

張乃馳捏著嗓子說：「我是薛葆齡小姐的朋友，從美國打來的電話，她在嗎？」

「啊？薛小姐平時不住這裡……」

「是嗎？現在上海幾點啦？」張乃馳偽裝的興致更加高漲。

「是半夜呀。要不您留個姓名，早上我會打電話告訴小姐的。」

「不用了，我有她的手機號，剛才打了沒通，我等你們天亮再打吧……謝謝！」

張乃馳擱下話筒，現在他完全清楚薛葆齡在哪裡了。李威連前幾天回到上海，這段時間高強度的重組閉門會議剛剛結束，他肯定需要休息和放鬆，而薛葆齡對他，只怕早已望眼欲穿了。張乃馳的臉扭曲成一團，呵呵，葆齡可算不上能幫人放鬆的情人，她總是那麼嬌弱，總是那麼需要呵護與關愛，反而容易搞得男人很緊張，正因為這點，從一開始張乃馳就知道她並不適合自己。

張乃馳所習慣的，是充滿母性的、無微不至的、純粹付出的摯愛。

這種愛從他一出生起，就時刻陪伴在他的身邊，使他那本應相當悲慘的童年反而變得無比幸運，也使他本應十分艱難的成長過程，蒙上了一層玫瑰色的溫柔光華。當初他不懂得珍惜，總以為一切都是理所當然的，直到失去日久，他的心偶爾也會因為懊悔而刺痛，但他從沒期待過昨日重來。從懂事開始，張乃馳就一直盼望著擺脫過去。

當時，張乃馳已經在西岸化工工作了幾年，生活狀況有了相當大的改善。李威連在不遺餘力指導他工作的同時，還出資送他去上工商管理課程，甚至常常單獨為他開小灶，傳授業務秘訣。張乃馳的職業生涯可謂一帆風順，但是他並不滿足，而希冀著更加快捷的途徑、更加迅猛的成功。在上海的時候，張乃馳還不太懂得自己外表的價值，到香港之後，在相對開放的社會風氣下，女人們主動圍繞在他身邊，赤裸裸地對他的英俊表達貪欲。張乃馳突然意識到，雖然父母對自己從未盡過責任，但留給了他一件寶貴的財富。

張乃馳漸漸積累起對付女人的經驗，很快就在女人堆中遊刃有餘了。恰在這時，薛葆齡出現在張乃馳的雷達中。優越的家庭出身賦予了她大家閨秀的高雅氣質，先天不足又帶給她楚楚動人的風韻。對於喜好憐香惜玉的男人來說，倒也別有一番情趣。張乃馳在她的背景、財產和嫵媚面前大大地動心了，開始瘋狂追求薛葆齡。另外，薛葆齡繼承了其父的智商，雖然身體柔弱，頭腦卻相當聰慧，在經商方面，是非常好的合作夥伴。而她也真心喜愛張乃馳的帥氣和殷勤，從戀愛到結婚，他們確實曾有過一段很不錯的時光。

可惜好景不長。在確知薛葆齡因為先天性心臟病無法生育之後，張乃馳極為失望，對妻子逐漸冷淡起來。而薛葆齡對丈夫心懷內疚，只得曲意奉承，兩人的關係不冷不熱地維持著，直到二〇〇五年初張乃馳在一次與中華石化的業務磋商中，遇到對方進出口公司的常務總經理高敏。

想到二〇〇五年，張乃馳又是一陣噁心，噩夢中的情景再度出現在眼前，激起胃液翻騰。這個噩夢折磨了他好幾年，與高敏相處時的屈辱和卑賤感至今依舊死死纏繞著他，不給他片刻安寧。只有他自己心裡清楚，這幾年他付出了什麼。

他伺候的是一個年近六旬的老女人，醜陋、肥碩、粗鄙又傲慢。

這個老女人以手中的權力為誘餌，肆意玩弄年輕漂亮的男人。高敏向張乃馳拋出的「繡球」

實在太具誘惑力了，一張張超過百萬美金的合同使張乃馳根本無力拒絕，幾乎是奮不顧身地拜倒在高敏腳下。

張乃馳太渴望成功了，有朝一日能夠超越李威連，進而把他踩在腳下，已經成為了張乃馳最迫切的人生目標。所有人都說李威連對張乃馳關照有加，可是他覺得嗟來之食堪比毒藥，正在一天又一天地摧毀他僅剩的可憐自信。李威連給他越多，他就越憎恨對方。

高敏成了張乃馳意外捕捉到的一條捷徑！從二〇〇五年開始，他確實有機會後來居上了。透過一系列的床上活動，張乃馳在自己負責的產品線上，不僅順利拿下了遠超過前些年的合同額，更重要的是，他讓高敏在許多場合表現出對李威連的漠視。

「什麼大中華區總裁，我不認識他！」

「不要叫那個李威連來開會，我只和你們塑膠部門的張總監談！」

「你們還想不想做成這筆生意？想做就找合適的人來見我！」

高敏在支持「小情人」的時候還真是不遺餘力，當然她本性俗不可耐又盛氣凌人，也確實是李威連打不了交道的。在被她莫名其妙地怠慢了幾次之後，李威連立即改變策略，再不親自出場，而是將與中華石化進出口公司的高層往來全權交給了張乃馳。

二〇〇五年底，鑑於張乃馳在這一年中的突出業績，李威連更是將他從原中國公司塑膠產品部總監的位置上直接提拔為大中華區塑膠產品部的總監。

對張乃馳來說，這真是一次意想不到的巨大勝利。緊接著，李威連又親自指示，在大中華區總部「逸園」的二樓，緊靠他自己的總裁辦公室隔壁，為張乃馳這位新晉升的產品總監安排了獨立的大辦公室，其豪華和氣派的程度在整個公司也就只一人之下了。

搬進「逸園」的頭一天，張乃馳在俯瞰草坪的窗前獨坐了許久，周圍是那麼安靜，他有些神思恍惚。「逸園」彷彿有種神奇的魔力，只要置身其中片刻，沸反盈天的現實生活就從前景黯然褪去，隱潛在幾千米海底的暗湧悄悄浮現。有那麼一瞬間，張乃馳感到自己的身心被地獄惡鬼的巨爪死死擒住，那是埋藏至深的罪惡感，突然全身冒出冷汗，半秒鐘後襯衫脖領就濕透了。

這時李威連敲門而入，手上拿著瓶紅酒。他們在窗前的沙發上坐下，共同乾了一杯。

「Richard，感覺如何？」李威連放下杯子後沒有再倒酒，似乎不打算多喝。

張乃馳習慣性地躲避著李威連的目光，強作歡顏地回答：「很好，呵呵，太好了。」每次李威連安靜地注視他的時候，他就不自覺地忐忑。有了高敏之後，再加上去年一連串的成功，他本以為自己能在對方面前強勢一些，誰知情況仍然沒有任何改觀。

「你也不是第一次來『逸園』，對這裡還比較熟悉吧。」沉默片刻，李威連說。

張乃馳抬頭四顧：「那是，雖說之前我不是大中華區的級別，會是經常來這裡開的。」

「我是說再以前。」

「再以前？」張乃馳作勢要給李威連倒酒，被他擋住手臂，只好光給自己的杯子裡斟滿。

李威連看著張乃馳：「我說的是很多年以前。」

張乃馳費力地吞咽著紅酒，含糊不清地回答：「那，我不……」

終於躋身大中華區領導層的興奮此刻已蕩然無存，只有從對面逼視而來的冷峻目光——他知道了！張乃馳的心縮成一團，不，他不可能知道！絕不可能！

「少喝點吧，下午還要工作。」李威連說。他的話適逢其時，幫助張乃馳脫離困境。張乃馳鬆了口氣，心中又不免困惑，李威連似乎經常這樣，眼看著就要把他逼得走投無路了，卻又在最後關頭放過他，是心軟了？還是要留下他繼續玩貓捉老鼠的遊戲？

「Richard，中華石化的關係我就全交給你了，你要好好幹。這對我們至關重要。」

「那當然。」張乃馳鎮定了些，是啊，為什麼要慌張成這樣呢？現在是他少不了我……

「另外，你也要小心行事，千萬不要讓人抓住把柄。」李威連的語氣中帶著毫不掩飾的嘲諷和輕蔑，「對方可不單單是企業領導，還算政府官員，況且她那個作風，平常一定樹敵頗多。萬一落下什麼證據在她的敵人手裡，弄不好會殃及我們。」

張乃馳把眼睛瞪大了：「William，你這話什麼意思？我聽不懂！我是竭盡所能在為西岸化工做事，你這話說得——」

「我沒別的意思，」李威連對他的抗議不以為然，甚至微笑起來，「只不過提醒你一句而已。Richard，你對西岸化工勞苦功高，我代表大中華區感謝你！」

李威連走了，張乃馳直勾勾地盯著他留在吧檯上的那瓶紅酒。哼，他分明就是嫉妒！他怎麼能夠容忍一向卑躬屈膝的張乃馳，竟然掌握住了公司的命脈！現在張乃馳可以肯定，李威連什麼都不知道，他只是在自己的成功面前故作姿態，拚命想要維持過去的威勢罷了。

張乃馳痛恨「逸園」的環境，但是他強迫自己盡可能多地待在辦公室裡，就在李威連總裁的隔壁。他認為，李威連一定比他更不舒服。在這場持續多年的角力中，張乃馳頭一次看見了勝機。

二〇〇六年、二〇〇七年……張乃馳愈加投入地經營和高敏的關係，像對女皇似的侍奉著她。效果相當顯著，他負責的塑膠產品部在大中華區各產品部中的業績名列前茅，僅次於李威連親自負責的有機／無機化工產品部。由於各產品部門都有來自於總部的垂直領導線，張乃馳開始尋找一切機會去美國，繞過李威連直接向總部彙報，想方設法地表現自己。他也很巧妙地讓總部瞭解到，李威連對中國最關鍵的客戶掌握不力，不僅阻礙了公司的業務開展，還影響到西岸化工在大中華區石油化工領域的形象。張乃馳不指望能很快給李威連帶來麻煩，但是他相信，閒言碎語如風中微塵，即使肉眼看不到它們的存在，不知不覺中，原本潔淨的地面已蒙上黑黑的一層污垢。

李威連察覺到他私下做的手腳了嗎？張乃馳說不準，李威連對他的態度基本沒什麼變化，但李威連在別的方面依舊對他實施著強力而又細緻的管理，穩穩地把握著塑膠產品部的整體走向，這令張乃馳在得意之外，又時常有一種深深地挫折感，他有些沉不住氣了。

更要命的是，對高敏他逐漸力不從心起來。

他不記得從什麼時候起，開始做那個與怪物交媾的噩夢。張乃馳清楚，這是自己內心對高敏這個老醜女人的強烈抗拒——每次和高敏見面前的幾天，他必定會夜夜被噩夢驚擾，只能用野心和貪欲來刺激自己，幫助自己克服。然而頭腦可以強迫，器官卻只服從於生理本能，某一次與高敏同床時，張乃馳驚駭地發現，自己無法勃起了。

這簡直是個毀滅性的打擊。

張乃馳幾乎要崩潰了，這從側面暴露出自己對高敏的真實感覺，這個惡毒的女人報復心尤甚，她要是拿出對待李威連的手段，張乃馳可萬萬經受不起。於是他只好無所不用其極，一切能夠令他短暫恢復雄風的手段，張乃馳都用上了。他總算勉勉強強維持了和高敏的關係，代價卻相當慘重，從那以後，不靠這些張乃馳就幾乎是無能力的。

偏偏他的妻子非常聰穎而且敏感。張乃馳剛開始對高敏皮肉相侍，薛葆齡就有所察覺，可能是沒有確鑿的證據，她並未直接質問張乃馳，卻一天比一天與他疏遠。本來張乃馳還想挽回妻子的心，但是功能障礙使他只能眼睜睜看著葆齡離自己而去。

結果，薛葆齡投入了李威連的懷抱。人生在眼前演繹出一場荒誕無比的滑稽劇，居然還是自己親手導演的！不！不是自己的錯，這一切的一切，都應該歸咎於那個人！是他，就是他！剝奪了自己的幸福，導致了自己全部的不幸，現在連葆齡，他也不肯放過！

好吧，好吧——每次面對妻子的欺騙，張乃馳一邊咬牙忍耐，一邊和著鹹澀的血在心中默唸：「我有高敏，你有葆齡，算是個小小的交換吧，很快我就會讓你加倍償還的！」

他最終還是失算了。

今天的張乃馳除了表面光鮮，內裡已空無一物。李威連比他高明太多，也強悍太多，這一輪交鋒以張乃馳的慘敗告終。二〇〇八年底的年會之夜，在雪霧輕籠的「逸園」裡，在煙花綻放的旖旎瞬間，張乃馳分明聽到了自己的喪鐘鳴響。

所以張乃馳現在要發動的，不是奪權之爭，而是保命之戰，幾十年的恩怨也該到最後清算的時候了，結局只能有一個——你死！

我活！

扔在書桌上的手機狂叫起來，張乃馳猛跳起身，是朱明明！

「喂？是Maggie嗎？」他接起電話，順便瞥了眼鬧鐘——凌晨三點。

「Richard！」朱明明的聲音又尖又飄，「親愛的！哈哈哈，你猜、猜猜我……在哪裡？」

張乃馳皺了皺眉頭，震耳欲聾的音樂聲在電話裡都能聽得很清楚，這個八婆肯定是在某間通宵營業的酒吧裡買醉：「Maggie，快告訴我你在哪裡？我猜不出！」

「笨……蛋，你猜、猜嘛……就在Ritz，哈哈哈哈！」

「你待著別動！我就來！」張乃馳三兩下穿好衣服，奔了出去。

朱明明是重組核心團隊成員，他們的閉門會議在麗思卡爾頓召開，下午才剛結束，晚上她就在酒吧喝到爛醉，張乃馳必須馬上把她搞到手。

（上冊完）

佛洛伊德小姐（上）

作　者　唐隱
總編輯　莊宜勳
主　編　鍾靈
出版者　春天出版國際文化有限公司
地　址　台北市大安區忠孝東路四段303號4樓之1
電　話　02-7733-4070
傳　眞　02-7733-4069
E－mail　frank.spring@msa.hinet.net
網　址　http://www.bookspring.com.tw
部落格　http://blog.pixnet.net/bookspring
郵政帳號　19705538
戶　名　春天出版國際文化有限公司
法律顧問　蕭顯忠律師事務所
出版日期　二〇二四年一月初版
定　價　480元

總經銷　楨德圖書事業有限公司
地　址　新北市新店區中興路二段196號8樓
電　話　02-8919-3186
傳　眞　02-8914-5524
香港總代理　一代匯集
地　址　九龍旺角塘尾道64號 龍駒企業大廈10 B&D室
電　話　852-2783-8102
傳　眞　852-2396-0050

ISBN 978-957-741-790-9　Printed in Taiwan

國家圖書館出版品預行編目(CIP)資料

佛洛伊德小姐 / 唐隱作. -- 初版. -- 臺北市 : 春天出版國際文化有限公司, 2024.01
冊；　公分. -- (唐隱作品 ; 11-12)
ISBN 978-957-741-790-9(上冊 : 平裝). --
ISBN 978-957-741-791-6(下冊 : 平裝)
857.81　112019321